BROKEN HEARTS

VALLEY UNIVERSITY

REBECCA JENSHAK

Copyright © 2022 von Rebecca Jenshak
Alle Rechte vorbehalten. Außer in den Fällen, in denen es der U.S. Copyright Act von 1976 erlaubt, darf kein Teil dieses Buches ohne schriftliche Genehmigung des Autors vervielfältigt, verbreitet, in irgendeiner Form oder mit irgendwelchen Mitteln übertragen oder in einer Datenbank oder einem Abfragesystem gespeichert werden.

Rebecca Jenshak
www.rebeccajenshak.com
Übersetzung und Bearbeitung von Nadine und Liza Schumacher – Red Ink Edits

Die Personen und Ereignisse in diesem Buch sind fiktiv. Namen, Personen, Orte und Handlungen sind ein Produkt der Fantasie des Autors. Jede Ähnlichkeit mit realen Personen, ob lebend oder tot, ist zufällig und vom Autor nicht beabsichtigt.

EINS
RHETT

„Sind alle da?" Liam wirft einen Blick in den Rückspiegel, um sich zu vergewissern, dass alles in Ordnung ist, während wir auf dem Rücksitz seines Trucks Platz nehmen. Er hat die lustige Aufgabe, seine betrunkenen Teamkollegen nach Hause zu chauffieren.

Ich will ihm sagen, dass wir bereit sind, aber plötzlich ist mein Mund in Beschlag genommen.

Ist es komisch, mit einem Mädchen rumzumachen, während dein Kumpel halb auf deinem Schoß sitzt? Liams Truck ist nicht besonders geräumig und wir sind zu fünft auf dem Rücksitz. Meine Hand liegt an Laylas Taille, aber ich berühre auch Mavericks Arsch.

Ich konzentriere mich auf ihre weichen Lippen und den schwachen Geschmack von Himbeeren und Likör. Sie durchnässt eine Seite von mir. Auf der Party, auf der wir waren, gab es einen Wet-T-Shirt-Wettbewerb, und Layla war eine eifrige und begeisterte Teilnehmerin. Ich dachte, sie stünde auf Jordan, der auf der anderen Seite von mir neben Ketcham sitzt, aber ihre Lippen lügen nicht.

Mein Handy summt in meiner Tasche und Mav springt auf. Oder er versucht es. Er kann nirgendwo hingehen. „Woah, Kumpel. Richte das Ding in die andere Richtung."

„Es ist mein Handy." Das ist alles, was ich herausbekomme, bevor Layla mich wieder küsst. Ihre Finger gleiten durch mein Haar, und ihre Zunge dreht ihre Runden in meinen Mund.

Als der Truck anhält, schnappe ich nach Luft. Verdammt! Das war unerwartet. Die Türen öffnen sich und Maverick und Ketcham stürzen auf beiden Seiten heraus. Der Rest von uns folgt.

„Danke fürs Fahren", sage ich zu Liam. Layla ist mir auf den Fersen. Mir war nicht klar, dass sie mit mir kommt. Aber vielleicht hätte es mir klar sein sollen. Es sieht so aus, als ob die Party zu uns nach Hause verlegt wurde. Ich gehe direkt in mein Zimmer, während der Rest der Jungs sich ein Bier schnappt und nach hinten auf die Terrasse geht, wo die Leute abhängen. Layla klebt an meiner Seite.

Ich bin müde, aber als sie wieder anfängt, mich zu küssen, protestiere ich nicht.

„Du bist so heiß. Wieso bist du mir noch nie aufgefallen?", fragt sie zwischen zwei Küssen. Ihre Hände machen sich schnell an meinem Knopf und Reißverschluss zu schaffen und sie schiebt meine Jeans und Boxershorts so weit nach unten, dass mein Schwanz zum Vorschein kommt. Wir verschwenden hier keine Zeit.

„Du auch", sage ich und ignoriere die Frage völlig.

Sie kichert. „Oh mein Gott, ich liebe deinen Akzent."

„Danke."

„Kannst du eine Ansage für meinen Anrufbeantworter

aufnehmen?" Sie zieht ihr Shirt aus. Ihr BH ist weiß, durchsichtig und immer noch feucht.

Äh, was?

„Sowas wie *Layla ist im Moment nicht da. Hinterlasse eine Nachricht und sie wird dich zurückrufen.*" Ihr Kopf wippt hin und her, während sie sich über meinen Minnesota-Akzent lustig macht.

„Vielleicht später", sage ich und deute auf meinen Schwanz, der zwischen uns heraushängt. Er fängt an, schüchtern zu werden und die Sache abzubrechen.

„Oh, richtig." Sie legt ihr Handy auf meinen Schreibtisch und öffnet dann ihren BH, der kleine, freche Titten enthüllt, die wackeln, als sie sich vor mir niederlässt. Ihre Lippen streifen die Spitze meines Schwanzes und ich atme tief durch die Zähne ein.

Alle Vorbehalte, die ich dabei habe - und ich habe einige - treten in den Hintergrund. Sie steht auf und schiebt mich auf das Bett. Während sie mir die Jeans über die Oberschenkel zieht, was gar nicht so einfach ist, ziehe ich meine Schuhe aus und lehne mich zurück.

Scheiße, es war ein langer Tag. Zwei lange Tage.

Es kommt nicht jeden Tag vor, dass ein College-Hockeyteam die reguläre Saison übersteht. Für Valley U Hockey ist es sogar ein Novum.

Wir haben gleich nach dem Frühstück angefangen zu feiern. Nein, Moment. Die Feierlichkeiten für den Sieg im Hockey-West-Viertelfinale begannen in dem Moment, als wir gestern Abend zurück zur Valley U kamen, und sie haben sich bis heute hingezogen. Als Frühstück und Mittagessen habe ich nur Flüssigkeit zu mir genommen, und das spüre ich langsam. Ich brauche etwas zu essen und vielleicht ein

Nickerchen. Ich frage mich, ob Layla irgendwelche Snacks dabeihat. Ich will sie fragen, aber mein Schwanz ist in ihrem Mund und das wäre unhöflich. Und wenn sie antwortet, muss sie aufhören, mir einen zu blasen.

Ich schließe meine Augen und konzentriere mich. Essen kann ich später. Wie lange kann das eigentlich dauern? Ich habe schon so lange keinen Blowjob mehr bekommen, dass es mir peinlich ist, die Monate zu zählen. Und Laylas Mund ist warm und einladend. Sie küsst immer wieder meine Beine und meinen Bauch und jedes Mal, wenn sie den Fokus von meinem Schwanz ablenkt, stöhne ich auf.

„Fühlt sich das gut an?", fragt sie, während sie mit ihren Händen an meinen Innenseiten der Oberschenkel entlangfährt und meine Knie küsst.

Die richtige Antwort ist ja, und das sage ich auch, obwohl ich wirklich will, dass sie ihre Lippen wieder näher an meinen Schwanz heranführt. Sie hat eine ganze Routine: Sie küsst meine Beine hinunter und dann wieder hinauf, saugt kurz an meinem Schwanz und wiederholt das Ganze.

Das ist alles sehr sexy und frustrierend, aber um ehrlich zu sein, verliere ich langsam die Lust daran. Ich überlege, was ich essen werde. Wir haben nicht viel zu essen in der Wohnung. Ich glaube, im Kühlschrank sind noch ein paar Pizzareste. Zumindest war das heute Morgen so. Die Wahrscheinlichkeit, dass noch etwas übrig ist, ist gering. Vielleicht kann ich mir etwas liefern lassen oder einen der Jungs überreden, Tacos zu besorgen.

Ja, *Tacos*. Tacos hört sich gut an.

Nachdem das geklärt ist, wende ich meine Aufmerksamkeit wieder Layla zu. Meine Hände verheddern sich in ihrem Haar und ich führe sie zurück nach Norden.

„Mmh", sagt sie und krabbelt an meinem Körper hoch. Ihre Hände schlingen sich um meine Handgelenke und sie hält sie über meinem Kopf am Bett. Nun, das ist irgendwie heiß. Ihre Titten sind in meinem Gesicht und sie übt genau die richtige Reibung auf meinen Schwanz aus. Ich reibe mich an ihr.

„Ohne Hände." Sie ist ein herrisches kleines Ding.

Dann lässt sie sich wieder zwischen meine Beine fallen und liebkost weiter meine Schenkel. Ist das jetzt so eine Sache? Habe ich das Memo über das Vorspiel verpasst, bei dem meine haarigen Beine geküsst werden? Gibt es wirklich Typen, die es mögen, wenn ihre Waden geküsst werden? Ich gehöre eindeutig nicht zu ihnen. Vielleicht bin ich aber auch nur zu betrunken, um es zu schätzen.

Meine Gedanken schweifen wieder ab - Tacos und vielleicht eine Dr. Pepper. Ich trinke so gut wie nie Limonade, aber Mann, ich habe gerade Lust auf eine.

Ich ziehe meine Hände hinter den Kopf und atme tief durch. Jetzt massiert Layla meine Beine, und ich bin total begeistert davon. Verdammt, ja! Ihre Hände sind magisch. Meine Glieder entspannen sich. Ich glaube, ich habe gar nicht gemerkt, wie angespannt ich war. Es war ein ganz schön anstrengender Monat.

Die Eishockeysaison neigt sich dem Ende zu, was bedeutet, dass es in jeder Runde um alles oder nichts geht. Außerdem habe ich mich gerade von meiner Freundin getrennt, mit der ich sechs Jahre zusammen war. Seit der High-School haben wir eine Fernbeziehung geführt, aber es hat einfach nicht funktioniert. Ich fing an, sie nicht mehr zu mögen, und das führte dazu, dass ich mich selbst nicht mehr mochte, weil ich mit jemandem zusammen war, den ich nicht mehr wirklich mochte. Es ist kompliziert. Wenn du jemanden seit dem Kindergarten kennst, willst du nicht an den Punkt kommen, an dem du ihn nicht mehr magst. Wir haben eine gemeinsame Vergangenheit, und es waren nicht nur schlechte Zeiten. Es ist einfach nicht mehr richtig. Und es ist immer noch nervig.

Apropos nervig... Mein armer, unterbeanspruchter Schwanz gibt auf und ich genieße einfach die kostenlose Massage. Laylas Hände sind zwar klein, aber sie hat einen festen Griff und die ganze Anspannung fällt langsam von meinem Körper ab, bis ich wie Wachs in ihren Händen bin.

Die Tacos werden wirklich gut schmecken. Die Dr. Pepper auch, denn ich werde müde. Essen und Koffein werden der perfekte Muntermacher sein.

Das ist mein letzter Gedanke, bevor Laylas Kreischen von den Wänden meines Zimmers widerhallt. „Oh mein Gott!"

Mein Kopf ist schwer, als ich ihn von der Matratze hebe. Sie steht vor mir, nackt von der Taille aufwärts und mit feurigem Blick.

Ich will gerade fragen, was los ist, als meine Schlafzimmertür auffliegt. Maverick und Jordan drängen sich in der Tür und nehmen die Szene in Augenschein. Ihre Köpfe fliegen zwischen uns hin und her.

„Was zum Teufel, Leute? Raus hier!"

Jordan schirmt seine Augen ab, aber keiner geht.

„Ist hier alles in Ordnung?" fragt Mav. „War das ein glücklicher Schrei oder ein Hilfe-Schrei?"

Glücklich. Glaube ich. Ich schaue zu Layla, da sie diejenige war, die geschrien hat. Sie sieht nicht glücklich aus.

„Er ist eingeschlafen." Sie schreckt entsetzt zurück.

Es dauert eine Sekunde, bis ich merke, dass sie mich meint. Ich bin der „*Er*" in dieser Aussage. Mist. Bin ich?

Alle gucken mich jetzt an. Ich bin immer noch am Überlegen. Ich finde meine Boxershorts und ziehe sie an, dann schnappe ich mir meine Jeans. Ich hüpfe herum und versuche, sie mir über die Oberschenkel zu ziehen, während Maverick der weinenden Layla ihr T-Shirt gibt und versucht, sie zu beruhigen.

„Es tut mir leid", sage ich ihr. „Ich habe zu viel getrunken."

„Bin ich so hässlich, dass er deswegen eingeschlafen ist?", fragt sie Maverick. Seine Arme legen sich um ihren Rücken, und sie vergräbt ihr Gesicht in seiner Brust. Mav wirft mir über ihre Schulter einen „*Was soll der Scheiß*" Blick zu.

Ich komme näher. „Nein. Das bist du nicht. Ich schlafe die ganze Zeit ein."

„Das ist wahr", sagt Jordan. „Ja. Er fällt jedes Mal in Tiefschlaf, wenn wir uns Spielfilme ansehen."

„Du vergleichst mich mit einem langweiligen Spielfilm?" Sie schluchzt noch heftiger. Ich bin nicht der Einzige, der zu viel getrunken hat. Layla ist ein betrunkenes Mädchen, das heftig weint.

Ich bin sprachlos, aber Jordan ist schnell mit seinen Worten. „Auf keinen Fall. Du bist fantastisch. Du bist umwerfend und lustig. Rhett ist der Langweiler."

Ich würde gerne Einspruch erheben, aber wenn sie glauben möchte, dass es an mir liegt, dann ist das okay für mich. Verdammt noch mal. Bin ich wirklich beim Abschleppen eingeschlafen? Oder kurz davor? Oder bei dem Vorspiel? Ich will ehrlich sein: Ich habe keine Ahnung, worauf das hinauslaufen sollte. Entweder bekam ich die beste Massage meines Lebens oder den schlechtesten Blowjob."

Sie lugt unter Mavericks Arm hervor und sieht Jordan an. „Findest du mich toll?"

Er nickt. „Auf jeden Fall."

Mav schiebt das Mädchen zur Tür. „Jordie, warum gehst du nicht mit Layla nach draußen. Vielleicht hilft die frische Luft."

Sie geht bereitwillig und kuschelt sich an Jordans Seite.

Ich fahre mir mit der Hand durch die Haare und verpasse meinem Gesicht ein paar Ohrfeigen, um mich aufzuwecken.

„Kumpel, ernsthaft?" fragt Mav und bricht schließlich in ein Lachen aus, bei dem er sich in der Taille krümmt. „Wie kann das sein?"

„Ich war müde und bin hungrig." Ich hebe eine Schulter und zucke mit den Schultern. Jetzt, wo ich eindeutig keinen Sex habe, brauche ich Essen. „Wollen wir Tacos essen gehen?"

„ICH FÜHLE MICH SCHLECHT. Soll ich ihr eine SMS schicken?" frage ich und packe meinen vierten Taco aus.

„Nein, ich habe mich darum gekümmert", sagt Jordan, lehnt sich auf der Sitzbank zurück und hebt sein Glas. „Das Einzige, was sie von heute in Erinnerung behalten wird, ist, dass sie den besten Orgasmus ihres Lebens hatte. Gern geschehen."

„Danke, denke ich." Layla kann ich von meiner Liste potenzieller Sexpartner streichen. „Ich bin schlecht darin, Single zu sein."

„Das ist nichts, worin man schlecht sein kann. Es sei denn, du schläfst ein, während dir eine Tussi einen bläst." Jordan grinst.

„Sie war überall", protestiere ich. „Mein Schwanz hat nur wenig Aufmerksamkeit bekommen."

Jordan hält inne und hält sich einen Taco an den Mund. „Trotzdem. Du warst nackt mit einem Mädchen. Einem heißen Mädchen."

„Hast du, seitdem mit Carrie Schluss ist, erfolgreich jemanden kennengelernt?" fragt Mav.

„Definiere erfolgreich."

Seine dunklen Brauen heben sich. „Wenn ich dir sagen muss, was Erfolg bedeutet, dann denke ich, dass du es nicht richtig gemacht hast."

„Du brauchst mehr Sicherheit", sagt Jordan. „Und vielleicht einen Energydrink."

„Wir können auf dem Rückweg zur Wohnung irgendwo anhalten", bietet Liam an.

Wenn diese Jungs versuchen, mir zu helfen, bin ich wirklich in Schwierigkeiten. Keiner von ihnen ist in der Lage, Ratschläge zu erteilen.

„Nein, ich will nicht zurück in die Wohnung. Kannst du mich an der Eisarena absetzen?"

„Ist das eine gute Idee?" fragt Liam. „Du hast seit heute Morgen getrunken."

Seit gestern Abend, genau genommen.

„Mir geht's gut", sage ich. Was auch immer an Alkohol in meinem Körper war, es wurde herausgespült, als Layla in Tränen ausbrach und mein schlaffer Penis herumhing.

Liam bringt mich zur Arena, nachdem wir mit dem Essen fertig sind.

„Ich setze Mav ab, dann kommen Jordan und ich zurück", sagt Liam.

„Werden wir das?", fragt sein Mitbewohner und sieht nicht gerade begeistert von der Idee aus.

„Die schöne Zeit ist vorbei, Kumpel", sagt er. „Wir müssen wieder an die Arbeit."

Jordan senkt seinen Blick und nickt. Er hatte gestern Abend ein schlechtes Spiel und wir können es uns nicht leisten, dass jemand im Halbfinale eine Flaute hat.

„Bis später." Ich hebe eine Hand, als sie vom Bordstein wegfahren.

Ich dusche und ziehe mich in der Arena um. Die Eiskunstläufer haben laut Zeitplan noch eine Viertelstunde Zeit auf dem Eis. Da ich nichts zu tun habe, lehne ich mich zurück, schließe die Augen und warte. Wenigstens wird es hier niemanden stören, wenn ich einschlafe.

ZWEI
SIENNA

Die Kälte des Eises kühlt meine Haut, während ich eine Runde nach der nächsten laufe. Ich ziehe mein Stirnband fest über meine Ohren und bleibe vor meiner Freundin Josie stehen.

„Wir gehen zu Olivia und Kate, um *Dance Star* zu gucken, und danach gehen wir ins Hideout zum Abendessen. Ich wette, das Hockeyteam feiert dort seinen großen Sieg. Kommst du mit?"

Der Rest des Teams ist mit dem Training fertig und verlässt das Eis, und sie geht hinter ihnen her. Als sie merkt, dass ich ihr nicht gefolgt bin, blickt sie zurück, um eine Antwort zu bekommen.

„Nein. Ich glaube, ich bleibe noch ein bisschen länger."

Ein amüsiertes Lächeln zieht die Mundwinkel meiner Freundin nach oben und sie befreit ihre langen, blauen Haare aus dem Pferdeschwanz. „Weiß der Coach, dass du bleibst?"

„Mir geht es gut." Ich überprüfe meine Herzfrequenz auf

meiner Uhr. „Ich will nur an der Drehung am Ende meines Kurzprogramms arbeiten."

„Ein Mädchen kann nicht vom Skaten allein leben." Sie kämmt sich mit den Fingern durch ihr Haar.

„In meiner Tasche habe ich ein halbes Sandwich und ein paar Mini-Brezeln."

„Ich habe über Jungs und Alkohol gesprochen. Im Übermaß. Komm schon, wir haben drei Wochen Zeit, um uns auf den Desert Cup vorzubereiten, und dein Spin ist schon perfekt."

„Wir sehen uns morgen früh", rufe ich über meine Schulter, während ich mich abstoße und davon gleite.

Als ich es einmal um die ovale Eisbahn geschafft habe, ist sie mit dem Rest des Teams weg. *Endlich* bin ich ganz allein.

Ich lasse meine Ohrstöpsel weg und genieße das Geräusch meiner Schlittschuhe, die sich über das Eis bewegen. Ich schließe kurz die Augen und lasse alle meine Sinne diesen Moment aufsaugen. Sogar das Echo in der Arena, durch das Rein- und Rausgehen der Leute ist ein willkommenes Geräusch.

Im College ist es schwer, Ruhe zu finden. Und Eiszeit ist schwer zu bekommen. Ich genieße es und schätze es sehr, als ich bemerke, dass ich nicht ganz allein bin.

Rhett Rauthruss, einer der Hockeyspieler der Valley U, sitzt in der ersten Reihe in der Nähe des Tunnels zum Umkleideraum der Jungen. Zurückgelehnt und mit einem grauen T-Shirt und einer schwarzen Sporthose bekleidet, anstatt der kompletten Ausrüstung, die das Hockeyteam normalerweise trägt. Er hat einen Schlittschuh über den anderen geschlagen und die Augen geschlossen. Der Rest des

Teams ist nirgends zu sehen. Ich fahre noch zweimal an ihm vorbei, bevor ich vor ihm stehen bleibe.

Sein dunkelblondes Haar fällt über eine Seite seines Gesichts und seine Brust hebt sich mit tiefen, gleichmäßigen Atemzügen. Ich schnappe mir den Hockeyschläger, der neben seinen Füßen liegt, und stupse ihn damit an.

Nichts. Vielleicht ist er tot.

„Lebst du noch?" frage ich.

Das Heben und Senken seines Brustkorbs setzt sich in einem langsamen und stetigen Rhythmus fort. Okay, nicht tot.

Während ich darüber nachdenke, wie ich mit der Situation umgehen soll, betrachte ich seine Gesichtszüge. Volle, geschwollene Lippen, eine große, gerade Nase und ein kantiger Kiefer.

So nah war ich ihm noch nie. Ich treffe zwar oft auf das Hockeyteam, weil wir im selben Gebäude trainieren und uns das Eis teilen, aber diesen Hockeyspieler habe ich noch nie getroffen. Einige seiner Mannschaftskameraden schon, aber ich weiß nicht viel über Rhett, abgesehen von seinem Namen und wie gut er aussieht, wenn er schläft.

„Hallo?" Ich versuche erneut, seine Aufmerksamkeit zu bekommen. Er ist das Einzige was mir für eine Stunde Eiszeit ohne Zuschauer im Wege steht.

Seine Augenbrauen ziehen sich ein wenig zusammen, aber ansonsten bewegt er sich nicht.

„Hey!", rufe ich und gebe ihm mit dem Schläger, den ich noch immer in der Hand halte, einen kräftigen Stoß.

Er schreckt auf. Seine blaugrauen Augen blicken zu mir, aber er setzt sich nur langsam auf. Seine Schultern zucken und sein Rücken wölbt sich, als er sich in der leeren Eishalle umsieht. „Du bist das zweite Mädchen, das mich heute durch einen Schrei geweckt hat."

Als er aufsteht, reiche ich ihm seinen Schläger und laufe rückwärts. „Ich habe nicht geschrien. Ich habe meine Stimme erhoben, um deine Aufmerksamkeit zu bekommen."

Um dich verdammt noch mal aus meinem Reich zu bekommen. Ich habe das Eis selten für mich allein, und er ruiniert es. Außerdem wehre ich mich dagegen, dass man mir unterstellt, ich sei irgendwie schuld. Das ist meine Zeit.

„Ja, aber wenigstens war ich diesmal nicht nackt." Seine Lippen verziehen sich zu einer dünnen Linie und er sieht verlegen aus, als hätte er das nicht mit einer Fremden teilen wollen. Er kommt auf das Eis. Er ist groß und wirkt noch viel größer, als er vor mir steht.

„Ich bin noch nicht fertig mit dem Schlittschuhlaufen. Ich habe das Eis noch für eine Stunde."

„Du hast mich geweckt, um mir zu sagen, dass ich nicht Schlittschuh laufen kann?" Er zieht eines der Hockeynetze zurecht und wirft ein paar Pucks auf das Eis. „Ich habe den Zeitplan überprüft. Nach vier Uhr stand nichts weiter drauf."

„Technisch gesehen ist das richtig, aber am Sonntagnachmittag kommt nie jemand so spät noch in die Arena."

„*Technisch gesehen* ist das nicht korrekt. Ich bin ja jetzt hier." Er lächelt, als wüsste er, dass er mich in der Hand hat. Das tut er auch, aber ich bin noch nicht bereit, den Kampf aufzugeben.

Ich will, dass alle Stimmen verstummen - äußere und innere. Und dafür brauche ich Frieden und Ruhe.

„Ich muss mein Programm ohne Ablenkungen durchziehen. Ich habe in drei Wochen ein Turnier."

„Und ich habe in sechs Tagen das wichtigste Spiel meines Lebens."

Ich verziehe meine Lippen. Ich hätte ihn schlafen lassen sollen.

„Ich werde kein Wort sagen und mich in dieser Hälfte aufhalten. Ist das okay?" Er schießt den Puck ins Netz, ohne mich anzuschauen.

„Ja, okay." Gebe ich nach. Es ist nicht die Ruhe und Einsamkeit, auf die ich mich gefreut habe, aber wenigstens wird er mir keine Aufmerksamkeit schenken. Er scheint noch weniger daran interessiert zu sein, sich mit mir zu unterhalten als ich mit ihm. „Wie auch immer."

Er sieht mich an und seine stürmischen Augen bohren sich in meine. Ich denke, er könnte nachgeben oder sich zumindest entschuldigen. Stattdessen nickt er einmal, senkt seinen Blick wieder auf das Eis und fängt an, herumzulaufen und weitere Pucks ins Netz zu schießen.

Ich suche meine Ohrstöpsel und drehe die Lautstärke auf, um ihn zu übertönen, aber es fällt mir unglaublich schwer, ihn zu vergessen. Er hat mich aufgewühlt, obwohl ich eigentlich nur Ruhe wollte.

Und warum hängt Rhett Rauthruss an einem Sonntagnachmittag überhaupt alleine in der Eisarena herum? Und es ist nicht nur ein Sonntagnachmittag. Sie haben erst gestern Abend das Viertelfinale gewonnen. Er sollte mit seinen Mannschaftskameraden feiern, genau wie Josie angenommen hat.

Ich habe Rhett schon mal gesehen. Genauso wie ich die meisten Jungs aus dem Team auf dem Campus und in der Arena gesehen habe.

Auch wenn wir uns kein Trainingsgelände teilen würden,

würde ich sie wahrscheinlich erkennen. Sie sind auf dem Campus sehr bekannt und beliebt. Seit der Einstellung von Coach Meyers vor vier Jahren hat er langsam ein Team aus wahnsinnig talentierten Spielern aufgebaut. Einige von ihnen wurden bereits von NHL-Teams gedraftet.

Wir trainieren oft direkt nach der Hockeymannschaft der Jungen, aber die sind normalerweise in voller Trainingskleidung mit Helm viel schwieriger zu erkennen. Aber es hat sich herausgestellt, dass Rhett ganz nett anzusehen ist. Er ist zwar nicht mein Typ, aber trotzdem unbestreitbar heiß.

Die Eishockey-Jungs sind auf dem Campus für zwei Dinge bekannt: Sie sind nett anzusehen und sie schleppen ständig irgendwelche Mädchen ab. Vielleicht auch drei Dinge, wenn du das Talent mitzählst, aber ehrlich gesagt wird darüber viel weniger geredet als über die anderen beiden Dinge.

Ich habe nie den Reiz gesehen, den andere Mädchen sehen. Nicht, dass ich etwas gegen Gelegenheitssex hätte, aber ich möchte zumindest die trügerische Hoffnung haben, dass es mehr sein könnte. Aus One-Night-Stands können Beziehungen werden, wenn es passt. Oder?

Bei mir war das noch nie der Fall, aber ich glaube fest daran, dass es möglich ist, und ich habe einfach noch nicht die richtige Person getroffen. Eines weiß ich mit Sicherheit - Rhett und seine Teamkollegen sind nicht die Art von Typen, mit denen man sich in der Hoffnung auf mehr einlässt. Das wäre dumm zu glauben.

Ich übe noch eine Weile meine Drehung und gehe dann zweimal mein Kurzprogramm durch. Als ich gerade eine Pause mache und Rhett beobachte (während ich versuche, so zu tun, als würde ich Rhett nicht beobachten), stoßen zwei weitere Hockeyspieler zu ihm. Sie müssen Erstsemester oder gewechselt sein, denn ich kann ihre Namen nicht einordnen. Der eine hat blondes Surferhaar, das so ordentlich gestylt ist, dass ich ihn nie für einen Hockeyspieler gehalten hätte, und der andere ist das genaue Gegenteil von ihm, mit dunklen Haaren, die um eine umgekehrte Mütze herum abstehen.

Während Rhett leise war und versucht hat, höflich zu sein, sind diese Neuzugänge laut. Selbst wenn ich meine Musik aufdrehe, kann ich den Lärm nicht ausblenden.

Josie hätte in der Nähe bleiben sollen. Es sieht so aus, als würde das Hockeyteam heute hier feiern. Sie wird sauer sein, dass sie das verpasst hat. Ich? Nicht so sehr.

Ich schalte meinen Lieblingssong ein und gehe zurück aufs Eis. Rhett blickt mit einem entschuldigenden Blick zu mir herüber. In meiner Frustration bin ich mir unsicher, ob ich ihn richtig entziffere. Die anderen beiden drehen sich um und starren mich unverhohlen an. Sie sprechen miteinander, aber ich kann ihre Worte nicht verstehen, weil der Song in meinen Ohren dröhnt. Während ich skate, gebe ich mein Bestes, um sie aus meinen Gedanken zu verdrängen und mich zu konzentrieren.

In drei Wochen habe ich meinen letzten Wettkampf auf dem College. Die letzte Chance, wirklich zu skaten. Natürlich könnte ich nach dem Abschluss auf lokale Turniere gehen, aber ich weiß, dass ich im Sommer, wenn ich einen richtigen Job habe, wahrscheinlich nicht mehr so viel Zeit zum Üben haben werde, wie jetzt.

Rhett und seine Hockey-Kumpel können mich also nicht ablenken. Ich werde es nicht zulassen.

Endlich finde ich meinen Flow wieder, nachdem mich ein paar wütende Mädchenlieder in die richtige Stimmung gebracht haben. Es gibt nur wenige Dinge, die Lady Gaga und Taylor Swift nicht besser machen können. Ich mache meine Programmmusik an und gehe noch einmal mein Programm durch. Meine Beine sind müde und ich bin mehr als hungrig, aber ich muss es durchziehen.

Einer der Jungs schreit laut - wirklich laut. Er schreit ununterbrochen und immer wieder das Gleiche, bis ich ihn nicht mehr ignorieren kann. Mit zusammengebissenen Zähnen bleibe ich stehen, um zurückzuschreien, als ein harter Körper mit meinem zusammenstößt. Ich pralle nach hinten, als wäre ich gegen die Wand gelaufen und liege auf dem Eis. Meine linke Seite hat die meiste Wucht abbekommen, und obwohl ich denke, dass es mir gut geht, tut es verdammt weh.

Als ich meine Augen öffne, steht Rhett über mir. Seine blauen Augen sind weit aufgerissen, als er mich anstarrt. Sein Mund bewegt sich, aber ich kann ihn nicht hören.

Ich setze mich auf und nehme meine Ohrstöpsel heraus. „Was zum Teufel?"

„Es tut mir so leid", entschuldigt sich Rhett. Sein Mund bewegt sich noch genauso wie vor ein paar Minuten.

„Geht es ihr gut?" fragt einer der anderen Jungs. Er und sein Kumpel stehen ein Stück weg und beobachten uns, halten aber Abstand.

„Es geht *ihr* gut." Ich stehe auf und wackle. Mein Herz rast. Obwohl das vielleicht eher mit meiner Wut und dem Adrenalin zu tun hat, das mich immer noch durchströmt.

Rhett nimmt meinen Ellbogen, um mich zu stützen. „Vielleicht solltest du dich einen Moment setzen."

Ich reiße meinen Arm weg. „Ich habe dir gesagt, dass es mir gut geht."

Nur bin ich immer noch recht wackelig auf den Beinen und strafe meine Worte Lügen. Wortlos nimmt mich Rhett am Arm und hilft mir vom Eis.

„Ich glaube, Jeff ist hier." sagt der Typ mit den ordentlich gestylten blonden Haaren. Er kommt auf meine andere Seite und die beiden tragen mich mit festem Griff an beiden Ellbogen fast vom Eis.

„Kannst du ihm Bescheid sagen, dass wir kommen?" fragt Rhett ihn. Er übernimmt das Kommando und geht mit mir, die Hände an meiner Taille. Seine großen Handflächen umschließen meine Rippen und seine Wärme dringt durch den dünnen Stoff meines Oberteils. Er führt mich auf die Bank, die direkt neben dem Eis steht.

„Jordan, geh mit Liam. Wenn Jeff nicht da ist, rufst du an der Rezeption an und fragst, wer da ist. Wir sind gleich da."

„Ich habe gesagt, dass es mir gut geht", sage ich, obwohl meine Hüfte dort pocht, wo ich gelandet bin.

Er hockt sich vor mich hin und reicht mir meinen Kufenschutz. „Du bist ziemlich heftig gestürzt."

„Ja, ich weiß. Ich war dabei." Die Schärfe in meiner Stimme geht in seinem besorgten Blick und dem Schmerz, der in meine linke Seite schießt, unter. Verdammt, das tat weh.

„Es tut mir so leid."

Ich zucke zusammen, als ich die Schutzvorrichtungen anlege und meine Beine vor mir ausstrecke. „So viel dazu, dass du auf deiner Seite bleibst."

„Hast du das Gefühl, dass du laufen kannst, oder soll ich dich tragen?"

„Das kann doch nicht dein Ernst sein." Ein kleines, manisches Lachen entweicht meinen Lippen. „Du trägst mich nicht."

Er nickt einmal und richtet sich auf. Ich ignoriere den Schmerz, stehe auf und gehe vor ihm zum Büro des Trainers. Bei jedem Schritt tut mir die Hüfte weh.

Jordan und Liam warten auf uns und stehen neben einem Trainer, den ich nicht kenne, aber ich erkenne das blaue Poloshirt, das sie alle tragen.

„Hey, ich bin Jeff. Ich habe gehört, du bist auf dem Eis gestürzt."

Ein Sturz? Ich schaue zu Rhett, der auf seine Schlittschuhe hinunterblickt, während er spricht: „Ich bin in sie hineingelaufen."

Jeffs Augenbrauen heben sich. „Das muss weh getan haben. Es gibt Leute im Team, die können nicht einfach mit Rauthruss zusammenstoßen und allein hierherlaufen." Er deutet mit dem Kopf an, dass ich kommen soll. „Komm her und lass mich einen Blick darauf werfen."

Rhett und die Jungs verweilen, während ich mich unbeholfen auf den Tisch des Trainers setze.

„Ihr drei könnt gehen", sagt Jeff.

Jordan und Liam brauchen keine weitere Ermutigung, aber Rhett ist langsamer und zögert.

„Ich werde draußen warten", sagt Rhett. Ich bin mir nicht sicher, ob das zu meinem oder zu Jeffs Vorteil ist.

Ich hoffe, es ist nicht für mich. Ich will ihn jetzt noch weniger hier haben als vor einer Stunde. Und das will schon was heißen.

„Ist etwas verletzt?", fragt der Trainer, sobald sie weg sind.

„Meine Hüfte, hauptsächlich. Außerdem die linke Seite

meines Gesichts, aber eigentlich geht es mir gut. Ich bin schon schlimmer verletzt gewesen."

„Dann kann es nicht schaden, einen Blick darauf zu werfen. Leg dich zurück und roll dich auf deine rechte Seite."

Ich tue, was er sagt, und er tastet herum, drückt vorsichtig auf meine Hüfte, hebt mein Bein und fragt, ob es wehtut, während er mich in verschiedenen Winkeln bewegt.

„Nun...", sagt er schließlich. „Ich glaube, du wirst es überleben, aber ich werde dir ein paar Eisbeutel holen und dich für etwa fünfzehn Minuten hier sitzen lassen."

„Das ist doch nicht nötig."

„Doch, das ist es. Du bist heftig gefallen. Leg einfach den Eisbeutel drauf und bleib eine Weile hier."

Als er weggeht, lege ich mich zurück und drücke meine Fingerspitzen auf die zarte Haut unter meinem Auge. Ich kann die Jungs draußen im Flur hören. Die Tür ist offen und sie versuchen nicht einmal, zu flüstern.

Einer von ihnen sagt: „Wie viele Mädchen willst du heute noch zum Weinen bringen?"

„Sie hat nicht geweint", schnauzt Rhett zurück.

Ich versuche, ihrem Gespräch zu folgen, während sie sich weiter über Rhett lustig machen. Ich habe nicht genug Hintergrundwissen, um mir einen Reim darauf zu machen, aber ich kann genug verstehen, um festzustellen, dass Rhett genau der Typ ist, für den ich ihn gehalten habe - ein absoluter Spieler. Ganz zu schweigen von einem rücksichtslosen Rüpel.

Schade. Er ist wirklich nett anzuschauen.

DREI
RHETT

ADAM UND MAVERICK gehen den Flur entlang auf Jordan, Liam und mich zu. Wir warten immer noch vor dem Raum des Trainers.

„Was ist hier los?" Adams besorgter Blick huscht zwischen uns hin und her.

Ich ignoriere seine Frage, um meine eigene zu stellen. „Was macht ihr denn hier?"

„Ich habe ihnen eine SMS geschickt", sagt Liam. „Ich war mir nicht sicher, wie ernst es ist."

„Du hast einen echt geilen Tag, was?" fragt Mav und schüttelt grinsend den Kopf.

„Es geht ihr gut." Denke ich. Ich hoffe es. Ich habe noch nie jemanden so durch die Luft fliegen sehen. Sie wiegt wahrscheinlich nur knapp 50 Kilo, und ich habe sie beim schnellen Skaten getroffen, nur um den Puck zu erreichen, den Jordan auf ihre Seite der Eisfläche geworfen hat. Ich hatte Angst, dass er sie trifft oder dass sie darüber stolpert. Ich hätte es nicht machen sollen. Einsicht ist der erste Schritt zur Besserung.

„Ist sie noch da drin?" Adam zeigt auf die offene Tür.

„Ja."

„Ihr zwei könnt gehen", sagt Adam zu Liam und Jordan. „Danke für's Bescheid geben."

Ich stoße mich von der Wand ab und klatsche erst Jordan und dann Liam in die Hände. „Danke, dass ihr geblieben seid."

„Versuch bitte, heute niemanden mehr zum Weinen zu bringen", sagt Jordan und reckt sein Kinn in Richtung des Trainerraums. „Aber wenn sie Trost braucht, so wie Layla, bin ich für sie da."

„Ja, ja, du bist ein echter Märchenprinz", sagt Adam und stößt ihn an die Schulter. „Wie wäre es, wenn du dich heute Nacht etwas ausruhst, damit du morgen früh um sechs Uhr wieder hier sein kannst?"

Jordan grüßt ihn mit seinem Mittelfinger. „Aye, aye, Kapitän." Er schaut zu mir. „Bis später, Ladykiller."

Adam spielt den harten Kerl, bis sie weg sind. Sein ernster Gesichtsausdruck verwandelt sich in ein breites Grinsen. „Müde? Schläfst du nicht gut?"

Ich starre Maverick an.

„Ich habe es ihm nicht gesagt", beharrt er und hebt seine Hände vor sich.

„Eigentlich war es Heath, der mir die Geschichte von deinem Narkolepsie-Abschluss erzählt hat." Adam lehnt sich gegen die Wand und lächelt auf meine Kosten.

„Weiß es denn schon jeder?" Das ist eine rhetorische Frage. Natürlich wissen es alle.

Mav antwortet trotzdem. „Es ist schwer, so eine Geschichte für sich zu behalten."

„Ah, entspann dich", sagt Adam. „Ich bin auf eine seltsame Art und Weise beeindruckt. Wenigstens gehst du wieder da raus. Und ich bin froh, dass wir endlich ein paar peinliche Geschichten haben, mit denen wir dich überhäufen können. Ihr habt weiß Gott genug über mich."

„Das ist richtig."

Adam verschränkt beide Arme vor der Brust. „Du bist also beim Sex mit einem Mädchen eingeschlafen und dann hierhergekommen, um Dampf abzulassen, und hast eine andere Tussi niedergerempelt?"

Ich reibe mir mit zwei Fingern über die Stirn.

„Ist das eine genaue Zusammenfassung deines Tages, Kumpel?" fragt Maverick.

„Ich hasse euch, verdammt!"

Adam wirft den Kopf zurück und lacht. „Wer ist sie überhaupt? Liam hat gerade gesagt, eine Eiskunstläuferin."

„Ich weiß es nicht."

Jeff streckt seinen Kopf heraus und hält sich am Türrahmen fest. „Wir sind hier drin fertig. Ihr könnt sie sehen, wenn ihr wollt. Aber haltet vielleicht einen Meter Abstand, falls sie sich für das Veilchen revanchieren will, das sie bekommen wird."

„Du hast ihr ein blaues Auge verpasst?" Mav johlt vor Lachen, als er und Adam vor mir hergehen.

Mein Telefon surrt in meiner Tasche. Wieder Carrie. Genau das, was ich brauche. Noch ein Mädchen, das mich heute anschreit. Obwohl, um fair zu sein, mindestens zwei von ihnen hatten gute Gründe.

„Sienna!" ruft Mav und lenkt meine Aufmerksamkeit auf das Mädchen, das auf dem Tisch des Trainers sitzt. Er nimmt sie in die Arme. „Rhett hat nicht gesagt, dass du es bist, sonst hätte ich ihm schon in den Arsch getreten."

„Mir geht's gut. Ein bisschen angeschlagen." Ihr Blick findet meinen. Sie hält sich einen Eisbeutel ans Auge, ein weiterer liegt auf ihrem linken Oberschenkel.

„Ihr kennt euch?" frage ich. Natürlich kennen sie sich.

„Ja, natürlich." Mav setzt sich neben sie an den Tisch. „Sienna ist meine Lieblings-Yogalehrerin."

„Du machst Yoga?" fragt Adam ihn.

Er spottet, als ob er beleidigt wäre. „Du solltest mal meine Pflug-Pose sehen."

„Nein danke", sagt Adam.

Maverick stupst Sienna an. „Geht es dir gut?"

„Ja, nur ein bisschen lädiert."

„Ich kann ihm immer noch in den Arsch treten, wenn du willst."

Ich schaue zwischen ihnen hin und her und versuche, die Situation zu verstehen. Maverick ist der freundlichste Typ, den ich kenne. Er ist immer locker Fremden gegenüber und plaudert mit jedem. Außerdem baggert er jeden an, so dass es schwer zu sagen ist, ob er wirklich in ein Mädchen verknallt ist oder einfach nur sein übliches freundliches Wesen an den Tag legt. Aus irgendeinem Grund hoffe ich, dass in Siennas Fall letzteres zutrifft.

Mein Telefon klingelt wieder. Verdammt, Carrie ist hartnäckig.

„Ist das Carrie?" fragt Adam, als ich den Anruf ablehne und zurück in meine Tasche stecke.

„Ja."

„Noch eines der Mädchen, die du heute gequält hast, oder eines, das du später quälen willst?" Sienna lächelt süß.

Ich sträube mich. Die Jungs lachen.

„Ich mag sie", sagt Adam.

„Okay, für heute ist Schluss. Raus hier, damit ich ruhig schlafen kann, weil ich weiß, dass ihr Schwachköpfe weder euch selbst noch andere verletzt." Jeff macht das Licht auf einer Seite des Raumes aus.

Maverick steht auf und hilft Sienna auf die Beine. Sie protestiert viel weniger, als er ihr hilft, stelle ich fest.

„Bist du gefahren oder brauchst du eine Mitfahrgelegenheit?", fragt er sie.

„Mir geht es gut. Ehrlich."

Sie humpelt und schont ihre linke Seite.

„Wir setzen dich an deinem Wohnheim ab", sagt Mav.

Und das war's. Wir vier gehen raus zu Adams Jeep. Ich klettere zu ihr auf den Rücksitz und Mav setzt sich nach vorne.

„Es tut mir wirklich leid." Mir fällt nichts mehr ein, was ich sagen könnte. Ihr linkes Auge fängt an, sich zu verfärben, und ich fühle mich wie ein verdammtes Arschloch.

„Das hast du schon erwähnt." Sie lächelt ganz leicht. „Ich werde es überleben."

Ich werde still. Mav löchert sie mit Fragen und erzählt uns, was für eine tolle Yogalehrerin sie ist und dass sie sein Liebling ist. Ich blende ihn die meiste Zeit aus, und mustere sie zum ersten Mal, seit wir uns getroffen haben.

Ich muss vorhin noch betrunken gewesen sein, denn ich habe ihr kaum einen zweiten Blick gewürdigt, und sie ist einen zweiten und dritten Blick wert. Selbst die gelben und blauen Flecken in ihrem Gesicht die sich langsam bilden, können das leuchtende Grün ihrer Augen nicht schmälern. Ihre Wimpern sind lang und heben sich auffällig schwarz von ihrer Haut ab. Ihr dunkelbraunes Haar ist zu einem dieser unordentlichen Dutt Frisuren zurückgekämmt, die

Mädchen tragen, und ich kann nicht sagen, ob es kurz oder lang ist.

„Ich bin Rhett", sage ich schließlich.

„Sienna."

„Schön, dich kennenzulernen."

Sie brummt und ein kleines Lächeln umspielt ihre Mundwinkel. „Schön ist nicht das Wort, das ich benutzt hätte."

Als Adam vor ihrem Wohnheim vorfährt, öffnet sie die Tür.

„Danke fürs Mitnehmen."

„Wir sehen uns morgen im Unterricht", sagt Mav aus dem Fenster.

Ich rutsche über den Rücksitz, als sich die Tür hinter ihr schließt.

„Ich bin gleich wieder da", sage ich den Jungs.

Ich eile ihr hinterher und erreiche sie kurz vor der Eingangshalle des Wohnheims.

„Hey, warte mal." Ich trete neben sie.

„Folgst du mir?" Sie geht weiter auf die Treppe zu.

„Ich fühle mich schrecklich. Lass es mich irgendwie wiedergutmachen. Abendessen? Kaffee?"

Ihre Augenbrauen heben sich. „Willst du mit mir ausgehen?"

„Nein", sage ich schnell. Nicht die schlechteste Idee, aber es ist klar, dass sie nicht an Bord ist. „Nur ein Entschuldigungsessen."

„Es ist schon okay."

„Dann ja, ein Date."

Sie bleibt plötzlich stehen, und ich stoppe erst zwei Schritte vor ihr ab.

„Ein Date?" Diese grünen Augen fixieren mich auf meinem Platz.

Ich zucke mit den Schultern. „Oder einfach nur Kaffee."

„Mit dir? Der Typ, der vorhin mit einer anderen rumgemacht hat und sie zum Weinen gebracht hat?" Sie sagt es, als wäre es eine Frage.

„Woher weißt du..."

„Deine Kumpels haben ziemlich laut geredet. Ich habe nicht alles mitbekommen, aber ich glaube, ich habe genug gehört."

Ich öffne und schließe meinen Mund. Was zum Teufel soll ich dazu sagen?

Mein Telefon klingelt. Ich ignoriere es, aber Sienna wirft einen Blick auf meine Tasche und lacht. „Ich glaube, du hast schon alle Hände voll zu tun. Man sieht sich, *Ladykiller*."

Sie schiebt sich an mir vorbei und ich lasse sie gehen. Ich nehme mein Handy heraus und schalte das blöde Ding aus, während ich wieder nach draußen gehe.

Als ich auf dem Rücksitz sitze, dreht sich Mav um und sieht mich ernst an. „Geht es ihr gut?"

„Sie scheint in Ordnung zu sein." Ich lege meinen Kopf gegen das Fenster. Was für ein beschissener Tag.

„Ausgerechnet Sienna musst du wehtun." Mav schaut nach vorne, sodass ich sein Gesicht nicht sehen kann, aber sein Hinterkopf wackelt hin und her.

„Ich habe einen Puck verfolgt. Ich wollte verhindern, dass er sie trifft."

„In diesem Fall denke ich, dass der Puck weniger Schaden angerichtet hätte."

„Ohne Scheiß!" Ich seufze. „Und was meinst du mit ausgerechnet Sienna? Ich habe mich ziemlich glücklich gefühlt, dass ich ein taffes Mädchen ohne Herz umgerannt habe. Sie hat nicht einmal geweint. Ich ertrage es nicht, wenn heute noch ein Mädchen weint."

Mav dreht sich um und sein Kiefer bleibt offenstehen.

„Was?" Ich schaue von ihm zu Adam. Der zuckt mit den Schultern.

„Du weißt es nicht?"

„Was sollte ich wissen?"

„Ich weiß nicht, wie jemand so gut ins Fettnäpfchen treten kann, ohne überhaupt zu wissen, was er tut."

„Wovon zum Teufel redest du?"

„Erstens, sie hat ein Herz. Sie ist eine der nettesten und bodenständigsten Frauen, die ich je getroffen habe."

„Und zweitens?"

„Sienna hat eine seltene Herzkrankheit. Ich kenne nicht alle Details, aber ich glaube, es ist ziemlich ernst."

Ein ungutes Gefühl überkommt mich. „Woher weißt du das alles?"

„Wir unterhalten uns beim Yoga. Ihr Herz bleibt stehen, oder sie wird ohnmächtig, oder vielleicht auch beides. Das ist letztes Jahr bei einem ihrer Wettbewerbe passiert."

„Ooooh." Adam zeigt mit einem Finger auf ihn. „Ich habe davon gehört. Sie hat ein Langes-QT-Syndrom." Er dreht sich um und starrt mich mit großen Augen an. „Du hast ein Mädchen mit einem schwachen Herzen umgefahren?"

„Du hättest sie töten können", sagt Mav. „Kein Herz." Er schnaubt.

Mein Magen dreht sich. Heilige Scheiße. Ich weiß nicht, was Langes-QT-Syndrom ist, aber es hört sich nicht gut an. „Woher zum Teufel sollte ich das wissen? Und es ist ja nicht so, als ob ich es mit Absicht getan hätte. Es war ein Unfall."

Wir fahren vor der Wohnung vor und Mav springt heraus. „Ich habe dich gerade mit der letzten Sache verarscht. Ich glaube zwar nicht, dass du sie umgebracht hättest, aber in Anbetracht deiner heutigen Leistungen scheint es doch, als ob es eine Möglichkeit gewesen wäre."

Scheiß auf mein Leben.

„Hey", sagt Heath, als ich am Montagmorgen aus meinem Zimmer komme. Seine Augen sind kaum geöffnet, als er einen Proteindrink schlürft. Seine Freundin Ginny sitzt auf einem Hocker neben ihm und stützt ihren Kopf auf den Tresen.

„Morgen", sagt sie.

Im Vorbeigehen ziehe ich sie am Ende ihres Zopfes. Ginny ist Adams kleine Schwester, und weil er und ich die letzten vier Jahre zusammengewohnt haben, ist Ginny wie eine kleine Schwester für mich.

Als nächstes kommt Adam aus seinem Zimmer geschlichen und schließt leise die Tür hinter sich. Reagan hat letzte Nacht hier übernachtet, wie sie es sonst auch immer tut. Meine beiden Mitbewohner haben ernsthafte Beziehungen, was seltsam ist, denn bis vor ein paar Monaten war ich der Einzige, der eine ernsthafte Beziehung hatte. Jetzt weiche ich den Anrufen meiner Ex aus und stolpere durch mein Single-Dasein. Das Leben ist seltsam.

Er grunzt etwas, das ‚Guten Morgen' heißen könnte, während er in die Küche geht, um Haferflocken zu machen. Ich bin zu müde, um überhaupt ans Essen zu denken. Die

Sonne ist noch nicht aufgegangen, und wir haben in dreißig Minuten eine Trainingseinheit.

Ich will mich nicht beschweren. Ich bin froh, dass wir eine weitere Woche Eishockey spielen können, aber zwei Tage feiern haben uns wohl alle sehr mitgenommen.

Mein Magen knurrt. Offensichtlich hat er nicht das gleiche Problem mit der Zeit wie ich. Ich hole mir gerade Orangensaft aus dem Kühlschrank, als Maverick durch die Vordertür kommt.

„Guten Morgen", ruft er und klingt dabei viel fröhlicher als der Rest von uns. Als ich mich umdrehe, lacht er. „Nettes Veilchen. Du und Sienna passt zusammen. Hinreißend."

Ich bin zu müde, um mir eine witzige Antwort einfallen zu lassen. Aber es ist ein neuer Tag. Und heute kann es unmöglich noch schlimmer werden als gestern.

VIER
SIENNA

„Das sieht aus, als hätte meine dreijährige Nichte dein Augen-Make-up gemacht." Josie beobachtet mich von der Tür unseres gemeinsamen Badezimmers aus, während ich die schwarzen und gelben Stellen unter meinem Auge mit Concealer abtupfe.

„Ich kann nicht sagen, ob ich es besser oder schlechter mache."

„Weniger Lidschatten. Du kannst niemandem etwas vormachen." Sie greift um mich herum nach ihrer Zahnbürste.

Sie hat recht. Ich sehe lächerlich aus. Ich wische mein Make-up ab und beginne mit den üblichen Grundlagen wie Grundierung und Wimperntusche.

„Tut es weh?", fragt meine Mitbewohnerin, als wir unser Zimmer verlassen.

„Nur, wenn ich es berühre."

Sie hebt ihre Hand, als wolle sie mein Gesicht anstupsen, und ich schlage ihre Hand weg.

Mit einem Lachen fragt sie: „Hat er sich wenigstens entschuldigt?"

Als Josie gestern Abend nach Hause kam, schlief ich bereits, also habe ich ihr die Kurzversion der gestrigen Ereignisse erzählt, als sie heute morgen aufwachte und mein blaues Auge sah. Ich habe den Teil ausgelassen, in dem er mich um ein Date gebeten hat. Oder so etwas wie eine Verabredung? Ein Entschuldigungs-Date, bei dem ich humple und ein blaues Auge habe, klingt nicht besonders romantisch.

„Etwa ein Dutzend Mal."

„Ich kann mir schlimmere Wege vorstellen, ein blaues Auge zu bekommen. Rhett Rauthruss ist ein echter Augenschmaus. Ich habe gehört, er ist jetzt auch Single."

„Sind sie das nicht alle?" Ich lege eine Hand auf meine Brust. „Bindungen machen mir Angst. Ich werde einfach alles ficken, was sich bewegt."

Sie lacht wieder. Josie hat ein tolles Lachen. Die Art, bei der du nicht anders kannst, als zu lächeln, wenn du es hörst. „Du klingst wie Elias. Wie geht es ihm?"

„Toll", sage ich und bereite mich darauf vor, sie über die neuesten Späße meines besten Freundes zu informieren, aber draußen treffen wir auf dem Weg zum Training auf weitere Mädchen aus dem Team.

„Oh mein Gott, Sienna! Was ist mit deinem Auge passiert?" fragt Olivia, als sie mich sieht. Ich gebe eine sehr verkürzte Version wieder, während wir im Dunkeln die paar Blocks zur Arena joggen. Meine linke Hüfte und mein linkes Knie sind geprellt und schmerzen, aber ansonsten scheine ich den Zusammenstoß ohne Verletzungen überstanden zu haben.

In der Eishalle bin ich gezwungen, die Geschichte noch einmal zu erzählen, während wir uns im Flur aufwärmen und auf die Trainerin warten. Sie kommt an, mit einem Kaffee in der einen Hand und einem Klemmbrett in der anderen. „Bevor wir aufs Eis gehen, schaut euch den aktuellen Zeitplan an." Sie hält das Klemmbrett hoch. „Ich habe ihn ausgedruckt, aber ihr findet ihn auch in unserem gemeinsamen Kalender."

Am Murren der Mädchen, die ihr am nächsten sind, kann ich erkennen, dass die Veränderungen nicht gut sind.

„Wir teilen uns das Eis mit dem Hockeyteam?" quiekt Josie schließlich, als wir uns auf den Weg nach vorne machen. Ihr Ton ist skeptisch und nicht gerade begeistert. Sehe ich auch so, Mädchen.

Ringsherum wird gemeckert. Meine Teamkollegen rufen der Trainerin Fragen zu und fragen sich, wie das wohl funktionieren soll. Andere beschweren sich, dass es nicht fair ist.

„Wir bekommen immer noch die gleiche Menge an Eiszeit, aber wir müssen uns das Morgentraining teilen. Und ich habe eine zusätzliche Stunde am Nachmittag für diejenigen von euch ausgehandelt, die das wollen. Es ist das erste Mal in der Geschichte der Schule, dass das Hockeyteam so weit gekommen ist. Wir werden sie genauso unterstützen, wie wir wollen, dass sie uns unterstützen."

„Ja, klar", murmelt jemand. Keiner von uns hat sich dieses Jahr für die nationalen Meisterschaften qualifiziert, was uns vielleicht ein bisschen verbitterter macht, als wir es sonst wären.

Die Trainerin wirft uns einen Blick zu, der sagt, dass es so ist, wie es ist, und wir gehen auf das Eis. „Wir machen das Beste draus." Sie lächelt. „Und sie sind hier, also lasst uns an die Arbeit gehen."

Wir drehen uns um und sehen zu, wie das Hockeyteam neben uns aufs Eis kommt. Als Rhett mich sieht, weiten sich seine Augen und eine behandschuhte Hand fährt zu seinem Auge. Sein blaues Auge. Mit einem grüblerischen Blick setzt er seinen Helm auf und ich kann mir ein Lächeln nicht verkneifen. Ich hatte keine Ahnung, dass er sich bei dem Sturz auch verletzt hat. Ich fühle mich ein bisschen schlecht, obwohl er derjenige war, der mich umgerempelt hat.

„Sienna, einen Moment", ruft die Trainerin.

Ich laufe hinüber zur Bank, wo sie auf mich wartet. „Ich habe gehört, dass du gestern Abend auf dem Eis gestürzt bist. Wie geht's dir?"

„Gut. Ich habe Prellungen, aber keine Verletzungen."

„Du solltest wirklich nicht alleine auf dem Eis sein."

„Eigentlich war ich nicht allein", murmele ich vor mich hin.

„Ich will dir keine Einschränkungen auferlegen, die ich nicht auch von den anderen Mädchen verlange, aber bei deinem Herzleiden musst du dafür sorgen, dass jemand im Gebäude ist, der weiß, was zu tun ist, wenn du das Eis betrittst. Okay?"

Ich nicke, fühle mich schuldig und ärgere mich darüber. „Ja, Ma'am."

„Gut. Jetzt wollen wir dich für den Desert Cup vorbereiten."

Es ist schwer, sich zu konzentrieren, wenn die Eishockeyspieler auf dem Eis sind. Und nicht nur für mich. Die Trainerin hat es nach der Hälfte des Trainings aufgegeben, ständig ‚Fokus' zu rufen und teilt uns in Gruppen ein, um an unseren Fähigkeiten zu arbeiten. Trainer Meyers hat das gleiche Problem. Jordan und ein anderer Junge stolpern übereinander, während sie Josie bei einem fliegenden Kamelspin anstarren.

„Das war eine tolle Idee", sage ich zu Olivia.

„Ich liebe das. Das peppt meinen Morgen richtig auf. Obwohl ich wünschte, ich hätte etwas angezogen, was weniger zerknittert ist." Sie hält sich den Stoff vor die Nase. „Und nicht so stinkt."

Ich beuge mich vor. „Es riecht ein bisschen muffig", gebe ich zu. „Aber ich garantiere dir, dass du besser riechst als sie."

Wir schauen wieder zu den Jungs hinunter. Der Schweiß tropft ihnen vom Gesicht.

„Er ist süß", sagt sie.

„Wer?" Ich stelle mich dumm, aber ich weiß genau, von wem sie spricht. Rhett läuft zur Mitte des Eises und stellt sich wieder in die Reihe und starrt mich die ganze Zeit an.

„Dein Zwilling, Rhett."

Klar, er ist süß. Und das weiß er auch.

Wir arbeiten an unseren Fähigkeiten und machen das Beste aus unserer Zeit auf dem Eis, auch wenn es nur die Hälfte unseres üblichen Platzes ist. Nachdem ich meine Runde beendet habe, gehe ich zum Ende der Reihe. Rhett steht in der Nähe, ebenfalls am Ende seiner Reihe.

„Hey", sagt er. „Wie geht's deinem Auge? Tut es weh?" Er zuckt zusammen.

„Ich schätze, ungefähr so doll wie dein Auge."

„Es tut mir so leid." Die Aufrichtigkeit in seinem Tonfall überrumpelt mich. Ich meine, gestern Abend klang er aufrichtig, aber jetzt ist da noch etwas anderes hinter seiner Stimme. Schuldgefühle?

Ich bin still, während ich sein Gesicht studiere und versuche, ihn einzuschätzen. Er ist ein großer, breiter Mann. Nicht zu wuchtig, aber kräftig. Das macht Sinn, wenn man bedenkt, dass ich gestern gegen eine Mauer gelaufen bin.

„Ich wusste nichts von deinem Herzleiden. Wenn ich es gewusst hätte..." Er schweift ab.

Nun, das macht Sinn. Ich mache keinen Hehl aus meinem Herzleiden, aus verschieden Gründen, aber genau diese Art von Reaktion frustriert mich. Plötzlich empfindet er mehr Mitgefühl, als wäre ich eine zerbrechliche Jungfrau in Not.

„Mach dir keine Sorgen", sage ich und wende mich von ihm ab.

Er skatet neben mir und fährt mit mir mit. „Dir geht es doch gut, oder?"

„Rauthruss!" Die Stimme von Trainer Meyers, dem Cheftrainer des Hockeyteams, dröhnt über all den anderen Lärm in der Halle. „Vielleicht wollen du und deine Freundin uns sagen, was so wichtig ist, dass ihr beide zwei Trainingseinheiten aufhaltet?"

„Tut mir leid, Coach", antwortet Rhett.

Coach Meyers läuft auf uns zu. Er schaut von Rhett zu mir und ich sehe die Sekunde, in der er es zusammenfügt.

Er stützt sich auf den Hockeyschläger in seinen Händen. „Du musst das unglückliche Opfer von Rauthruss' Tollpatschigkeit sein."

Ich weiß nicht, was ich darauf antworten soll, also nicke ich einfach.

„Coach Brekke", ruft er über uns hinweg. „Darf ich mir mal..." Er sieht mich an und fragt nach meinem Namen.

„Sienna."

„Darf ich mir Sienna für ein paar Minuten ausleihen?"

Mein Coach antwortet mit einen Daumen nach oben.

Coach Meyers ist wahrscheinlich so alt wie mein Vater. Er hat dunkles Haar, das an den Schläfen ergraut und ein paar Falten um die Augen. Es ist leicht zu erkennen, dass er den vollen Respekt und die Aufmerksamkeit seiner Mannschaft hat, wenn er pfeift und das Training sofort unterbrochen wird.

„Wir werden eine Geschicklichkeitsübung machen", sagt er ihnen.

Die Jungs stöhnen.

Der Trainer skatet los, hebt dabei Kegel auf und stellt vier davon in ein Quadrat. „Sienna, stell dich bitte in die Mitte."

Ich tue, was man mir sagt.

Trainer Meyers zeigt ihnen, was sie tun sollen, während er sich bewegt und gleichzeitig spricht. „Skatet mit dem Puck um die ersten beiden Hütchen, enge Übergänge, Drehung, schnell sein dabei, passen und dann weiter. Wir machen das auf Zeit. Jeder, der mehr als sechs Sekunden braucht, muss eine Strafrunde laufen, bevor er sich wieder anstellt."

„Was ist mit ihr?", fragt einer der Jungs.

„Gut, dass du fragst." Der Trainer lächelt.

„Automatische Disqualifikation, wenn du sie berührst. Nicht einmal ein Haar auf ihrem Kopf. Kapiert?"

„Ja, Sir", murmeln sie.

Der Trainer lächelt mich an. „Du kannst dich auch gerne vorbeugen zwischendurch."

Die Jungs stellen sich auf. Rhett steht am Ende der Schlange.

„Rauthruss, warum zeigst du uns nicht, wie man es macht?"

Der nervöse Ausdruck auf seinem Gesicht bringt mich zum Kichern.

Der Trainer gibt ihm den Puck, als er in Position ist. „Los." Auf sein Kommando hin startet Rhett um den ersten Kegel. Er ist ein guter Skater, geschmeidig und erstaunlich leichtfüßig. Ich sage erstaunlich, weil er sich gestern nicht so angefühlt hat, als er mich umgefahren hat. Ich halte den Atem an, als er das erste Mal um mich herumfährt. Es ist eine Art Schlängelbewegung - um einen Eckkegel herum, um mich herum, um einen weiteren Kegel herum und so weiter.

Rhett macht einen großen Bogen um mich und fährt nicht so dicht an mir vorbei wie an den Hütchen. Und ich bin nicht die Einzige, der das auffällt.

„Engere Übergänge in der Mitte", bellt der Trainer und schickt einen Pass direkt zu mir. Rhett dreht sich um und stoppt den Puck, bevor er mich trifft, dann fährt er rückwärts um mich herum. Er berührt mich nicht, aber ich spüre ihn. Er ist so nah, dass ich mich nur den Bruchteil eines Zentimeters bewegen müsste, um ihn berühren zu können.

Er ist fertig und bleibt stehen und schaut zum Trainer, um seine Zeit abzuwarten.

„Fünfeinhalb Sekunden."

Rhetts Gesicht entspannt sich. Das heißt, bis sein Trainer zu mir schaut.

„Was sagst du, Sienna? Hat er dich berührt? Aus diesem Winkel konnte ich nichts sehen." Er unterdrückt ein Grinsen. Ich bezweifle, dass es viele Dinge gibt, die Coach Meyers übersieht.

Ich überlege, ob ich lügen soll. Es wäre amüsant, Rhett zu beobachten, wie er reagiert, wenn ich es täte. Seine Mimik lässt sich so gut in seinem Gesicht ablesen. Das mag ich eigentlich an ihm.

„Kein Kontakt", bestätige ich.

„Bist du dir sicher?"

Die Jungs lachen. Ich auch.

„In Ordnung. Danke, Sienna."

„Rauthruss, gib mir trotzdem eine Extra-Runde."

„Was?" Sein Mund bleibt offenstehen und er schaut zwischen seinem Trainer und mir hin und her.

„Betrachte es als Entschuldigung. Soll ich zwei daraus machen?" fragt mich der Trainer.

Ich tue so, als würde ich darüber nachdenken, führe meine Hand an mein Kinn und lasse ihn ein paar Sekunden lang schwitzen. „Nee, ich denke, eine sollte reichen."

„In Ordnung." Er nickt mir zu. „Danke für deine Hilfe, Sienna. Ich glaube, ab hier kommen wir allein zurecht."

Ich skate zu meinem Team und werfe einen Blick auf Rhett, der an der Wand entlang skatet. Er ist wirklich ein guter Skater, und wenn ich ihn in voller Montur sehe, nachdem ich weiß, wie er darunter aussieht, gefällt mir das irgendwie. Ja, ich würde sagen, diese Entschuldigung gefällt mir viel besser als seine anderen.

„Also gut, Jungs", ruft Coach Meyers. „Weitermachen!"

Der Rest des Trainings ist weit weniger ereignisreich. Trainer Meyers hält die Hockey-Jungs auf Trab, und wir arbeiten in kleinen Gruppen an Sprüngen. Es bleibt keine Zeit, Rhett anzuschauen. Okay, es gibt nur sehr wenig Zeit. Und bei den Gelegenheiten, die sich mir bieten, ist er ganz auf das Hockeyspielen konzentriert.

Nach dem morgendlichen Training habe ich bis mittags Unterricht und dann muss ich rüber zum Ray Fieldhouse, wo ich erst ein Barre-Workout und dann Yoga unterrichte.

Mein Zeitplan ist wahnsinnig voll, aber ich mag es so. Und das Geld, das ich mit dem Unterrichten von Fitnesskursen verdiene, wird mir helfen, meine Miete für eine Weile nach dem Abschluss zu bezahlen. Ich habe immer noch keinen Job in Aussicht, und da es nur noch zwei Monate sind, bis ich mich von der Uni verabschiede, habe ich das Gefühl, dass ich das nie tun werde.

Wie entscheiden sich Menschen für einen Beruf? Es fällt mir schwer, mir vorzustellen, mehr als vierzig Stunden hinter einem Schreibtisch zu sitzen und mir die Finger wund zu arbeiten. Oder vielleicht habe ich einfach noch nicht das Richtige gefunden. Mein Vater glaubt, es ist das erste von Beidem. „Du kannst nicht erwarten, dass du jeden Job sofort liebst. Arbeite hart und sei loyal", sagt er bei jeder Gelegenheit.

Das hat sich für ihn bewährt. Er hat als Assistent angefangen und sich bis zur Führungskraft in einem Softwareunternehmen hochgearbeitet. Ich bin stolz auf ihn und finde es toll, was er erreicht hat, aber ich glaube nicht, dass seine Geschichte der richtige Weg für mich ist.

Nächste Woche habe ich ein weiteres Vorstellungsgespräch und ich hoffe, dass ich dieses Mal so etwas wie echte Aufregung verspüre, wenn ich meinem Gesprächspartner gegenübersitze.

Als die Leute in den Trainingsraum strömen, lächle ich und starte die Musik. Barre ist nicht mein Lieblingskurs, aber er ist beliebt und fast immer voll. Heute ist es nicht anders.

Dreißig Minuten lang führe ich sie durch ein brutales Toning-Workout, das auf meinem Balletttraining basiert.

„Noch acht", rufe ich.

Ein kollektives Stöhnen ertönt unter der Musik. Ich weiß, dass ich ein furchtbarer Mensch bin, denn ich liebe dieses Stöhnen. Es bedeutet, dass ich meine Arbeit getan habe. Ich werfe einen Blick auf die Uhr, um sicherzugehen, dass wir im Zeitplan sind. Es hat sich bereits eine Schlange für die nächste Yogastunde gebildet. Ich liebe es, Yoga zu unterrichten. Es ist nicht ganz so beliebt wie Barre, aber die meisten Teilnehmer sind schon ziemlich fortgeschritten, so dass ich sie mehr fordern kann, als wenn es eine Klasse voller Anfänger wäre.

„Und fertig. Gute Arbeit heute."

Während meine Barre-Schüler gehen und die Yogaschüler kommen, trinke ich einen Schluck Wasser und ändere die Musik um.

Ich rolle gerade meine Matte auf dem Boden aus, als ich Rhett vor der Tür stehen sehe. Ein paar Mädchen aus meiner letzten Klasse lungern herum und schauen ihn an. Ich schaue mich nach Maverick um. Normalerweise ist er jetzt hier, und die Tatsache, dass ich ihn überhaupt suchen muss, sollte mir sagen, dass er nicht hier ist. Johnny Maverick betritt keinen Raum, ohne dass du es bemerkst.

Ich erinnere mich noch daran, wie er zum ersten Mal in eine meiner Klassen kam. Das war letztes Jahr, etwa einen Monat nach Beginn seines ersten Schuljahres. Er war zurückhaltend - nicht, dass ich das damals bemerkt hätte. Aber jetzt, nachdem ich seine Persönlichkeit kennengelernt habe, weiß ich, dass er ein viel ruhigerer, zurückhaltender Mensch war, als er damals das Studio betrat.

Trotz meiner Zurückhaltung war ich eingeschüchtert. Er ist groß, voller Tattoos und hat dunkles Haar - ein typischer Bad Boy. Das heißt, bis er den Mund aufmacht. Nachdem ich ihn kennenlernte, merkte ich, wie nett und lustig er ist. Er ist einer der Gründe, warum es mir so viel Spaß macht, diesen

Kurs zu unterrichten. Egal, wie sehr ich ihn fordere, er schafft es, dass es leicht aussieht.

Aber er ist nicht hier, stattdessen betritt ein anderer Eishockeyspieler den Raum. Er kommt von vorne auf mich zu, während die anderen im Raum ihre Matten ausrollen.

Bekleidet mit einer Sporthose und einem Valley U Hockey-T-Shirt sieht er zu heiß aus, um echt zu sein. Er hat nicht den gleichen Bad-Boy-Look wie Maverick. Er ist eher ein grüblerischer Sportler. Trotzdem hat er diese Anziehungskraft, die mehr ist als nur sein hübsches Gesicht oder seine tollen Arme, auf die ich bestimmt nicht starre.

„Was machst du denn hier?" Ich bin mir ziemlich sicher, dass die Frage wie eine Anschuldigung klingt. Er setzt alle meine Abwehrmechanismen ein, als ob mein Gehirn wüsste, dass es meinem Herzen nicht guttun würde, ihn hereinzulassen.

„Ich möchte mich entschuldigen." Er hält eine Hand hoch, als ich ihn unterbrechen will. „Ich weiß, das habe ich schon, aber ich mache es immer wieder falsch. Und das werde ich wahrscheinlich auch dieses Mal tun. Du scheinst ein cooles Mädchen zu sein. Mav hat nur Gutes über dich gesagt und ich will nur sichergehen, dass zwischen uns alles okay ist." Er lächelt und deutet auf sein Auge. „Ich habe ein passendes blaues Auge und habe heute Morgen eine Extra-Übungs-Entschuldigung abgegeben."

„Keines von beiden war freiwillig, aber das Zweite war ziemlich amüsant."

„Aber hier zu sein, war allein meine Entscheidung." Er grinst mit einem jungenhaften Charme, der ihm sicher alles beschert, was er will.

„Wie hast du mich eigentlich gefunden?"

„Maverick. Oh, und ich soll dir ausrichten, dass er heute nicht zum Yoga kommt, weil er sich mit dem Coach trifft, aber er sieht dich dann am Mittwoch." Er stößt mich spielerisch mit dem Ellbogen an. Schon diese kleine Berührung lässt meinen Herzschlag beschleunigen. „Alles gut?"

„Nimm eine Matte."

Als meine Absichten klar sind, bricht sein tiefes Lachen aus. Das Geräusch lässt meinen Magen flattern. „Wenn ich in der hierbleibe und ein paar ‚Herabschauender Hund'-Übungen und ein bisschen einfaches Stretching mache, ist alles in Ordnung zwischen uns?"

Ich grinse. Einfaches Stretching? Oh, das wird ein Spaß.

FÜNF
RHETT

Ich liege flach auf dem Rücken, starre an die weiße Decke und stöhne. Sie hat mich fertig gemacht.

Die betreffende *Sie* schaut mit einem zufriedenen Lächeln auf mich herab. „Der Unterricht ist vorbei. Du kannst jetzt gehen."

„Wenn nur meine Beine funktionieren würden." Ich drehe mich auf die Seite und drücke mich in eine sitzende Position. Ich bin schweißgebadet - etwas, von dem ich nicht wusste, dass es beim Yoga möglich ist.

„Sag die Wahrheit", beginne ich, als ich es geschafft habe, aufzustehen. „Du hast dir diese Posen doch ausgedacht, oder? Es gibt keinen bescheidenen Flamingo, keinen halben Lotus und keinen vollen Affen. Du hast mich nur verarscht."

„Halb Affe." Sie lächelt. „Nein, das sind echte Posen. Na ja, nicht genau so, wie du sie gemacht hast."

Ich lasse meinen Kopf hängen. Meine Haare fallen mir ins Gesicht und kleben an meiner Stirn. Ich brauche eine Dusche. Vielleicht zwei. Und ein Bad im Eisbad.

„Sind wir jetzt quitt?" Ich halte meine Hände zur Seite

und lasse sie sehen, wie peinlich mir alles ist. Ich bin verschwitzt und eklig und habe mich für den größten Teil meiner Mittagspause zum Affen gemacht. Mein Magen knurrt. Und ich habe das Mittagessen verpasst.

„Ja, wir sind quitt." Sie geht nach vorne im Raum, schaltet die Musik aus und sammelt ihre Sachen ein, während ich meinen Schweiß aufwische und die Matte abwische.

Sie schaut auf ihre Uhr und drückt mit zwei Fingern auf den Pulspunkt an ihrem Hals, was mich daran erinnert, was Maverick über ihr Herz gesagt hat und dass sie es überwachen muss.

„Alles in Ordnung?"

„Ja, mir geht's gut. Ich behalte nur gerne den ganzen Tag über meine Herzfrequenz im Auge. Das ist eher eine Gewohnheit." Sie lässt ihren Arm fallen. „Wir sehen uns morgen, Rauthruss." Sie verlässt das Studio. „Ich glaube nicht, dass Yoga deine Berufung ist." Sie führt ihre Hände vor sich zusammen und lächelt dabei breit. „Namaste."

IN DEN NÄCHSTEN Tagen habe ich keine weiteren Begegnungen mit meiner neuen Lieblingsskaterin. Ich sehe sie zwar beim Training, aber der Trainer hält uns mit der Drohung, uns bis zum Erbrechen laufen zu lassen, auf das Training konzentriert.

Am späten Donnerstagnachmittag sitze ich in meinem Zimmer und mache meine Hausaufgaben in Wirtschaft, als mein Telefon auf meinem Schreibtisch klingelt. Ich muss nicht hinsehen, um zu wissen, wer es ist, aber ich schaue trotzdem drauf. Mein Ex ruft seit dem letzten Wochenende mindestens dreimal am Tag an. Gestern und heute hat sich diese Zahl dramatisch erhöht. Ich komme mir wie ein Arsch vor, weil ich nicht rangehe, aber so kann es nicht weitergehen.

In der ersten Woche, in der wir uns trennten (zum zweiten Mal innerhalb eines Monats), ging ich jedes Mal ran. Sie weinte, flehte mich an, sie zurückzunehmen, und ich saß auf der anderen Seite der Leitung und fühlte mich wie ein Arsch. Ich hätte auch fast nachgegeben. Ich mag es nicht, dass sie leidet. Wir waren fast sechs Jahre zusammen - das ist eine verdammt lange Zeit, und es ist nicht so, dass ich aufgehört hätte, mich für sie zu interessieren. Sie ist ein tolles Mädchen. Sie ist nur nicht die Richtige für mich.

Ich dachte, ich tue das Richtige, indem ich weiter mit ihr rede und ihr eine Schulter zum Ausweinen biete, aber stattdessen habe ich ihr wohl nur falsche Hoffnungen gemacht. Nach einem dreistündigen Telefonat letzte Woche, in dem ich ihr zugehört habe und mir all die wirklich guten Gründe angehört habe, warum sie glaubt, dass wir es schaffen können, habe ich ihr schließlich gesagt, dass ich meine Meinung nicht ändern werde und sie gebeten, nicht mehr so oft anzurufen.

Sie gab mir den Freiraum, um den ich gebeten hatte, für ein paar Tage, aber dann fingen die Anrufe wieder an, nachdem wir das Viertelfinale gewonnen hatten. Das nervt. Ich schweige, als Adam meine Tür füllt.

„Hey." Er lehnt sich gegen den Türrahmen und nimmt den größten Teil davon ein. „Willst du ins Hideout gehen und früh zu Abend essen?"

„Ich wollte gerade ein Sandwich oder so essen. Ich muss das hier fertig machen und dann für einen Test lernen."

Mein Telefon klingelt mit einer neuen Sprachnachricht. Scheiße, das ist neu. Normalerweise hinterlässt sie keine Nachrichten.

„Weißt du was, scheiß drauf, ich bin am Verhungern." Ich stehe auf und lasse mein Telefon auf dem Schreibtisch liegen. Ich hoffe, ich tue das Richtige, wenn ich an meiner Entscheidung festhalte, nicht zu antworten. Noch nie in meinem Leben habe ich es so sehr gehasst, ein Handy zu haben.

Wir sind nur zu zweit, als wir im The Hideout ankommen. Wir geben unsere Bestellung auf, und der Kellner bringt uns unsere Biere, während wir warten.

„Keine Reagan?" frage ich. Es ist ein seltener Abend, an dem Adam nicht mit seiner neuen Freundin zusammen ist, also habe ich fest damit gerechnet, dass sie auftauchen würde.

„Sie und Dakota laufen zusammen auf der Aschenbahn."

„Alles ist also gut?" Ich weiß, dass es so ist. Ich kann es im Gesicht meines Kumpels sehen. Er ist total verknallt in sie. Vor kurzem haben sie sich gestritten und er ist so schmollend herumgelaufen, wie ich es noch nie bei ihm gesehen habe. Adam war der König der Trennungen, der innerhalb einer Woche oder manchmal sogar am selben Tag weiterzog.

„Alles großartig, ja." Er beugt sich vor, beide Hände um das Glas gelegt. Sein Lächeln wird ernst. „Was ist mit dir? Hast du mit Carrie gesprochen?" Er versucht, entspannt zu wirken, aber ich kenne ihn gut. Wir sind schon zu lange Zimmergenossen und Teamkameraden. Ich durchschaue sein ruhiges Auftreten sofort. Das Team spielt gut - sogar besser, als man es in dieser Saison von uns erwartet hat - aber er macht sich Sorgen um mich und wie sich meine Trennung von Carrie auf meine Zeit auf dem Eis auswirken wird. Er ist der Kapitän, also ist es wohl sein Job, sich Sorgen zu machen.

Es ist nicht völlig unberechtigt. Nachdem wir uns das erste Mal getrennt hatten, gab es ein paar Spiele, bei denen ich ein Wrack war. Zwar war ich derjenige, der es beendet hat, aber es ist nicht so, dass ich aufgehört habe, mich um sie zu sorgen. Wir waren so lange zusammen und ich habe sie wirklich geliebt. Aber als ich die Entscheidung getroffen habe, Schluss zu machen, habe ich lange überlegt und nachgedacht. Ich weiß, dass es richtig war, und auch wenn etwas Zeit vergangen ist, fühle ich mich in meiner Entscheidung bestätigt. Ich habe mich weiterentwickelt, auch wenn sie es nicht getan hat.

Aber ich verstehe, worauf Adam hinauswill. Wir haben einen Rekord zu schlagen und jeder hat es auf uns abgesehen. Es wird ein langer Kampf in den nächsten Wochen, um zu den Frozen Four zu kommen.

„Alles ist gut. Das verspreche ich. Carrie ruft immer noch an, aber ich habe schon seit einer Woche nicht mehr mit ihr gesprochen."

„Das muss doch an deinen Nerven zehren. Warum sperrst du nicht ihre Nummer?"

„Nein", sage ich automatisch. „Aber meinst du, ich sollte das tun?"

Er zuckt mit den Schultern. „Ich weiß es nicht. Die Situation ist rundum beschissen."

„Auf jeden Fall. Ich glaube, sie hört von allein auf. Es ist wahrscheinlich nur Routine. Wir haben die meiste Zeit unserer Beziehung am verdammten Telefon verbracht." Ich habe fast zwei Wochen gebraucht, um aufzuhören, jeden Morgen nach dem Aufwachen sofort zum Telefon zu greifen.

Unser Essen kommt und wir werden still, während wir fettige Burger und Pommes verschlingen.

„Hattest du noch andere katastrophale Zusammenstöße mit dem anderen Geschlecht, von denen ich wissen sollte?" Adam versucht, nicht die Miene zu verziehen, was ihm aber nicht gelingt.

„Nein", murmle ich, während ich mir den Mund vollstopfe.

Er lehnt sich in seinem Stuhl zurück und lächelt auf meine Kosten. „Mach dir keine Sorgen. Ich bin sicher, du hast noch viele Gelegenheiten vor dir."

„Nicht, wenn sich herumspricht, dass ich bei den Mädels einschlafe oder ihnen ein blaues Auge verpasse."

Adam gluckst. „Du brauchst nur einen guten Flügelmann." Er zeigt auf sich selbst.

„Was ist mit Reagan?"

„Die besten Flügelmänner sind in einer Beziehung. Das hält sie davon ab, sich einzuschleichen und sich die Mädels zu klauen. Besonders bei deinem schwachen Spiel."

„Das und das Wissen, dass Dakota dich verletzen würde, wenn du Reagan verletzt."

Er nickt. „Das auch. Komm mit. Das wird lustig. Iss dein Essen auf und lass uns an die Bar gehen. Ich sehe dort eine Freundin von Ginny, der ich dich vorstellen kann."

Ich bin nicht wirklich daran interessiert, ein Lächeln aufzusetzen und Smalltalk zu machen, aber zehn Minuten später folge ich ihm in die halbkreisförmige Bar an der Rückwand des Hideout.

Adam sieht nie deplatziert oder unbehaglich aus. Das bewundere ich an ihm. Ich weiß nicht, was ich sagen oder wie ich mich gegenüber Mädchen verhalten soll, nachdem ich so lange in einer Beziehung war. Als ich mit Carrie zusammen war, hat niemand viel von mir erwartet. Ich war tabu. Das hat mich für einige Mädchen interessanter gemacht, aber für die meisten bin ich einfach in den Hintergrund getreten. Ich kann gut damit umgehen, im Hintergrund zu sein.

„Ava?" Adam spricht ein Mädchen mit kurzen, schwarzen Haaren an der Bar an.

Sie dreht sich auf ihrem Sitz um. „Adam, hey!"

Sie streicht sich die Haare hinters Ohr und setzt sich ein wenig aufrechter hin. Sie ist sichtlich überrascht, dass wir sie angesprochen haben, aber Adam ist eben Adam und beruhigt sie schnell.

„Schön, dich zu sehen. Kennst du schon meinen Kumpel Rhett?"

Ihr dunkler Blick gleitet zu mir. Sie lächelt höflich und hebt eine Hand, um schüchtern zu winken. „Das glaube ich nicht."

„Schön, dich kennenzulernen, Ava." Ich winke zurück.

„Dich auch."

Adam rückt näher an mich heran und murmelt leise: „Frag sie, ob du ihr einen Drink spendieren darfst."

Ich bin mir ziemlich sicher, dass Ava ihn gehört hat, aber ich frage sie trotzdem. „Darf ich dich auf einen Drink einladen?"

„Ähm...", beginnt sie.

„Entschuldigung", sagt eine tiefe Stimme hinter mir, und ich gehe zur Seite, um den Typen vorbeizulassen. Er geht direkt zu dem leeren Stuhl neben Ava und setzt sich. Er dreht sich um, so dass seine Knie an denen von Ava anliegen.

Ava schaut auf ihren Schoß. „Das ist mein Freund, Trent. Er ist für eine Woche zu Besuch."

Wahnsinn. Ich baggere jetzt Mädchen an, während ihr Freund auf dem Klo ist. Das ist ein neuer Tiefpunkt.

Adam räuspert sich und unterdrückt ein Lachen. „Das ist toll. Woher kommst du?"

„Ich gehe im Norden des Staates auf die Uni." Er mustert uns und versucht zu entscheiden, ob wir eine Bedrohung sind.

„Adam ist Ginnys Bruder", sagt Ava und sofort verändert sich sein Gesichtsausdruck in etwas viel Freundlicheres.

„Oh, cool. Du spielst Hockey, richtig?", fragt er Adam.

„Das ist richtig. Das tun wir beide." Adam sieht zu mir und ich nicke.

„Wirklich cool." Trent legt eine Hand auf Avas Oberschenkel.

Ich hab's verstanden, Kumpel. Sie gehört dir. Du musst sie nicht anpinkeln.

„Nun, wir wollten gerade gehen, aber es war gut, dem Namen endlich ein Gesicht zuzuordnen." Er ist sehr besitzergreifend, während er sein Mädchen von uns wegführt.

Adam lässt sich in Avas leeren Stuhl fallen, nachdem sie gegangen sind, und lässt den Kopf hängen, während ihm ein Lachen über die Lippen kommt.

„Ein toller Flügelmann bist du." Ich nehme den anderen Stuhl.

„Ich habe vergessen, dass sie einen Freund hat."

„Das ist praktisch." Ich hebe meine fast leere Bierflasche hoch, als die Barkeeperin in meine Richtung schaut, und sie gibt mir eine neue.

„Wir werden jemand anderen für dich finden. Es ist noch früh."

Der Fernseher erregt wieder meine Aufmerksamkeit. Es ist Eiskunstlauf, und ich denke an Sienna. Eine neue Läuferin betritt das Eis. Sie posiert und wartet darauf, dass die Musik beginnt.

„Ich denke, es ist schon okay. Und außerdem habe ich darüber nachgedacht, Sienna um ein Date zu bitten." Erneut. Vielleicht dieses Mal, ohne über mich selbst zu stolpern.

„Das Mädchen, der du ein blaues Auge verpasst hast?"

Ich kratze mich mit meinem Mittelfinger an der Nase.

„Trink dein Bier aus, damit wir von hier verschwinden können. Ich muss lernen."

„Was immer du sagst, *Ladykiller*."

SECHS
SIENNA

Am Freitagmorgen verlasse ich das Wohnheim recht früh, um vor allen anderen auf dem Eis zu sein.

„Hat dir deine Trainerin nicht gesagt, dass du nicht alleine auf das Eis gehen sollst? Außerdem solltest du wirklich nicht im Dunkeln über den Campus laufen." Elias' Augenbrauen ziehen sich auf dem Bildschirm meines Telefons zusammen.

„Ich habe das mit dem Coach geklärt und deshalb rede ich mit dir."

„Was glaubst du denn, was ich mache, wenn dich jemand angreift? Sie anschreien, dass sie bitte aufhören sollen?"

„Nein, Dummkopf. Leg auf und ruf die Polizei."

Er gluckst. Es ist drei Stunden später in Toronto und Elias ist bereits auf der Eisbahn, wo er mit seiner Partnerin Taylor Schlittschuh läuft.

„Hast du heute Abend schon etwas vor oder verbringst du wieder einen Freitagabend damit, dir Dokumentationen über Serienmörder anzusehen?" Er erzittert.

„Wenn du sie nicht magst, schau sie dir nicht an."

„Du hast mich in die Irre geführt. Du hast gesagt: ‚Das hier ist nicht so schlimm. Du wirst das schon schaffen. Das ist ein toller Film für ein Date'." Er wirft mir einen bösen Blick zu. „Das Mädchen hat mich sitzenlassen, nachdem ich mitten in der Nacht schreiend aufgewacht bin."

Lachend ziehe ich meine Karte durch den Türleser und lasse mich in die Arena rein. „Ich muss los. Ich rufe dich später an."

„Nein. Ruf mich später nicht an. Geh raus und hab Spaß. Einer von uns muss das tun."

„Tschüss, E. Stirb mir heute nicht weg."

Er macht ein Kreuz über sein Herz, bevor er das Gespräch beendet.

Ich schaue im Büro der Trainerin vorbei, um ihr zu sagen, dass ich hier bin und gehe dann aufs Eis.

„Du", sage ich, als ich sehe, wie Rhett an einem Ende Stretchübungen macht.

„Hey", sagt er zaghaft.

Ich schüttele den Kopf. „Ernsthaft? Jedes Mal, wenn ich denke, dass ich diesen Ort für mich alleine habe."

Er stellt sich aufrecht hin und läuft auf mich zu. „Das Gleiche könnte ich über dich sagen. Außerdem war ich dieses Mal zuerst hier."

„Kann ein Mädchen nicht ein bisschen Frieden und Ruhe haben?"

Er lächelt, antwortet aber nicht.

„Ich schätze, du kannst bleiben", sage ich, als wäre ich der Boss hier. Er grinst. „Versprich mir nur, dass du mich nicht umfährst."

Er zieht eine Grimasse. „Man sollte meinen, dass es leicht

ist, das zu versprechen, aber ich sage einfach, dass ich mein Bestes tun werde."

„Ich habe meine Kopfhörer vergessen, also werde ich Musik über die Lautsprecher abspielen", sage ich, während ich zur gegenüberliegenden Seite skate.

„Klar, ja, was auch immer. Tu so, als ob ich nicht hier wäre."

Und genau das tut er auch mit mir. Er wirft keinen weiteren Blick in meine Richtung, als er anfängt, um seine Hälfte herum zu skaten. Ich mache die Musik an und stürze mich in mein Programm. Ich gehe es zweimal durch - einmal ohne Sprünge und das zweite Mal mit allem Drum und Dran. Als ich fertig bin, hole ich mir etwas zu trinken und überprüfe meinen Puls, bevor ich meine Routine hinter mir lasse und einfach für mich selbst skate. Die kühle Luft trifft mein Gesicht, während ich mich bewege, einfach dahin wohin die Musik mich führt. Hier fühlt sich alles leichter an. Meine Beine, meine Arme. Es ist, als würde ich fliegen, wenn ich mich über das Eis bewege. Freiheit.

Mein Blick fällt auf Rhett. Er läuft um das Netz herum, und unsere Blicke treffen sich für einen kurzen Moment. Er dreht mir wieder den Rücken zu und schießt weiter Pucks ins Netz, und ich mache noch einen Halbkreis, bevor ich auf ihn zulaufe.

„Darf ich mal?" Ich mache eine Bewegung in Richtung seines Schlägers.

Er richtet sich auf, zieht seine Unterlippe hinter die Zähne und beobachtet mich. „Das fühlt sich wie eine Falle an. Du wirst mich doch nicht wieder damit schlagen, oder?"

Ich verdrehe die Augen und sage: „Nein. Es sieht nur irgendwie therapeutisch aus, wie du auf das Netz schießt."

„Ich dachte, du wolltest Ruhe und Frieden."

„Das dachte ich auch."

Er übergibt mir den Schläger. „Weißt du, was du da tust?"

Ich stelle mich mit dem Schläger hinter dem Puck auf. „Wie schwer kann das schon sein?"

Nachdem ich den Puck treffe und er langsam über das Eis gleitet und weniger als drei Meter von uns zum Halten kommt, muss ich meine Worte wohl zurücknehmen.

„Schwerer als es aussieht, was?" Er grinst. „Versuch's noch mal. Spann deinen Arsch an." Er blinzelt und sieht auf. „Ich merke gerade, wie das klingt, wenn es nicht der Coach zu einem Haufen Jungs sagt."

„Es klingt so oder so komisch. Ich dachte, es liegt alles in den Handgelenken und Schultern."

Seine Augenbrauen heben sich und er neigt seinen Kopf zur Seite.

„Meine kleine Schwester spielt Eishockey", erkläre ich.

Er nickt und kommt näher. Sein Duft - eine Mischung aus Schweiß und männlich riechender Seife - umhüllt mich.

„Leg deine rechte Hand ein bisschen tiefer."

Meine Finger wandern den Stock hinunter. Ich schaue ihn an und bitte um Zustimmung.

„So ist es gut. Jetzt dreh deinen Körper in einem größeren Winkel."

Das ist einer dieser Momente, in denen er seine Hände auf meine Hüften legen und es mir zeigen könnte. Leider tut er das nicht. Ich schieße noch einmal, und dieses Mal schafft es der Puck die ganze Strecke. Er geht zwar nicht rein, weil ich schlecht ziele, aber er rutscht über die Torlinie, das ist doch schon mal was.

Ich gebe ihm den Schläger zurück. „Nicht so therapeutisch, wenn er nicht reingeht."

Er stellt sich auf, schießt, und der Puck segelt ins Netz und knallt gegen den hinteren Pfosten. Mit einem Zwinkern in den Augen sieht er mich an. „Es gibt nichts Besseres als dieses Geräusch."

„Darf ich dir eine Frage stellen?"

„Ich denke schon", sagt er langsam.

„Welches Szenario führt dazu, dass ein Mädchen dich schreiend aufweckt, während du nackt bist? Warte, warst du nackt oder sie?"

Er gluckst leise, schließt die Augen und schüttelt den Kopf. „Daran hast du gedacht, seit wir uns kennengelernt haben, nicht wahr?"

„So ziemlich, ja."

Er saugt wieder an der Unterlippe hinter den Zähnen, bevor er antwortet. „Wir waren beide nackt."

„Okay, und warum führt das zum Schreien?" Ich kann mir den nackten Rhett ziemlich gut vorstellen. Nach meiner Schätzung ist er etwas über 1,80 m groß. Er ist füllig, aber nicht korpulent. Ich kann deutlich die Muskeln in seinen Armen sehen, die den Stoff seines Shirts spannen. Mein Blick fällt auf seinen Unterleib. Vielleicht hat er nicht genug? Aber würde mich das zum Schreien bringen? Vielleicht würde ich wegrennen, aber nicht schreien.

Er ertappt mich dabei, wie ich ihn anstarre, und mein Gesicht wird heiß, aber er spricht mich nicht darauf an. „Wir waren nackt", sagt er langsam und hält dann inne. „Und ich bin eingeschlafen."

„Oh." Meine Augen weiten sich. „Ohhhh."

„Ja." Er schießt noch einmal. Der Schuss geht rein, aber er macht nicht das magische Geräusch, das er erwähnt hat.

„Und was ist dann passiert?"

„Dann kam ich hierher und wurde angeschrien, weil ich wieder geschlafen habe." Er zwinkert und läuft zum Netz, um die Pucks einzusammeln.

„Ach, komm schon. Das ist alles, was du mir erzählst? Wo sind denn die Details?"

„Weißt du, du bist sehr gesprächig für jemanden, der in Ruhe gelassen werden wollte."

„Ich kann nicht anders. Deine Nacherzählung der Geschichte hat mich wirklich überzeugt", sage ich und mein Sarkasmus trieft aus meinem Tonfall.

Er bleibt vor mir stehen und grinst, dann stützt er beide Hände auf die Spitze seines Schlägers. „Du bist eine gute Eiskunstläuferin. Du sagtest, du hast demnächst einen Wettkampf. Wann?"

„Du wechselst das Thema."

„Ja, weil es peinlich ist. Du hast schon genug Mist über mich gehört."

„Ja, es steht ein Wettkampf an, aber in Wahrheit bin ich einfach gerne alleine auf dem Eis."

„Das verstehe ich", sagt er.

„Meinst du *ganz* nackt?"

Er schüttelt den Kopf und sein tiefes Lachen hallt in der leeren Eishalle wider. „Nackt genug."

„Wie soll das gehen? Logistisch."

„Nun, weißt du", beginnt er in einem ernsten Ton. „Wenn zwei Menschen sich zueinander hingezogen fühlen..."

„Ich weiß, wie *das* passiert. Ich möchte wissen, warum du eingeschlafen bist? Hast du eine Art Schlafstörung?"

Er lacht immer noch und lächelt mich auf eine Weise an, die meinen Puls in die Höhe treibt. Ich laufe zur Bande und springe hinauf, um mich zu setzen, wobei ich lange, gleichmäßige Atemzüge mache. Er folgt mir, und ich teile mein Wasser mit ihm. Er schüttet es sich in den Mund und gibt es mir zurück.

Wir sitzen still beieinander und starren auf die leere Eisbahn hinaus. Das ist die Ruhe, die ich gesucht habe, als ich heute Morgen aufgestanden bin und beschlossen habe, früh zur Eisbahn zu gehen, aber ich bin die Erste, die die Stille durchbricht.

„In der dritten Klasse schlief ich im Bus auf dem Heimweg von der Schule ein. Der Fahrer fuhr den ganzen Weg zurück zur Schule, bevor er merkte, dass ich noch auf meinem Sitz saß. Meine Eltern mussten mich dann abholen. Super peinlich."

„Nur ein bisschen peinlich im Vergleich zu den Umständen, unter denen ich eingeschlafen bin."

„Kann ich nicht beurteilen, da ich noch nicht die ganze Geschichte gehört habe."

Er lässt den Kopf sinken und fährt sich mit der Hand über den Kiefer. „Ich war auf einer Party. Wir haben angefangen zu trinken, nachdem wir mit dem Bus vom Viertelfinale zurück waren. Ich glaube, ich habe in dieser Nacht zwei Stunden geschlafen, dann sind wir für Getränke und Donuts aufgestanden und gegen Mittag war ich total platt. Ich fuhr mit ein paar Leuten zurück zu meiner Wohnung. Sie kam mit. Ich dachte eigentlich, dass sie auf meinen Freund steht, aber dann fing sie an, mich zu küssen, und kam mit in mein Zimmer. Ich war so müde."

Ich unterdrücke ein Lächeln, als er sich die Haare aus dem Gesicht schiebt.

„Sie kniete vor mir, und ich lag mit dem Rücken auf dem Bett..." Er hebt seine Beine an, die über die Kante baumeln, und fährt mit der Hand dazwischen.

„Oh mein Gott! Du bist während eines Blowjobs eingeschlafen?!"

Er schaut sich um, als ob jemand in der Nähe lauschen würde.

„Tut mir leid." Ich senke meine Stimme. „Aber ernsthaft?"

„Wenn ich gewusst hätte, dass das passiert, hätte ich mich besser vorbereitet. Vielleicht hätte ich vorher eine kalte Dusche genommen oder, verdammt, ich weiß es nicht."

„Was meinst du damit, wenn du gewusst hättest, dass das passieren würde? Passiert so etwas nicht oft - dass Mädchen dir folgen und auf die Knie fallen?" Mein Gesicht ist heiß wie Lava. „Und ich meine, okay, vorbereitet oder nicht, ich glaube nicht, dass Einschlafen die angemessene Reaktion auf Sex ist."

„Nein. Ich meine, ja, ich denke schon. Es ist irgendwie neu, und ich habe mich noch nicht ganz daran gewöhnt."

„Bei mir ist es genau umgekehrt. Früher sind mir die Jungs hinterhergelaufen, aber jetzt nicht mehr. In deinen Schuhen ist es besser, glaub mir."

„Baggern dich die Jungs nicht mehr an?" Sein Blick sagt, dass er mir nicht glaubt.

„Ist es neu, dass Mädchen dich anbaggern?" Ich werfe ihm den gleichen Blick zurück.

Wir lächeln uns an und es liegt eine gewisse Elektrizität in der Luft zwischen uns. Rhett ist anders, als ich es mir vorgestellt habe. Es ist einfacher, mit ihm zu reden. Nett. Lustig.

Plötzlich sind wir nicht mehr allein. Ein paar Eishockeyspieler kommen zur gleichen Zeit wie Josie heraus.

„Ich schätze, es ist Zeit", sage ich und springe auf das Eis.

„Hey." Er folgt mir. „Was machst du heute Abend? Hast du vielleicht Lust, mit mir abzuhängen? Ein paar meiner Mannschaftskameraden gehen zu dieser Party im Basketballhaus. Kennst du die?"

„Ja, kenn ich."

„Also, willst du hingehen?"

„Mit dir?" frage ich ein wenig verwirrt.

Er schaut sich um. „Ja?"

„Tut mir leid, es ist nur... ich glaube, ich bin nicht dein Typ."

„Okay." Er zieht die Brauen zusammen. „Warum bist du nicht mein Typ? Oder besser gesagt, was denkst du, was genau mein Typ ist?"

„Ich habe nichts gegen gelegentliche Treffen, aber wenn man bedenkt, mit wie vielen Frauen du allein in dieser Woche zusammen warst... tut es mir leid." Es gibt eigentlich keinen guten Weg, einem Typen zu sagen, dass du nicht sein nächster Betthüpferl sein willst.

„Okay." Rhett läuft rückwärts. „Ich hab's verstanden. Also, wir sehen uns."

Ich bin in der Bibliothek und lerne, als Elias anruft. Ich lehne mein Handy gegen meinen Rucksack auf dem Tisch und nehme den Videoanruf an.

„Hi." Ich spreche mit leiser Stimme.

„Warum hast du mich nicht zurückgerufen? Und wo bist du?" Sein Blick sucht den Hintergrund ab und ich merke sofort, dass er meinen Standort erkennt. „Wenn du nicht vorhast, zu dieser Party zu spät zu kommen, solltest du dich beeilen. Es ist schon nach acht."

„Ich werde nicht gehen."

Ich wusste, dass ich Elias nie hätte erzählen sollen, dass Rhett mit mir ausgehen wollte.

„Warum nicht? Ronnie scheint ein lustiger Typ zu sein. Geh und hab Spaß." Auch wenn ich sein breites Lächeln nicht sehen könnte, hätte ich an seinem Tonfall erkennen können, wie aufgeregt er ist.

„Du weißt, dass das nicht sein Name ist."

„Er hat meinem Mädchen ein blaues Auge verpasst. Er verdient es noch nicht, dass man seinen Vornamen benutzt. Außerdem sind Hockey-Jungs dumm. Ein Treffer zu viel." Er klopft mit den Fingerknöcheln an seinen Kopf.

„Und trotzdem willst du, dass ich mit ihm ausgehe."

„Nicht direkt mit *ihm*. Es sind nur noch zwei Monate, bis das College vorbei ist. Geh aus, trink ein bisschen zu viel, triff schlechte Entscheidungen und lass mich durch dich mitleben." Er schiebt seine Unterlippe in einem Schmollmund vor.

Ich summe eine unverbindliche Antwort. „Was machst du da?"

Er hält das Telefon nah an sein Gesicht, sodass ich den Hintergrund nicht erkennen kann, aber es ist dunkel. Elias kommt aus Massachusetts, lebt aber bei einer Gastfamilie in Toronto, während er mit seiner Paarlaufpartnerin Taylor trainiert. Sie haben die Chance, an den Olympischen Spielen teilzunehmen. Sie sind wirklich verdammt gut.

„Ich bin im Bett. Ich habe morgen früh um fünf Uhr AcroYoga." Der Schatten seiner dunkelbraunen Augen ist in der schummrigen Beleuchtung schwer zu erkennen, aber das große Augenrollen, das er in meine Richtung schickt, ist unübersehbar. „Wir können noch so viel Yoga machen, es wird keinen Unterschied machen, wenn Taylor mir nicht vertraut."

„Du hast sie fallen lassen."

„Es war ein einziges Mal. Mein Handgelenk war gebrochen. Ich habe sie mit einem gebrochenen Handgelenk gehalten!" Er wird hitzig und fuchtelt mit einer Hand herum, als ob er eine imaginäre Partnerin festhalten würde.

„Bis du sie nicht mehr gehalten hast." Ich grinse, als ihm spielerisch die Kinnlade herunterfällt, als wäre er wirklich schockiert über meine Worte. Wir sagen uns die Dinge immer so, wie sie sind. Ohne Scheiß. „Ich will damit nur sagen, dass AcroYoga vielleicht hilft, dieses Vertrauen wieder aufzubauen. Irgendwo muss man ja anfangen."

„Und ich sage nur, dass sich niemand so früh am Morgen bindet. Außerdem hast du gut reden. Was ist mit dir?" Das ist das Schöne daran, einen besten Freund zu haben, der ein Mann ist - ein Mann, der überhaupt nicht daran interessiert ist, mit dir zu schlafen - er geht nicht auf Zehenspitzen über deine Gefühle hinweg.

„Was ist mit mir?" Ich tue so, als wüsste ich nicht, worauf das hinausläuft.

„Du musst die Zeit genießen, die vom College übrig ist. Wenn die Arbeit so ist wie die, die ich mache, dann ist es gähnend langweilig und es herrscht ein ständiger Schlaf- und

Koffeinmangel. Ich hasse den Gedanken, dass du heute Abend in der Bibliothek sitzt. Igitt. Außerdem glaube ich, dass du gehen willst."

„Wie kommst du auf die Idee?"

Er legt den Kopf schief und mustert mich. „Bist du geschminkt? Hmmm. Und ist das ein neues Shirt?"

Ich klimpere mit meinen falschen Wimpern. „Punkt für dich."

Er lacht und grinst mich an. „Mein Dating-Leben lässt deines erbärmlich aussehen, und ich trainiere oder schlafe zweiundzwanzig Stunden am Tag. Wenn du es nicht für dich tust, dann tu es für mich. Ich brauche etwas Abwechslung in meinem Leben."

„Du hast schon genug Aufregung, ohne es überhaupt zu versuchen. Was ist mit dem Mädchen, das du letzte Woche im Café getroffen hast?"

„Nun, wir haben uns Nachrichten geschrieben..."

Und schon habe ich das Gesprächsthema wieder auf Elias gelenkt. Er redet sehr gerne über sich selbst und ich bin froh, wenn ich an etwas anderes denken kann als an Rhett und die Party, zu der er mich eingeladen hat.

Ich hatte heute Spaß mit ihm. Ich habe etwas gefühlt, und er anscheinend auch, aber vielleicht habe ich es mir nur eingebildet? Ich will kein dummes Mädchen sein, das mehr in die Situation hineininterpretiert, als da ist. Aber ich weiß auch, dass die unbeschreibliche Chemie und Verbindung, die ich mit ihm hatte, etwas ist, das ich schon lange nicht mehr gespürt habe.

Es war nur eine Stunde und ich musste ihn quasi zwingen, mit mir zu reden. Aber als er es tat, spürte ich es. Da war noch etwas, das meinen Herzschlag beschleunigte und mir

Schmetterlinge im Bauch bescherte. Ich lasse mir nicht oft in die Karten blicken und es tut weh, wenn ich mich in die Karten blicken lasse und dann falsch liege.

Ich klappe meinen Laptop zu, während Elias mir ein Ohr abschwatzt, und gebe es auf, heute Abend noch mehr Schularbeiten zu erledigen. Ich bin wirklich hergekommen, um mir einzureden, dass ich nicht auf die Basketball-Party gehen will.

Elias gähnt, als er mir jede Einzelheit der SMS erzählt, die er mit dem Mädchen geschrieben hat, das er beim Kaffee holen getroffen hat. Er sieht gut aus und ist charmant, und obwohl ich ihn noch nicht persönlich getroffen habe, weiß ich, dass er zu den Menschen gehört, denen man nicht widerstehen kann. Aber er ist auch sehr wählerisch.

Ein Date, manchmal auch weniger, und er redet sich ein, dass es nie klappen wird. Sie hat einen Goldfisch als Haustier, und das macht ihm Angst, oder sie ist Flugbegleiterin bei einer Fluggesellschaft, die er nicht mag. Einmal hat er aufgehört, einem Mädchen zu schreiben, weil sie die Dreistigkeit besaß, nach dem Labor Day weiße Hosen zu tragen. Und er ist nicht gerade der Inbegriff einer Mode-Ikone. Er trägt Socken zu seinen Sandalen. Es ist ihm also nicht erlaubt, über andere zu urteilen.

„Ich sollte dich gehen lassen", sagt er. „Und du solltest dir etwas viel Freizügigeres anziehen, Josie anrufen und dann zu dieser Party gehen."

„Verlockend", sage ich.

„Ich schreibe ihr jetzt eine SMS. Denk dir lieber eine gute Ausrede aus oder versteck dich."

„Woher hast du überhaupt ihre Nummer?"

„Wir haben nach deinem Unfall letztes Jahr Nummern

ausgetauscht. Für den Fall der Fälle." Er sagt das alles so beiläufig. Komisch, wie ein paar Nahtoderfahrungen einen Menschen so gleichgültig machen können.

Elias und ich haben das gleiche Herzleiden. So haben wir uns eigentlich kennengelernt. Eines Tages scrollte ich durch YouTube und stieß auf ein Video, in dem er über seine Krankheit sprach und wie sie sich auf sein Training auswirkt. Es schien wie Schicksal zu sein, einen anderen Eiskunstläufer in meinem Alter zu sehen, der damit zu kämpfen hat. Ich meldete mich bei ihm, wir schickten uns Nachrichten und jetzt ist er für immer mit mir verbunden.

Mein Telefon klingelt mit einer eingehenden SMS.

„Das ging aber schnell", sage ich, als ich die Nachricht von Josie lese. **OMG. Ich springe unter die Dusche. In dreißig Minuten bin ich fertig.**

„Ich wusste, dass ich auf Josie zählen kann."

„Ich glaube nicht, dass das eine gute Idee ist. Ich habe Nein gesagt und ihm quasi unterstellt, dass er eine Schlampe ist. Werde ich jetzt nicht wie eine Schlampe aussehen, wenn ich dort auftauche?"

„Bitte. Wenn du auftauchst und heiß aussiehst, wird er sich an nichts erinnern, was du je gesagt oder getan hast."

„Ich habe im Moment zu viel um die Ohren." Das ist eine faule Ausrede und er weiß es. Natürlich wird er mich darauf ansprechen.

„Du musst Sex haben", sagt er laut.

Ich ziehe verlegen den Kopf ein, auch wenn ihn dank meiner Ohrstöpsel niemand hören kann. Aber er hat nicht unrecht. „Gut, aber wenn das hier schlecht ausgeht, gebe ich dir die Schuld."

„Ich werde es überleben. Ruf mich morgen oder heute

Abend an, wenn du den Walk of Shame machst." Er macht ein X über die linke Seite seiner Brust.

Ich tue dasselbe und zeige ihm dann schnell noch den Mittelfinger.

Oh, Mist. Worauf habe ich mich da eingelassen?

SIEBEN
RHETT

„Haha, sehr witzig", sage ich, als ich das mysteriöse Geschenk auf meinem Bett sehe - eine Einkaufstüte mit drei verschiedenen Marken von Energydrinks, Kondomen und einer Schachtel Kleenex.

„Wofür sind die Taschentücher?" frage ich und trage die Tüte in den Flur hinaus. Musik dröhnt durch unsere Wohnung, als wir uns zum Ausgehen bereit machen. Es gibt zwei Badezimmer in der Wohnung, aber die Jungs drängen sich alle in einem und streiten sich um den Spiegel.

„Die sind für die Mädchen, die du zum Weinen bringst", sagt Heath. Mav stößt ihn mit dem Ellbogen und Heath reibt seinen Arm, während er hinzufügt: „Ich meine, das nehme ich an."

„Bitte, ich weiß, dass das nur ihr beide wart." Ich halte die Schachtel mit den im Dunkeln leuchtenden Kondomen hoch.

Mav gackert. „Die sind lustig. Damit sieht dein Schwanz wie ein Lichtschwert aus."

Adam begegnet meinem Blick im Spiegel. „Vielleicht hilft dir das Leuchten, wach zu bleiben."

„Ich hasse euch alle." Ich bringe die Tüte zurück in mein Zimmer und werfe alles auf das Bett, bis auf den größten Energydrink.

„War das Carrie, die vorhin dein Telefon bombadiert hat?" ruft Adam durch den Flur.

„Ja."

„Alles gut?" Ich weiß, dass er Angst davor hat, dass ich wieder mit ihr zusammenkomme. Adam hat Carrie nie gemocht. Das beruhte eigentlich auf Gegenseitigkeit. Carrie kam mit keinem meiner Teamkollegen wirklich gut aus.

„Alles gut." Ich weiß nicht, ob ich es schaffe, so zu klingen, als wäre es mir egal, aber das ist die Stimmung, die ich heute Abend habe. Es ist mir scheißegal. Einfach alles. Zum Beispiel, dass meine Ex nicht aufhört, mich anzurufen, oder dass jedes Mal, wenn ich versuche, mit jemand anderem etwas anzufangen, alles in die Hose geht.

„Letzte Nacht, um die Sau rauszulassen", sagt Adam, als wir endlich alle bereit sind zu gehen. „Ab morgen ist es Zeit, wieder an die Arbeit zu gehen."

„Aber sowas von", sagen wir.

Wir erreichen das Basketballhaus, das auf dem Campus als ‚Weißes Haus' bekannt ist, und innerhalb einer Stunde bin ich schon zu betrunken, um geradeaus laufen zu können. Die letzte Nacht, um die Sau rauszulassen? Herausforderung angenommen. Ich habe endlich den Punkt erreicht, an dem mir das Desaster, in welchem mein Dating-Leben sich gerade befindet, egal ist.

Hier ist ein kostenloser Party-Tipp für dich. Wenn du dich auf einer Party (oder überhaupt irgendwo) amüsieren willst, halte dich an Maverick. Er kennt jeden, trinkt wie ein verdammter Fisch und nichts kann ihn davon abhalten, Spaß zu haben.

Wir sind jetzt seit zwei Jahren Teamkameraden, aber wir haben nur ein paar Mal alleine abgehangen, und nie so, dass ich bereit war, mit ihm einen Drink nach dem anderen zu trinken. Je länger wir abhängen und je betrunkener ich werde, desto mehr denke ich darüber nach, wie lächerlich es ist, dass ich mir wegen allem Stress mache. Mav ist Single, und er ist immer glücklich. Ich weiß nicht, warum ich es zuließ, dass mein Trennungsdrama so lange meinem Spaß im Weg stand. Aber jetzt nicht mehr.

Wir unterhalten uns mit einer Gruppe von Mädchen, die uns sofort stehen lassen, als ein paar Verbindungsbrüder mit einer Kühlbox voller Wackelpudding-Shots ankommen. Mav scheint nicht im Geringsten beunruhigt zu sein.

„Wer braucht schon Mädchen?!" rufe ich und hebe meinen Drink.

„Ganz ruhig, lass uns nicht so verrückte Sachen sagen." Mav drückt meine Hand nach unten.

„Ich bin eifersüchtig, Mann", sage ich ihm. „Dich kann nichts erschüttern. Du bist immer der Mittelpunkt der Party. Ich weiß nicht, wie ich das machen soll", gebe ich zu. „Ich war so lange in einer Beziehung. Jetzt ist alles, was aus meinem Mund kommt, eine Katastrophe. Ich bin während eines Blowjobs eingeschlafen."

Er lacht und legt einen Arm um meine Schultern. „Ja, leg das mal ad acta. Nimm noch einen Drink und vergiss, dass es passiert ist."

„Sie wollte nicht mit mir ausgehen, weil sie denkt, dass

ich ein Aufreißer bin." Ich lache, ein bisschen undeutlich. „Eigentlich ist es ganz lustig."

„Wer wollte nicht mit dir ausgehen?"

„Sienna. Ich habe sie um ein Date gebeten." Ich habe es geschafft, das den ganzen Tag für mich zu behalten, aber der Alkohol hat meine Zunge gelockert.

„Nun, was hast du gesagt? Was hat *sie* gesagt?"

„Ich habe sie gefragt, ob wir heute Abend zusammen abhängen wollen, und sie hat mir gesagt, ich sei nicht ihr Typ."

„Autsch." Er schraubt die Kappe der Mad Dog 20/20 Flasche ab und reicht sie mir.

„Ja." Ich kippe die Flasche zurück. Es ist mir viel weniger wichtig als noch vor zwei Stunden. Die Wahrheit ist, dass sie vielleicht nicht mein Typ ist. Oder vielleicht habe ich gar keinen Typ. Sie scheint anders zu sein als Carrie, und das ist alles, woran ich mich orientieren kann.

„Sienna ist toll. Ich könnte mir euch beide zusammen vorstellen, aber hör auf, zu viel darüber nachzudenken. Wenn es passiert, dann passiert es. Wenn nicht." Er zuckt mit den Schultern.

„Das ist das Maverickste, was du je gesagt hast." Ich spotte über sein Achselzucken und übertreibe es in meinem betrunkenen Zustand. „Was auch immer passiert. Wenn es so sein soll, wird es so sein. Wenn nicht, werde ich die Frauen von Valley mit meinem Sixpack und meinen Fähigkeiten als Biertrinker beglücken."

Er grinst. Sein Hemd ist noch an, aber die Nacht ist noch jung. „Jetzt hast du's geschafft. Komm, wir bringen dich auf die Tanzfläche."

Ich beginne zu protestieren. Ich tanze nicht, aber scheiß

drauf. Heute Abend tanze ich. Nicht gut, aber egal. Maverick geht direkt in die Mitte, wo eine Gruppe von Mädchen ihre Ärsche im Rhythmus zur Musik wackeln. Sie umtanzen ihn und... ja, da verschwindet sein Hemd.

Ich halte mich zurück, aber schon bald werde ich näher herangezogen und zwischen zwei sehr enthusiastischen Mädels eingeklemmt.

„Ich tanze nicht", sage ich.

Eines der Mädchen beugt sich vor und ich glaube, sie bittet mich, das Gesagte zu wiederholen, aber ich kann wegen der Musik nichts verstehen.

Hm. Der einzige Ort, an dem ich nicht ins Fettnäpfchen treten kann. Ja, damit kann ich mich anfreunden.

ACHT
SIENNA

Mein Magen fühlt sich ganz flau an, als wir uns mit Getränken in der Hand durch die Menge drängen. Josie geht vor mir, hält allerdings meine Hand und zieht mich hinter sich her. Meine Mitbewohnerin ist viel geselliger als ich. Es ist nicht so, dass ich nie ausgehe, aber an den meisten Wochenenden ziehe ich es vor, mit Josie oder Olivia abzuhängen oder, Dokumentationen über wahre Verbrechen zu sehen. Ich finde es beruhigend, dass selbst wirklich guten Menschen schreckliche Dinge passieren. Mach daraus, was du willst.

Mein Blick schweift umher und hält Ausschau nach Rhett, während wir uns durch den Garten des Basketballhauses schlängeln. Ein riesiger Pool nimmt einen großen Teil des Gartens ein. Die Leute stehen in Gruppen darin und darum herum. Auf der einen Seite des Gartens ist ein DJ-Pult aufgebaut und eine Menge Menschen bewegen sich zur Musik. Josi meint, dass auf der anderen Seite des Gartens das Fass steht, und in diese Richtung gehen wir.

„Bist du mit ihm verabredet?", fragt sie, als wir endlich die Schlange am Fass erreichen.

„Nicht ganz." Ich verschränke meine Hände vor mir. „Er weiß nicht, dass ich komme."

Sie lacht, schenkt jedem von uns einen Becher Bier ein und geht dann zurück in die Mitte des Gartens. Ich war ganz zufrieden damit, an der Seite zu stehen und mich aus dem Chaos herauszuhalten.

Ich suche die Party ständig ab, aber ich sehe Rhett nirgends. Ich war mir so sicher, dass er hier sein würde. Ich habe nicht einmal die Möglichkeit in Betracht gezogen, dass er andere Pläne hat.

„Wir tanzen", verkündet Josie und zieht mich wieder zu sich, wobei die Hälfte meines Biers auf den Boden schwappt.

„Tun wir das?" frage ich und die Frage geht im Lärm unter, als wir näher an die Quelle der dröhnenden Musik herantreten. Sie zerrt mich hinter sich her und ich drücke ihre Hand, um meine Nerven zu beruhigen.

Sie bleibt ein paar Meter von den tanzenden Leuten entfernt stehen. „Was ist los mit dir? Du tust so, als wärst du nervös, dabei hast du keinen Grund dazu. Ist es das Kleid? Fühlst du dich unwohl? Du siehst nämlich umwerfend aus."

„Nein. Es ist nicht das Kleid. Ich liebe das Kleid", versichere ich ihr und streiche mit einer Hand über das hautenge rosa Kleid aus ihrem Kleiderschrank, das ich heute Abend tragen darf. „Es ist Rhett. Ich glaube, ich mag ihn." Verflucht sei er. „Ich kenne ihn nicht einmal richtig, aber ich muss immerzu an ihn denken. Ich bin ganz aus dem Häuschen."

„Ich hasse es, wenn das passiert." Sie lächelt mich an. „Vergiss Rhett für eine Stunde. Lass uns einfach ein bisschen

Spaß haben und dann werden wir uns umhören, ob er hier ist."

Während sie spricht, entdecke ich ihn. Ich packe ihren Arm, damit sie nicht noch weiter geht. Da ist er. Der Typ, an den ich dummerweise immer wieder denken muss. Er steht auf der Tanzfläche, eingeklemmt zwischen zwei Mädchen. Die eine tanzt an seiner Vorderseite und hat ihre Hände auf seiner Brust, die andere auf seinem Rücken und reibt ihre Brüste an ihm.

Eine Welle der Verärgerung und Frustration schießt durch mich hindurch. Darauf folgt schnell die Eifersucht. Letztere macht mich am meisten wütend. Natürlich ist er trotzdem gekommen und tanzt mit anderen Mädchen. Ich habe nein gesagt. Deshalb ist die Eifersucht, die ich empfinde, besonders unnötig.

Josie folgt meinen gaffenden Blicken. „Ich schätze, er ist hier."

„Ja. Ich habe ihn gefunden. Können wir jetzt gehen?"

„Sienna!" Mavericks Stimme dröhnt über die Musik. Ich werfe einen Blick zurück auf die Tanzfläche und sehe ihn in einer ähnlichen Position wie seinen Teamkollegen.

Ich winke, und er löst sich von zwei Mädchen, die sich in seiner Abwesenheit jemand anderem zuwenden. Mav bewegt sich auf Rhett zu, der mich immer noch nicht bemerkt hat, aber die beiden Mädchen, mit denen er tanzt, schieben ihm das Hemd hoch, und vier Hände wandern über seinen Rücken, seinen Bauch und seine Brustmuskeln. Die vordere geht in die Hocke und leckt seine Bauchmuskeln. Mehr sehe ich nicht, bevor ich mich umdrehe und weggehe.

Josie joggt neben mir her, um mit mir Schritt zu halten. „Wo willst du hin?"

„Das war ein Fehler."

Maverick, halb nackt, mit Tattoos, unter denen sich seine Muskeln kräuseln, fängt uns ab. „Hey, das gibt's doch nicht, du bist gekommen! Rhett wird so begeistert sein."

„Stimmt. Er sieht ziemlich begeistert aus." Ich winke ihm gleichgültig mit der Hand zu. Endlich hat er mich entdeckt und versucht, sich zwischen seinen Tanzpartnern herauszuzwängen. Sie lassen ihn nicht kampflos gehen. Ich kann es ihnen kaum verdenken.

Er sieht sündhaft gut aus in einem schlichten weißen T-Shirt und Jeans und er starrt mich mit entschuldigenden Augen an. Die Sache ist, dass ich nicht einmal sauer auf ihn bin. Ich bin sauer auf mich selbst, weil ich angenommen habe, dass er in der Hoffnung, dass ich komme, an der Seite warten würde. Ich habe Nein gesagt, weil er so ist, wie er ist, und ich meine Gefühle schützen wollte, aber dann habe ich mich vom Gegenteil überzeugt, weil ich das glauben wollte.

„Ach, sei nicht böse auf ihn. Ich musste ihn praktisch da rausschleppen. Lass uns ihn retten gehen." Mav legt mir einen Arm um die Schultern und zieht mich zurück zur Tanzfläche. Rhett hat es geschafft, sich zu befreien und kommt auf uns zu.

„Hey", sagt er zaghaft. „Ich hätte nicht gedacht, dass du kommst."

„Überraschung!" Sarkasmus tropft aus dem Wort.

Josie und Maverick schauen zwischen uns hin und her. Eine peinliche Stille legt sich über unsere kleine Gruppe.

„Tanzen?" fragt Maverick meine Freundin und hält ihr seine Hand hin.

„Auf jeden Fall." Josie schiebt ihre Handfläche in seine.

Sie schaut über ihre Schulter, als sie sich in die Mitte der Tänzerinnen und Tänzer bewegen.

Rhett schiebt sich nervös vor mich. „Du siehst gut aus. Ich habe mich schon gefragt, ob deine Haare kurz oder lang sind. Ich kann es nie sagen, wenn es ganz hochgesteckt ist."

„Hast du?"

„Ich mag es." Er hebt eine Hand und streicht mit den Fingern über meine Haarspitzen. Er schwankt und zieht dabei ungewollt an meinen Haaren. „Oh Scheiße, tut mir leid."

Mit einem verlegenen Grinsen entwirrt er seine Finger.

Rhett ist betrunken und aus irgendeinem Grund finde ich das ein bisschen charmant.

„Willst du tanzen?"

Ich schüttle den Kopf. „Nein danke, ich glaube nicht."

Ich glaube nicht, dass ich mit dem Dreier mithalten kann, den er vorhin veranstaltet hat.

„Okay, äh, was zu trinken?"

Ich habe immer noch einen fast vollen Bierbecher in der Hand, aber ich nicke.

Wir gehen Seite an Seite. Sein Arm streift meinen, und keiner von uns zieht sich zurück. Jetzt, wo ich ihn gefunden habe, habe ich keine Ahnung, was ich sagen soll.

Am Fass nimmt er meinen Becher, sieht, wie voll er ist, und lacht. „Willst du wirklich noch ein Bier?"

„Ich bin kein großer Trinker."

Er füllt den Becher auf und nimmt einen Schluck davon.

„Ich werde ehrlich zu dir sein." Er fährt sich mit der Hand durch sein unordentliches Haar. „Ich bin wirklich betrunken."

Ich kann mir ein Lachen nicht verkneifen, als er mich mit einem überheblichen Grinsen entwaffnet.

„Ich dachte nicht, dass du kommst, und habe beschlossen, dass es mir scheißegal ist." Er schüttelt den Kopf. „Nicht dass du scheißegal bist, nur *das*. Du weißt doch Mädchen, Verabredungen, das Leben?"

„Dir ist klar, dass *ich* ein Mädchen *bin*, oder?"

Er schließt ein Auge und zieht seine Unterlippe für eine Sekunde hinter die Zähne. „Ich bin wirklich mies darin. Und zwar auf epische Weise." Er fuchtelt dramatisch mit dem Arm herum und das Bier in seinem Becher schwappt auf mich über und durchnässt mein Kleid.

Es ist kalt. Richtig kalt. Ich schreie auf und springe zurück. „Okay, das hat Spaß gemacht."

„Scheiße. Es tut mir leid. Komm schon." Rhett übernimmt das Kommando, packt mich am Arm und geht schnell auf das Haus zu. Er schiebt die Leute aus dem Weg, führt mich hinein und drängelt sich an die Spitze der Schlange für die Toilette. Die Tür öffnet sich und drei Mädchen stolpern heraus.

„Entschuldigt uns."

Der betrunkene, herrische Rhett ist heiß. Fast so heiß, dass ich den Biergestank ignoriere, den mein Kleid verströmt.

Das nächste Mädchen in der Reihe lächelt ihn an. Sie fährt sich mit der Hand durch die Haare und wickelt einen Finger um eine lange, brünette Strähne. „Kein Problem. Brauchst du Gesellschaft?"

„Was..." Er fummelt und versucht zu begreifen, warum er im Bad Gesellschaft braucht. Bevor er es versteht, stürme ich voran. Das Bier tropft vorne an mir herunter. Sogar mein Höschen ist nass.

Zu meiner Überraschung folgt er mir hinein und schließt die Tür.

Ich finde ein Handtuch, hoffe, dass es nicht zu sehr benutzt ist, und tupfe die Vorderseite meines Kleides ab. Oder von Josies Kleid.

„Wie kann ich helfen?"

Ich mache keine großen Fortschritte. Seufzend lasse ich das Handtuch auf den Waschtisch fallen. „Es wird schon trocknen."

Ein Schauer durchfährt meinen Körper. Der Ventilator der Klimaanlage im Bad hat den kleinen Raum kalt gehalten, was wahrscheinlich angenehm ist, wenn man nicht durchnässt ist.

„Hier. Nimm mein Shirt." Er zieht es sich, ohne zu überlegen, über den Kopf und hält es mir hin.

Ich starre. Nicht auf den weißen Wattebausch in seiner Hand, sondern auf seine Brust. Mein Mund wird trocken.

„Willst du mich verarschen?"

„Ähh..." Sein Blick fällt von mir auf das Shirt und wieder auf mich. „Es ist sauber. Ich verspreche es."

„So kannst du nicht herumlaufen." Ich werfe eine Hand in Richtung seiner Bauchmuskeln. Alle acht von ihnen.

Seine Mundwinkel kräuseln sich nach oben. „Wie zum Beispiel?"

„Stell dich nicht dumm."

„Engel, in deiner Nähe muss ich nicht spielen. Du machst mich dumm. Ich kann nichts richtig machen."

„Wer braucht schon ein Gehirn, wenn er so aussieht?" murmle ich.

Er schlendert auf mich zu, mit einem überheblichen Glitzern in den Augen. „Willst du damit sagen, dass dir gefällt, was du siehst?"

„Ich meine, das ist doch egal." Mein Blick wandert über seine Brust und meine Brustwarzen ziehen sich zusammen. „Gah." Ich kann nicht mal so tun, als ob. „Dein Körper ist lächerlich."

„Ich bin froh, dass du so denkst. Wenn du mich weiter so ansiehst, werde ich vielleicht nie wieder ein Shirt tragen." Sanft streift er mir das T-Shirt über den Kopf und zieht es herunter. Die Wärme des Stoffes und die Nähe unserer Körper machen komische Dinge mit meinem Inneren. Mein Herzschlag erhöht sich und meine Brust fühlt sich eng an. Aus reiner Gewohnheit verlangsame ich meine Atmung.

„Wie anschaue?" Ich strecke die Hand aus und lasse meine Finger über die Muskelberge gleiten.

Er atmet ein und seine blauen Augen verfinstern sich. Er ignoriert meine Frage. Nicht, dass sie einer Antwort bedürfte. „Deine Hände sind kalt."

„Jemand hat ein Bier auf mir verschüttet."

„Das tut mir wirklich leid."

„Das sagst du oft."

„Ich habe viel Mist gebaut. Und das tut mir auch leid."

„Die Liste wird immer länger." Mein Lachen erstirbt, als er mir einen schwieligen Daumen an den Mundwinkel legt.

Er starrt auf meine Lippen und fährt mit dem Daumen über die untere. „Schreib das mit auf die Liste."

Ich befinde mich in einer alternativen Realität, als er sich nach vorne beugt, immer noch abgelenkt von seinem Körper und der Art, wie sich meiner anfühlt, wenn er so nah ist. Erst als sich sein Mund auf meinen legt, begreift mein Gehirn, dass er mich küsst.

Seine Hand auf meinem Gesicht gleitet besitzergreifend zu meinem Hals hinunter, was im Widerspruch zur Weichheit seiner Lippen steht. Ich stehe mit dem Rücken zum Waschtisch, die Beine stoßen dagegen, und Rhett drängt sich näher, während seine Zunge in meinen Mund gleitet.

Mein Herz klopft in meiner Brust. Irgendwo in meinem Hinterkopf ist mir bewusst, dass ich möglicherweise etwas sehr Dummes tue. Rhett zu küssen, obwohl ich weiß, dass es nicht über heute Abend hinausgehen wird. Trotzdem kann ich verstehen, warum er eine Spur von weinenden Mädchen hinter sich lässt. Er küsst wie ein Champion. Er ist süß und zärtlich und hart und fordernd zugleich, und in meinem Kopf dreht sich alles.

Er hebt mich hoch und setzt mich auf den Waschtisch, dann schiebt er sich zwischen meine Beine. Seine Finger fahren durch mein Haar und er zieht sanft daran, um meinen Hals freizulegen. Seine Nase streift die Kurve meines Halses entlang und sein Mund knabbert und küsst mich.

Meine Beine zittern, als er seine großen Hände zu meinen Beinen bewegt. Sie wandern über meine nackte Haut und gleiten unter den Saum meines Kleides, das jetzt sehr hoch auf meinen Oberschenkeln aufliegt. Mein Innerstes schmerzt und ich bitte ihn, seine Finger noch ein bisschen höher zu bewegen.

Seine Brust drückt gegen meine, und ich erinnere mich daran, dass ich einen halbnackten Mann vor mir habe. Ein halbnackter Mann mit einem Körper, der gute Mädchen dazu bringt, schlechte Dinge zu wollen. Ich lasse meine Handflächen über seine Brustmuskeln und an seinen Seiten hinuntergleiten. Meine Erkundung ermutigt ihn und ein langer Finger berührt schließlich mein durchnässtes Höschen.

„Es ist das Bier", sage ich. Das ist es nicht, oder zumindest nicht allein.

Wir stöhnen beide auf, als er seine Finger auf meiner Klitoris durch den seidigen Stoff kreisen lässt.

Ich bin bereit, mich hier von ihm ficken zu lassen. Besser gesagt, ich bin bereit, ihn *anzuflehen*, mich hier zu ficken. Und ich bin nicht einmal die Betrunkene.

Ein Klopfen an der Tür reißt uns aus dem Moment und erinnert uns daran, dass eine Schlange von Leuten darauf wartet, hier reinzukommen.

„Wir sollten wahrscheinlich gehen", sage ich, während ich meine Beine noch weiter spreize.

Er zieht sich mit einem selbstgefälligen Grinsen zurück, während seine Hand mich immer noch sanft streichelt. „Die können warten."

Leider tun sie das nicht. Die Tür geht auf und das Mädchen, das uns gefragt hat, ob wir Gesellschaft brauchen, kommt herein. Sie mustert uns einen Moment, bevor sie sagt: „Beachtet mich nicht. Ich muss nur pinkeln."

Rhett richtet sich auf, nimmt seine Hände unter meinem Kleid weg und zieht den Saum herunter, um mich zu bedecken.

„Bist du bereit, Engel?" Seine Stimme ist rau vor Verlangen, und nein, ich bin absolut nicht bereit.

Er nimmt meine Hand und hält sie fest, während wir das Bad verlassen und nach draußen gehen. Die kühle Nachtluft trifft mich und ich atme tief und gleichmäßig ein.

Heiliger Strohsack. Ich hatte fast Sex mit Rhett auf der Toilette, während draußen eine Schlange von Leuten stand.

Wenn ich ganz ehrlich bin, hätte ich fast Sex mit Rhett auf der Toilette gehabt, während ein Mädchen auf der Toilette saß und pinkelte. Ich bin nicht stolz darauf.

Eine Gruppe von Eishockeyspielern steht vor der Tür, darunter auch Mädchen. Einer der Jungs, Jordan, glaube ich, ruft Rhett zu sich und wir setzen uns in den Kreis.

„Ich habe gehört, dass du dich amüsierst", sagt der Typ und sein Blick springt zwischen Rhett und mir hin und her. „Jetzt weiß ich, warum." Er neigt seinen Kopf zu mir. „Jordan, wir haben uns auf der Eisbahn kennengelernt."

„Sienna", sage ich. „Ich erinnere mich an dich."

„Das sind Liam, Heath, Ginny, Dakota, Reagan und Adam hast du ja schon kennengelernt", ruft Rhett sie auf und zeigt auf sie. Ich schaue sie alle an, lächle und winke ihnen zu.

„Haben du und Maverick zur gleichen Zeit eure Shirts verloren?" Adam grinst, während er das Bier in seiner Hand zurück neigt.

„Ich habe mein Bier über sie verschüttet."

Ich hatte vergessen, wie betrunken er ist, bis er versucht, einen Arm um meine Taille zu legen und schwankt, was bedeutet, dass *wir* schwanken. Ich bin völlig nüchtern, aber meine Beine zittern noch von dem, was im Bad passiert ist.

„Ganz ruhig", sagt Adam. „Wir wollen ihr nicht noch ein blaues Auge verpassen."

Rhett zeigt ihm den Mittelfinger.

„Apropos Katastrophen, ich bin immer noch klatschnass. Ich sollte Josie suchen und fragen, ob sie bereit ist zu gehen."

Sein Blick wandert meinen Körper hinunter und ich bin mir ziemlich sicher, dass er an mein Höschen denkt. Mein Körper wird warm und meine Wangen glühen.

„Sie ist mit Maverick auf der Tanzfläche", sagt Adam.

„Danke." Ich winke noch einmal. „Es war schön, euch kennenzulernen." Ich schaue zu Rhett und sage: „Bis später."

„Warte, du willst wirklich gehen?"

„Ja, ich bin nass und klebrig und ich muss morgen früh sowieso zwei Fitnesskurse unterrichten."

„Ja, okay." Er runzelt verwirrt die Stirn. „Lass mich wenigstens mitkommen, damit du Josie finden kannst."

Ich nicke, und wir gehen über den Rasen.

„Wir haben am Montagabend das Halbfinale, also halten wir uns den Rest des Wochenendes zurück, aber können wir wieder abhängen?"

„Ähh…" Ich entscheide mich für Ehrlichkeit, denn es ist unwahrscheinlich, dass er sich morgen noch daran erinnert, mich gefragt zu haben. „Normalerweise mache ich so etwas nicht, und ich verurteile weder dich noch mich, gelegentliche Treffen können Spaß machen. Ich meine, das hat Spaß gemacht. Richtig Spaß." Ich rede um den heißen Brei herum und sage nicht wirklich, was ich meine, nämlich dass ich ihn mag und dass eine Affäre damit enden wird, dass ich verletzt werde. „Du bist wirklich betrunken."

„Gut, aber ich war nicht betrunken, als ich dich gebeten habe, heute Abend zu kommen."

„Das war ein Fehler. Wir haben beide eine Menge um die Ohren." Das ist Blödsinn. Wir wissen es beide. Elias würde mich darauf ansprechen, aber Rhett tut das nicht.

Wir erreichen die Tanzfläche und ich sehe Josie, die mit einer Gruppe von Mädchen tanzt, in deren Mitte Maverick steht. Josie sieht uns und winkt.

Der Anblick von Maverick ohne sein Shirt erinnert mich daran, dass ich immer noch das von Rhett habe.

„Oh, hier." Ich will es ausziehen, aber er hält mich auf.

„Behalte es. Ich werde auch bald nach Hause. Das Trinken macht mich müde."

„Das habe ich schon gehört." Ich gehe einen Schritt auf Josie zu, halb in der Hoffnung, dass er mich aufhalten wird. Er tut es nicht. „Bis später, Rauthruss."

AM NÄCHSTEN TAG bin ich gerade mit meiner zweiten Barre-Stunde fertig, als Rhett auf dem Flur auftaucht. Er schleicht sich herein, während meine Schüler ihre Sachen zusammensuchen.

„Hey." Mit den Händen in den Taschen kommt er auf mich zu.

„Du hast mich gefunden." Ich bin ein bisschen beeindruckt, dass er sich a) daran erinnert hat, dass ich gesagt habe, dass ich heute Morgen unterrichte und b) so früh wach ist.

„Ich habe mir gestern Abend vor dem Schlafengehen den Gruppenfitnessplan angesehen und mir einen Wecker gestellt."

„Beeindruckend."

Er grinst. „Es gibt für alles ein erstes Mal. Ich habe gestern Abend doch nicht dein Kleid ruiniert, oder?"

„Nein, ist schon gut. Dein Shirt ist in meinem Wohnheim. Ich bringe es mit in die Eishalle."

„Oder du könntest es später zu mir bringen?"

Ich lache. „Sehr anmaßend?"

„Nicht auf diese Weise. Abhängen, fernsehen, Xbox spielen oder... was auch immer. Ich würde ja etwas Aufregenderes vorschlagen, aber wir haben ab neun Uhr Ausgangssperre."

„Autsch."

„Ja, der Trainer zieht alle Register, um uns ablenkungsfrei zu halten."

„Und du dachtest, ein Mädchen einzuladen ist die Lösung?"

„Ich werde so oder so von dir abgelenkt sein."

Mein Magen dreht sich um. Dieser verdammte Kerl.

„Um wie viel Uhr?" frage ich. Ich wollte sofort ja sagen, als er fragte - eigentlich schon, als ich heute Morgen aufwachte und mir wünschte, ich wäre länger auf der Party geblieben - aber dem nüchternen und charmanten Rhett kann man fast genauso wenig widerstehen wie dem halbnackten Rhett.

„Sechs." Er reicht mir einen Zettel mit der Adresse und zieht sich zurück. „Und damit du es weißt, ich mache so etwas normalerweise auch nicht."

NEUN
RHETT

Ich führe Sienna kurz durch die Wohnung, nehme mir ein Bier und biete ihr eines an. „Ich verspreche dir, es nicht zu verschütten."

Sie lächelt, schüttelt aber den Kopf. „Nein danke."

„Richtig. Du hast gesagt, du trinkst nicht viel. Wir haben auch Wasser, Orangensaft und eine Reihe von Energydrinks."

„Ich brauche nichts, wirklich. Und ich trinke manchmal, wie gestern Abend. Nur nicht sehr viel oder sehr oft."

Ich nehme mir ein Wasser und führe sie zur Couch. Es ist zur Abwechslung mal ruhig. Adam ist in Reagans und Dakotas Wohnung auf der anderen Seite des Ganges, Ginny und Heath sind in seinem Zimmer und Maverick ist bei sich zu Hause. Als ich sie bat, Sienna nicht zu bombardieren, hätte ich nicht gedacht, dass sie auf mich hören würden. Ich bin angenehm überrascht.

„Wegen deines Herzfehlers oder einfach nicht dein Ding?"

Sie nickt. „Vor allem wegen meines Herzens."

„Wenn ich fragen darf, was für ein Herzleiden hast du?"

„Es nennt sich Langes-QT-Syndrom. Im Grunde gerät mein Herzschlag aus den Fugen."

„Aber es ist behandelbar?"

„Ich nehme Medikamente und habe ein Implantat, das mein Herz überwacht, aber nein, eigentlich nicht. Ich muss nur vorsichtig sein und auf meinen Körper hören."

„Skaten ist nicht gefährlich?"

„Ich habe Typ 1, was bedeutet, dass sowohl körperlicher als auch emotionaler Stress Schübe auslösen kann. Wenn ich ganz sicher sein wollte, müsste ich praktisch alles vermeiden. Manchmal spüre ich, wie mein Herz aus dem Rhythmus gerät, wenn ich trainiere, ein anderes Mal, wenn ich einfach nur rumsitze und nichts tue."

„Abgefahren. Wie sieht ein Anfall aus?"

„Normalerweise ist es nur ein Flattern in der Brust oder ein Schwindelgefühl." Sie zuckt mit den Schultern und ein kleines Lächeln umspielt ihre Lippen. „Ich bin wirklich gut darin geworden, auf meinen Körper zu hören und zu wissen, wann ich Pausen machen muss. Ich kann die meisten Dinge tun, wenn ich mich mäßige. Aber keine Achterbahnen." Sie schiebt ihre Unterlippe vor. „Ich war schon ewig nicht mehr auf einem Jahrmarkt. Ich vermisse Zuckerwatte." Sie winkelt ihre Beine zu meinen an. „Hast du das ernst gemeint, was du gesagt hast, dass du so etwas normalerweise nicht machst?"

Ich kichere über den Themenwechsel. „Ja, natürlich."

Ihr Blick verengt sich.

„Du glaubst mir nicht?"

„Alles, was ich über dich weiß, widerspricht dem. An dem Tag, an dem ich dich kennengelernt habe, hast du nur wenige Stunden zuvor mit jemandem rumgemacht. Oder hast es versucht. Später am Tag wurde dein Telefon von verschiedenen Frauen bombardiert." Sie lacht leise. „Und gestern Abend..." Ihre Stimme verstummt und ich werde von verschwommenen Visionen von Sienna im Badezimmer des Basketballhauses heimgesucht.

„Wenn du mich erst seit einer Woche kennen würdest, könntest du vielleicht einen falschen Eindruck bekommen, aber so bin ich nicht. Ich habe vor kurzem eine Beziehung beendet und das letzte Wochenende war... nun, es war das Ergebnis vieler Dinge, aber das ist nichts, was ich regelmäßig mache." Mit ihr würde ich das aber gerne tun. Diesen Teil lasse ich aus. „Und letzte Nacht..."

„Du warst wirklich betrunken. Ich verstehe es."

„Ja, aber der nüchterne Rhett hätte dasselbe getan. Abgesehen davon, dass er dich nicht mit Bier überschüttet hätte."

Ein amüsiertes Grinsen umspielt ihre Lippen.

„Okay, gut, das wäre vielleicht trotzdem passiert." Ich stoße ihr Knie an. „Die letzte Nacht war verdammt geil. Es tut mir nur leid, dass wir unterbrochen wurden."

„Das ist gut so. Du wärst wahrscheinlich auf mir eingeschlafen", stichelt sie, aber ihre Atmung verändert sich und zwischen uns liegt Spannung in der Luft.

„Auf keinen Fall."

Ihr Grinsen lässt meinen Schwanz zucken. Sie mit in mein Schlafzimmer zu nehmen, nachdem ich gerade behauptet habe, nicht so ein Typ zu sein, scheint ein schlechter Plan zu sein, also nehme ich einen Xbox-Controller in die Hand. „Willst du spielen?"

Sie atmet langsam aus und nickt. „Was hast du?"

Ich zeige ihr die Möglichkeiten, einschließlich aller anderen Spielekonsolen. Meine Mitbewohner und ich haben so ziemlich jede Konsole und Spiel, das es gibt. Sienna entscheidet sich für Mario Kart, und mein Schwanz begreift endlich, dass wir heute keine Action erleben werden. Das hat er schon oft akzeptieren müssen. Ich bin mir ziemlich sicher, dass er bereit ist, sich von mir zu lösen und einen neuen Wirtskörper zu finden.

Normalerweise bin ich ein ziemlicher Konkurrent, aber während wir spielen, stellen wir uns gegenseitig Fragen und lernen uns so besser kennen.

„Nur die eine Schwester?" frage ich. Ich überhole sie beim Spiel und werfe mir eine Banane über die Schulter.

Sie bewegt ihren ganzen Körper mit dem Controller, während sie ausweicht. „Ja. Was ist mit dir?"

„Jüngerer Bruder."

„Ähnliches Alter?"

„Nein. Er ist fünf."

„Das ist eine ziemliche Lücke."

„Ja. Das ist kein Witz. Ich war siebzehn, als Ryder geboren wurde, und ich war praktisch sein ganzes Leben lang weg."

„Ich wette, er schaut zu dir auf."

„Nicht wirklich." Ich schüttle den Kopf und konzentriere mich darauf, im Spiel knapp vor ihr zu bleiben. Ich will gewinnen, aber ich will sie nicht fertig machen. „Wenn er groß ist, will er Spider-Man werden."

„Es ist gut, dass er seine Erwartungen realistisch hält." Sie blickt zu mir rüber und fängt meinen Blick ein. Es ist schwer, den Blick von ihr abzuwenden, wenn sie mich so anlächelt. Sie schaut zuerst weg, aber ich starre sie weiter an.

„Ich habe gewonnen!", schreit sie.

Ich werfe einen Blick auf den Fernsehbildschirm, um zu sehen, wie sie die Ziellinie überquert. Mein Kumpel ist in die

Wand gekracht und fährt ins Leere, und das passt ziemlich gut zu dem Szenario.

„Es ist das erste von vier Rennen", sage ich.

Ich schlage sie in den nächsten drei Partien und behalte meinen ungeschlagenen Rekord bei. Wir sind gerade fertig, als Heath und Ginny aus seinem Zimmer kommen.

„Rauthruss, dein Telefon explodiert. Ein echter Stimmungskiller", sagt Heath. Sein Blick fällt auf Sienna und er lächelt unbeholfen. „Hey, Sienna."

„Hi." Sie winkt zurück.

Heath geht in die Küche und öffnet den Kühlschrank, aber Ginny kommt zu uns ins Wohnzimmer.

„Es ist so schön, dich wiederzusehen", sagt sie, als sie sich in den Sessel gegenüber von uns setzt.

„Ginny, richtig?" fragt Sienna.

„Das ist richtig." Ginnys Lächeln konnte gar nicht breiter werden. „Was spielt ihr denn da?"

„Mario Kart. Willst du mitspielen?" bietet Sienna an.

„Ja." Sie greift nach den zusätzlichen Controllern. „Heath, willst du auch mitmachen?"

„Uhh..." Mein Mitbewohner sieht zu mir. Da ich nicht weiß, wie ich höflich mitteilen soll, dass ich sie lieber nicht dabeihaben möchte, nicke ich. „Klar."

„Ich bin schrecklich", sagt Sienna. „Ich habe ihn nur bei einem Rennen geschlagen."

„Du hast ihn geschlagen?" fragt Ginny und ihre braunen Augen weiten sich ungläubig. „Niemand besiegt Rhett jemals."

Ich weiche Siennas Blicken aus und zucke mit den Schultern. „Ich habe einen schlechten Tag."

Wir vier spielen eine Handvoll Spiele, bevor Sienna

aufgibt. „Ich kann keine Niederlage mehr verkraften. Spielt ihr weiter. Ich werde zusehen."

„Das gilt auch für mich", sagt Ginny. „Ihr Jungs könnt weiterspielen. Ich will sowieso mit Sienna reden." Sie setzt sich auf die Couch auf der anderen Seite von Sienna und zwingt Sienna, näher an mich heranzurücken. Ihr Bein streift das meines. Ich habe keine Ahnung, wie so ein kleiner Kontakt so viel Adrenalin durch meine Adern schießen lassen kann.

Heute gibt es keinen Sex. Heute gibt es keinen Sex.

Das ist ein verdammtes Mantra, das ich hoffentlich nie wieder wiederholen werde.

„Call of Duty?" fragt Heath.

„Ja. Ein Spiel", sage ich. Ginny hat sich Sienna geschnappt und löchert sie bereits mit Fragen.

Ich lege mein Bein neben das ihre. Sie schaut kurz zu mir rüber, lächelt mich an und dreht sich wieder zu Ginny um.

Als ich die Unterhaltung der beiden belausche, erfahre ich, dass Sienna aus Wisconsin kommt. Eine Stadt, die etwa sechs Stunden von dem Ort entfernt ist, an dem meine Familie in Minnesota lebt - etwas, das ich in das Gespräch einbringe und dann von Heath getötet werde.

„Verdammt, ja. Endlich." Heath hält den Controller siegessicher über seinen Kopf. Ich werde ihn später erwischen. Im Moment sind Videospiele eine Ablenkung von dem, was ich wirklich tun will.

„Danke für das Spiel", sage ich.

„Brauchst du eine Revanche?"

Er kennt mich gut. „Später. Ich werde mit Sienna abhängen."

„Richtig." Er steht auf. „Babygirl?"

„Was?" fragt Ginny und schaut kurz zu ihm auf. Ich schätze, ich bin nicht die Einzige, die in Sienna verliebt ist.

Er deutet mit dem Kopf in Richtung seines Zimmers.

„Ooooh. Okay." Ginny drückt die Hand von Sienna. „Rhett ist der Größte. Ich bin so froh, dass ihr beide zusammen seid. Wirklich, der Beste. Er ist..."

„Das reicht jetzt", unterbrach ich sie. „Bitte bring mich nicht in Verlegenheit."

„So bescheiden. Noch eine tolle Eigenschaft", sagt sie, während sie aufsteht. „Sehe ich dich später?" fragt Ginny Sienna.

„Ja, vielleicht."

„Ich hoffe es!" Ginny hüpft zu Heath und springt auf seinen Rücken, bevor sie den Flur hinunter verschwinden.

„Es tut mir leid."

„Es ist in Ordnung. Sie scheinen nett zu sein."

„Willst du einen Film gucken oder so?" Ich habe noch nie ein Mädchen in meine Wohnung eingeladen, um dort abzuhängen. Es sei denn, du zählst Carrie und die beiden Male, die sie zu Besuch war. Aber das war etwas anderes. Wir waren bereits zusammen.

„Klar."

Während ich durch die Kanäle blättere, lehnt sie sich auf der Couch zurück, bis ihre Schulter auf meiner Brust ruht. Ich lasse mich weiter hinter sie sinken, nutze die Position und komme ihr näher.

Wir entscheiden uns für Aquaman und richten uns gerade ein, als die Haustür geöffnet wird. Mav kommt mit seinem Hund Charli auf dem einen und einer Tüte mit Lebensmitteln auf dem anderen Arm herein.

„Hey-o!", ruft er und schließt die Tür hinter sich mit einem Fuß. „Sienna! Was gibt's?"

„Ich hänge nur rum. Wohnst du auch hier?"

„Nein, unten."

Die Tür öffnet sich erneut, dieses Mal tritt Dakota hindurch. „Alles, was ich habe, ist Apfelessig", sagt sie zu Mav. Dann schaut sie sich im Zimmer um und winkt Sienna und mir zu.

„Sie und Reagan wohnen gegenüber", erkläre ich und frage sie dann: „Was macht ihr hier?"

„Wir grillen", sagt Mav mit einem „Duh"-Blick.

„Kannst du das nicht leiser machen? Wir sehen uns einen Film an."

„Oooh." Dakotas Augen leuchten auf. „Ich liebe diesen Film." Sie stellt den Essig auf den Küchentisch und setzt sich zu uns. „Rhett, das Hemd steht dir super." Ihr Blick schweift über mich, was sehr seltsam ist. Ich glaube nicht, dass Dakota mir jemals zuvor ein Kompliment gemacht hat.

„Uhh...." Ich schaue auf mein schlichtes schwarzes T-Shirt hinunter. „Danke, denke ich."

„Das bringt das Grau in deinen Augen richtig zur Geltung."

„Du hast wirklich tolle Augen", ruft Mav aus der Küche.

Was zum Teufel ist hier los? Jetzt wird mir klar, warum meine Mitbewohner so viel Zeit in ihren Schlafzimmern verbringen, wenn ihre Freundinnen zu Besuch sind. Hier ist es wie auf einem Busbahnhof, die Leute kommen und gehen, stören und benehmen sich total komisch.

Mav stapelt Teller, Fleisch und Gewürze in seine Arme. „Das Essen ist in etwa vierzig Minuten fertig. Bleibst du, Sienna?"

Sie schaut zu mir.

„Maverick ist ein ziemlich guter Koch", sage ich ihr.

„Ziemlich gut?" Er spottet. Charli bellt zu seinen Füßen.

„Ich schätze, jetzt muss ich bleiben, um es herauszufinden."

Dakota steht auf und wirft ihr rotes Haar über eine Schulter. „Ich gehe besser aufpassen."

„Machst du dir Sorgen um mich?" fragt Mav sie.

„Ich habe Angst, dass du den Laden abfackelst und meine Wohnung mitnimmst."

Die Glasschiebetür öffnet und schließt sich, und ihre Stimmen verstummen.

Leider kommen wir nur etwa zehn Minuten weiter mit dem Film, als Adam und Reagan ankommen. Jetzt sind alle da, also muss ich wenigstens nicht mehr darauf warten, dass die verdammte Tür aufgeht.

Ich liebe diese Jungs, die Mädchen auch, aber sie lächeln mich immer an, als wäre ich ihr kleiner Bruder, der zum ersten Mal auf ein Date geht. Scheiß drauf. Ich bin der Einzige in der Gruppe, der schon so etwas wie eine ernsthafte Beziehung hatte. Ginny und Heath sind am längsten zusammen, aber selbst diese Beziehung ist neu, verglichen mit der Zeit, die ich mit Carrie zusammen war.

Ich gebe es auf, sie für mich zu behalten, und Sienna scheint es nicht zu stören, als wir alle zusammen draußen essen. Die Jungs erwähnen immer wieder irgendwelchen Scheiß – eine Vorlage, die ich beim letzten Spiel gegeben habe, das eine Mal, als ich vor eine Tussi getreten bin, die von einem Radfahrer auf dem Campus überfahren wurde - das hat verdammt weh getan. Adam erinnert sich sogar daran, wie ich einem Mädchen in unserem Studentenwohnheim geholfen habe, ihre verlorene Wüstenrennmaus zu finden.

Was genau hat es mit mir auf sich, dass ich so laut nach Verzweiflung schreie, dass meine Freunde meinen, sie müssten mich an Sienna verkaufen? Okay, ich weiß, warum, aber ich bin kein trauriger Fall. Ich bin nicht wie sie und ich brauche sie definitiv nicht, um eine Tussi davon zu überzeugen, dass ich gut genug bin.

Die Mädchen scheinen besonders an Sienna zu hängen und sie muss ihnen versprechen, dass sie wieder mit ihr abhängen werden, bevor ich sie nach dem Essen wegbringen kann.

Ich schließe die Tür zu meinem Zimmer und fahre mir mit der Hand durch die Haare. „Das tut mir leid. Das war schmerzhaft. Meine Freunde haben versucht, dich von mir zu überzeugen."

Sie lacht. „Nun, sie haben mich von ihnen überzeugt. Sie sind großartig."

„Ja, die meiste Zeit", stimme ich zu.

Wir sitzen auf der Bettdecke auf meinem Bett, mit dem Rücken gegen das Kopfteil. Ich lasse meine Hand über ihre gleiten und verschränke unsere Finger.

„Was machst du nach deinem Abschluss?" frage ich. „Gehst du zurück nach Wisconsin?"

Sie zuckt mit den Schultern. „Ich habe es noch nicht herausgefunden. Eigentlich habe ich morgen ein Vorstellungsgespräch. Hast du schon einen Job?"

Ich nicke. „Ja, meine Familie besitzt und betreibt eine Eisbahn. Wir bieten Eislaufunterricht, Camps und Verleih an. Ich werde helfen, sie zu leiten und den Eishockeybereich auszubauen. Außerdem bin ich dann näher an meinem Bruder dran, wenn er aufwächst."

„Gib es zu. Du willst sein Held sein und nicht Spider-Man." Sie lehnt ihre Schulter gegen meine.

„Ich will ihn einfach nur kennenlernen, verstehst du?"

„Ja." Sie seufzt. „Das kann ich gut verstehen. Allison, meine Schwester, wird in ein paar Jahren aufs College gehen, und wer weiß, wo sie dann landet. Ich vermisse sie, aber wir schreiben SMS und telefonieren. Meine Familie macht jeden Montagabend diese super kitschigen Zoom-Anrufe."

„Klingt gut."

„Ja, das ist es wohl."

Ich reibe meinen Daumen über ihren. Eine einfache Bewegung, die meinen Schwanz gegen den Reißverschluss meiner Jeans drücken lässt.

Sie kippt ihren Arm und bewegt meinen mit, um auf ihre Uhr zu schauen.

„Musst du heute Abend zu einer bestimmten Zeit zurück sein? Ich dachte, wir könnten uns einen Film ansehen, ohne dass meine Mitbewohner uns alle zwei Minuten unterbrechen oder etwas anderes Chilliges. Der Bus fährt morgen um sechs."

„Nein, ich habe meine Herzfrequenz überprüft." Sie lässt ihren Arm locker fallen. „Mir geht es gut", fügt sie hinzu. „Manchmal, wenn ich mit dir zusammen bin, fühlt sich meine Brust eng an, als würde ich meinen Körper zu sehr anstrengen."

„Mit mir zusammen zu sein, verursacht dir körperliche Schmerzen. Verstanden."

Ihr Lachen erfüllt meinen Raum und ich beuge mich vor, um ihre Lippen zu erobern.

Meine Brust fühlt sich auch eng an. Scheiße! Mein *ganzer* Körper fühlt sich eng an.

„Gilt Küssen als chillige Aktivität?" Die gehauchten Worte werden in meinen Mund gesprochen.

Anstatt zu antworten, stütze ich ihren Hinterkopf und vertiefe den Kuss. Ihre Hand greift nach oben und ruht auf meiner Brust. Sie knüllt den Stoff in ihrer Handfläche leicht zusammen.

Nein, Sienna zu küssen hat absolut nichts Chilliges an sich.

ZEHN
SIENNA

Wir haben uns fast eine Stunde lang geküsst. Nur küssen aber OMG, nur küssen, Rhett *küsst* nicht nur. Er spielt mit einer Haarsträhne in meinem Nacken, während er an meiner Unterlippe knabbert.

„Ich sollte wohl gehen", sage ich. Gehen ist das Letzte, was ich will, aber je länger wir so weitermachen, desto schwieriger wird es, zu gehen. Und ich muss gehen. Ich werde mich morgen hassen, wenn ich mich mit ihm treffe und sich herausstellt, dass das alles war, was er von mir wollte.

„Okay." Seine Hand gleitet zurück, um leicht in meinen Nacken zu greifen und er zieht mich für einen weiteren heißen Kuss zu sich heran.

So schnell bin ich wieder in ihm gefangen und werfe meine guten Vorsätze über Bord, um weiter mit ihm zu knutschen. Er ist wirklich sehr gut darin.

Er zieht sich zurück, bevor ich es tue, und stöhnt tief in seiner Kehle. „Soll ich dich zurück zum Wohnheim fahren?"

„Nein, ich habe mir Josies Auto geliehen."

„Lass mich dich rausbringen." Er steht auf und zieht mich mit sich. In der Wohnung ist es ruhig geworden und keiner seiner freundlichen Mitbewohner oder deren Freundinnen sind im Wohnzimmer, als wir durchgehen.

Die Nacht ist klar und eine Brise peitscht mein Haar um meine Schultern und in mein Gesicht.

„Kann ich dich wiedersehen?", fragt er und schwingt unsere gemeinsamen Hände zwischen uns.

„Ähm ..." Ich beginne, den Boden vor mir zu beobachten. Ich weiß, dass ich ja sagen werde, aber ich brauche ein paar Sekunden, um all meine Ängste in meinem Kopf zu verarbeiten. „Wann?"

„Wann immer du Zeit hast", sagt er so beiläufig, als würde er seinen ganzen Zeitplan umstellen, um mich wiederzusehen.

„Toll. Wie wäre es mit morgen Abend?" Ich beiße mir auf die Lippe, um ein Lächeln zu verkneifen, als ich ihn ansehe.

Er reibt sich den Kiefer. „Ich habe morgen Abend einen kleinen Konflikt."

Wir lachen beide.

„Bist du nervös wegen des Spiels?" Ich bleibe neben der Fahrertür von Josies Auto stehen.

„Ja", gibt er zu und wechselt dann wieder das Thema. „Gehst du am Dienstagabend mit mir aus?"

Ich zögere, mich mit ihm zu verabreden. Ich verbringe gerne Zeit mit ihm. Ich mag es, ihn zu küssen, aber ich bin mir immer noch nicht sicher, ob ich wirklich glaube, dass er kein Aufreißer ist. Außerdem sind es nur noch zwei Monate bis zum Abschluss. Wo soll das nur hinführen? Ich habe das Gefühl, mehr Zeit mit ihm zu verbringen bedeutet, dass ich mich für einen Minikurs in Dating-Katastrophen einschreibe.

„Schick mir eine SMS, wenn du wieder im Valley bist." Ich beuge mich vor und drücke meine Lippen auf seine, dann öffne ich die Autotür, bevor ich ihn anfalle und sage: „Scheiß auf die Konsequenzen."

Er hält sich oben an der Tür fest, während ich mich auf den Sitz setze, dann schließt er die Tür.

Ich kurble das Fenster herunter und lege den Rückwärtsgang ein. „Viel Glück morgen Abend."

„Viel Glück bei deinem Vorstellungsgespräch."

„Du hast dich erinnert."

„Ich weiß, es scheint, als würde mein Gehirn nicht funktionieren, wenn du in der Nähe bist, aber ich erinnere mich an die Dinge, die du sagst."

Er tritt zurück und ich trete von der Bremse und lasse das Auto langsam rückwärts rollen. „Danke für heute Abend. Ich hatte Spaß."

„Ich auch." Er grinst und bleibt an der gleichen Stelle stehen, während ich mich von der Wohnung wegbewege.

Und trotz all meiner Vorbehalte lächle ich die ganze Fahrt zurück zum Wohnheim wie ein Idiot.

AM MONTAGNACHMITTAG RESERVIERE ich einen privaten Raum in der Bibliothek für mein Videogespräch mit Dalton Technologies. Kelsie, die Personalverantwortliche, die das Gespräch führt, lächelt mich strahlend an, als ich mich einschalte.

„Hi, Sienna!"

„Hallo." Ich winke und fummle an meinem Hemd mit Kragen herum. Ich bin nicht nervös, aber ich hasse Vorstellungsgespräche wirklich. Mag sie jemand? Kelsie scheint es jedenfalls zu tun.

Und sie ist gut. Innerhalb von zwei Minuten hat sie die Unbeholfenheit überwunden und mich beruhigt. Sie erzählt mir alles über das Unternehmen und dann über die Stelle. Es handelt sich um eine Einstiegsposition, bei der Verkaufsunterlagen für die Gesundheitssoftware erstellt werden, die das Unternehmen vertreibt. Das Unternehmen ist groß und hat zwei Standorte, die sie Campus nennen. Jeder Campus verfügt über Annehmlichkeiten wie eine Cafeteria, ein Spielzimmer, einen Meditationsraum und ein Fitnessstudio, das dem hier an der Valley U in nichts nachsteht.

Viele dieser Fakten kannte ich schon. Mein Vater arbeitet seit fünfundzwanzig Jahren bei Dalton. Die Stelle, für die ich mich bewerbe, hatte er schon früh in seiner Karriere inne. Er hat sich bis zur Führungskraft in der Abteilung für Kundenschulung hochgearbeitet, in der er jetzt arbeitet, aber im Laufe der Jahre hat er viele verschiedene Positionen bei Dalton innegehabt, so dass zumindest einiges von dem, was Kelsie mir erzählt, Sinn macht.

„Hast du irgendwelche Fragen an mich über den Campus oder die Stelle?"

„Nein, das glaube ich nicht", sage ich. „Ich war mit meinem Vater an beiden Orten, also weiß ich, wo sie sind und so weiter."

Sie lächelt wieder breit. Ich frage mich, ob sie das in den HR-Kursen lehren. Ich versuche, es ihr nachzumachen. Ich bin mir nicht sicher, ob ich diesen Job will, aber ich weiß, dass ich so tun muss, als ob ich ihn will.

„Dein Vater ist der Beste. Alle hier lieben ihn." Wieder ein breites Lächeln. „Nun, sollen wir über die nächsten Schritte sprechen?"

„Ähm, klar."

„Ich schicke dir per E-Mail Informationspakete mit allen Details, die ich dir am Telefon gesagt habe. Sieh dir alles an, und wenn du Fragen hast, kannst du mir eine E-Mail schicken. Die Gesundheitsleistungen sind unglaublich. Ich denke, das wird dir gefallen. Ich weiß, dass eine Vorerkrankung schwierig sein kann."

Ich blinzle ein paar Mal und versuche zu überlegen, was ich sagen soll. Kelsie hat mein Zögern nicht bemerkt und ich schaffe es, mich zu sammeln.

„Danke. Ich werde mir alles ansehen."

„Wenn du mit einem unserer Verkaufsleiter sprechen möchtest, kann ich das einrichten, aber ich habe bereits grünes Licht bekommen, dir ein Angebot zu machen, also werde ich dir das auch per E-Mail schicken.

„Wow. Wirklich?"

Sie nickt enthusiastisch. Sie grinst breit. „Herzlichen Glückwunsch."

„Danke." Glaube ich.

„Es war wirklich schön, dich kennenzulernen, Sienna. Bitte zögere nicht, dich zu melden, wenn du irgendwelche Fragen hast, und nochmals herzlichen Glückwunsch."

Wir verabschieden uns, und Kelsie beendet das Treffen. Mit einem Seufzer *„Was zum Teufel ist gerade passiert"* lehne ich mich zurück. Ich habe gerade einen Job bekommen.

Ich packe zusammen und gehe zurück zum Wohnheim.

„Hey", ruft Josie von ihrem Schreibtisch aus, ohne aufzublicken. „Wie war das Vorstellungsgespräch?"

Ihre Haare sind auf ihrem Kopf aufgetürmt und zwei Buntstifte ragen heraus. Josie studiert Kunst und ich erkenne an der Anzahl der Buntstifte, die aus ihren Haaren ragen, wie tief sie in der kreativen Zone steckt. Im Moment sind wir an einem Punkt, an dem sie noch kommunizieren kann. Bei vier oder mehr kann man nicht mehr mit ihr reden. Sie könnte sprechen, aber sie wird sich später nicht mehr daran erinnern.

„Gut. Ich habe den Job."

Sie dreht sich auf ihrem Stuhl herum. „Oh mein Gott, Sienna. Herzlichen Glückwunsch!"

„Danke."

Sie steht auf und umarmt mich. „Oder nicht? Du siehst nicht sehr aufgeregt aus."

„Ich bin fassungslos. Sie haben mir einfach den Job gegeben. Ich dachte, ich müsste Fragen zu meinen Stärken und Schwächen beantworten und ihnen all die wirklich tollen Eigenschaften nennen, die mich zum perfekten Kandidaten machen."

Sie schnaubt. „Du hast gestern Abend noch über diese Fragen gemeckert."

„Ich weiß, aber ich habe zwei Stunden mit der Vorbereitung verbracht. Was für eine Verschwendung."

„Was ist deine größte Stärke, Sienna Hale?", fragt sie und verschränkt die Arme vor der Brust.

„Ich bin diszipliniert, fokussiert und handlungsorientiert", sage ich, so wie ich es geprobt habe.

„Das sind drei, wow."

„Richtig? Und ich kann für alle Beispiele liefern, meistens rund ums Skaten."

„Das wäre toll, wenn du dich für Skating-Jobs bewerben

würdest." Sie wirft mir einen Blick zu, der besagt, dass sie es nicht gutheißt, dass ich das Skaten nach dem College aufgegeben habe.

Die Sache ist die, dass nur sehr wenige Menschen es als professionelle Eisläufer wie Elias und Taylor schaffen. Viel mehr nehmen Jobs bei Eistanzshows an. Die sind toll. Josie arbeitet jeden Sommer für eine solche Show und plant, das auch nach ihrem Abschluss nächstes Jahr zu tun, aber diese Shows sind Hochleistungsshows. Es gibt blinkende Lichter, laute Musik und jede Menge Drama und Flair. Das macht sie für das Publikum super spannend und aufregend, aber auch gefährlich für mich. Selbst wenn mein Arzt zustimmen würde, würden mich die meisten Unternehmen nicht einstellen, weil sie das Risiko kennen.

Wenn ich Josie das einfach so sagen würde, würde sie mich nicht mehr so angucken. Ich schätze, das will ich nicht. Ein Teil von mir möchte sie in dem Glauben lassen, dass ich dazu fähig bin. Die Hälfte des Kampfes mit meinem Herzleiden besteht darin, die Leute davon abzuhalten, Mitleid mit mir zu haben oder mich anders zu behandeln.

Und ich habe kein Problem damit, dass Skaten von nun an nur noch ein Hobby ist. Ich liebe es, aber ich akzeptiere, dass es nicht meine Bestimmung ist. Das Problem ist, dass mich nichts anderes so sehr interessiert, dass ich mich dafür begeistern könnte, es für den Rest meines Lebens zu tun. Ich mag meine Wirtschaftskurse und bin mir sicher, dass alles gut wird, sobald ich mich in einem Job eingelebt habe. Es scheint nur so, als ob alle anderen so begeistert von ihren Plänen nach dem Abschluss sind, und ich fühle mich ziemlich müde.

Ich greife nach einem der positiven Aspekte. „Sie haben ein wirklich tolles Fitnessstudio mit Yoga-Kursen."

„Das Verkaufsargument ist Yoga?" Sie lacht. „Du kannst überall Yoga machen."

„Danke, dass du das Verkaufsargument ruiniert hast."

Sie setzt sich auf ihr Bett. „Und was sind die anderen Verkaufsargumente? Abgesehen von Yoga."

„Es ist in der Nähe meiner Familie, die Gesundheitsleistungen sind hervorragend, die Altersvorsorge wird ergänzt und ich weiß, dass es ein tolles Unternehmen ist, das meinen Vater gut behandelt hat. Ich dachte, ich würde mich einfach mehr freuen."

„Ich weiß nicht, ob jemand einen Einstiegsjob annimmt, weil er denkt, dass er sich gut anfühlt. Du kannst dich aber zu einer besseren Position hocharbeiten. Das braucht Zeit."

Ich weise nicht darauf hin, dass sie jeden Sommer begeistert ist, wenn sie zu ihrem Job aufbricht. Letztes Jahr ist sie allerdings auf einem Kreuzfahrtschiff aufgetreten, also hat ihr Job definitiv mehr Argumente als der, der mir gerade angeboten wurde.

„Danke, Papa." Ich strecke ihr die Zunge raus. „Genau das hat er auch gesagt, als er mich für den Job empfohlen hat."

„Nimmst du es an?"

„Ich weiß es nicht." Ich lasse mich auf ihr Bett fallen und sacke mit dem Kopf in ihren Schoß. „Ich glaube nicht, dass ich für die reale Welt geschaffen bin. Vielleicht mache ich noch ein paar Abschlüsse. Was ist eigentlich Frauenforschung?"

Sie schnaubt und streicht mir mit der Hand über die Haare. „Du wirst es herausfinden und du wirst in allem, was du tust, großartig sein."

Mein Telefon klingelt in meinem Rucksack.

„Was ist deine Schwäche?" fragt Josie, als ich aufstehe, um es zu holen. Das wird meine Familie sein, die bereit ist, zu zoomen.

Ich grinse. „Begrenzte Erfahrung."

Sie rollt mit den Augen. „Das sind alle, die sich für ihren ersten Job bewerben."

„Ich weiß, oder? Das ist die perfekte Scheißantwort auf eine Scheißfrage."

ELF
SIENNA

„Hi!" Ich gehe ans Telefon und winke dem Bildschirm zu, während Josie wieder an ihrem Schreibtisch zeichnet. Meine Eltern sitzen dicht gedrängt auf unserer Wohnzimmercouch.

Eine Sekunde später bewegt Mom das Telefon, um mir Allison zu zeigen, die im Sessel gegenüber von ihnen sitzt.

„Gratuliere, Al." Sie spielt in der Schülermannschaft ihrer High School, wurde aber zum ersten Mal in die Startmannschaft versetzt, weil sich einer ihrer Starspieler verletzt hat.

„Danke", sagt sie und versucht, cool zu bleiben. Sekunden später bricht sie ab. „Es war so fantastisch, Sienna. Sie haben alle Lichter heruntergedreht und die Musik war so laut, dass der Ansager unsere Namen rufen musste. Ich habe mich in meinem ganzen Leben noch nie so wichtig gefühlt."

Sie erzählt ohne Pause von ihrem Eishockeyspiel gestern Abend.

„Mama hat mir das Video geschickt", sage ich, als sie wieder zu Atem kommt. „Die einzige Person, die lauter geschrien hat als der Ansager, war Dad."

Sie schnaubt. „Mama hat gedroht, das nächste Mal auf der anderen Seite der Eisbahn zu sitzen."

„Ich werde zumindest in Ohrstöpsel investieren müssen", sagt Mom. Aber sie lächelt und ist genauso stolz auf Allison.

Meine Brust zieht sich zusammen, wenn ich daran denke, wie sehr ich es vermisse, sie spielen zu sehen. Das ist ein weiterer Pluspunkt von Dalton. Ich könnte meine Schwester tatsächlich ein paar Spiele spielen sehen. „Hat dein Trainer gesagt, ob das eine dauerhafte Sache ist oder nicht?"

„Ich hoffe es. Chelsea ist für den Rest der Saison raus."

„Ich bin so stolz. Meine kleine Schwester zerstört die Träume anderer, um ihre eigenen zu verwirklichen", scherze ich und halte meine Hand über mein Herz.

„Hey, es ist ja nicht so, dass ich sie verletzt hätte. Und es tut mir leid, dass sie raus ist, das ist echt scheiße, aber du musst die Chancen nutzen, die sich dir bieten." Sie ist frech und feurig entschlossen. Wir sind uns in vielerlei Hinsicht ähnlich. Wir haben das gleiche dunkle Haar und die gleichen grünen Augen. Aber mit ihren 1,80 sieht sie älter als fünfzehn aus. Als sie zehn Jahre alt war, war sie sogar schon größer als ich. Ich bin eher ruhig und zielstrebig und Allison ist in allem, was sie tut, unerbittlich und hartnäckig.

„Da liegst du nicht falsch. Wann ist das nächste Spiel?"

„Dieses Wochenende. Das wird ein hartes Spiel." Ihr Gesichtsausdruck wird ernst und sie wird still, vermutlich macht sie sich Gedanken über das nächste Spiel.

Meine Eltern mischen sich ein und fragen nach dem Skaten und der Schule. Mein Vater löchert mich mit Fragen über das Vorstellungsgespräch und gratuliert mir, als ich ihm sage, dass sie bereits ein Angebot geschickt haben.

„Sie sind ein tolles Unternehmen", fügt er hinzu. „Gute Sozialleistungen, schönes Bürogebäude."

„Es wäre so schön, wenn du wieder näher bei uns wohnen würdest", sagt Mama.

„Du weißt, dass ich dich auf jeden Fall öfter besuchen werde", sage ich ihr. „Und Kelsie hat die großen gesundheitlichen Vorteile erwähnt." Ich rolle mit den Augen. „Kommt es dir nicht komisch vor, dass sie mir einen Job ohne ein richtiges Vorstellungsgespräch angeboten haben? Ich habe ja noch nicht einmal Erfahrung!" Ich will den Leuten nicht vorschreiben, wie sie ihren Job machen sollen, aber vielleicht sollte Kelsie gefeuert werden, wenn sie jemanden einstellt, ohne ihn richtig zu befragen.

Er winkt ab. „Keiner kommt mit nützlichen Erfahrungen herein. Es kommt auf den Charakter an, und Bob weiß, dass du eine Gute bist."

„Bob?"

„Ich habe mit ihm zusammengearbeitet, als ich die Programmmanager beaufsichtigt habe, weißt du noch?"

„Nein."

„Er hatte einen Schnurrbart und trug Flanell, bevor es in Mode war."

Ich stoße ein kleines Lachen aus. „Kommt mir irgendwie bekannt vor."

„Er wird dein Chef sein. Er ist ein toller Typ und hat ein gutes Team. Sie sind am südlichen Standort mit der guten Cafeteria."

„Ein weiteres Verkaufsargument", murmle ich.

Mein Vater sieht so aus, als würde er mir gleich wieder einen Vortrag darüber halten, wie ich mich hocharbeiten und die Karriereleiter erklimmen kann, als Olivia durch die Tür kommt.

„Das Spiel ist in fünf Minuten", sagt sie. „Sehen wir es uns hier oder unten an?"

Unten im Wohnzimmer gibt es einen größeren Fernseher, aber Josie hat schon ihren Laptop aufgestellt und sucht das Spiel.

„Du schaust Eishockey?" fragt Allison mit hochgezogenen Augenbrauen.

„Natürlich. Valley ist im Halbfinale." Und mein neuer Schwarm spielt. Ich fahre mit zwei Fingern über meine Unterlippe, denke an Rhett und frage mich, ob ich ihn weiterhin küssen soll.

„Wenn sie gewinnen, spielen sie die Meisterschaft im Valley!" sagt Allison.

„Ich weiß." Früher hätte ich das wahrscheinlich nicht gewusst, aber dank Rhett weiß ich es jetzt. „Wir sind wirklich aufgeregt." Ich bewege mein Handy so, dass sie Josie und Olivia sehen können.

„Hallo Mädels", sagt meine Mutter. Nur können sie sie nicht hören, weil ich meine Ohrstöpsel trage.

„Meine Mutter lässt grüßen", sage ich ihnen.

Sie winken und grüßen.

„Jetzt geht's los", sagt Josie. Ich schaue gerade noch rechtzeitig rüber, um zu sehen, wie die Kamera auf das Hockeyteam von Valley U beim Aufwärmen zoomt. Wenn sie gewinnen, nehmen sie an der Meisterschaft am Wochenende teil. Wenn sie verlieren, ist ihre Saison vorbei.

Als das Spiel beginnt, setzen sich Josie und Olivia auf den Boden, um Hausaufgaben zu machen, und ich höre zu, wie meine Eltern mich über alles informieren, was dort passiert, und schaue ab und zu auf den Bildschirm, um den Spielstand zu überprüfen, und okay, um zu sehen, ob Rhett auf dem Eis ist.

Allison und mein Vater reden wieder über ihr letztes Spiel, alles Dinge, die sie mir schon erzählt haben, aber sie sind beide sehr aufgeregt, also lasse ich sie weiter plappern. Ich blende sie sowieso aus und schaue mir das Spiel an. Nummer dreiundzwanzig betritt das Eis und ich kann meinen Blick nicht von ihm abwenden. Valley hat den Puck und rast über das Eis. Mehrere Jungs schießen auf den Torwart, aber nichts geht rein. Schließlich, nach drei oder mehr Versuchen, lässt Rhett einen geblockten Schuss abprallen und passt zu Adam auf der anderen Seite des Netzes, der das erste Tor des Spiels erzielt.

„Ach du meine Güte!" rufe ich. Josie und Olivia blicken auf und sehen, wie sich die Spieler aus dem Valley umeinander scharen und Rhett und Adam zu ihrem Tor gratulieren.

Meine Familie hört auf zu reden, um zu sehen, was der Grund für die Aufregung ist.

„Wir haben gepunktet." Ich spüre, wie mir die Röte in den Nacken klettert. Ich glaube, ich habe mich noch nie so sehr über ein Tor in einem Eishockeyspiel gefreut. „Valley liegt drei Minuten vor Ende des zweiten Drittels mit einem Tor vorne."

„Das ist eine Menge Zeit", sagt meine Schwester. „Ist Luke Ketcham im Netz?"

„Uhh..." Ich werfe einen Blick auf den Bildschirm. Ich werde ihnen nicht sagen, dass ich nur den Namen und die Position eines Valley-Hockeyspielers kenne. Die Mannschaft sitzt zusammen und feiert, aber dann schwenkt die Kamera auf den Torwart und er dreht sich um, so dass ich die Rückseite seines Trikots lesen kann. „Jep."

„Er ist einer der Besten. Er hat die meisten Spiele gewonnen und die meisten Saves in einem einzigen Spiel. Ich glaube, er wurde schon gedraftet." Sie sieht mich an, als ob ich das wissen müsste. Ja... nein, meine Eishockeybesessenheit ist eher eine Besessenheit von einzelnen Eishockeyspielern.

Der Rest der zweiten Halbzeit vergeht torlos, aber als die dritte Halbzeit beginnt, geben Josie und Olivia ihre Schularbeiten auf und ich verabschiede mich von meiner Familie, damit ich mit meinen Freunden zusammensitzen und zusehen kann.

„Hast du von ihm gehört, seit sie weg sind?" fragt Josie.

„Wir haben heute Morgen hin und her gesimst, aber nur über das Spiel."

„Ich hoffe, sie gewinnen. Kannst du dir das vorstellen? Das wird der Wahnsinn." Josie quiekt vor Glück.

„Das war's dann wohl mit unserer Eiszeit", sagt Olivia.

Josie lacht. „Hey, ich finde, wir sollten uns weiter austauschen. Es ist eine große Motivation, einen Sprung zu landen, wenn eine Gruppe heißer Hockeyspieler zusieht. Das war die beste Trainingswoche aller Zeiten für mich."

Ich schnaube. „Ich bezweifle, dass der Coach deine Argumentation stichhaltig findet."

In der letzten Minute sitzen wir Schulter an Schulter vor Josies Laptop und halten uns an den Händen. Wenn sie gewinnen, habe ich eine tolle Ausrede, um Rhett später eine SMS zu schreiben.

Prescott hat den Puck. Sie lassen ihn herumgehen und suchen nach Möglichkeiten. Die Trikots von Valley sind überall und versuchen, jeden Zentimeter abzudecken, um jeden Schussversuch zu blockieren. Trotzdem schafft es Prescott, den Puck bis auf einen Meter an das Tor heranzuschieben. Es sind zu viele Leute vor dem Tor, um den Puck im Auge zu behalten. Sie hacken auf ihn ein und suchen nach einer Lücke.

Ich halte den Atem an, als ein weiterer Schuss abgefeuert wird. Dieser Schuss geht an allen vorbei, außer am Torwart. Er hält seinen Schläger auf dem Eis und schützt das Tor, bis die Schlusssirene ertönt.

„Sie haben gewonnen!" Josie kreischt und hüpft auf und ab, immer noch meine Hand umklammernd. „Sie haben es geschafft. Oh mein Gott!"

Wir springen in unserem Zimmer herum und quietschen vor Glück. Ich schicke Rhett eine SMS, bevor ich es mir ausrede. *Herzlichen Glückwunsch!!!*

„Das ist verrückt", sagt Olivia. „Ich glaube, ich höre draußen Leute schreien." Sie geht zum Fenster und wir folgen ihr.

Natürlich schreien und tanzen die Leute auf der Wiese vor unserem Wohnheim herum.

„Lass uns runtergehen!" Josie stürmt zur Tür. Der Flur ist voll von Leuten, die die gleiche Idee hatten.

Draußen läuft Musik und ein Mann hat sogar sein Gesicht blau und gelb angemalt. Die Leute umarmen sich und klatschen sich ab, als ob sie heute Abend gewonnen hätten. Es ist der Wahnsinn und absolut erstaunlich.

Ich mache ein paar Selfies mit dem Chaos im Hintergrund und schicke sie auch Rhett. Die Stimmung kühlt sich ab, aber die Leute bleiben in der Nähe. Olivia geht schließlich weg, um weiter zu lernen, und Josie und ich setzen uns ins Gras, zusammen mit hundert oder mehr Leuten, die diesen verrückten Moment gemeinsam genießen wollen.

„Das ist unglaublich", sage ich und schaue mich auf dem dunkel werdenden Campus um. Der Schein der Straßenlaternen ist das einzige Licht.

„Schade, dass die Hockeymannschaft das verpasst hat."

„Ich bin sicher, dass sie in eine Bar oder so gegangen sind. Der Bus kommt erst morgen früh zurück." Mir wird ganz flau im Magen, als ich mir vorstelle, wie ein betrunkener, charmanter Rhett Frauen zum Feiern in dreckige Bar-Toiletten zieht.

„Trotzdem. Es ist nicht dasselbe."

„Ist es nicht so? Mädchen und Schnaps sind austauschbar." Ich überprüfe mein Handy, um zu sehen, ob er schon zurückgeschrieben hat. Das hat er nicht.

„Denkst du wirklich, dass Rhett das glaubt?"

„Ich weiß es nicht", gebe ich zu. „Es wäre einfacher, wenn ich es wüsste."

„Und viel weniger spaßig." Sie zieht ihr Haar zu einem Pferdeschwanz zurück. „Ich glaube nicht, dass er der Spieler ist, für den du ihn hältst. Nichts, was ich über ihn gehört habe, bestätigt das. Im Ernst, ich kenne niemanden, der mit ihm zusammen war, und ich habe mich umgehört."

„Hast du?" Ein Lächeln umspielt meine Lippen, zum Teil aus Erleichterung und zum Teil, weil es typisch für Josie ist, dass sie nach Dreck gräbt, ohne mich zu fragen.

„Ich habe vielleicht für meine eigenen Zwecke gestochert. Es gibt ein paar echt süße Jungs im Team, über die ich mehr wissen wollte, aber ja, ich habe mich umgehört." Sie zuckt mit den Schultern. „Wenn er mit einer endlosen Reihe von Mädels rummacht, reden sie nicht darüber."

Mein Handy klingelt und ich schaue nach unten, und sehe Rhett auf einem verschwitzten Selfie mit Maverick zusammen. Sie müssen es kurz nach dem Spiel aufgenommen haben, denn im Hintergrund sehe ich Spinde und sie sind halb ausgezogen. Aber ihr Lächeln ist riesig und ich fühle eine neue Welle der Begeisterung für sie. Lachend halte ich Josie den Bildschirm hin, damit sie ihn sehen kann.

„Dein Lächeln ist genauso groß wie seins, meine Liebe. Egal, wie groß deine Vorbehalte sind, du magst ihn."

„Du hast Recht. Ich mag ihn. Das tue ich."

„Aber?"

„Ich hoffe nur, dass er mich nicht zerstört."

„Ich denke, du musst es versuchen. Wenn du es tust und er dir das Herz bricht, dann werde ich dir die Haare streicheln und dir sagen, wie wunderbar du bist."

Ich pruste vor Lachen.

„Das würde ich! Ich würde alles tun, was nötig ist, bis du über ihn hinweg bist. Aber wenn du nicht siehst, wohin das führen kann, wirst du es bereuen, und das kann ich nicht so einfach ändern."

ZWÖLF

SIENNA

Nachdem mein Yogakurs am Dienstagnachmittag vorbei ist, mache ich meine eigene Musik an, um ein paar lustige Posen zu machen und einfach ein bisschen herumzuspielen, bevor ich zurück in mein Zimmer gehe. Ich lege meine Hände auf den Boden und gehe in den Handstand. Ich stehe auf dem Kopf, als er das Studio betritt.

Ich wackle und bringe ein Bein nach unten, dann das andere, um aufrecht zu stehen. „Hey."

„Bei dir sah das so einfach aus."

Beim Anblick von Rhett dreht sich mir der Magen um. Er trägt sein blaues Valley-Hockey-T-Shirt und Jeans und hat eine weiße Bruins-Mütze tief ins Gesicht gezogen.

„Du bist zurück."

„Ich bin vor etwa zwanzig Minuten angekommen."

„Du hast gerade die Yogastunde verpasst."

„Gott sei Dank." Er lacht leise. „Unterrichtest du heute Nachmittag noch eine?"

„Nein, ich habe nur ein bisschen herumgealbert."

„Lass dich von mir nicht stören." Er lässt sich neben der

Wand auf den Boden fallen und lehnt sich mit dem Rücken dagegen.

„Oh nein, du musst mitmachen, sonst wird es mir peinlich."

Er zieht seine Schuhe aus und geht in einen Handstand. Sein Hemd rutscht hoch und gibt den Blick auf seine Brust und Bauchmuskeln frei. Er geht auf seinen Händen durch den Raum und umrundet ihn, bevor er vor mir wieder auf die Füße springt.

„Nicht schlecht." Ich denke einen Moment nach. „Was ist mit dem hier?"

Ich nehme die Krähenstellung ein und halte sie ein paar Sekunden lang.

Er sieht ängstlich aus, also sage ich es ihm. „Es ist nicht so schwer."

„Oh nein, diesen Fehler mache ich nicht noch einmal. Ich habe meine Worte gefressen, als ich das letzte Mal Yoga gemacht habe."

„Hock dich auf die Matte."

Widerwillig geht er auf die Matte und tut, was ich verlange.

„Etwas tiefer."

Seine Lippen verziehen sich zu einem Grinsen, aber er tut es.

„Jetzt legst du deine Hände vor dir auf die Matte unter deinen Schultern und spreizt deine Finger. Ich gehe um ihn herum und schaue mir seine Form an. „Deine Knie sollten auf deinen Armen ruhen. Gut."

Ich hocke mich neben ihn. „Komm auf die Zehenspitzen und verlagere dein Gewicht."

Seine Unterarme und sein Bizeps spannen sich an. „Was

jetzt?"

„Wenn du kannst, verlagere dein Gewicht nach vorne, bis deine Füße vom Boden abheben. Nicht springen oder hüpfen. Das würde dich aus dem Gleichgewicht bringen." Ich stelle mich vor ihn und lege meine Hände auf seine oberen Schultern, falls er nach vorne fällt.

Er hebt sie an hält die Position eine Sekunde lang. Er stößt einen aufgeregten Schrei aus, verliert dann das Gleichgewicht und geht wieder in die Hocke.

„Das war gut für deinen ersten Versuch. Versuch's noch mal."

„Ich glaube, ich behalte besser meinen Job." Er ruht sich auf der Matte aus. „Apropos Job, wie ist dein Vorstellungsgespräch gelaufen?"

Ich setze mich vor ihn und schlage meine Beine übereinander. „Gut. Sehr gut sogar. Sie haben mir heute Morgen ein Angebot geschickt."

„Auf keinen Fall." Sein Mund verzieht sich zu einem breiten Lächeln. „Glückwunsch. Ich habe an einem Tag so viel verpasst. Erzähl mir alles."

Ich kichere. „Na ja, es ist die gleiche Firma, für die mein Vater in Appleton arbeitet. Es ist ein Softwareunternehmen im Gesundheitssektor."

„Schön."

„Ich würde Verkaufsunterlagen schreiben und bearbeiten, denke ich. Das Vorstellungsgespräch war irgendwie verschwommen. Es ist aber ein gutes Unternehmen."

„Das ist wirklich großartig. Glückwunsch!"

„Danke. Ich habe noch nicht entschieden, ob ich es annehmen werde. Wahrscheinlich werde ich es tun. Ich weiß es nicht. Ich habe noch keine weiteren Vorstellungsgespräche vereinbart, also sollte ich es wahrscheinlich tun."

„Du klingst nicht sehr begeistert. Gibt es etwas anderes, das du lieber tun würdest?"

„Nein, das ist irgendwie mein Problem. Ich warte immer noch darauf, dass ich etwas finde, das mich so begeistert, wie ich es mir vorgestellt habe, als ich mich für einen Job beworben habe. Sie sind alle in Ordnung und ich denke, ich werde glücklich sein, wo auch immer ich lande, aber ich fühle nicht die Freude, die alle anderen zu haben scheinen, wenn sie über ihre Jobs nach dem College sprechen. Freust du dich darauf, für deine Eltern zu arbeiten?"

„Ja." Er zuckt mit den Schultern und stützt sich auf seine Hände. „Ich habe dort jeden Sommer gearbeitet, seit ich sechzehn bin."

Wir sind einen Moment lang still und mir wird klar, dass ich ihm nicht persönlich zum Spiel gratuliert habe.

„Oh mein Gott, ich bin der schlechteste Valley-Fan aller Zeiten. Glückwunsch zum Sieg und zu deinem Assist." Ich bewege mich nach vorne, um ihn zu umarmen. Er ist warm und riecht nach Seife und mein Puls beschleunigt sich, weil er so nah ist.

„Danke." Er lächelt. „Ich kann es immer noch nicht glauben. Völlig unwirklich."

„Der Campus war gestern Abend verrückt. Alle sind so aufgeregt, dass das Meisterschaftsspiel ansteht."

„Wir auch. Adam und ich haben die halbe Nacht darüber geredet. Wir sind so verdammt aufgeregt."

„Wart ihr gestern Abend aus, um zu feiern?"

„Der Trainer hat uns zum Abendessen eingeladen und ich glaube, ein paar Jungs sind nach der Rückkehr noch in die Hotelbar gegangen, aber die meisten von uns waren zu aufgeregt, beim Gedanken an das nächste Spiel."

„Ich hatte das Bild im Kopf, wie du in einer Bar ohne Hemd Bier auf ahnungslose Frauen schüttest, die dich dann ins Badezimmer ziehen."

Er hebt eine Augenbraue und setzt sich dann langsam nach vorne, bis sein Gesicht nur noch Zentimeter von meinem entfernt ist. „Du bist das einzige Mädchen, das ich mit Bier überschütten möchte", antwortet er spielerisch und zwinkert mir zu.

„Wow, ich fühle mich so besonders." Ich sage die Worte sarkastisch, aber mein Magen ist voller Schmetterlinge.

„Was machst du später?"

„Ich bin mir nicht sicher. Warum?"

„Um fünf Uhr sehen wir uns das Spiel an, aber ich hatte gehofft, dass wir danach noch etwas zusammen unternehmen können."

„Was hast du dir denn vorgestellt?"

„Alles was du willst? Du könntest rüberkommen oder... irgendwas." Rüberkommen. Das heißt, die Nacht küssend verbringen und vielleicht noch mehr.

„Alles, was ich will, ja?"

„Oh-oh. Warum habe ich das Gefühl, dass ich mich gerade unfreiwillig für noch brutaleres Yoga oder etwas ähnlich Demütigendes angemeldet habe?"

„Das kommt ganz darauf an. Wie geht's deiner Stimme?"

„WARUM QUÄLST du diesen armen Mann?" fragt Josie, als wir im Prickly Pear herumgehen und nach einem Tisch suchen.

Als wir reinkamen, ging Rhett sofort los, um Getränke zu holen. Er schaut zurück und lächelt mich von der anderen Seite der Bar an und mein Körper kribbelt.

„Ich werde ihn nicht quälen. Wir haben das schon ewig nicht mehr gemacht. Das wird lustig." Wir quetschen uns durch eine weitere große Gruppe von Leuten und suchen nach einem Platz zum Sitzen. „Ich kann mich nicht erinnern, dass der Karaoke-Abend so voll war."

„Äh, Sienna." Josie stößt mich mit dem Ellbogen an und zeigt auf ein Schild mit der Aufschrift „*Speed Dating Event*". *Melde dich an der Bar an.*

„Oh nein!"

Rhett kommt mit den Getränken und einem amüsierten Grinsen zu uns. „Ist das deine Art, mir zu sagen, dass du andere Leute daten willst?"

„Ich dachte, es wäre Karaoke-Abend. Es tut mir so leid. Wir müssen nicht bleiben."

„Doch, das tun wir", sagt Josie. „Schau sie dir an." Sie winkt mit der Hand in Richtung einer großen Gruppe von Jungs mit Namensschildern auf ihren Hemden. „Einer von ihnen könnte mein nächster Freund sein."

Josie und ich nehmen Rhett unsere Getränke ab und danken ihm.

„Unsere Namensschilder sind in meiner Gesäßtasche." Er dreht sich so, dass ich sehen kann, wie sie aus seinem jeansbekleideten Hintern ragen.

Er hat sie für uns ausgefüllt und ich bewundere seine kleine, saubere Handschrift, während ich den Aufkleber abziehe und ihn an meinem Shirt befestige.

„Du bist damit einverstanden? Wirklich?" Ich rücke

näher an ihn heran und lege meine Hand auf seinen Unterarm.

„Ja, das wird ein Spaß." Er neigt seinen Kopf zur Seite. „Oder wirklich schrecklich, aber so oder so werden wir Geschichten zu erzählen haben."

Es gibt mehr Männer als Frauen bei der Veranstaltung. Die Frauen sitzen in einer Reihe von Stühlen mit etwa einem Meter Abstand zwischen uns und einem Stuhl direkt gegenüber, wo die Männer abwechselnd fünfzehn Minuten lang mit jeder von uns sitzen, bevor der Timer abläuft und sie nach links gehen. Da wir uns in einer Bar befinden, gibt es auch spezielle Zusatzangebote. Wenn ein Typ sich weiter mit dir unterhalten will, kann er dir einen Drink spendieren und sich eine weitere Viertelstunde verdienen. Und du hast die Möglichkeit, ein Frage- und Antwortspiel zu machen, bei dem jede richtige Antwort über deinen Partner dir noch mehr Zeit verschafft.

Ich bin genauso nervös, wie ich es bei einem echten ersten Date wäre, als sich der erste Typ vor mir hinsetzt. Ich schaue die Reihe entlang, bis ich Rhett ein paar Stühle weiter entdecke. Zum ersten Mal fällt mir auf, dass ich zwar kein Interesse daran habe, mit den anderen Jungs zu plaudern, er aber vielleicht nichts dagegen hat, ein paar andere Mädchen kennen zu lernen. Solche, die ihn nicht zu einem Karaoke-Abend mit Speed-Dating mitschleppen, weil sie Angst haben, dass ihr Herz in winzige Stücke zerbricht, wenn sie sich mit ihm treffen.

Er ist mit Abstand der schärfste Typ hier. Die Mütze hat er heute Abend weggelassen, aber er trägt immer noch seine üblichen Jeans und ein graues T-Shirt. Er lächelt in meine Richtung und dann ertönt der erste Startschuss für uns.

Will, mein erstes Date, erzählt mir von seinem Job in einer kleinen Werbefirma. Er ist nett und irgendwie süß, aber ich höre nur halb zu. Ich lasse meinen Blick immer wieder nach links gleiten, um Rhett zu sehen. Er hat sich mit einer hübschen Blondine zusammengetan. Sie sitzt auf der Kante ihres Stuhls, sodass sich ihre Knie berühren, und hat seine Hand in ihrem Schoß.

„Was war das?" frage ich Will. Ich bin mir ziemlich sicher, dass er mir eine Frage gestellt hat.

Er blickt in die Richtung, in die ich starrte. „Ich habe dich gefragt, ob du dich mit jemandem triffst, aber ich glaube, ich habe meine Antwort bekommen."

„Das ist neu. Was ist mit dir?"

„Ein paar Mädchen. Nichts Ernstes."

Wie charmant.

„Was hältst du von einem Dreier?"

Ich kichere, weil ich denke, dass er einen Witz macht. Macht er aber nicht. Danach höre ich auf, so zu tun, als würde ich mich für Will interessieren und beobachte Rhett, um zu sehen, was mit seinem Date passiert. Die beiden lachen und reden, also schätze ich, dass es ihm besser geht als mir.

Natürlich lädt Will mich nicht auf einen Drink ein oder bittet mich, das Spiel zu spielen, damit wir mehr Zeit miteinander verbringen können.

Mein nächster Verehrer ist ein Student aus dem Valley namens Chad. Er ist nett und fragt mich nicht nach einem Dreier. Wer hätte gedacht, dass die Messlatte so niedrig liegt? Ich spüre keine Anziehungskraft zwischen uns, aber wir können uns über Kurse und Professoren unterhalten, um die Zeit totzuschlagen.

Ich warte ungeduldig auf meine Chance mit Rhett. Wenn mir das Chatten mit anderen Jungs und das Sehen von ihm mit anderen Mädchen etwas gezeigt hat, dann, dass ich Zeit mit ihm verbringen will. Ich weiß nicht, wie weit ich bereit bin, mich zu öffnen, aber ich bin nicht bereit, wegzugehen.

Das nächste Paar zwischen mir und Rhett nimmt sich mehr Zeit und der Typ, mit dem ich die Bar betreten habe, setzt sich schließlich vor mich. Er bläst einen Atemzug aus, der seine Wangen aufplustern lässt wie bei einem Streifenhörnchen.

„Hast du Spaß?"

Er beugt sich vor. „Ich will dich nicht beunruhigen, aber die Frau, die zwei Stühle weiter sitzt, steht unter Hausarrest und wartet auf den Prozess für ein Verbrechen, über das sie nicht sprechen kann. Sie wohnt nebenan."

„Und diejenige, die deine Hand gehalten hat?"

„Eine Handleserin. Ich werde ein langes, gesundes Leben führen."

„Du hattest also ungefähr das gleiche Glück wie ich."

Er greift in seine Tasche und holt zwei zerknitterte Zettel heraus.

„Hast du ihre Nummern?" Ich frage zu laut und wir ernten einige Seitenblicke in unsere Richtung.

„Sie waren keine Gewinner, aber ich schon."

Ich schüttele den Kopf. Natürlich hat er Nummern.

„Das ist ein lustiges Date." Er lehnt sich zurück, streckt ein Bein aus und hakt seinen Fuß unter meinem Stuhl ein.

„Das sagst du nur, weil du eine Tasche voller Nummern als Unterstützung hast."

„Glaubst du wirklich, ich rufe die Frau an, die mir aus der Hand gelesen hat, oder die Frau, die sich die nächsten drei

Monate nicht weiter als hundertfünfzig Meter von ihrem Haus entfernen kann?"

„Wenn nicht sie, dann vielleicht einer der anderen, die darauf warten, ihre Nummern nach dir zu werfen."

„Du bist süß, wenn du eifersüchtig bist." Er schiebt meinen Stuhl mit seinem Fuß näher an sich heran. „Was ist dein Lieblings-Karaoke-Song?"

„'Like a Prayer'."

Er schließt ein Auge und neigt seinen Kopf zur Decke, als ob er nachdenken würde.

„Madonna", füge ich hinzu. „Hast du einen Karaoke-Song?"

„Nein. Wenn ich singe, heulen die Hunde."

„Und trotzdem bist du gekommen."

„Ich kann jederzeit schlecht für dich singen. Was willst du hören?"

„Ich habe mich darauf gefreut, dich eine Liebesballade singen zu hören. Vielleicht etwas von Bryan Adams."

Er lächelt mich so breit an und er hat ein fabelhaftes Lächeln. Die Art, die ein Mädchen dazu bringt, ihre Telefonnummer herauszugeben. „Bryan Adams? Sehr gut. Gut zu wissen. Ich muss wohl meine Balladen aus den Neunzigern nachlernen. Hast du schon mal ein Date zum Karaoke mitgenommen?"

„Nein, eigentlich nicht. Du?"

„Ich hatte schon mal ein Date mit Karaoke, aber ich bin mir ziemlich sicher, dass das Zufall war." Er hebt eine Hand, um die Aufmerksamkeit der Moderatorin zu gewinnen.

„Läuft alles gut?", fragt sie zaghaft. Ich frage mich, was für interessante Geschichten sie wohl über diese Speed-Dating-Veranstaltungen erzählen könnte.

„Ich würde sie gerne auf einen Drink einladen. Was immer sie möchte."

Als sie zu mir schaut, lächle ich. „Kann ich einen Wodka mit Sprite bekommen?"

„Klar."

„Und können wir auch das Fragespiel machen?" fragt Rhett.

Wieder schaut mich unsere Moderatorin zur Bestätigung an und ich nicke zustimmend.

Sie bringt mir mein Getränk und gibt uns dann jeweils einen Block Papier und einen Stift.

„Ich werde euch jetzt drei Fragen stellen. Ich hoffe, ihr habt viele gute Fragen gestellt und euch gegenseitig kennengelernt, denn diese Fragen sind knifflig. Nach jeder Frage werde ich euch bitten, euch gegenseitig zu zeigen, was ihr geschrieben habt. Für jede richtige Antwort erhaltet ihr eine Minute, was sich auf insgesamt sechs Minuten summieren kann."

Rhett gluckst leise.

„Bereit?" Sie schaut zu jedem von uns.

Ich sitze aufrecht in meinem Sitz wie eine gute Schülerin. „Fertig."

„Was ist die Lieblingsfarbe deines Dates?"

Ich lache. „Lieblingsfarbe, ernsthaft?"

„Das ist die am häufigsten gestellte Frage beim ersten Date", versichert sie mir und fügt dann hinzu: „Rate mal".

Rhett hält den Zettel hoch und kritzelt etwas. Ich rate mal, blau, und wir zeigen unsere Antworten.

„Hat einer von euch richtig geraten?"

Rhett nickt enthusiastisch. „Ja, ich liebe Blau. Es ist meine absolute Lieblingsfarbe."

„Und Rosa ist auch meine Lieblingsfarbe." Wir teilen ein heimliches Lächeln.

„Zwei Minuten", sagt sie, ohne uns anzuschauen. „Nächste Frage: Wie viele Sexualpartner hat dein Date gehabt?"

„Das kann keine Frage sein, die man bei einem ersten Date stellt", sage ich.

Sie schaut auf mich herab. „Das ist es nicht, aber es ist eine gute Unterhaltung in der Bar."

Ich zögere, entscheide mich dann aber doch für eine Zahl. Rhett scheint es viel leichter zu haben, zu entscheiden, was er schreiben soll.

„Okay, lass uns die Antworten sehen."

Mein Magen ist wie verknotet. Ich bin mir nicht sicher, ob ich die Antwort auf diese Frage wissen will.

Bevor wir teilen können, wird unsere Moderatorin gerufen, um jemand anderem zu helfen.

„Ich bin gleich wieder da", sagt sie und eilt davon.

„Lass mal sehen", sagt Rhett und setzt sich nach vorne.

Ich drehe das Papier um und beobachte seinen Gesichtsausdruck, als er die Zahl sieht. Ich habe mich für zehn entschieden, weil es sich wie eine gute runde Zahl anfühlt, aber ich habe keine Ahnung. „Bin ich nah dran? Ich muss die richtige Zahl nicht wissen, sag mir nur, ob ich die richtige Anzahl von Ziffern habe."

Er bellt ein Lachen. „Denkst du, es ist möglich, dass meine Nummer dreistellig ist? Wie hundert oder mehr?"

„Ja?" Hitze klettert meinen Hals und mein Gesicht hinauf. „Was hast du geraten?"

„Fünf." Er zeigt sie mir.

Der Timer geht los und die Leute bewegen sich. Aber keiner von uns tut das.

„Willst du dich an die Bar setzen?"

„Was ist mit den Speed-Dates?"

„Ich glaube, wenn du die Person gefunden hast, mit der du den Rest der Nacht verbringen willst, solltest du aufhören." Er steht auf und streckt seine Hand aus.

Als wir an der Bar ankommen, stelle ich mein Getränk ab und Rhett bestellt ein weiteres Bier. „Kann ich ein Stück Papier und einen Stift bekommen?"

„Klar doch." Der Barkeeper holt das Papier und den Stift.

Rhett kritzelt etwas auf den Zettel, faltet ihn und schiebt ihn zu mir. „Das ist meine echte Nummer. Sieh sie dir an oder lass es bleiben, aber ich kann nicht zulassen, dass du glaubst, ich hätte mit hundert Frauen geschlafen." Er schüttelt den Kopf. „Woher soll ich die Zeit dafür nehmen?"

Ich mache mich auf das gefasst, was ich gleich sehen werde, dann klappe ich es auf und schnaufe. „Wirklich?"

Er grinst. „Wirklich."

„Ich... wow. Echt jetzt? Du willst mich nicht verarschen?"

Seine Brust zittert vor Lachen. „Ich meine es hundertprozentig ernst."

„Aber nur eine?" Ich bin schockiert. Wie ist das möglich?

„Was ist mit dir? Bekomme ich die richtige Zahl?"

Ich reiße ein Stück Papier ab und schreibe meine Zahl darauf. Wie er es getan hat, schiebe ich es ihm zu, aber als seine Finger danach greifen, lasse ich es nicht los.

„Es ist mir egal, wie die Nummer lautet, Engel."

Ich lasse los und bringe meinen Daumennagel zwischen meine Zähne, während er schaut.

„Ich war nah dran." Er ergreift mein Handgelenk und

zieht es von meinem Mund weg. „Entspann dich. Drei ist nichts, wofür du dich schämen musst."

„Das ist mir nicht peinlich. Jedenfalls nicht wegen der Zahl."

Er nimmt einen Schluck von seinem Bier und wartet darauf, dass ich fortfahre.

„Ich habe mir nur die ganze Zeit Sorgen gemacht, dass du ein großer Player bist und ich alles falsch verstanden habe."

„Wer ist jetzt der Player?", stichelt er.

„Es tut mir leid."

„Ich vergebe dir."

„Einfach so?"

„Hätte ich dich dazu bringen sollen, mir eine Liebesballade zu singen?"

Ich entspanne mich, entspanne wirklich, vielleicht das erste Mal, seit ich mit ihm zusammen bin. Dann streckt sich seine große Handfläche auf meinem Oberschenkel aus und alle Nerven und Schmetterlinge sind wieder da. Denn wenn er kein Player ist, hält mich nichts davon ab, mich wieder von ihm küssen zu lassen.

Und vielleicht noch mehr.

DREIZEHN
RHETT

ADAM KLOPFT AN MEINE OFFENE SCHLAFZIMMERTÜR. „Hausversammlung in fünf Minuten."

Ich schaue von meinem Handy auf. „In Ordnung, aber ich werde nicht jedes Mal einen Schnaps trinken, wenn ich reden will."

Die Hausversammlungen hier enden meistens damit, dass wir nur wenig lösen und uns stattdessen betrinken.

Er schnaubt. „Ich habe Maverick schon gesagt, dass die Wohnung bis nach dem Spiel am Freitag trocken ist." Er verweilt und lehnt sich an den Türrahmen. „Carrie?"

„Nein." Obwohl sie auch schon viele SMS geschrieben hat. „Ich schreibe Sienna eine SMS."

„Was macht sie gerade?"

„Ich weiß es nicht. Ich habe noch nichts verschickt." Seit wir am Dienstagabend ausgegangen sind, kämpfe ich damit, herauszufinden, was der nächste Schritt ist.

Adam schnalzt mit der Zunge. „Vielleicht sagen wir 'Hallo, wie geht's?'"

„Was, wenn sie mit 'OK' antwortet? Was dann? Es ist

schon ein paar Tage her und ich glaube, ich habe vielleicht zu lange gewartet."

„Nimm dein Handy mit", sagt er und schiebt sich zu seiner vollen Größe hoch. „Wir kümmern uns nach dem Treffen darum."

Wir versammeln uns im Wohnzimmer. Maverick nimmt immer an unseren Hausversammlungen teil, obwohl er nicht hier wohnt. Er ist genauso oft hier wie der Rest von uns, also macht es Sinn, auch wenn es keinen Sinn macht. Er sitzt auf der Couch mit Charli neben sich und einer Metallwasserflasche auf dem Schoß.

„Hoffentlich ist das Wasser", sagt Adam und setzt sich in den abgenutzten Ledersessel.

Ich schnappe mir einen Stuhl vom Esszimmertisch und ziehe ihn ins Wohnzimmer.

„Was steht auf der Tagesordnung, Cap?" fragt Heath. Er und Mav ballen die Fäuste. Sie machen sich oft über Adam lustig wegen dieser Hausversammlungen, aber normalerweise - nein, immer - sind sie der Grund dafür.

„Ich will sichergehen, dass die Jungs bis nach dem morgigen Spiel sauber bleiben. Ich weiß, dass alle feiern wollen, aber wir können es nicht gebrauchen, dass sich jemand verletzt oder verkatert zum Training kommt."

„Ich bin mir ziemlich sicher, dass Ketch heute Morgen noch betrunken war", sagt Heath.

Ein paar der jüngeren Jungs sind letzte Nacht wieder ausgegangen und das Training heute Morgen war scheiße. Man sollte meinen, dass es nicht so schwer ist, drei Tage lang nüchtern zu bleiben. Aber es ist aufregend und im Gegensatz zu uns wissen die Jüngeren nicht, wie verdammt selten es ist, so weit zu kommen.

Die Ader im Kopf meines Kumpels platzt. Ein sicheres Zeichen dafür, dass er gestresst ist. „Genau. Der Scheiß kann so nicht weitergehen."

„Er hat es trotzdem geschafft, das meiste zu blocken, was wir ihm zugeworfen haben", sagt Mav.

„Die meisten", betont Adam.

„Er wohnt im Wohnheim. Wie sollen wir sicherstellen, dass er nicht trinkt?" frage ich.

„Gut, dass du fragst", sagt Adam. „Ich lade alle Jungs ein, heute Nacht hier zu bleiben."

„Hier?" Heath zeigt mit beiden Händen auf den Boden.

„Mhmmm."

„Du willst eine verdammte Übernachtungsparty?" Mav bellt ein Lachen. „Ich entschuldige mich für meine Ausdrucksweise. Bitte streiche das Schimpfwort aus dem Protokoll."

Heath tut so, als würde er es von einem imaginären Block Papier abkratzen. „Zur Kenntnis genommen."

„Meinst du das ernst?" frage ich und versuche, uns wieder auf das Thema zu bringen. Der Gedanke, dass bei uns nur die Hälfte des Teams schläft, bereitet mir Kopfschmerzen.

„Einige der Jungs werden es nicht mögen, wenn du ihre Routinen durcheinanderbringst", sagt Heath. „Und wir können es nicht erzwingen."

„Von wegen das kann ich nicht. Nichts kann uns daran hindern, zu den Frozen Four zu kommen. Nichts."

Keiner von uns hat den Begriff „Frozen Four" ausgesprochen, seit wir das Halbfinalspiel am Montagabend gewonnen haben. Das Frozen Four ist das Endziel, auf das wir alle im Stillen hinarbeiten, aber nicht darüber reden, weil wir es nicht heraufbeschwören wollen.

„Okay." Ich bin der Erste, der zustimmt. Ich vertraue Adams Instinkten als unser Kapitän und wenn er denkt, dass dies das Beste ist, werde ich ihn unterstützen. „Wo sollen wir denn alle unterbringen?"

„Wir haben drei Wohnungen, wenn du die Mädchen mitzählst." Er nickt in Richtung der Wohnung von Dakota und Reagan auf der anderen Seite des Ganges. „Ich werde dort mit ein paar anderen Jungs schlafen. Sie sagten, wir könnten ihr Wohnzimmer benutzen. Der Rest wird hier und bei Maverick sein." Er zuckt mit den Schultern. „Es wird eng, aber für eine Nacht wird es schon gehen."

„Gut, aber Ginny bleibt heute Nacht bei mir. Das ist meine Routine bei Heimspielen."

„Das ist jede Nacht deine Routine", füge ich hinzu. Unsere Zimmer teilen sich eine Wand, also kenne ich sein Ritual, jede Nacht seine Freundin zu vögeln. Sie ist seine glückliche Hasenpfote und er reibt sie jede Nacht.

„Nur..." Adam seufzt. „Bring sie rein, bevor die Jungs hier sind. Ich will nicht, dass sie sich darüber beschweren, wie unfair es ist, dass du mit deiner Freundin zusammen sein darfst und sie nicht."

Heath lächelt und unterdrückt ein breites Grinsen. „Findet es noch jemand witzig, dass der Typ mir sagt, ich soll seine Schwester in mein Zimmer schmuggeln?" Er schaut sich zu uns um. „Keiner? Also, ich finde es verdammt lustig."

„Oder sie kann in ihrem Wohnheim bleiben, wenn du das möchtest." Adam runzelt die Stirn.

„Nein, nein. Ich werde sie reinschmuggeln." Er gluckst. „Das macht mehr Spaß, als ich dachte."

„Sonst noch etwas?" fragt Mav.

„Äh, ja." Adam blickt zu mir. „Rhett braucht unsere Hilfe,

um Sienna eine SMS zu schreiben. Er macht sich zu viele Gedanken."

Ich starre ihn an. Als er sagte, wir würden es in Angriff nehmen, dachte ich, er meinte uns beide.

„Solltest du nicht eine Menge Erfahrung in der Kunst des Sextings haben, nachdem du sechs Jahre lang mit Carrie zusammen warst, die meiste Zeit davon als Fernbeziehung?"

„Das ist anders", antwortet Adam, bevor ich es kann. „Das ist eine neue Art von Beziehung."

„Also Pimmel Bilder?" fragt Heath.

Ich stütze mein Gesicht in meine Hände. Scheiß auf mein Leben. „Nein, keine Pimmel Bilder. Ich will nur Hallo sagen und mich mit ihr verabreden."

„Ich würde ein Pimmel Foto nehmen. Das sagt schon alles. Glaub mir." Heath grinst. Ich glaube, er genießt es, so etwas zu sagen, nur um Adam zu ärgern. Aber es würde mich nicht wundern, wenn Heath Ginny regelmäßig Fotos von seinem Schwanz schickt.

Carrie stand nicht darauf und ich musste zum Glück noch nie versuchen, ein aussagekräftiges Foto von meinem Schwanz zu machen, um es einem Mädchen zu schicken.

„Nein, nein, ich habe dich, Bruder." Maverick steht auf und hält Charli in seinen Armen. Er setzt seinen Hund auf meinen Schoß. „Gib mir dein Handy."

Charli ist ein cooler Hund. Super cool und auch verdammt süß, aber ich bin mir nicht sicher, worauf er hinauswill, als er sagt: „Sag, dass Charli der beste Hund der ganzen Welt ist."

„Charli ist der beste Hund auf der ganzen Welt", wiederhole ich und kraule seine französische Bulldogge ein wenig hinter den Ohren.

„Okay, vergiss es. Das hat nicht geklappt. Lächle einfach."

Maverick steht eine ganze Minute lang vor mir und macht Fotos, bis ich nicht mehr lächeln kann.

„Okay, was zum Teufel machen wir hier?"

Sein Daumen wischt über den Bildschirm. „Nein, nein, nein, vielleicht, nein. Ha! Charli sieht auf diesem Bild aus, als hätte sie Angst vor dir. Nein, nein, nein. Ooooh. Was denken wir?" Er zeigt Adam das Telefon.

Mein Kumpel zuckt mit den Schultern. „Wie lautet der Plan?"

„Schick das an Sienna. Hundebilder sind viel besser als Pimmel Bilder."

Nun, ich hatte die Hoffnung, dass er einen Masterplan hat, aber ernsthaft?

„Sie ist nicht einmal mein Hund."

„Und?" Er nimmt Charli und wirft mir das Telefon zu. „Ich habe es getestet. Es ist dreimal wahrscheinlicher, dass du Sex bekommst, wenn du dieses Bild verschickst, als eines von deinem Schwanz. Zumindest bei mir ist das so."

„Vielleicht ist dein Schwanz hässlich", sagt Heath.

„Verpiss dich, mein Schwanz ist wunderschön, und tu nicht so, als hättest du ihn nicht gesehen."

„Nun, ich nicht, also bitte, zeig ihn uns nicht." Adam hält eine Hand hoch. Dann schaut er zu mir. „Es ist einen Versuch wert. Charli ist ein wirklich verdammt süßer Hund."

„Ich schicke einfach das Foto? Ohne Erklärung?"

Mav stöhnt, nimmt mein Handy, tippt etwas hinein und gibt es mir zurück. „Ich wusste nicht, dass du mich brauchst, um alles für dich zu erledigen, Rauthruss. Gern geschehen."

Ach du Scheiße. Ein Loch bildet sich in meinem Magen,

als ich die SMS lese, die er geschickt hat. *Das ist Charli (Mavs Hund). Sie mag es, mit mir zu schmusen.*

Und zusammen mit dem Text schickte er auch eines der Bilder.

„Das war's? Das ist die Magie? Du hast nicht gesagt, dass ich mit ihr abhängen will."

Mein Handy klingelt und die Jungs warten alle darauf, dass ich die Nachricht vorlese.

„Awww! Sie ist bezaubernd. Was machst du später?"

Mav reckt seine Faust in die Luft. „Und so wird es gemacht, Jungs."

DAS TEAM IST WENIGER MURREND als ich erwartet habe, dass es eine Nacht auf unserem Wohnzimmerboden schlafen soll. Adam und Maverick sind auf dem Weg in den Supermarkt, um Lebensmittel zu besorgen. Ginny ist kurz nach unserem Treffen aufgetaucht und sie und Heath haben sich seitdem nicht mehr aus seinem Zimmer getraut.

Ich gehe zur Haustür, das Telefon am Ohr.

„Ich bin hier", sagt sie. „Glaube ich. Diese Wohnungen sehen alle gleich aus."

Ich öffne die Tür, als Sienna oben auf dem Treppenabsatz ankommt.

„Ist die Luft noch rein?", flüstert sie.

„Das Team sollte in den nächsten dreißig Minuten oder so hier sein." Ich öffne meine Arme und sie schlingt ihre um meine Taille. Sie trägt immer noch ihre Trainingsklamotten vom Yogaunterricht. „Ich habe dich vermisst."

Sie lacht leise gegen meine Brust. „Gut. Ich habe dich auch irgendwie vermisst."

Ich grinse breit und kann mir das nicht verkneifen. „Bist du dir sicher, dass du das willst?"

„Machst du Witze? Eine Nacht mit dem gesamten Hockeyteam. Ich wäre dumm, wenn ich mir das entgehen lassen würde." Sie zwinkert und geht in die Wohnung.

Wer hätte gedacht, dass es so viel Spaß machen kann, ein Mädchen einzuschleusen? Wir müssen uns nicht wirklich schleichen. Nicht bevor das Team hier ist, aber wir gehen direkt zurück in mein Zimmer.

Der Versuch, leise zu sein, bringt uns beide zum Kichern, als ich meine Tür schließe und sie küsse.

„Ich dachte, du wolltest lernen. Ich habe meine Bücher mitgebracht."

„Später", verspreche ich.

Ich umschließe ihr Gesicht mit meinen Händen und lege sie auf das Bett. Sie fällt auf die Matratze und ich decke uns zu.

Bis jetzt haben wir uns stundenlang geküsst und es war toll, aber heute Abend hoffe ich, dass sie bereit für mehr ist. Mein Schwanz stößt gegen meine Jeans. Jede Bewegung, die sie unter mir macht, macht mich härter.

Ihre Hände schlüpfen unter mein T-Shirt und wandern über meinen Rücken, wobei sie mich noch fester an sich zieht. Sieht aus, als wären wir einer Meinung - zieh dich aus, komm näher.

Ich lehne mich zurück und ziehe mein T-Shirt aus. Ihre grünen Augen verdunkeln sich, als sie mich mustert. Ich nehme ihre Hände und ziehe sie in eine sitzende Position, nehme wieder ihren Mund und schiebe ihr Tank-Top hoch.

Sie hebt ihre Arme, damit ich es ihr über den Kopf ziehen kann. Sie lächelt schüchtern, als sich mein Blick senkt.

Ihr BH ist pink und hat eine kleine Schleife genau zwischen ihrem Dekolleté. Ich berühre den zarten Knoten.

„Das gefällt mir." Ich beuge mich vor und drücke ihr einen Kuss auf den Bauch, dann hake ich meine Finger um den Verschluss im Rücken. Sie zieht ihn aus und wirft ihn auf den Boden. „Jetzt gefällt es mir noch besser."

Ich erobere ihren Mund, schlucke das leichte Lachen hinunter und bringe uns wieder auf die Matratze. Ich versuche, nichts zu überstürzen und die obere Hälfte von ihr auszukosten, bevor ich zum nächsten Schritt übergehe, aber Sienna reibt sich an meinem Schwanz, während sie mich küsst, als könnte sie an nichts anderes denken, seit wir uns das letzte Mal gesehen haben. Dann wären wir schon zu zweit.

Was du heute kannst besorgen, das verschiebe nicht auf morgen. Ich rutsche nach unten und küsse ihren Bauch entlang. Ihre Leggings schmiegt sich an ihre schlanken Hüften und ihren Bauch, ich schiebe sie ein Stückchen weiter nach unten und küsse den oberen Rand ihres Höschens weiter.

Ihre Hüften heben sich, als ich mich zwischen ihren Beinen niederlasse. Ich schiebe einen Finger unter den Stoff und hinterlasse eine Gänsehaut.

Verdammt, ich glaube, ich war in meinem ganzen Leben noch nie so erregt, als sie mit ihren Fingern durch mein Haar fährt und mich ermutigt, tiefer zu gehen.

„Hey", ertönt Adams tiefe Stimme, als er mein Zimmer betritt.

Sienna schreit auf. Ich springe vor ihr auf und schirme sie

mit meinem Körper ab. Adam nimmt die Szene vor ihm auf, dreht sich dann schnell in die andere Richtung und schließt die Tür, während er noch drinnen ist.

„Mach dir keine Sorgen. Ich habe nichts gesehen."

„Verpiss dich, Mann."

„Schön, dich wiederzusehen, Sienna." Er verdeckt seine Augen mit einer Hand, auch wenn er in die andere Richtung schaut.

„Hey, Adam." Ihre Stimme ist fest, aber amüsiert.

„Kumpel", sage ich wieder.

„Wie ich sehe, hast du es auf dich genommen, auch ein Mädchen einzuschleusen."

„Offenbar nicht gut genug, wenn Leute in mein verdammtes Zimmer kommen, ohne anzuklopfen."

„Ja, glaub mir, es tut mir genauso leid wie dir, aber wir brauchen dich. Teambesprechung auf der Terrasse."

Er tastet nach der Tür, hält sich immer noch die Augen zu und geht hinaus.

Sienna kichert und schlägt sich dann eine Hand vor den Mund.

„Ich bin froh, dass du das lustig findest", sage ich. „Mein Mitbewohner hat vielleicht deine Brüste gesehen."

Sie hebt eine Schulter und lässt sie fallen. „Das war mein Masterplan. Ein ganzes Haus voller Eishockeyspieler und ich." Sie grinst. „Soll ich so mit dir da rausgehen?"

„Nee nee." Ich krabble wieder auf sie drauf. „Heute Nacht gehörst du nur mir."

VIERZEHN

SIENNA

„Ist das Team nicht misstrauisch, dass du nicht mit ihnen da draußen bist?" frage ich Rhett später.

Er kam gleich nach dem Teamtreffen zurück und ist seitdem nicht mehr weggegangen. Wir haben ein kleines Picknick auf dem Boden seines Schlafzimmers vorbereitet, mit den Lebensmitteln, die er aus der Küche gestohlen hat, und den Notfallsnacks, die ich in meiner Handtasche habe.

„Nein, sie werden mich nicht einmal vermissen."

Wir machen uns nicht mehr die Mühe zu flüstern. Der Lärm, der aus dem Wohnzimmer kommt, ist so laut, dass es keinen Sinn hat.

„Wie sieht ein typischer Donnerstagabend bei dir aus?" frage ich, schlage meine Beine übereinander und lehne mich vor.

„Nicht viel anders."

„Halbnackte Mädchen, die auf dem Boden deines Schlafzimmers picknicken, sind die Norm?"

„Oh ja." Er lächelt und wirft sich eine Mandel in den

Mund. Während er kaut, fährt er fort: „Aber normalerweise bringen sie besseres Essen mit."

„Hey, wenn du meine Snacks nicht magst, iss sie nicht." Ich nehme die Tüte mit den Mandeln aus der Mitte und halte sie dicht an meine Brust.

Seine blauen Augen glitzern, als er mich anlächelt. „Was ist ein typischer Donnerstagabend für dich?"

„So anders ist es nicht", spotte ich. „Halbnackt mit Hockey-Jungs picknicken."

Mein Handy liegt zu meinen Füßen, nah genug, dass Rhett das Display sehen kann, als es klingelt. Elias' Name und Gesicht werden angezeigt.

Ich winke mit einer Hand, als wollte ich sagen: *„Siehst du? Ich bin eine gefragte Frau."*

Rhett gluckst. „Lass dich von mir nicht davon abhalten, Pläne für morgen zu schmieden."

Ich bin mir sicher, dass er nicht erwartet, dass ich antworte, aber genau das tue ich, halte das Telefon nah an mein Gesicht und lächle süß. „Hallo, Honey."

„Honey?" Elias' Gesicht verzieht sich vor Verwirrung. „Okay, Zuckerpopo."

„Was?" Ich brach in Gelächter aus. „Bitte sag mir nicht, dass du Mädchen Zuckerpopo nennst."

„Nicht schlimmer als Honey." Er zieht eine Grimasse. „Was ist los? Wo bist du?"

„Ich bin mit einem Jungen zusammen." Ich drehe das Telefon so, dass Elias Rhett sehen kann. Dieser winkt mit unsicherem Blick. „Rhett, das ist mein Freund Elias."

„Ooooh", gurrt Elias und winkt zurück, „Hey, Mann." Er senkt seine Stimme. „Warum gehst du an dein Telefon? Geh, hab Sex." Er verscheucht mich mit einer Hand.

Rhett gluckst. Mein Gesicht erwärmt sich. „Wir hängen nur rum und machen ein Picknick."

„Ein 'All you can eat-Buffet'?" Er zieht verführerisch die Augenbrauen hoch.

„Was? Igitt. Ekelhaft, Elias." Ich zeige mit dem Telefon auf unsere Snacks. „Nein, richtiges Essen."

„Meins klingt viel lustiger."

„Jetzt tut es mir sehr leid, dass ich rangegangen bin, vielen Dank." Ich schüttle den Kopf und werfe einen Blick auf Rhett, der grinst. „Was gibt's? Du hast eine Minute Zeit."

„Nichts. Ich habe nur angerufen, um mich zu melden."

Das heißt, er rief mich an, um mir das Neueste aus seinem katastrophalen Liebesleben zu erzählen.

„Alles gut hier. Und bei dir?"

„Gut, gut. Viel Spaß und schick mir morgen früh eine SMS, damit ich weiß, dass es dir gut geht."

„Okay."

„Jetzt gib Rick das Telefon."

„Elias", warne ich.

„Gib das Telefon rüber, Zuckerpopo, oder ich rufe die ganze Nacht lang an."

Widerwillig tue ich das, denn Elias ist keiner, der droht, ohne es durchzuziehen.

„Hey, Mann", sagt Rhett lässig, als wäre das ein ganz normaler Vorgang.

„Hey, was gibt's?" sagt Elias mit seiner sanften, charmanten Stimme. „Hör zu, ich brauche deine Adresse und Telefonnummer. Betrachte es als Kaution dafür, dass du mit meinem Mädchen abhängst."

Rhett zieht die Augenbrauen hoch und sieht zu mir. Ich vergrabe mein Gesicht in meinen Händen.

„Nicht so", sagt Elias. „Sie steht auf kranken, verdrehten Scheiß."

Oh mein Gott!

„Aber sie ist mein Lieblingsmensch auf der ganzen Welt, also sei bitte nicht beleidigt, wenn ich dir sage, dass ich dir wehtun werde, wenn du sie verletzt."

Ich verkneife mir ein Lachen, als Rhett langsam nickt. Elias ist etwa 1,80 m groß und ich weiß, dass er beim Gewichte heben, das er mit Taylor macht, stark sein muss, aber Rhett wiegt bestimmt 10 Kilo mehr. Aus der Nähe kann Rhett das aber nicht erkennen.

„Verstanden", sagt Rhett. „Ich sage Sienna, dass sie dir meine Nummer und Adresse schicken soll.

„Toll. Vielen Dank, Ron."

Rhett reicht mir das Telefon mit einem breiten Grinsen im Gesicht.

„Meinst du das ernst?" frage ich Elias.

„Auf jeden Fall, Zuckerpopo. Und jetzt geh und hab Spaß und stirb mir nicht weg." Er macht ein X über sein Herz, zwinkert und verschwindet dann, als er auflegt.

„Scheint nett zu sein", sagt Rhett mit einem Lachen.

„Das ist er nicht, aber ich liebe ihn trotzdem."

„Geht er auf die Valley U?"

„Nein." Ich texte Elias Rhetts Adresse, weil ich weiß, dass er nachhaken wird, wenn ich es nicht tue. Seine Telefonnummer lasse ich weg. Er kann mich anrufen. Ich will nicht, dass er Rhetts Nummer hat. Gott, das kann ich mir gar nicht vorstellen. „Er lebt zurzeit in Toronto und trainiert. Er ist auch Schlittschuhläufer, Paarlauf. Ich habe ihn noch nie persönlich getroffen, aber er ist mein bester Freund."

„Du hast ihn wirklich noch nie persönlich getroffen?"

Ich schüttele den Kopf.

„Du kennst ihn also nur Online übers Skaten?"

„Ja. Ich kenne ihn jetzt schon seit fünf Jahren, glaube ich." Das ist nicht die ganze Wahrheit, aber ich will nicht schon wieder ein Gespräch über mein Herzleiden anfangen. „Er ist wirklich talentiert und geht mir total auf den Sack". Ich halte mein Handy hoch. „Und jetzt hat er deine Adresse. Tut mir leid, aber er hätte wirklich immer wieder angerufen."

„Ist schon gut. Ich habe Verstärkung." Er deutet auf die Wand, wo auf der anderen Seite ein ganzes Team von Hockeyspielern lacht und schreit. Dafür, dass sie nüchtern sind, sind sie ganz schön laut.

Sein Telefon klingelt und wir lachen beide über eine weitere Unterbrechung. Er macht keine Anstalten, es zu holen.

„Du kannst antworten, wenn du musst."

„Nein, alle, mit denen ich reden muss, sind hier. Was hat er mit krank und verdreht gemeint?"

Ich kichere. „Ich schaue gerne Dokumentationen über wahre Verbrechen. Elias ist ein echter Angsthase."

Rhett zieht eine Seite seines Mundes zu einem Lächeln hoch.

„Ich habe eine Frage." Ich schlage meine Beine vor mir übereinander.

„Schieß los."

„Wie ist es möglich, dass du nur mit einem Mädchen geschlafen hast?"

„Immer noch nicht überzeugt?"

„Nein. Ich glaube dir, aber, komm schon. Du bist heiß und ich sehe, wie die Mädchen um dich herum sind." Und die Art, wie er küsst... Gänsehaut überzieht meinen Arm, wenn ich nur daran denke.

„Ich war in einer Beziehung. Außerdem nehmen Eishockey und Schule viel Zeit in Anspruch. Was ist mit dir? Beziehungen?"

„Zwei." Ich halte die entsprechende Anzahl von Fingern an meiner rechten Hand hoch. „Beide haben nur ein paar Monate gedauert und wie du habe ich mich aufs Skaten und die Schule konzentriert."

„Sieh uns an, wir haben etwas gemeinsam." Er grinst und streckt seine Beine vor sich aus. „Mein Fuß ist eingeschlafen."

Ich stehe auf und reiche ihm beide Hände. Mit einem Ruck schaffe ich es, ihn aufzurichten. „Ich habe schlechte Nachrichten."

„Was für welche?" Er drängt sich an mich heran, schlingt seine Arme um meinen unteren Rücken und zieht mich dicht an sich heran.

„Ich muss pinkeln."

Während Rhett im Flur steht und Ausschau hält, flitze ich rüber ins Bad. Ich beeile mich und öffne die Tür einen Spalt, um Rhett zu zeigen, dass ich bereit bin, zurückzulaufen.

Leider muss in diesem Moment jemand anderes auf die Toilette gehen.

„Du kannst da nicht reingehen", sagt Rhett zu ihm.

„Warum nicht? Ich muss mal pissen", sagt der Mann. „Ich beeile mich."

„Tut mir leid, ich bin zuerst." Rhett schiebt sich ins Bad und schließt die Tür hinter sich.

„Was jetzt?" flüstere ich.

Er zuckt mit den Schultern. „Er wird aufgeben und das andere benutzen."

„Alter, du kackst da drin besser nicht", ruft der Typ von draußen.

„Bist du dir da sicher?"

Rhett gluckst und sein Lachen kitzelt meinen Nacken, als sein Mund auf meine Haut sinkt. „Das wird eine Weile dauern. Nimm das andere."

„Was ist das mit dir und Badezimmern?" frage ich, als er mich auf den Waschtisch hebt und zwischen meine Beine tritt.

„Du bist diejenige, die hier reingerannt ist."

Ich will mich wehren, aber als sein Mund meinen umschließt, kommen mir die Worte nicht mehr über die Lippen. Seine Hände umklammern meine Beine und seine harte Beule drückt sich in mein empfindliches Inneres. Er reißt mir die Leggings herunter und wirft sie auf den Boden.

Ich breche den Kuss ab und stöhne auf, als er sich in einem langsamen Rhythmus an mir reibt, so dass es mir egal ist, wo wir sind. „Hast du die Tür diesmal abgeschlossen?"

Ich öffne meine Augen nicht, aber ich höre das Klicken des Schlosses.

„Nichts hält mich davon ab, dich zu befriedigen." Lange Finger gleiten unter den Satinstoff, der mich bedeckt, und ein Finger gleitet in mich hinein, während sein Daumen meinen Kitzler umkreist. Seine Finger hören auf, aber bevor ich protestieren kann, zieht er mich an den Rand des Waschbeckens, zieht mein Höschen aus und beugt sich zwischen meine Beine.

Die Emaille ist kalt unter meinem Hintern, aber die Hitze seines Mundes entfacht ein Feuer in mir.

Jemand klopft und anstatt zu antworten, tritt Rhett gegen die Tür und knurrt. Ich schleudere eine Hand gegen den

Spiegel hinter mir, mit der anderen fahre ich ihm durch die wirren Haare, während sein Mund mich verschlingt. Ich stöhne auf, als der Orgasmus immer stärker wird.

„Du bist so verdammt eng. So verdammt perfekt", rasselt er, als ich komme. „So verdammt perfekt."

FÜNFZEHN
RHETT

Sienna hält sich an meinem Arm fest, als ich meinen Kopf aus dem Bad stecke, um sicherzugehen, dass niemand im Flur ist. Ich ziehe sie hinter mir her und laufe hinüber in mein Zimmer.

Wir lassen uns auf mein Bett fallen. Ihr Haar hängt ihr über die Schultern und ihre Wangen sind rosa von dem Orgasmus, den sie gerade hatte. Ich kann sie immer noch auf meiner Zunge schmecken.

„Das hat Spaß gemacht", sinniert sie.

Das ist verdammt richtig.

Sie klettert auf mich und ich glaube, ich sehe Jesus.

„Es scheint ein Problem zu geben." Sie wackelt mit ihrem knackigen Hintern und drückt ihren Unterkörper gegen meinen.

Ein erstickter Laut bleibt mir in der Kehle stecken. Sie rutscht von mir herunter und zieht meine Jeans aus. Ihre Finger wandern unter meine Boxershorts und streichen über die Spitze meines Schwanzes.

Ich werde nur eine Nanosekunde durchhalten. Sie

befeuchtet ihre Lippen, als ob sie in Erwägung ziehen würde, ihren köstlichen Mund an meinem Schwanz zu benutzen. Allein der Gedanke ist zu viel. Ich ermutige sie, ihre Hand zu benutzen, indem ich in sie hineinpumpe.

Ein zufriedenes Lächeln umspielt ihre Lippen und sie schlingt ihre Hand um den Ansatz meines Schwanzes. Ich beuge mich vor und nehme ihren Mund in Beschlag, während sie mich wichst.

Handjobs... sind nichts, worüber ich normalerweise fantasiere. Nichts gegen die Frauen dieser Welt, die sie anbieten, aber wenn ich einen Handjob will, kann ich ihn selbst machen. Natürlich werde ich das nicht ablehnen. Ich bin ja kein Idiot. Aber niemand kann es besser als ich. Ich habe jahrelange Erfahrung in diesem Job.

Dachte ich zumindest. Sienna hat meinen Schwanz fest im Griff und reibt sich an mir, während sie sich von mir mit dem Mund ficken lässt. Heilige Scheiße, es ist ein Ganzkörper-Handjob und ich gebe meine hart verdiente Teilnahme-Trophäe an sie ab, während hinter meinen Augenlidern ein Feuerwerk losgeht und ich mir über den ganzen Bauch spritze.

Ich starre an die Decke und meine Brust hebt sich. „Normalerweise bin ich nicht so schnell mit der Hand."

„Mhmmm. Das sagen sie alle."

Ich setze mich auf und fahre mir mit einer Hand durch die Haare. „Gib mir fünf und ich beweise es."

Sie grinst mich an. Perfekte rosafarbene Lippen, die sich spitz nach oben biegen und ihre Zähne zeigen. „Oh nein. Du hast mir gesagt, dass du lernen musst, und es ist schon spät."

Ich stöhne. „Das habe ich wirklich gesagt, oder?"

Sie springt von meinem Bett, um ihren Rucksack zu

holen. Ihr Hintern verhöhnt mich in diesen engen Leggings. Ich mache mich sauber und geselle mich dann zu ihr. Durch die vielen Reisen für das Hockeyspiel war die Schule in diesem Semester sehr anstrengend. Und es wird nicht leichter werden.

Scheint sinnlos, da ich schon einen Job habe.

„Soll ich dich abfragen oder so?", bietet sie an, als ich mein Lehrbuch aufschlage.

„Vielleicht. Was springt für mich dabei heraus?"

„Eine gute Note."

„Eh." Ich fahre mit meiner Hand die zarte Linie ihres Halses entlang. „Wie wäre es, wenn du für jede Frage, die ich richtig beantworte, ein Kleidungsstück entfernst?

Ihr Puls pulsiert unter meiner Berührung und sie nickt. „Okay."

Das erscheint mir jetzt viel weniger sinnlos.

AM NÄCHSTEN MORGEN wache ich mit einem Engel um mich herum auf und die Glocken der Hölle versuchen, mich aus dem Schlaf zu reißen.

Sienna stupst mich an. „Dein Alarm ist an."

Ich drücke sie fester an mich. „Ich weiß. Pst,... noch fünf Minuten."

Lachend versucht sie, sich loszureißen, aber ich habe sie fest im Griff. Die letzte Nacht war unglaublich und ich will nicht, dass sie endet. Die Basketballshorts, die ich trage, können das kaum verbergen.

„Wie viel Zeit haben wir?" Sie drückt ihre Titten an

meine Brust. Sie mag es wirklich, sich an meiner Brust zu reiben und ich stehe darauf.

„Nicht genug, leider."

Ich höre schon, wie die Jungs draußen im Wohnzimmer aufwachen und sich bewegen. Wir haben heute Morgen ein leichtes Schlittschuhlaufen und Sienna hat Training. Wir müssen beide los.

Widerwillig greife ich nach meinem Handy und stelle den Alarm ab.

Wir befinden uns in einer Wolke nach der tollen Nacht, bis der Bildschirm aufleuchtet und anzeigt, dass ich dreizehn Anrufe von Carrie verpasst habe. Dreizehn?! Was soll der Scheiß?

Sienna ist still, aber sie vergräbt ihren Kopf in meiner Brust und ich weiß, dass sie es gesehen hat.

„Alles in Ordnung?", fragt sie zaghaft.

Ich werfe das Telefon an das Ende des Bettes. „Alles ist großartig."

Wir stehen auf und ziehen uns ohne ein weiteres Wort an. Scheiße. Ich weiß nicht, was ich mit Carrie machen soll, aber vor allem will ich nicht, dass die Dinge zwischen mir und Sienna auf einer peinlichen Ebene enden.

Sobald wir bereit sind, hebe ich sie hoch, drücke sie an die Wand und küsse sie, bis sie atemlos ist und kichert und es keine komische Spannung mehr zwischen uns gibt.

„Wofür war das?"

„Als Glücksbringer. Kommst du heute Abend zum Spiel?"

„Ja, auf jeden Fall."

„Hängen wir ab, nachdem wir gewonnen haben?"

Sie nickt.

„Cool." Ich hebe meine Tasche auf und nehme dann auch ihre. „Fertig?"

„Muss ich nicht warten, bis alle weg sind?"

„Nein, es gibt keinen Grund, sich rauszuschleichen. Es ist zu spät für sie, noch etwas zu tun."

Heath hatte Recht. Hereinschleichen macht Spaß, aber zu sehen, wie mich meine Teamkollegen mit neidischen Augen anstarren – das ist verdammt geil.

Das Publikum in unserer Heimarena ist begeistert. Wenn so viele Leute zuschauen, gibt das jeder Bewegung, die ich mache, ein bisschen mehr Schwung. Das gilt auch für Sienna, die im Schülerbereich sitzt und blau-gelb gekleidet ist, mit einem kleinen Roadrunner auf einer Seite ihres Gesichts.

Ich zwinkere ihr zu, als ich vorbeilaufe. Sie lächelt breit und klatscht weiter mit dem Rest der Arena.

Adam dreht beim Aufwärmen seine Runden, um uns alle in die richtige Stimmung zu bringen. Als er neben mir läuft, habe ich sie schon.

„War es hier jemals so laut?" Ich schaue mich noch einmal kurz um und nehme alle gefüllten Sitze in Augenschein. Ich kann nicht glauben, dass wir es hierhergeschafft haben. Das Meisterschaftsspiel. So kurz vor den Frozen Four kann ich es schon schmecken.

„Definitiv nicht."

Jeder von uns schießt auf ein Tor und läuft zurück zur Bank.

„Geht es dir gut?", fragt er.

Ich wusste, dass er fragen würde. Er hat mich in den letzten Monaten so oft gefragt, dass es lächerlich ist. Bevor ich antworten kann, fügt er hinzu: „Du siehst gut aus."

„Mir geht es verdammt fantastisch." Ich schaue noch einmal zu Sienna, bevor ich vom Eis gehe. „Lass uns loslegen."

Das Adrenalin des Spiels vor den Zuschauern in unserer Heimatstadt verschafft uns eine frühe Führung, aber selbst als wir mit zwei Punkten Vorsprung führen, müssen wir hart arbeiten, um zu verhindern, dass Southern U ein Tor erzielt.

Als wir zu Beginn des dritten Drittels aufs Eis kommen, sind wir müde, aber die ganze Arena steht auf und es ist leicht, das zu verdrängen, weil uns so viele Leute anfeuern. Wir sind so nah dran.

Bevor der Puck fällt, schaue ich zu Adam. Für ihn ist es genauso wie für mich das Ende. Wir verlieren und unsere Eishockeykarrieren sind vorbei. Sein harter Kiefer verrät mir, dass er nicht so enden will. Schon gar nicht hier, vor unserem Heimpublikum.

Southern ist im letzten Drittel sehr physisch. Die Verzweiflung macht sie gemeiner und härter.

„Ich glaube, der Wichser hat mich gebissen", sagt Heath, nachdem ein SU-Trikot eine Strafe wegen Haltens erhalten hat.

„Sie wissen, dass sie erledigt sind. Lasst uns den Nagel in den Sarg schlagen", sagt Maverick, während wir uns auf das Powerplay vorbereiten.

Alle in der Arena sind wieder auf den Beinen. Es ist so laut, dass ich nicht einmal den Trainer von der Bank aus schreien höre. Aber das macht nichts. Wir haben es geschafft.

Es ist ein Katz- und Mausspiel, bei dem wir den Puck

herumreichen, Schüsse abfeuern, Abpraller abfangen und abwechselnd auf den Torwart einhacken.

Sie geben nicht so leicht auf, das muss ich Southern lassen. Aber sie machen sich Sorgen, dass Heath sie angreift und mir Raum zum Arbeiten gibt. Maverick bewegt sich auf Heath zu, genau wie sie es erwarten. Seine Augen lassen Heath nicht aus den Augen, als er den Puck zu mir schießt und ich habe freie Sicht durch das Fünferloch, während der Torwart von SU sich neu positioniert.

Der Torpfosten leuchtet auf, Sekunden bevor der Schlusssummer ertönt.

———

„Drei Bier sind das Limit, Jungs", sagt Adam und wirft kalte Dosen aus der Kühlbox hinten in seinem Jeep.

In zwei Tagen reisen wir zu den Regionalmeisterschaften nach Icarus State, aber wir müssen unseren Sieg heute Abend natürlich feiern.

Der Keller von Sigma ist rappelvoll. Es scheint, als wären uns alle aus der Arena gefolgt. Sienna soll mich hier treffen, aber ich kann sie in der Menschenmenge nichts sehen.

Ginny, Reagan und Dakota sind bei uns, als wir durch den dunklen Raum gehen. Auch ein paar andere Mädchen, die mit Jordan und Liam gekommen sind. Ich habe mir ihre Namen nicht gemerkt, aber aus irgendeinem Grund haben sie alle ein großes Interesse daran, mir bei der Suche nach Sienna zu helfen.

„Ist sie das?", fragt eine von ihnen, stellt sich auf die Zehenspitzen und deutet auf ein Mädchen, das Sienna überhaupt nicht ähnlichsieht. Das ist es, was ich ihnen sage.

„Braune Haare und grüne Augen sind nicht gerade viel." Sie hält sich an Jordans Arm fest und versucht, sich größer zu machen.

„Du hast vergessen, dass sie wunderschön ist", sagt Maverick, stößt mich mit dem Ellbogen an und spottet über meine Beschreibung von vorhin. Das ist mir scheißegal. Ich stehe zu meiner Beschreibung.

„Da ist sie." Adam, der Größte in der Gruppe, zeigt auf die rechte Seite des Kellers, wo eine Gruppe von Leuten Flip-Cup spielt. Sienna und Josie stehen an der Seite.

Ich gehe auf sie zu und umkreise die Mitte, wo die Leute tanzen.

Sie sieht mich erst, als ich quasi vor ihr stehe.

„Hey!" Ihr Lächeln wird breiter und sie tritt vor und wirft ihre Arme um meinen Hals. „Du hast gewonnen! Herzlichen Glückwunsch!"

„Danke."

Sie zieht sich zurück und ich schiebe einen Finger durch eine der Schlaufen ihrer Jeansshorts. Sie sind wirklich verdammt kurz und ihre durchtrainierten Beine werden eine willkommene Ablenkung sein.

Sie hat ein Mischgetränk in der Hand und nimmt lächelnd einen Schluck. Ich glaube, es ist das erste Mal, dass ich ihren Becher halb leer sehe.

„Wird heute Abend getrunken?"

„Du hast das Siegestor geschossen. Das müssen wir feiern!"

„Ich weiß. Ich war dabei."

Josie tritt vor und spricht über die Musik hinweg. „Herzlichen Glückwunsch!"

„Danke."

Meine Freunde kommen hinter mir her und bahnen sich endlich ihren Weg durch die Party. Ich stelle alle vor und wir bilden einen großen Kreis.

Hm. Ich glaube, das ist das erste Mal, dass ich mit meinen Freunden auf einer Party mit einem Mädchen bin. Wenn Carrie zu Besuch war, blieben wir meistens unter uns. Das ist schön.

Da wir es ruhig angehen lassen, bleiben wir meistens in unserem Kreis, reden, hängen rum und genießen die Nacht.

Die Mädchen meiner Kumpels sind ganz begeistert von Sienna und ihren Freunden. Zwei weitere Skater haben sich zu uns gesellt, und sie reden und lachen alle zusammen.

„Wir stehlen sie", sagt Dakota zu mir. „Wir brauchen sie mehr als du."

Das bezweifle ich stark.

Sienna zwinkert, als sie von mir weggezerrt wird.

„Ich habe die Kehrseite eurer Freundinnen gefunden", sage ich, als es nur noch wir Jungs sind.

„Ja, sie bewegen sich oft im Rudel. Mach dir keine Sorgen." Adam legt einen Arm um meine Schulter. „Sie kommen zurück."

Und sie kommt zurück, fünfzehn Minuten später, Arm in Arm mit Dakota und Josie. Sienna lacht und ihre Wangen sind gerötet. Ich bin immer noch dabei, mein erstes Bier zu trinken.

Kichernd hüpft sie vor mir her. Dabei fällt ihr Handy aus der Vordertasche ihrer Shorts auf den Boden.

Ich hebe es auf und untersuche es auf Schäden, bevor ich es zurückgebe. „Du bist das größte Leichtgewicht."

„Meine Taschen sind so klein. Es fällt ständig raus."

„Ich passe auf." Ich stecke es in meine Tasche.

„Danke." Sie küsst mich auf den Mund, der nach Bier und Wintergrün-Kaugummi schmeckt.

Ich glaube nicht, dass sie betrunken ist, aber sie merkt den Alkohol definitiv.

Ein neues Lied wird gespielt und sie schlägt die Hände über dem Kopf zusammen. „Oh mein Gott, ich liebe dieses Lied."

Maverick hüpft auf der Stelle. „Verdammt, ja!"

„Komm, lass uns tanzen." Sienna nimmt meine Hand und zieht mich mit.

Ginny und Heath bewegen sich bereits in diese Richtung und Adam und Reagan wiegen sich im Takt.

Ich bleibe an der Stelle kleben. „Ich tanze nicht."

„Lüge! Du hast neulich getanzt."

„Würden wir das tanzen nennen?" fragt Mav mit einem Grinsen.

Das würden wir nicht tun. Ich stand da, und die Mädchen tanzten um mich herum, das ist nicht ganz dasselbe. So viel kann ich sagen.

Sie schließt den Raum zwischen uns und drückt ihren Körper an meinen. „Du musst nur dastehen und ich lasse dich gut aussehen."

SECHZEHN
SIENNA

Es gibt eine lange Liste von Dingen, die ich wegen meines Herzleidens selten mache. Es ist nicht so, dass ich nicht trinken oder die anderen Dinge auf der Liste tun könnte, aber bei so vielen Dingen, die außerhalb meiner Kontrolle liegen, tue ich das, was ich tun kann, um auf mich aufzupassen.

Rhett hat also recht, wenn er mich zum zweiten Mal ein Leichtgewicht nennt, als wir uns auf den Weg zur Tanzfläche machen und ich über meine eigenen Füße stolpere. Ich habe drei Bier getrunken und spüre es definitiv.

Er hält mich aufrecht, als wir uns zu seinen Freunden in der Mitte von Sigmas Keller gesellen. Mit unsicherem Blick hält er seine Hände an meiner Taille, während ich vor ihm tanze. Er steht nur auf seinem Platz, aber er lässt es gut aussehen. Zerrissene Jeans und ein schlichtes schwarzes T-Shirt heben sein blondes Haar und seine stahlblauen Augen hervor.

Als ich aufwuchs, habe ich viel Tanzunterricht genommen, aber den habe ich meistens nur auf dem Eis gezeigt.

Ohne meine Schlittschuhe habe ich nie das gleiche Selbstvertrauen verspürt. Aber die Art und Weise, wie er mich anstarrt, als wäre ich dieses erstaunliche, wunderschöne Wesen, mit dem er nicht glauben kann, zusammen zu sein, gibt mir den Schub, den ich brauche, um loszulassen. Wahrscheinlich hilft auch der Alkohol.

Olivia und Josie sind immer noch bei uns und quieken, als sie sich in die Mitte des Kreises stellen, den wir gebildet haben. Rhetts Freunde sind nett und sie haben mich und meine Freunde so herzlich aufgenommen.

Apropos Freunde: Ginny tanzt hinter mir und reibt spielerisch ihren Hintern an mir. Ich drehe mich so, dass ich mit dem Rücken zu Rhett stehe, während ich mit ihr tanze.

„Du bist eine gute Tänzerin", ruft sie über die Musik hinweg.

Rhett legt seine Hände tief auf meine Hüften.

„Danke! Du auch." Ich lächle sie an. Ich mag Ginny. Sie ist süß. Ihr blondes Haar wirbelt um ihre Schultern, wenn sie sich bewegt. Ihr Freund Heath steht wie Rhett hinter ihr und tanzt nicht wirklich.

Dakota, die einzig alleinstehende, glaube ich, bewegt sich zwischen uns allen, während sie tanzt, die Hände über dem Kopf. Sie hat so viel Selbstvertrauen, dass es Spaß macht, ihr auf der Tanzfläche zuzusehen, unabhängig davon, ob sie etwas kann oder nicht. Aber sie kann es. Ihr kurzes Shirt hebt sich bei jeder Bewegung und streift den unteren Rand ihres BHs. Rot, die gleiche Farbe wie ihr Haar.

Josie gesellt sich zu ihr und sie sind der Mittelpunkt der Aufmerksamkeit. Zu Recht, denn sie ist eine großartige Tänzerin und mit ihren hellblauen Haaren umwerfend. Ihre

Fähigkeit, loszulassen und im Moment zu leben, lässt mich mutiger werden.

Ich drehe mich um und lächle Rhett an, dann tanze ich rückwärts auf Josie und Dakota zu. Sie heißen mich willkommen, indem sie sich öffnen, damit ich mich zwischen ihnen bewegen kann. Sie grinsen und feuern mich an, während ich in der Mitte des Kreises tanze, alles gebe und einfach Spaß habe.

Als die Musik wechselt und ich zu Rhett hinüberschaue, blitzt in seinen Augen eine Hitze auf, die meinen ohnehin schon beschleunigten Herzschlag noch schneller werden lässt und meine Brust zusammenzieht.

„Heilige Scheiße, Sienna." Dakota stellt sich vor mich und versperrt mir die Sicht auf Rhett. „Du bist unglaublich."

„Danke." Ich schnappe nach Luft. Der Keller ist heiß und der Alkohol und das Tanzen machen meine Haut klebrig. Ich hebe mein Haar und fächere mir Luft in den Nacken. „Ich werde die nächste Runde aussetzen."

„Sie wird einiges aussetzen." Rhett erscheint neben mir, seine starken Arme umschließen meine Taille und er hebt mich hoch, um mich von der Gruppe wegzutragen.

„Was machst du da?" Ich quieke und kichere überrascht, als er sich durch den Keller in Richtung Treppe bewegt.

Er antwortet nicht und lässt mich erst wieder runter, als wir oben sind. Er drückt mich gegen die Wand, eine Hand an meiner Taille, die andere an der Wand über meinem Kopf, und küsst mich mit einem stürmischen Kuss. Ich vergesse, dass ich ihm eine Frage gestellt habe, bis er sich zurückzieht und sagt: „Das musste ich tun. Bist du bereit zu gehen? Wir können natürlich länger bleiben, wenn du weiter tanzen willst, aber ich habe noch so viele Dinge, die ich jetzt mit dir machen will."

„Welche?" frage ich atemlos und mein Geschlecht verkrampft sich bei seinen Worten.

Sein Mund öffnet sich, er hält inne und schüttelt dann den Kopf. „Mir fällt kein netter Weg ein, um zu sagen, dass ich dich bis nächste Woche ficken will." Er hält mir seine Hand hin. „Was möchtest du tun, Engel?"

Wer braucht schon nett? „Ich glaube, ich habe genug vom Tanzen."

Wir lassen uns zu Rhetts Wohnung fahren. Es ist ruhig, alle anderen sind noch auf der Party, aber wir machen kein einziges Licht an, während wir uns durch das Wohnzimmer, den Flur und schließlich in sein Schlafzimmer küssen.

Sein Telefon klingelt. Der Bildschirm leuchtet in der Dunkelheit in seiner Tasche.

„Du klingelst", sage ich, ohne meine Lippen von seinen zu lösen.

„Nein, das bist du."

Er holt mein Handy aus seiner Tasche und gibt es mir.

„Das ist Elias." Scheiße, ich weiß, dass er sich nach mir erkundigt. Ich habe ihm ein Foto geschickt, auf dem ich mit den Mädchen trinke, und wie der überfürsorgliche Bruder, der er ist, wird er sich Sorgen machen, bis ich ihm versichere, dass es mir gut geht. „Gib mir nur eine Sekunde."

Ich antworte, ohne mich von Rhett zu entfernen. „Hey."

„Hey, ich gehe jetzt ins Bett. Alles in Ordnung?"

„Ja, mir geht's gut."

„Mit Roy?"

„Mhmm." Ich presse meine Lippen auf die des Mannes vor mir.

„Okay. Sei brav. Ruf mich morgen an."

„Tschüss." Ich stecke das Telefon in meine Tasche. „Das tut mir leid. Er macht sich Sorgen."

Rhett legt seine Stirn in Falten. „Dass du mit mir zusammen bist?"

„Nein, das ist es nicht." Ich schüttle den Kopf. „Er wusste, dass ich getrunken habe."

Er wartet darauf, dass ich es erkläre.

„Elias hat dasselbe Herzleiden wie ich. Wenn also einer von uns etwas tut, das uns einem größeren Risiko aussetzt, werden wir ein bisschen vorsichtig."

Er nickt langsam, als ob er es endlich begreift. Seine Hände gleiten unter mein Shirt und streichen träge über meine Haut.

Jetzt, wo wir nicht mehr wild am Knutschen sind, bin ich nervös. Ich mag Rhett. Er ist anders, als ich erwartet habe. Er ist nett, lustig und verdammt heiß. Und wo wir gerade bei verdammt sind: Mit ihm zusammen zu sein, könnte genau das sein. Ich glaube nicht mehr, dass er ein Aufreißer ist, aber das heißt nicht, dass es nicht trotzdem mit Herzschmerz enden wird.

Gestern Abend haben wir ein bisschen rumgealbert, aber heute Abend fühlt es sich anders an. Der Sex steht unmittelbar bevor und ich kenne mich gut genug, um zu wissen, dass meine Gefühle für ihn nur noch stärker werden, wenn ich es auf die nächste Stufe bringe.

„Und geht es dir gut?", fragt er und lässt eine seiner

Hände über meinen Rücken gleiten, was mir einen Schauer über den Rücken jagt.

„Mir geht es perfekt." Ich schlinge meine Arme um seinen Hals, springe in seine starken Arme und küsse ihn, um ihm zu zeigen, wie gut es mir geht. Josie hat Recht. Das Bedauern darüber, es nicht zu wissen, wäre schlimmer als jede Katastrophe, die auf mich zukommt.

Er legt mich auf sein Bett, zieht seine Schuhe aus und streift sich sein T-Shirt über den Kopf. Ich knie mich vor ihn auf die Matratze und ziehe ihm die Jeans aus. Gott, er hat einen tollen Körper.

Vorfreude und Aufregung lassen meine Finger schnell werden, aber es ist eine echte Herausforderung, Rhett die Jeans über die Beine zu ziehen.

Er kichert, hilft mir und dann bin ich auf Augenhöhe mit einer großen Beule, die nur von schwarzen Boxershorts bedeckt ist. Er steht regungslos da, während ich sie nach unten schiebe. Sein Schwanz springt frei.

Ich zögere und schlucke. Er ist lang und dick. Ein wenig Sperma läuft aus der Spitze.

„Er ist so schön."

Seine Brust bläht sich auf, bevor der Klang seines Lachens den Raum erfüllt. „Schön?"

„Mhmm." Ich streiche mit der Hand über das V seiner Hüfte. „Willst du mir sagen, dass er gutaussehend oder ein anderer männlicher Begriff ist?"

„Auf keinen Fall." Seine Stimme ist schroff und seine Bauchmuskeln ziehen sich zusammen, als ich meine Hand nach Süden gleiten lasse. „Wenn du ihn weiter so anstarrst, kannst du jedes Adjektiv benutzen, das du willst. Außerdem mögen Mädchen schöne Dinge."

Das tun wir.

Als ich meinen Mund an die Spitze seines Schwanzes bringe, wünsche ich mir plötzlich, ich hätte mehr getrunken, denn etwas flüssiger Mut wäre jetzt toll. Ich bin ganz nüchtern und überdenke jede Bewegung.

„Ah fuck." Seine Worte sind tief und kehlig. Seine Finger fahren durch mein Haar, dann greift eine Hand in meinen Nacken, zieht mich von seinem Schwanz weg und lenkt mein Gesicht nach oben, bis er seinen Mund in einem weiteren intensiven Kuss auf den meinen presst.

Er führt mich mit seiner großen Hand in meinem Nacken und einer weiteren um meine Taille und zwingt mich auf den Rücken.

Er ist muskulös, aber schlank und seinen Körper über mich gleiten zu sehen, ist einfach nur sexy. Seine Hand bleibt in meinem Nacken, während er meinen Bauch küsst, in jede Brustwarze beißt und dann seinen Mund auf eine zärtliche Weise über meinen gleiten lässt, die ich nicht erwartet habe.

Ich schiebe meine Hüften unter ihn und stoße an seinen Schwanz. Er stöhnt und sein Griff um meinen Hals wird fester.

„Eine Sekunde." Er öffnet eine Schublade auf seinem Nachttisch, nimmt ein Kondom und zieht es über.

Zuerst denke ich, dass es das Licht vom Fenster ist, das hereinscheint, aber als er sich vor meinem Eingang positioniert, kichere ich über die neongelbe Farbe seines Schwanzes.

„Es sieht aus wie eine Banane."

„Leuchtet im Dunkeln, Baby."

„Hast du Angst, dass ich ihn nicht finden könnte?" Ich stichle.

Der dicke Kopf seines Schwanzes schiebt sich einen Zentimeter vor und ich atme tief ein.

Ein verruchtes Grinsen zeichnet sich auf seinen Lippen ab, als er diesen köstlichen Zentimeter herauszieht. Er setzt sich auf das Bett und zieht mich auf seinen Schoß. Er lässt mich langsam auf ihn herab. Sein durchdringender Blick ist nur Millimeter von meinem entfernt und er fängt jedes Wimmern und Stöhnen auf, während er mich fickt.

Seine Finger verheddern sich in meinem Haar und ziehen meinen Kopf zurück, damit er an meinem Hals saugen kann. Dabei pumpt er meinen Körper immer und immer wieder auf seinen.

Als meine Atemzüge schneller kommen, packt er meine beiden Hüften, um das Tempo zu erhöhen und neigt meinen Körper nach hinten, damit er meine Brüste küssen und an ihnen saugen kann. Ich explodiere in seinen Armen. Er macht sowieso die ganze Arbeit, aber ich bin wie eine Stoffpuppe, als mein Höhepunkt so lange anhält, dass er sich kurz darauf mit seinem vermischt.

Mein Herz flattert und ich lehne mich vor und lege meinen Kopf auf seine Schulter. Er ist immer noch in mir vergraben, schlingt seine Arme um meine Taille und streicht mir die Haare aus dem Gesicht, damit er mir einen Kuss auf die Stirn geben kann. Und sein Herz hämmert in perfektem Rhythmus gegen mich.

ICH UNTERDRÜCKE EIN GÄHNEN, als wir uns fürs Bett fertig machen. Ich bürste mir mit den Fingern die Haare und Rhett gibt mir ein T-Shirt zum Schlafen.

„Grün", sagt er, während er sich hinter mich kuschelt.

„Was?" Ich kämpfe mit meinen Augen, um sie offen zu halten.

„An der Bar hast du gedacht, meine Lieblingsfarbe sei blau, aber sie ist grün."

„Meine ist blau."

„Ich frage mich, was die dritte Frage war."

„Ich weiß es nicht."

„Ich will dich kennen", sagt er leise. „All die Dinge."

Ich lächle, als ich einschlafe. Es dauert nicht lange. Die Erschöpfung reißt mich mit und ich kann mich nicht erinnern, jemals so zufrieden gewesen zu sein. Ich werde von einem klingelnden Telefon geweckt. Mein erster Gedanke ist, dass etwas mit Elias nicht stimmt, aber dieses Mal ist es Rhett, der klingelt.

Ich stupse ihn an. „Dein Telefon klingelt."

„Hmmm?"

Ich stupse ihn wieder an.

Ohne die Augen zu öffnen, tastet er nach seinem Telefon und hält es dann an sein Ohr. „Hallo?"

Eine weibliche Stimme antwortet und reißt mich aus meiner glücklichen, verschlafenen Lage. Seine Augen öffnen sich und er setzt sich auf. Er nimmt das Telefon weg, um auf den Bildschirm zu schauen, und klemmt es dann wieder an sein Ohr. „Was zum Teufel, Carrie? Es ist drei Uhr nachts."

Ich drehe mich auf den Rücken, während er weiter mit *Carrie* am anderen Ende spricht. In meinem Kopf schwirren viele Möglichkeiten herum - keine davon ist gut. Dreizehn verpasste Anrufe gestern Abend und jetzt das? Ich bin in Gedanken versunken, bis seine tiefe Stimme, die noch vom Schlaf erfüllt ist, eine Reihe von Flüchen murmelt.

„Es tut mir so leid. Ich war im Halbschlaf und habe nicht gemerkt, wer es war."

„Ist alles in Ordnung?"

„Ja, es war nichts."

Ich warte darauf, dass er mehr sagt, aber wie heute Morgen scheint er nicht darüber reden zu wollen. Mit einem schweren Seufzer zieht er mich in seine Arme, und keiner von uns beiden spricht mehr.

Den Rest der Nacht schlafe ich nicht mehr gut. Als es draußen endlich hell wird, krieche ich aus dem Bett, ziehe mich an und fordere einen Uber an.

„Du gehst?" Er setzt sich auf und fährt sich mit der Hand über den Kopf.

„Ja. Ich habe heute Morgen Training."

Er wirft einen Blick aus dem Fenster auf den frühen Morgenhimmel und hebt dann eine Augenbraue.

Ich ziehe mein Shirt an und knie mich auf das Ende des Bettes.

„Ich habe nicht geschlafen", gebe ich zu. „Was ist denn mit den Anrufen los?"

Er setzt sich auf. „Es ist meine Ex, Carrie. Sie hört nicht auf anzurufen."

Ich habe tausend Fragen. „Warum? Was will sie?"

„Ich bin mir nicht einmal mehr sicher. Es ist fast einen Monat her, dass wir Schluss gemacht haben, und sie ruft mich zu den unpassendsten Zeitpunkten an."

„Oh." Ich weiß nicht, warum ich angenommen habe, dass er schon länger Single ist, aber zu wissen, dass er erst vor einem Monat mit jemandem zusammen war - jemandem, der sich so sehr um ihn sorgt, dass er immer noch mitten in der Nacht anruft - macht mich unruhig.

„Es ist vorbei", sagt er. „Und es tut mir leid, dass ich geantwortet habe. Ich habe nicht nachgedacht." Seine Arme umschlingen meine Taille. „Geh nicht weg."

„Ich muss wirklich trainieren."

Er wippt langsam mit dem Kopf. „Okay. Bis später?"

Ich zögere. „Ich schreibe dir eine SMS."

SIEBZEHN
RHETT

„Sieh mal, wer da ist!" Adam grinst mich aus der Küche an, als ich endlich aus dem Bett komme. Sienna musste zum Training gehen, aber nachdem sie weg war, bin ich wieder ins Bett gegangen, um den Schlaf nachzuholen, den ich letzte Nacht nicht bekommen habe.

Ich hole mir eine Powerade aus dem Kühlschrank und lasse mich auf einen Hocker am Tresen fallen.

„Ich habe gehört, dass du dich gestern Abend gut amüsiert hast."

„Das habe ich." Ich nehme einen großen Schluck. „Warte, von wem hast du das gehört?"

„Dir. Ich habe es buchstäblich gehört. Das haben wir alle." Er fuchtelt mit dem Löffel in seiner Hand herum und zeigt auf eine riesige Schachtel mit Kondomen, die ich irgendwie nicht gesehen habe, als ich mich hingesetzt habe. „Mav hat das für dich abgegeben."

Scheiß neugierige Mitbewohner. Ich schüttle den Kopf und kichere, als ich die Schachtel mit den leuchtenden Kondomen in die Hand nehme.

„Hat Mav die nur in großen Mengen, oder was? Egal, ich will es gar nicht wissen. Ich weiß aber nicht, ob ich sie brauche." Ich fahre mir mit der Hand durch die Haare und streiche mir die langen Strähnen aus dem Gesicht.

„Was ist passiert?"

„Carrie", schimpfe ich. „Sie hat letzte Nacht ein Dutzend Mal angerufen." Nichts ruiniert den Moment so sehr wie deine Ex, die um drei Uhr morgens wie besessen dein Telefon in die Luft jagt.

„Das Mädel ist unerbittlich."

„Kein Scherz. Ich weiß nicht, was ich tun soll. Reden hat nicht funktioniert. Ignorieren klappt offensichtlich auch nicht. Sienna ist abgehauen, sobald es hell wurde."

„Das ist scheiße. Es tut mir leid. Bist du immer noch dagegen, ihre Nummer zu sperren?"

„Das fühlt sich einfach... falsch an."

„Du kannst jederzeit deine Nummer ändern." Er grinst und rührt wieder in seinem Haferbrei.

„Ja, vielleicht." Ich stehe auf und bringe die Powerade und die Kondome in mein Zimmer.

Wir haben den Tag über trainingsfrei, aber ein Treffen mit dem Coach, um über unser nächstes Spiel zu sprechen. Wir spielen bei den Regionalmeisterschaften gegen die Ice Bombers. Ein weiteres Spiel, bei dem es um alles oder nichts geht.

Als wir am Samstagabend zurück in die Wohnung kommen und Sienna sich immer noch nicht gemeldet hat, weiß ich, dass sie mir aus dem Weg geht.

Fuck. Wie konnte die Sache mit Carrie nur so außer Kontrolle geraten? Wir haben schon so oft über die Trennung geredet, dass es sinnlos erscheint, es noch einmal durchzukauen.

Ich rufe Carrie an und während ich darauf warte, dass sie antwortet, gehe ich in meinem Zimmer auf und ab. Ein Teil von mir hofft, dass sie nicht antwortet, aber wenn sie nicht antwortet, verzögere ich das Gespräch nur. Irgendetwas muss passieren. Ich kann nicht so weitermachen wie bisher. Ich will weitermachen. Ich will, dass *sie weitermacht*.

„Rhett!" Sie antwortet nach dem dritten Klingeln mit einem fröhlichen Ton, den ich in den letzten Monaten, in denen wir zusammen waren, nicht oft gehört habe.

„Hey, Carrie. Hast du ein paar Minuten Zeit zum Reden?"

„Ich bin doch ans Telefon gegangen, oder?" Sie lacht leise. „Gratuliere zu deinem Spiel! Tut mir leid, dass ich so spät angerufen habe. Ich war mit ein paar Freunden unterwegs und habe nicht gemerkt, wie spät es war, als wir nach Hause kamen."

„Es liegt nicht nur daran, dass du so spät angerufen hast." Ich schließe meine Augen. „Du kannst nicht ständig anrufen."

Sie ist still und ich fühle mich wie ein Arschloch.

„Wir haben uns getrennt", füge ich hinzu. „Das ist für uns beide nicht gesund."

„Ich vermisse dich." Ihre Stimme wird leiser. „Vermisst du mich nicht?"

Manchmal vermisse ich die Routine, aber vermisse ich sie auch? Nein, zumindest nicht so, wie sie mich vermisst. Es macht mir keine Freude, derjenige zu sein, der sie abweist.

„Wir können so nicht weitermachen. Wir waren uns einig, dass es das Beste ist, sich gegenseitig Freiraum zu geben."

„Nun, ich bin nicht mehr einverstanden. Ich möchte mit dir reden und dir von meinem Tag erzählen. Du warst mein bester Freund." Sie weint und das macht mich fertig. „Ich denke, wir sollten wieder zusammenkommen."

„Das meinst du nicht ernst. Du warst unglücklich. Das waren wir beide."

„Es war viel los. Ich war überwältigt. Ich habe dich für selbstverständlich gehalten. Das werde ich nicht wieder tun."

„Carrie, ich werde mich immer um dich kümmern, aber das ist nicht das, was ich will. Ich glaube auch nicht, dass du das wirklich willst."

Sie schnieft.

„Keiner von uns kann weitermachen, wenn wir an der Vergangenheit festhalten."

„Ich weiß."

Ich setze mich auf mein Bett und lasse den Kopf hängen. „Sind wir okay?"

„Ich werde versuchen, weniger anzurufen, aber ich gebe uns nicht auf."

Ich seufze verärgert, während ich das Telefon an die Seite halte. Wir sprechen noch ein paar Minuten und ich lege auf. Ich fühle mich zwar nicht besser als bei meinem ersten Anruf, aber zumindest habe ich gesagt, was ich sagen musste.

―――

Ich gebe Sienna den Rest des Samstags, aber sie schreibt keine SMS. Am Sonntagmorgen mache ich mich als erstes auf den Weg zur Eisbahn. So wie ich Sienna kenne, ist sie schon da, obwohl das Training erst in ein paar Stunden beginnt. Ich bin nicht im Geringsten überrascht, als ich sie sehe, wie sie anmutig und stark über das Eis gleitet. Ich ziehe meine Schlittschuhe an und bleibe dann an der Seite stehen, um sie bei ihrem Programm zu beobachten.

Das Kinn hoch erhoben, die Wangen rot von der Eiseskälte, strahlt sie Entschlossenheit und Zuversicht aus. Sie ist umwerfend. Das kann noch nicht vorbei sein.

Ich betrete das Eis, als sie vorbeikommt. Sie wird langsamer und bleibt vor mir stehen.

„Was machst du hier?", fragt sie und lächelt, während sich ihre Brust hebt und senkt, während sie nach Luft schnappt. Sie schaut auf ihre Uhr, was sie oft tut, um ihre Herzfrequenz zu überprüfen.

Ich zucke mit einer Schulter. „Ich habe dich wohl vermisst."

„In den vierundzwanzig Stunden, seit ich dich das letzte Mal gesehen habe?"

„Auf jeden Fall."

Sie lacht leicht und läuft hinüber, um ihr Wasser zu holen.

„Es tut mir leid wegen gestern."

„Rhett, ich bin nicht sauer auf dich. Ich verstehe es."

„Aber du bist in aller Herrgottsfrühe losgerannt und hast mir gesagt, du würdest mir später eine SMS schicken. Dann hast du es nicht getan. Willst du nicht weiter mit mir abhängen?"

„Ich mag dich. Ich hatte so viel Spaß in der letzten Woche, aber ich glaube nicht, dass ich in der Lage bin, ein Lückenfüller zu sein."

Ich stoße mich ab und gehe zu ihr. „Du bist kein Lückenfüller. Mit Carrie und mir ist es vorbei. Es ist vorbei. Es ist lange her, dass ich mich so gefühlt habe wie jetzt."

„Wie gefühlt hast?" Sie grinst. Sie fischt, aber das ist in Ordnung. Mädchen, du bist dabei, dir einen dicken Fisch zu angeln.

„Ich mag dich." Ich hebe ihr Kinn mit einer Hand an und beuge mich vor, um meine Stimme zu senken. „Sehr sogar."

Sie lässt mich meinen Mund über ihren streichen, aber dann stößt sie sich von meiner Brust ab und läuft rückwärts. „Beweise es."

Ich ziehe eine Augenbraue hoch und folge ihr in die Mitte des Eises. „Hier?"

„Ja. Ich werde dafür gegen dich skaten."

„Wie genau soll das beweisen, dass ich dich mag?"

„Sag mir nicht, dass du Angst hast?"

Meint sie das ernst? „Vielleicht hast du beim Spiel neulich nicht aufgepasst, aber ich bin ziemlich schnell."

„Oh, ich habe gut aufgepasst." Sie fährt mit einer Hand verführerisch über meine Brust und umkreist mich dann. „Bist du dabei?"

„Auf jeden Fall, Engel." Es gibt nur wenige Dinge, denen ich im Moment nicht zustimmen würde.

Wir gehen zur Torlinie und ich gähne und feuere sie an. In Wirklichkeit pumpt das Blut durch meine Adern. Ich liebe Wettkämpfe und wenn ich dadurch mehr Zeit mit ihr gewinnen kann? Dann melde ich mich an.

„Bist du sicher, dass du dich nicht aufwärmen willst?"

„Ich komme schon klar." Ich drehe meinen Kopf zur Seite und lehne mich leicht vor. „Sag wann, Engel."

Sie lacht, rückt ihr Stirnband zurecht und blickt nach vorne. „Jetzt."

Ich lasse sie zuerst losfahren. Ich habe nicht die Absicht, mich von ihr schlagen zu lassen, aber sie ist ein verdammter

Anblick, als sie vor mir wegfährt. Sie wirft einen Blick über die Schulter, ihr brauner Pferdeschwanz weht um ihr Gesicht, um zu sehen, warum ich mich noch nicht bewegt habe. Das ist mein Stichwort.

Sie ist schnell, aber ich bin schneller. Ich erreiche sie blitzschnell und werde dann langsamer, so dass wir Seite an Seite skaten. Ihre Zunge ragt heraus und sie pumpt ihre Arme schneller. Ich ziehe vor ihr her, als wir die Torlinie auf der gegenüberliegenden Seite erreichen, und bleibe stehen, während das Eis von meinen Schlittschuhen spritzt.

„Nochmal", sagt sie, bevor sie überhaupt angehalten hat.

„Meinst du, das war Anfängerglück?"

„Diesmal rückwärts." Sie dreht sich um, wölbt eine Augenbraue und fordert mich schweigend heraus.

„Ich habe eine bessere Idee." Ich verschränke meine Arme vor der Brust.

„Ich höre zu." Sie steht aufrecht. Verdammt, sie ist wunderschön, entschlossen und kämpferisch.

„Ich werde dein Programm skaten."

Sie lacht. Als ich mich ihr nicht anschließe, sagt sie: „Ist das dein Ernst?"

„Ganz und gar."

„Du kennst mein Programm nicht."

„Wenn du dir da so sicher bist, dann sollte es für dich ein Leichtes sein, diese Wette anzunehmen."

Sie neigt ihren Kopf zur Seite und verengt ihren Blick.

„Wenn ich dein ganzes Kurzprogramm laufen kann, dann musst du uns eine echte Chance geben. Abgemacht?"

Ich kann sehen, wie sie darüber nachdenkt und im nächsten Moment nachgibt. „Okay."

Ich grinse.

„Aber wenn du bei einem der Sprünge fällst, ist das automatisch eine Disqualifikation."

„Ich werde nicht fallen."

„Du bist so selbstsicher. Das kann ja heiter werden." Sie läuft von mir weg, verlässt das Eis und lehnt sich an die Wand. „Willst du Musik?"

„Ja, mach mal lauter." So kann sie die Schimpfwörter nicht hören, die ich wahrscheinlich murmeln werde, während ich Sprünge mache, die ich seit Jahren nicht mehr versucht habe. Jetzt, wo das passiert, bin ich nervös. Ich habe sie schon oft beim Skaten beobachtet. Kleine Blicke während des Trainings und ein paar Mal sind wir früh zusammen losgefahren und sie hat mich zu ihrem persönlichen Cheerleader gemacht.

Ich bin durchaus in der Lage, ihre Nummer zu laufen. Nicht gut, wohlgemerkt, aber ich bin mir zu fünfundneunzig Prozent sicher, dass ich auf den Beinen bleiben kann. Man wächst nicht mit Eltern auf, die einem das Eiskunstlaufen beibringen, ohne dass man sich denkt: *„Hey, das will ich auch mal probieren.* Zumindest habe ich das nicht getan. Manchmal aus Langeweile und manchmal, um Mädchen zu beeindrucken. Damals hat es nicht geklappt, zumindest was das Beeindrucken von Mädchen angeht, aber ich hoffe, dass ich das heute ändern kann.

Ihre Routine beginnt damit, dass sie auf das Eis starrt und dann den Kopf schüttelt, wenn die Musik beginnt. Ich werfe einen Blick auf die selbstgefällig dreinblickende Sienna, als die Musik beginnt, und dann ist es soweit. Sie ist anmutig, was ich nicht bin, und ihr Programm besteht aus einer Menge winkender Arme und ausgefallener Fußarbeit, die mit meinen abgehackten Bewegungen sicher lächerlich aussehen, aber ich kann mich nur darauf konzentrieren, mir die Choreografie zu merken und sie nicht zu vergeigen. Und aufrecht zu bleiben. Beim ersten Sprung verliere ich fast den Halt und kann mich gerade noch rechtzeitig fangen.

Der nächste Sprung ist derjenige, der mir Sorgen macht, und er kommt schnell näher. Ich spreche ein stilles Gebet zu allen, die zuhören könnten, und gebe dann mein Bestes. Ich kichere, als ich ihn wie von Zauberhand lande. Ich werfe meine Hände über den Kopf und mache dann eine Drehung.

Danach ist es ein Kinderspiel. Das Einzige, was ich nicht schaffe, ist, meinen Schlittschuh hinter dem Kopf zu packen, aber ich halte einen Fuß hoch, imitiere ihn so gut ich kann und klatsche dann mit der Faust in den tosenden Applaus, den ich erwarte.

Als ich zu Sienna zurückblicke, ist sie nicht allein.

Meine Kumpels in ihren Trainingsklamotten schauen mit amüsierten bis verwirrten Gesichtern zu.

„Was zum Teufel war das?" fragt Jordan mit hochgezogenen Augenbrauen.

„Der Scheiß geht viral", sagt Maverick und hält sein Handy hoch, wahrscheinlich, weil er mich gefilmt hat.

Ich ignoriere sie alle und konzentriere mich auf Sienna. Ihr Gesichtsausdruck verrät nichts, als sie auf mich zurollt.

„Du hast die Choreografie verpfuscht und deine Sprünge sind scheiße, aber das war verdammt beeindruckend."

Der Nervenkitzel des Erfolgs schießt durch mich hindurch. „Meine Eltern haben ein Eislaufcamp, weißt du noch?"

„Mhmmm." Sie starrt mich immer noch mit zusammengekniffenen Augen an. „Woher kennst du mein Programm so gut?"

„Aus demselben Grund, aus dem ich sicher bin, dass das hier keine Niederlage ist."

„Hast du Wahnvorstellungen?" Ein Hauch von Lächeln erscheint und ich weiß, dass ich sie überzeugt habe. Das ist noch nicht vorbei. Bei weitem nicht.

„Ja, das wahrscheinlich auch." Ich packe sie so fest an der Taille, dass sie nicht von mir weglaufen kann, wie sie es sonst so gerne tut. „Du gehst mir unter die Haut."

Sie kommentiert das nicht, sondern lehnt sich an mich.

„Rauthruss, bist du bereit, Eishockey zu gucken, oder wechselst du die Sportart?" ruft Heath.

„Ich komme", rufe ich, ohne den Blick von Sienna abzuwenden. „Wann kommst du nachher vorbei?" Ich zwinkere ihr zu, drücke ihr einen Kuss auf den Mund und gehe langsam rückwärts von ihr weg, um auf eine Antwort zu warten.

„Sieben. Ich muss noch Folien für eine Präsentation nächste Woche fertigstellen und ein Nickerchen machen."

„Fantastisch." Ein Grinsen zerrt an meinen Mundwinkeln. Ich freue mich riesig und werde mir vieles von den Jungs gefallen lassen müssen, aber das ist mir egal.

ACHTZEHN
SIENNA

Donnerstagabend gehe ich zu Rhett in seine Wohnung. Es ist eine anstrengende Woche für uns beide, in der wir versuchen, Unterricht, Training und jede freie Sekunde miteinander zu verbringen. Heute Abend ist der letzte Abend, an dem wir für ein paar Tage zusammen sein können.

Morgen fahre ich zu einem Wettbewerb nach Phoenix und bevor ich zurückkomme, fährt er zu den Regionalmeisterschaften.

„Ich habe Neuigkeiten", sage ich, während wir an Schulsachen arbeiten. Er liegt ausgestreckt auf der Seite und studiert Managementrichtlinien und ich sitze mit meinem Laptop in der Mitte des Bettes und lese die Zusage-E-Mail, die ich gerade verschickt habe. „Ich habe den Job bei Dalton angenommen."

„Wirklich? Ich gratuliere! Du wirst also in Appleton sein?"

„Ja." Es fühlt sich nicht real an. Ich bin nicht so aufgeregt, wie ich dachte, aber ich weiß, dass es ein guter Job ist und das mit Abstand beste Anfangsgehalt, das mir angeboten wurde.

„Fantastisch. Wir werden nur ein paar Stunden voneinander entfernt sein."

Fünf. Ja, das habe ich schon überprüft.

Seine Schlafzimmertür ist offen und Maverick tritt ein. „Sardinen?"

Ich mache ein angewidertes Gesicht. Igitt. „Nein, danke."

„Nicht das Essen, das Spiel", stellt Rhett klar. „Es ist wie Verstecken, aber du musst dich mit in den Raum quetschen, wenn du die Leute gefunden hast."

„Oh ja. Das habe ich schon gespielt."

„Wir machen es auf dem Campus und es ist beeindruckend", singt Mav das letzte Wort.

„Wir müssen nicht spielen", sagt Rhett, aber sein Knie wackelt und er hat schon einen Fuß auf dem Boden.

„Es ist in Ordnung. Ich könnte sowieso etwas frische Luft gebrauchen."

Auf dem Weg zum Campus legt Dakota ihren Arm durch meinen und zieht mich zu sich.

„Wir klauen sie", sagt sie.

„Nimm deine eigene." Rhett versucht, mich zurückzuziehen, aber Dakota ist schneller und sie ist auch stark.

Sie reißt mich weg und lässt Rhett hinter uns herglotzen. „Nein. Das ist nicht wahr. Ihr habt mich gezwungen, mit euch und euren Freunden und Freundinnen rumzuhängen. Ich musste mich sogar mit den beiden zusammentun..." Er deutet auf Adam und Reagan. „Ich habe endlich ein Mädchen mitgebracht und ich will mich mit ihr verstecken."

„Berichtigung. Er will im Dunkeln mit ihr rummachen", sagt Heath.

„Das auch." Rhett schaut mich mit seinem Hundeblick an.

„Du hast sie den ganzen Abend in deinem Zimmer festgehalten, und jetzt sind wir dran." Dakota lächelt ihn süffisant an. „Jungs gegen Mädchen. Versteckt euch. Wir geben dir sogar ein paar Minuten extra." Sie beißt sich auf das Lächeln und murmelt: „Du wirst sie brauchen."

Die Jungs werden hellhörig.

„Dürfen wir uns verstecken?" fragt Rhett.

„Es sei denn, du machst dir Sorgen?" fordert Dakota heraus.

Mav spottet. Rhett reibt seine Hände aneinander. Sie machen sich auf den Weg und überlegen schon, wo sie sich verstecken können.

„Denkt an die Regeln", ruft Ginny ihnen nach. „Nicht ins Innere oder auf die Dächer von Gebäuden gehen."

Sie antworten nicht, aber sie lacht und schüttelt den Kopf. „Wie hoch sind die Chancen, dass jemand verletzt wird?"

„Adam wird dafür sorgen, dass das nicht passiert", sagt Reagan. „Er hat die ganze Woche nichts anderes getan, als sich darüber aufzuregen."

„Klingt wie mein Bruder." Sie legt den Kopf schief und fährt mit der Hand zum Ende ihres blonden Zopfes. „Weißt du, er ist manchmal ein ziemlich anständiger Mensch."

„Wie lange dauert es, bis wir sie finden?" frage ich. Sie sind inzwischen so weit weg, dass ich sie nicht mehr reden höre.

„Normalerweise warten wir etwa fünf Minuten", sagt Reagan. Sie ist nett und auch schön. Sie hat diese Grübchen, die ich immer wieder anstarren muss.

„Ich habe nicht die Absicht, sie zu finden." Dakota lässt sich auf den Boden sinken und setzt sich mit gekreuzten Beinen hin.

„Was?" Ginnys Lachen schallt in die Nacht hinaus, aber sie setzt sich neben ihre Freundin.

Reagan zuckt mit den Schultern und wir setzen uns zu ihnen auf den Rasen in der Mitte des Campus.

Dakota holt ihr Handy heraus und startet Musik, bevor sie antwortet. „Das war die einzige Möglichkeit, euch drei von euren Männern wegzubringen. Sie waren diese Woche sehr anhänglich."

Reagan schiebt ihre Unterlippe vor und lehnt ihren Kopf an Dakotas Schulter.

„Es ist wahr", sagt Ginny. „Heath saß heute im Badezimmer, während ich mir die Beine rasierte, weil er..." Sie hebt die Hände und macht Anführungszeichen. „Mehr Zeit miteinander verbringen wollte."

„Sie tun alles, um nicht über das Spiel nachzudenken", sagt Dakota.

„Nicht Adam. Er denkt an nichts anderes mehr", sagt Reagan. „Er hat sich die ganze Nacht Spielfilme angesehen. Die *ganze* Nacht. Als ich heute Morgen aufwachte, lag sein Laptop auf seinem Bauch und er war eingeschlafen."

Dakota schnaubt. „Sie benehmen sich alle so verrückt. Der Einzige, der diese Woche normal wirkt, ist Maverick. Er ist immer noch derselbe lächerliche Typ."

Reagan schaut zu mir. „Wie kommt Rhett damit klar?"

„Oh..." Ich schaue mich in der Runde um. „Er scheint in Ordnung zu sein. Ich glaube, ich kenne ihn noch nicht gut genug, um den Unterschied zu erkennen."

„Er ist von allen derjenige, der am meisten kämpft", sagt Ginny. „Deshalb überrascht es mich nicht, dass er mit dem Druck gut umgehen kann."

„Und er ist von dieser Dame hier abgelenkt." Dakota stößt

meinen Fuß mit ihrem an. „Ich habe ihn noch nie so lächeln sehen."

„Was?" Ich spüre, wie mein Gesicht warm wird. „Nein. Das kann nicht richtig sein."

Ginny nickt. „Es ist wahr."

„Ich meine, es läuft toll und wir verbringen viel Zeit miteinander, aber es ist immer noch neu."

„Ich freue mich für ihn", sagt Reagan. „Nachdem, wie Carrie ihn behandelt hat, verdient er eine tolle Frau wie dich."

„Warum? Wie hat Carrie ihn behandelt? Abgesehen davon, dass sie Rhett ständig anruft, weiß ich nicht viel über sie."

Zunächst spricht keiner von ihnen.

„Wir wissen auch nicht wirklich etwas über sie", sagt Reagan. „Sie hat uns nur ein paar Mal besucht und keinen Versuch unternommen, uns kennen zu lernen. Es war eher die Art, wie er zu ihr war. Rhett hat neunundneunzig Prozent seiner Zeit am Telefon mit ihr verbracht, er musste sich immer melden, auch wenn wir unterwegs waren und etwas unternahmen. Ich habe noch nie eine Fernbeziehung geführt, also ist das vielleicht ganz normal."

„Er war ein wirklich guter Freund", spricht Ginny mit einem beruhigenden Lächeln für ihn, als wolle sie mich überzeugen.

„Du musst mich nicht von ihm überzeugen. Er ist großartig." Ich versuche, den Druck von mir und Rhett zu nehmen, und schaue zu Dakota, dem Einzigen Single in der Gruppe. „Also, Ginny und Heath, Reagan und Adam, und du und Maverick?"

„Nein." Dakotas rote Haare fangen das Mondlicht ein, als sie den Kopf schüttelt. „Ich bin für immer Single."

„Warum für immer?"

Reagan beugt sich vor und hält sich eine Hand vors Gesicht. Dann flüstert sie laut genug, dass alle sie hören können: „Sie hier ist sehr wählerisch".

Dakota schlägt ihr spielerisch auf den Arm. „Man nennt es Standards."

Reagan lacht und setzt sich zurück. „Was ist mit dir? Bist du vor Rhett schon mit vielen Leuten ausgegangen?"

„Nein, nicht wirklich. Ein paar Typen, aber nichts Ernstes."

„Warum nicht?" fragt Ginny mit einem ungläubigen Stirnrunzeln.

„Was sie meint, ist, dass du heiß und toll bist. Wie kann es sein, dass du noch ungebunden bist?" fragt Dakota. „Angst vor Verpflichtungen? Lange verlorene Liebe?"

Ich kichere. „Nein, auch nicht."

Sie schauen mich alle an und warten darauf, dass ich etwas sage.

„Ich schätze, die Sache mit dem Herzen hat die Leute abgeschreckt und das Skaten hat mich so viel Zeit gekostet, dass es einfach nicht dazu gekommen ist. Ich bin kein großer Trinker, also verlasse ich die Party normalerweise, bevor die Leute anfangen, sich zu paaren und gemeinsam nach Hause zu gehen."

„Du hast auf Rhett gewartet." Wenn Ginny mich so anlächelt wie in diesem Moment, fühle ich mich hundert Jahre älter als sie und super abgestumpft. Normalerweise würde ich eine sarkastische Bemerkung machen, aber stattdessen lächle ich sie an. Vielleicht habe ich das.

Ginnys Handy leuchtet in ihrer Hand auf und unterbricht den Moment.

„Heath?" fragt Reagan.

„Ja, er hat mir gesagt, wo sie sind und dass ich mich beeilen soll."

„Anhänglich", sagt Dakota mit einem Schnauben.

„Hinreißend." Ginny setzt sich für ihren Mann ein.

Wir vier stehen auf, um die Jungs zu suchen. Selbst wenn wir nicht wüssten, wo sie sich versteckt haben, sind sie laut. Ich merke, dass sie versuchen zu flüstern, aber der tiefe Bariton von Mavericks Lachen ist nicht zu überhören.

Als wir sie erreichen, grummeln alle außer Heath.

„Ich wusste, dass diese Stelle zu einfach war", sagt Rhett. Er ist ganz schön süß, so wetteifernd und frustriert.

„Na, das hat Spaß gemacht." Heath springt auf und geht zu Ginny, nimmt ihre Hand und drückt ihr einen Kuss auf den Mund. „Wir verschwinden jetzt von hier. Ginny hat morgen um acht Uhr Unterricht."

„Ach ja, gib Ginny die Schuld", ruft Maverick ihm nach, aber Heath und Ginny sind schon auf dem Rückweg.

„Er hat ihr gesagt, wo wir sind, oder?" fragt mich Rhett, als wir uns alle auf den Weg zur Wohnung gemacht haben.

Mit zusammengepressten Lippen schaue ich ihn an und überlege, ob ich es ihm sagen soll.

„Ich wusste es!"

„Ich habe nichts gesagt!"

„Das hättest du nicht tun müssen. Ich kann in deinem Gesicht lesen wie in einem Buch, Engel."

„Ach ja?" Ich hebe eine Augenbraue. „Was denke ich denn jetzt?"

Seine Augen verfinstern sich und überfliegen meinen

ganzen Körper. „Dass wir uns verdammt noch mal beeilen sollten."

Später, als wir uns zum Schlafen fertig machen, bemerke ich, dass Rhett sein Handy ausgeschaltet hat.

„Das musst du nicht tun."

„Was denn?" Er legt es mit der Vorderseite nach unten auf sein Nachtschrank und schlüpft unter die Bettdecke.

Ich deute auf sein Telefon.

„Nein, es ist in Ordnung. Das ist nicht fair dir gegenüber."

Ich setze mich auf sein Bett und drehe mich zu ihm um. „Was will sie?"

„Willst du wirklich darüber reden?", fragt er mit einem verlegenen Grinsen. „Ich verspreche dir, es ist vorbei. Wir haben uns vor über einem Monat getrennt. Ich habe nur mit ihr gesprochen, um sie zu bitten, nicht mehr anzurufen."

„Das geht seit einem Monat jeden Tag so?"

„Nicht jeden Tag, aber fast."

„Wenn du sagst, dass es vorbei ist, glaube ich dir, aber hilf mir zu verstehen. Du musst eine Vorstellung davon haben, was sie will."

„Mich, schätze ich." Er legt eine Hand auf mein Knie und streicht mit dem Daumen abwesend über meine nackte Haut, während er spricht. „Wir waren lange zusammen."

„Wie lange ist lange?"

„Sechs Jahre."

„Sechs Jahre?!"

Er nickt. „Wir sind zusammen in Minnesota aufgewachsen. Ich kenne sie seit dem Kindergarten und wir sind seit der High-School zusammen. Sie ging aufs College in Nebraska und ich kam hierher. Wir blieben zusammen, aber es war schwer. Wir bauten uns getrennte Leben auf und mit den Jahren hatten wir immer weniger gemeinsam. Die Dinge verschlechterten sich langsam. Wir konnten uns kaum noch besuchen."

„Wow. Das ganze College über bist du also mit jemandem am anderen Ende des Landes ausgegangen?" Jetzt macht es viel mehr Sinn, nur mit einer Person geschlafen zu haben.

„Ich hätte die Dinge früher beenden sollen. Ehrlich gesagt waren die letzten paar Monate, vielleicht auch länger, ziemlich schrecklich. Aber wir waren schon vorher befreundet und ich wollte, dass es funktioniert, weil sie mir etwas bedeutet hat. Sie wird mir immer etwas bedeuten, aber ich will nicht mit ihr zusammen sein." Er beugt sich vor und drückt mir einen Kuss auf die Lippen. „Ich will mit dir zusammen sein, Engel."

„Ich weiß nicht, was ich sagen soll." Und das weiß ich wirklich nicht.

„Carrie fällt es schwer, etwas zu akzeptieren, was ich schon getan habe, aber das wird sie. Ich meine, ich weiß, dass ich eine ziemliche Bombe bin, aber sie wird jemand Neues finden."

―――

AM NÄCHSTEN NACHMITTAG gehe ich mit Rhett und seinen Freunden zum Mittagessen in den Speisesaal.

„Ist es im Fernsehen?" fragt Rhett über den morgigen Wettbewerb. Wir brechen heute Nachmittag auf, um die zweistündige Fahrt nach Phoenix anzutreten.

„Nein. Manchmal streamen die Leute es online, das kommt darauf an."

„Schade, dass wir nicht mitkommen können", sagt Mav und stützt einen Ellbogen auf den Tisch.

Die Jungs fahren nach Icarus State zu den Regionalmeisterschaften. Nachdem ich eine Woche lang ununterbrochen mit ihnen abgehangen habe, werde ich Rhett dieses Wochenende verdammt vermissen. Ich komme zurück, sobald er abfährt.

Seine Hand findet mein Bein unter dem Tisch und drückt es. Ich glaube, er fühlt dasselbe.

„Hast du Zeit, vor dem Training rüberzukommen und abzuhängen?" Sein Daumen streicht über meinen nackten Oberschenkel und ein Kribbeln breitet sich in meinem Körper aus.

„Nein, ich muss mich noch mit meinem Arzt treffen, bevor wir fahren."

„Alles in Ordnung?" Seine blauen Augen suchen meine.

„Ja, das ist nur eine Vorsichtsmaßnahme vor jedem Wettkampf." Ich schaue auf meine Uhr. „Apropos, ich sollte jetzt gehen."

Er steht bei mir und zieht mich an seine Brust. „Viel Glück am Wochenende."

„Dir auch." Ich werfe einen Blick auf seine Freunde. Sie schauen mit einem breiten Grinsen auf ihren Gesichtern zu. Lachend presse ich meine Lippen auf seine. „Ich schreibe dir später eine SMS. Macht's gut, Jungs! Passt auf ihn auf."

NEUNZEHN
RHETT

„Hast du es gefunden?" fragt Adam und setzt sich neben mich ins Wohnzimmer.

„Nein, nichts." Ich habe den ganzen Morgen nach Siennas Wettbewerb gesucht. Irgendjemand, irgendwo muss es gestreamt werden.

„Um wie viel Uhr läuft sie?"

„Zwei Uhr."

„Hier ist etwas." Mav setzt sich auf die Couch. „NAU ist live."

Ich setze mich neben ihn und schaue auf seinen Bildschirm. „Sie zeigen ihre eigenen Mädchen. Das macht Sinn."

„Vielleicht lassen sie es den ganzen Tag laufen", sagt Adam.

Ich brumme in meiner Kehle. Ich bezweifle, dass sie den ganzen Tag lang Videos von dem Wettbewerb veröffentlichen werden.

„Schade, dass du nicht mitfahren konntest", sagt Mav. „Flippst du aus?"

„Ausflippen? Warum sollte ich ausflippen?"

„Na, du weißt schon, ihr Herzleiden."

„Oh, ja, es geht ihr gut. Sie war gestern beim Arzt, bevor sie abgereist ist. Eine ganz normale Sache. Nein, ich will nur zuschauen. Sie hat so viel Verständnis für Carrie und sie ist zu unserem Spiel gekommen." Und ich mag sie wirklich verdammt gern.

Mav lässt sein Telefon zwischen seine Beine fallen. „Was meinst du damit, es geht ihr gut?"

„Genau, was ich gesagt habe. Der Arzt hat ihr erlaubt, zu skaten."

„Rhett, Kumpel, er hat sie vielleicht fahren lassen, aber es geht ihr nicht *gut*. Hast du das Video von ihrem Sturz letztes Jahr gesehen?"

„Nein. Welcher Sturz?"

Mav atmet aus und zieht seine dunklen Augenbrauen hoch. Er hält sein Handy so, dass ich es wieder sehen kann, und dieses Mal zeigt er ein Video von Sienna, die letzte Saison bei einem Wettkampf Schlittschuh gelaufen ist. Sie trägt ein rotes Outfit, das funkelt, wenn sie sich über das Eis bewegt.

Sie hat so eine geschmeidige, anmutige Art an sich. Selbst wenn ich nicht super auf sie stehen würde, wäre es schwer, ihr nicht zuzusehen.

„Hier ist es. Hier ist es", sagt Mav und erinnert mich daran, dass wir uns das aus einem bestimmten Grund ansehen.

Adam kommt rüber und drängt sich dazwischen, um auch zu gucken.

Ich erwarte, dass sie springt und die Landung nicht schafft, aber sie gleitet gerade über das Eis, als ihr Körper zusammenbricht. Sie geht hart auf dem Eis zu

Boden und das Publikum gibt ein kollektives „*Oooo*" von sich.

Ich höre auf zu atmen und mein Puls beschleunigt sich, während ich beobachte, wie das medizinische Personal hinauseilt.

„Heilige Scheiße." Adam steht auf.

„Ich verstehe das nicht." Meine Ohren klingeln. „Sienna hat gesagt, es geht ihr gut. Das war letztes Jahr?"

„Ja, zu Beginn der Saison, glaube ich. Sie war für ein paar Tage im Krankenhaus."

„Woher weißt du das alles?" Mein Ton ist anklagend. Was ich wirklich meine, ist: „*Warum weiß ich das nicht?*"

„Sie war etwa einen Monat lang nicht beim Yoga. Wir hatten stattdessen diesen schrecklichen Lehrer, der..."

„Konzentriere dich." Ich erhebe meine Stimme. „Was weißt du noch über ihr Herzleiden?"

„Wow, Alter. Ich glaube nicht, dass ich dich jemals zuvor deine Stimme erheben gehört habe." Er verzieht das Gesicht, um Adam seinen Schock zu zeigen. „Das ist so ziemlich alles, was ich weiß."

„Wie konntest du mir das verschweigen? Wie konnte *sie* es mir nicht sagen?" Ich stehe auf und gehe durch das Wohnzimmer.

Es ist ruhig. Zu ruhig. Ich schaue zu Adam. Er ist meistens vernünftig.

„Das ist vielleicht nicht die Art von Sache, die man so einfach zur Sprache bringen kann. Habt ihr schon mal über ihr Herzleiden gesprochen?", fragt er.

Ich denke an all unsere Gespräche zurück. „Ja. Irgendwie schon. Scheiße. Ich glaube nicht. Sie sagte mir, dass sie Medikamente nimmt und dass sie vorsichtig sein und auf ihren

Körper hören muss. Sie sagte, dass sie Schübe hat, aber das..." Ich winke mit der Hand zu Mavericks Telefon. „Das hat sie mir nicht gesagt."

Ich setze mich wieder hin. In meinem Kopf dreht sich alles. „Was jetzt? Sie ist dabei, Schlittschuh zu laufen. Kann das wieder passieren? Sie hat doch jetzt den Monitor, oder?"

Mir ist schlecht. Das Bild von ihr, wie sie auf dem Eis aufschlägt, wiederholt sich immer wieder. Heilige Scheiße.

„Ich werde sie anrufen." Genau das tue ich, während ich in mein Zimmer gehe und die Tür hinter mir zuschlage.

„Nimm ab. Nimm ab. Nimm ab", murmle ich leise.

Sie tut es beim dritten Klingeln. Der Hintergrundlärm des Wettbewerbs ist so laut, dass ich ihre Stimme gerade noch verstehen kann. „Hallo?"

„Hey, ich bin's. Ich bin's, Rhett."

„Ich weiß, Dummerchen."

„Genau." Ihr fröhlicher, übersprudelnder Tonfall steht in krassem Widerspruch zu dem Bild ihres leblosen Gesichts in dem Video, das sich in meinem Kopf eingebrannt hat. „Es geht dir also gut?"

„Was?"

„Du warst beim Arzt und er hat dir erlaubt, zu skaten?"

Sie antwortet nicht sofort, aber die Hintergrundgeräusche werden leiser. „Tut mir leid. Ich bin an einen ruhigeren Ort gegangen, damit ich dich hören kann. Ich habe nur eine Minute Zeit. Olivia ist als Nächste dran. Was gibt's?"

„Ich habe nur angerufen, um mich zu vergewissern, dass es dir gut geht."

„Ja, ich bin eigentlich nicht so nervös. Normalerweise merke ich es erst kurz bevor ich das Eis betrete. Und dann BÄM!"

Ich zucke zusammen und drücke meine Augen zu. Da ist es wieder. Das Bild von ihr, wie sie auf dem Eis aufschlägt. *Scheiße.*

„Wie geht's dem Herzen? Der Arzt hat gesagt, dass es in Ordnung ist, ja?"

„Ja, er hat mich freigegeben. Mir geht es gut."

„Bist du dir sicher?"

Sie lacht. „So sicher, wie ich sein kann, denke ich."

Das ist nicht überzeugend.

„Oh, sie haben gerade Olivia angerufen. Ich muss los. Ich rufe dich später an", zwitschert ihre fröhliche Stimme in mein Ohr. Ich sollte mich besser fühlen. Ihr geht es gut. Der Arzt hat sie freigegeben. Er würde das nicht tun, wenn etwas passieren könnte, oder?

„Okay. Pass auf dich auf." Ja, als ob das nicht ein peinlicher Abschied wäre.

Ich lege auf und starre die Wand an. „Pass auf dich auf?"

Wirklich peinlich.

———

Der Bus fährt am Sonntagnachmittag. Ich habe gestern Abend lange genug mit Sienna gesprochen, um etwas über ihren Tag zu erfahren, aber sie war müde und ich wusste immer noch nicht, was ich über den Vorfall sagen sollte, den ich mir nie wieder ansehen werde. Trotzdem geht er mir jedes Mal wieder durch den Kopf, wenn ich denke, dass ich ihn hinter mir gelassen habe.

Unruhig und ruhelos verschlafe ich und vergesse dann in der Eile, aus der Tür zu kommen, meine Nintendo Switch für die Fahrt. Ich kann mich nicht einmal mit Videospielen ablenken, während ich mir Sorgen um Sienna beim Schlittschuhlaufen mache. Sie wird jeden Moment aufs Eis gehen.

Ich bin aufgewühlt und habe keine Lust auf Smalltalk. Die allgemeine Stimmung im Bus ist aber eher still und grüblerisch, also passe ich gut rein. Die Regionalmeisterschaft besteht aus vier Teams, die im Einzel ausscheiden. Heute spielen wir gegen Icarus State und dann, so die Eishockeygötter wollen, gegen den Sieger von Troy und Stonewell.

Heath sitzt auf dem Sitz neben mir. „Willst du die ganze Fahrt über so mit dem Bein wackeln?"

Ich tue es immer noch. „Tut mir leid, Mann."

„Es ist okay. Alles in Ordnung?"

Ich starre auf das Telefon in meiner Hand. „Ich warte darauf zu hören, wie Siennas Abschlusslauf heute gelaufen ist."

„Ich habe Karten. Willst du spielen?"

„Auf jeden Fall." Ich ärgere mich immer noch, dass ich nicht mehr Fragen zu ihrem Herzleiden gestellt habe. Sie hat es abgetan, als wäre es keine große Sache, aber ich hätte es wissen müssen. Ein Arzt muss sie für jeden Wettkampf freigeben - das hätte ein großes Warnsignal sein müssen. Ganz zu schweigen von all den kleinen Warnsignalen - die Überprüfung ihrer Herzfrequenz, Elias' tägliche Anrufe, um nach ihr zu sehen.

Der Bus hält am Hotel, wo wir einchecken und unser Übernachtungsgepäck abgeben.

„Home sweet home", sagt Adam und wirft seinen Seesack auf den Boden.

Die Nachbartür zwischen unserem Zimmer und dem von Heath und Mav öffnet sich.

„Hey, Nachbarn", sagt Mav.

Mein Handy summt in meiner Tasche und zum ersten Mal, seit ich mich erinnern kann, gehe ich schnell ran. *Sienna.* „Oh, Gott sei Dank", sage ich, bevor ich den Anruf annehme. „Hey, Engel."

„Ich werde gehen..." Adam neigt seinen Kopf in Richtung des anderen Zimmers.

Ich drücke die Videotaste. Ich muss sie sehen.

„Ich bin ein Wrack", sagt sie, als ihr Gesicht den Bildschirm füllt. Das ist sie nicht. Ihre grünen Augen sind mit mehr Make-up betont als sonst. Dunkle Wimpern und ein verdammt heißer roter Mund.

„Ich habe mich noch nicht umgezogen. Ich war zu müde."

„Du siehst wunderschön aus. Wie ist dein langes Programm gelaufen?"

„Gut. Wirklich gut. Mein bestes Ergebnis in dieser Saison. Damit bin ich Zweite geworden, aber es gibt immer noch zwei ältere Skater."

„Wow. Das ist erstaunlich. Ich gratuliere dir. Was machst du jetzt?"

„Ich hänge im Flur und versuche, mich auszuruhen. Josie ist bei mir. Sie wird uns auf der anderen Straßenseite etwas zu essen besorgen." Sie kippt den Bildschirm und ihre Freundin winkt.

„Hey, Josie."

„Pute, kein Käse, leichte Mayo?", fragt sie Sienna.

„Und Chips. Oooh, und ein Keks."

Ich kann Josie nicht mehr sehen, aber ich höre ihr Lachen. „Na gut. Bin gleich wieder da."

Als sie geht, hält Sienna das Telefon näher an ihr Gesicht.

„Du könntest mit ihr gehen und mich später anrufen. Ich weiß, dass es dort verrückt ist. Hier auch. Wir sind gerade erst im Hotel angekommen. Der Bus fährt in dreißig Minuten zur Arena."

„Nein, ich habe ihr angeboten, mit ihr zu gehen. Sie wollte allein sein. Sie ist sauer auf sich selbst, weil sie heute bei einem Sprung gefallen ist."

„Das ist scheiße."

Sie summt. „Das kommt vor. Ich hoffe, wir sind zurück im Valley, bevor dein Spiel beginnt. Der Empfang auf dem Weg hierher war mies."

„Oh, da fällt mir ein, dass Dakota wollte, dass ich dich in ihre Wohnung einlade, um mit ihnen zu schauen. Wenn du rechtzeitig zurück bist."

„Das wäre schön." Sie streckt ihren schlanken Hals. „Aber ich werde wahrscheinlich zusammenbrechen, sobald das Spiel vorbei ist. Es ist besser, wenn ich in meinem Bett liege, wenn das passiert."

„Geht es dir gut?" Die nagende Sorge ist wieder da.

„Ja, ich bin nur müde. Ich schlafe nie gut in Hotels. Ich kann es kaum erwarten, in meinem eigenen Bett zu schlafen."

„Ich kann überall schlafen."

Sie lächelt. „Oh, das habe ich gehört."

Ein Glucksen erschüttert meine Brust. Vor zwei Minuten hätte ich nicht gedacht, dass ich lachen kann. Den ganzen Tag habe ich mir Sorgen um sie gemacht, aber jetzt lächle ich und fühle mich ruhiger. So ist das nun mal mit Sienna. Sie macht schlechte Tage besser. Sie macht alles besser.

ZWANZIG
SIENNA

Ich nehme Rhett mit in die Umkleidekabine, damit ich meine Tasche holen kann. Es sieht so aus, als würden wir den dritten Platz in der Gesamtwertung belegen und ich werde Zweiter in der Seniorenklasse. Kein schlechter Weg, um meine Schlittschuhe an den Nagel zu hängen. Natürlich nur metaphorisch. Wir haben immer noch die Valley Classic, aber das ist eher ein Showwettkampf mit nur einer anderen Universität. Das ist der letzte Wettbewerb in dieser Saison und ich bin zufrieden mit dem, was ich erreicht habe.

„Hast du es gesehen?" frage ich. Ich habe ihm ein Video geschickt, das Josie gestern von meinem Kurzprogramm aufgenommen hat.

„Ungefähr hundert Mal", sagt er und lässt mein Inneres aufleuchten. „Hat heute jemand ein Video für mich gemacht?"

„Ja. Ich schicke es dir."

Er grinst so breit, als ob ich ihm Nacktbilder schicken würde. Sein Blick sinkt. „Ich kann es kaum erwarten. Grün heute, hm? Das gefällt mir."

„Oh, danke." Es ist ein Smaragdgrün, das laut Josie meine Augen zum Strahlen bringt. Ich trete vor den großen Spiegel in der Umkleidekabine und drehe meine Kamera, um ihm das komplette Outfit zu zeigen - ohne Schlittschuhe.

„Ich mag es sehr. Ich wünschte, ich wäre dabei gewesen, um dich skaten zu sehen."

„Du siehst mich die ganze Zeit skaten."

„Ja, aber das hier ist anders." Er setzt sich auf das Bett und lehnt sich gegen das Kopfteil. „Hey, ich habe eine Frage an dich."

„Schieß los", sage ich, drehe die Kamera wieder um, schnappe mir meine Sachen und gehe wieder nach oben.

„Wie kommt es, dass du mir nie von deinem Unfall letztes Jahr erzählt hast?"

Ich werde ganz ruhig, noch bevor ich die Worte verarbeitet habe.

Rhett fährt fort: „Als wir gestern online nach deinem Wettbewerb gesucht haben, hat Mav ein paar alte Videos vom letzten Jahr gefunden."

„Ich habe dir von meinem Herzleiden erzählt", sage ich abwehrend.

„Ja, aber ich wusste nicht, dass es so ist. Außerdem, es zu wissen und zu sehen, wie es passiert..." Er legt den Kopf schief und schenkt mir ein festes Lächeln. „Ich kann nicht aufhören, es im Kopf immer wieder zu sehen."

Ich stähle meine Miene und spüre, wie ich mich von ihm zurückziehe. Er ist nicht der erste Mann, der ausflippt und beschließt, dass es mehr ist, als er verkraften kann. Ich war mit Mike zusammen, den letzten meiner Freunde, als ich auf dem Eis ohnmächtig wurde. Er war großartig, während ich mich erholte, und hat sich dann aus dem Staub gemacht, sobald es mir besser ging. Das kann man ihm nicht verübeln. Wer will schon mit einer Frau zusammen sein, die jeden Moment tot umfallen kann?

„Warum hast du mir nicht mehr gesagt?", fragt er.

„Weil." Ich winke mit einer Hand vor dem Bildschirm. „Das passiert. Mir geht's gut. Ich habe ein Herzleiden und manchmal hält es mich auf. Es hält mich buchstäblich auf. Ich wollte dich nicht mit Details verschrecken, die nicht wichtig sind."

„Es ist ziemlich wichtig."

„Ich verstehe schon. Das ist eine Menge, und du hast schon genug um die Ohren." Meine Augen brennen vor Tränen, die ich auf keinen Fall weinen will. Nicht jetzt. „Du solltest gehen und dich auf dein Spiel vorbereiten. Mach dir keine Sorgen um mich."

„Willst du mich loswerden, Engel?"

„Ich lasse dich aus dem Spiel. Ich verspreche, dass ich dich nicht einmal bei meinen Freunden schlecht machen werde. Jedenfalls nicht viel."

„Geh zwanzig Schritte zurück, Engel. Ich werde das nicht beenden."

„Das tust du nicht? Aber du bist ausgeflippt?" Ich kann es in seinem Gesicht sehen, auch wenn er es nicht gesagt hat. Gestern, als er sich seltsam verhielt, habe ich es nicht verstanden, aber jetzt ergibt alles einen Sinn.

„Ja, natürlich bin ich ausgeflippt. Ich habe das Gefühl, dass ich nichts über deinen Herzzustand weiß und war unvorbereitet. Ich will solche Dinge wissen. Ich bin hart im Nehmen. Ich kann damit umgehen." Er zeigt ein verlegenes Lächeln.

„Was willst du wissen?"

„Musst du dich jedes Mal vom Arzt untersuchen lassen, wenn du Schlittschuhlaufen gehst? War er heute da?"

„Nein. Er ist im Valley. Ich sehe ihn nur in der Woche vor einem Wettkampf."

„Hat er dich jemals nicht freigegeben?"

„Ich musste mir letzten Herbst eine Auszeit nehmen."

Er nickt und sieht mich nachdenklich an. „Du bist inspirierend, Engel."

„Inspirierend?"

„Ja, das ist das Einzige, was ich heute gesagt habe, zu dem ich stehe. Der Rest ist wahrscheinlich Nonsens und es tut mir leid, wenn ich was Falsches gesagt habe. Ich mag dich und ich werde nirgendwo hingehen. Habe ich das schon gesagt?"

„Das hast du."

„Gut. Vergiss es nicht." Er blickt auf und ich höre einige der Jungs reden. „Ich muss mich für das Spiel fertig machen. Kann ich dich später anrufen?"

„Klar." Ich weiß, dass er gesagt hat, dass er nirgendwo hingeht, aber ich versuche, mir nicht zu viele Hoffnungen zu machen, nur für den Fall.

„Viel Glück."

Er zwinkert. „Bis später, Engel."

MONTAGMORGEN GEHE ICH INS YOGASTUDIO. Ich unterrichte heute keine Fitnesskurse, aber der Trainer hat uns die nächsten zwei Tage vom Training freigestellt und da Rhett immer noch weg ist, ich alle Hausaufgaben gemacht habe und meine Freunde beschäftigt sind, ist mir langweilig.

Die Eishockeymannschaft hat ihr erstes Spiel

gewonnen und heute Abend spielen sie erneut. Es ist das letzte Spiel, das ihnen den Weg zu den Frozen Four versperrt. Ich habe mit Rhett gesprochen, als sie auf dem Weg in die Arena zum Morgenlauf waren und er war so aufgeregt und sprach so schnell. Es war bezaubernd.

Ich mache gerade eine Pause und sitze auf meiner Matte, als die Tür knarrt.

„Hallo?"

Die Tür schwingt auf und Dakota und Reagan erscheinen.

„Ich dachte mir doch, dass du das wärst", sagt Dakota. „Was machst du da?"

„Hey!" Ich lächle, als sie den Raum betreten. „Hauptsächlich herumalbern. Was macht ihr zwei denn hier?"

„Sie hat mich zu einem Spinning-Kurs gezwungen." Reagan setzt sich neben mich und trinkt aus ihrer Wasserflasche.

„Gezwungen ist ein starkes Wort", sagt Dakota und gesellt sich zu uns. „Wir haben dich gestern Abend vermisst. Wann bist du zurückgekommen?"

„Nach acht", sage ich. „Ich habe das Ende des Spiels im Bett gesehen und bin dann eingeschlafen. Aber danke für die Einladung. Josie und ich wollten uns das Spiel heute Abend im Hideout ansehen." Nach dem, was ich gehört habe, werden alle dort sein. Ich schaue zu den Mädchen. „Wollt ihr mit uns kommen?"

Sie schauen sich gegenseitig an und dann mich.

„Wir gehen zu dem Spiel. Du musst mit uns kommen", sagt Dakota.

„Nach Troja?"

Reagan nickt und lächelt und ihre Grübchen erscheinen. „Wir überraschen die Jungs."

Dakota beugt sich vor. „Wir fahren heute Nachmittag los und bleiben über Nacht. Du musst mitkommen. Rhett wird sich so freuen, dich zu sehen."

„Ja, du musst unbedingt mit uns kommen", sagt Regan.

„Ich weiß nicht. Ich habe..." Alle meine Ausreden liegen mir auf der Zunge. Ich bin in all meinen Kursen auf Stand und habe bereits Trainingsfrei. „Wisst ihr was, ich bin dabei."

EINUNDZWANZIG
RHETT

„Kumpel!" Mav läuft nach der Schlusssirene auf mich zu. Seine Arme sind ausgebreitet, sein Lächeln ist so breit. „Kumpel!"

Mein Kumpel ist sprachlos. Ich schätze, das bin ich auch. Wir haben gewonnen. Wir fahren zu den Frozen Four. Davon habe ich geträumt, seit ich ein Kind war. Es scheint nicht real zu sein.

Der Rest des Teams stößt zu uns und wir stehen in einem großen Pulk auf dem Eis und schreien uns die Seele aus dem Leib.

Der Lärm in der Arena konnte das Dach anheben. So viele Valley U-Fans haben sich auf den Weg gemacht. Darunter auch mein absoluter Lieblingsfan.

Als wir zur Bank laufen, sehe ich sie. Sie ist ganz in Blau und Gelb gekleidet und springt mit Dakota, Reagan und Ginny auf und ab. Es ist ein schönes Gefühl, sie hier zu haben.

Der Trainer versucht, sein Lächeln klein zu halten, aber die Falten um seine Augen und seinen Mund verraten ihn.

„Gute Arbeit heute Abend, Jungs." Er beugt seinen Kopf und schüttelt ihn. „Ich bin verdammt stolz auf euch alle, aber wir sollten uns nicht zu sehr freuen. Wir haben noch mehr Arbeit vor uns. Genießt den Abend. Wenn wir morgen Nachmittag zurück ins Valley kommen, gehört euer Leben für die nächste Woche mir."

Wir stimmen im Chor ein. Er wird von uns keine Argumente gegen harte Arbeit hören. Nicht diese Woche.

„Party in unserer Suite", sagt Mav. „Gib es weiter."

Jedenfalls nicht nach heute Abend.

Sienna und die Mädchen treffen sich mit uns im Hotel. Sie übernachten im selben Hotel. Gott sei Dank. Ich habe sie ganz schön vermisst.

„Herzlichen Glückwunsch!" Sie stürzt sich auf mich und schreit mir ins Ohr. „Du gehst zu den Frozen Four!"

Ich hebe sie hoch und drehe uns im Kreis. Sie quietscht vor Freude.

Als ich sie absetze, hat sie ein verschmitztes Lächeln auf den Lippen. „Bereit zum Feiern?"

Mein Blick streift über ihren Körper.

Lachend klopft sie mir auf die Brust. „Das habe ich nicht gemeint."

„Verdammt. Denn das klingt nach einer viel besseren Art zu feiern."

„Später." Sie schnappt sich eine Handvoll meines T-Shirts.

Mavericks und Heaths Zimmer ist mit meinem und Adams Zimmer verbunden, also öffnen wir die Tür, um genug Platz zu schaffen, damit sich alle in den beiden versammeln können.

„Willst du etwas zu trinken?" frage ich Sienna. Wir sitzen

auf meinem Bett, und meine Gedanken kreisen um alle möglichen lustigen Dinge. Leider verderben die fünf anderen Leute, die auch hier mit uns sitzen, den Moment.

„Nein, mir geht es gut. Ich fühle mich betrunken, so glücklich bin ich."

„Das kenne ich." Ich hebe meine Hand, um ein Bier zu fangen, das Adam mir zuwirft.

Sie betrachtet die Dose mit einem Grinsen.

„Ich muss noch mit den Jungs abhängen." Ich beuge mich vor und flüstere ihr ins Ohr. „Mach dir keine Sorgen. Nur ein paar und dann können wir uns davonschleichen."

Sie dreht sich in meinem Schoß, um mich besser ansehen zu können. „Es ist deine Nacht. Trink so viel, wie du willst. Wir können feiern, wenn du die nächsten beiden Spiele gewonnen hast."

Mein Schwanz regt sich sofort. Ich bin mir nicht sicher, ob es an der Erwähnung von Sex liegt oder am Gewinn der Frozen Four. Ich nehme ihren Mund. Ich war seit zwei Tagen nicht mehr mit ihr allein und plötzlich habe ich das Bedürfnis, es zu tun. Und zwar sofort, wenn nicht sogar noch früher.

„Bin gleich wieder da." Ich ziehe mich zurück und gebe ihr einen Kuss auf die Schulter, dann stehe ich vom Bett auf. Jordan und Liam stehen in der Tür zwischen den beiden Zimmern.

„Hey." Ich hebe meinen Kopf, als ich näherkomme. „Kann ich mir euer Zimmer für zwanzig Minuten ausleihen?"

Jordan hebt eine dunkle Augenbraue. „Ernsthaft?"

„Nein", antwortet Liam, ohne nachzudenken.

„Tu nicht so, als hättet ihr beide es nicht schon mit Mädels auf meiner Couch getrieben."

„Und in deinem Zimmer", murmelt Jordan um seinen Becher herum, während er einen Schluck nimmt.

„Das will ich gar nicht wissen", sage ich ihm.

„Okay", gibt Jordan nach.

„Was? Nein." Liam schlägt ihm auf den Arm.

„Nicht auf die Betten", weist mich Jordan an und ignoriert seinen Mitbewohner. Er gibt mir seinen Zimmerschlüssel.

„Verstanden." Ich ziehe mich zurück, bevor sie ihre Meinung ändern.

Ich nehme Siennas Hand, ziehe sie auf die Füße und schlängle mich durch die Leute zurück zum Flur.

„Wo gehen wir hin?", fragt sie kichernd, während ich sie praktisch in das Zimmer auf der anderen Seite von mir ziehe.

Ich wedle mit der Schlüsselkarte vor dem Schloss und schiebe die Tür auf.

„Wessen Zimmer ist das?"

„Ist das wichtig?"

„Nein." Sie lächelt mich an. „Nicht, wenn dein Trainer uns nicht erwischt."

„Kein Wort mehr über meinen Trainer." Ich streiche ihr die Haare aus dem Nacken und drücke meinen Mund auf ihre empfindliche Haut.

Ich hebe sie hoch und suche nach einem Platz für sie, der nicht das Bett meiner Mitspieler ist. Ich entscheide mich für den Schreibtisch, lasse sie darauf fallen und trete zwischen ihre Beine.

Sie fasst mir in die Haare und presst ihre Titten gegen meine Brust, während ich ihren Mund verschlinge. Mein Herz klopft in meiner Brust und so wie sie mir keuchend entgegenkommt, tut ihres das auch.

„Bist du okay?"

„Alles gut." Sie zieht mich zu sich und greift nach dem Knopf meiner Jeans, dann schiebt sie sie herunter, bis mein Schwanz freispringt.

Ich bin wie erstarrt und beobachte, wie sie herunterhüpft und ihren Rock zu Boden schiebt, so dass sie nur noch das kleinste schwarze Stück Stoff trägt, das ich je gesehen habe.

Sie hüpft zurück auf den Schreibtisch, aber die Höhe stimmt nicht.

„Bett?", schlägt sie vor.

„Ich habe eine bessere Idee." Ich hebe sie hoch und trage sie ins Bad. Der Waschtisch ist mit Produkten bedeckt, aber ich wische mit einer Hand darüber hinweg und setze sie auf die Steinplatte.

„Was ist das mit dir und Badezimmern?" Sie kichert bei dieser Frage, während ich ihr Höschen zur Seite schiebe und mit meinem Daumen ihre Klitoris umkreise.

„Du bist es. Ich kann mich nicht dazu bringen, mich darum zu kümmern, wo wir sind. Ich will einfach nur in dir sein."

Ihre Hände stützen sich auf den Rand des Waschbeckens und zeigen mir die Vorderseite ihrer Uhr. Es ist eine Art Sportuhr, die sie die ganze Zeit trägt, um ihre Herzfrequenz und die Zeit abzulesen. Ich werfe einen Blick darauf und stelle fest, dass die Zahlen immer höher werden. Das ist doch normal, oder? Mein Puls schlägt definitiv schneller.

Ich versuche, es langsam angehen zu lassen, aber es sind schon einige Tage ohne sie vergangen und ich brauche sie im wahrsten Sinne des Wortes. Außerdem knurrt mein Magen.

„War das dein Bauch?", fragt sie lachend und stöhnt, als ich zwei Finger in sie schiebe.

„Ich habe seit dem Spiel nichts mehr gegessen", gebe ich zu.

„Vielleicht sollten wir stoppen und dich füttern."

„So hungrig bin ich nicht", protestiere ich, aber mein Magen macht wieder ein glucksendes Geräusch.

Lachend drückt sie mir mit einem Kuss auf die Brust. „Ich habe beim Aufzug einen Automaten gesehen. Lass uns dich füttern." Sie hüpft vom Waschtisch herunter und zieht sich an.

„Aber, aber..." Ich deute auf meinen Schwanz.

„Wir sind gleich wieder da."

„Oder wir könnten weitermachen und dann essen."

„Bist du hungrig?"

„Ja, ich gebe es zu."

Sie wirft mir meine Hose zu. „Was mein Baby will, bekommt mein Baby."

Ich ziehe sie an, und sie hält mir die Tür auf.

„Dann gehen wir in die falsche Richtung", murmle ich vor mich hin.

Sie lacht. „Komm schon, Rauthruss."

Wir finden den Verkaufsautomaten am Ende des langen Ganges.

„Was möchtest du?"

„Das ist mir egal." Ich streiche mit meinen Händen über ihre Hüften.

Sie wirft Geld in die Maschine und drückt auf Knöpfe. Ich schenke ihr nicht viel Aufmerksamkeit. Vor allem nicht, als sie sich bückt, um ihre Auswahl zu treffen.

Ich folge ihr zurück ins Zimmer.

„Schlüsselkarte?" Sie hält mir ihre Handfläche hin.

„Oh Scheiße, ich glaube, ich habe sie da drin vergessen."

Lachend lässt sie sich auf den Boden fallen und setzt sich mit ausgestreckten Beinen und gekreuzten Knöcheln vor die Tür. „Willst du mir Gesellschaft leisten?"

Ich setze mich neben sie und sie wirft mir eine Tüte mit Chips zu. Der Lärm der Party auf der anderen Seite der Tür dringt nach draußen - Gelächter und laute Stimmen.

„Deine Eltern konnten nicht kommen?"

„Nein, aber sie werden in Kansas City bei den Frozen Four sein. Du könntest sie treffen, wenn du kommst." Ich stoße meine Schulter gegen ihre.

„Wirklich?"

Ich zucke mit den Schultern. „Wenn du willst. Du kommst doch mit, oder?"

„Ja, das will ich. Das klingt gut. Ginnys Vater hat angeboten, uns zu fahren."

„Es wird dich nicht beim Training stören?"

„Nein, das glaube ich nicht, aber ich sollte den Trainer fragen, wenn ich morgen zurückkomme. Mein letzter Wettkampf ist in der Woche danach."

„Wo ist er?"

„Im Valley. Es ist ein kleiner Wettbewerb, nur ein weiteres College, aber es wird schön sein, noch einmal gegeneinander anzutreten."

„Ja, das verstehe ich."

„Wenigstens wirst du nach dem College jeden Tag Schlittschuh laufen können. Ich weiß nicht, wie mein Leben aussehen wird, wenn ich nicht jeden Tag früh aufstehe und aufs Eis gehe."

„Hast du schon eine Wohnung in Appleton gefunden?"

„Nein. Ich denke, ich sollte mich darum kümmern, sonst muss ich bei meinen Eltern wohnen."

Mein Handy surrt in meiner Tasche. „Da wir gerade von meinen Eltern sprechen, das sind sie wahrscheinlich."

Ich krame es aus meiner Tasche. Carries Name blinkt auf dem Bildschirm. „Oder auch nicht."

„Sie ruft immer noch an, hm?"

„Das erste Mal seit ein paar Tagen. Sie will mir wahrscheinlich gratulieren."

Sienna nickt. „Du kannst rangehen, wenn du willst."

„Nein." Ich schiebe es zurück in meine Vordertasche. „Sie kann auf meine Mailbox sprechen."

„Was war der Tropfen bei euch beiden?"

„Was meinst du?"

„Du sagtest, dass sich die Dinge langsam verschlechterten, aber offensichtlich nicht für sie. Was hat dich dazu gebracht, wegzugehen?"

Ich lasse mir Zeit und kaue die Doritos viel länger als nötig. „Sie hat mich betrogen."

„Was?" Siennas Rücken hebt sich von der Wand und ihre Augen weiten sich.

„Sie hat auf einer Party einen Typen geküsst. Sie hat es sofort zugegeben, und ich war natürlich sauer, aber vor allem war ich wütend, dass es mir nicht wichtiger war, als ich es hörte. Sie beharrte darauf, dass wir die Dinge zwischen uns wieder in Ordnung bringen könnten, also beschloss ich, dass es nach sechs Jahren nicht zu viel verlangt war, noch ein paar Monate zu versuchen, an den Dingen zu arbeiten. Unnötig zu sagen, dass sich die Dinge nicht verbesserten. Also habe ich Schluss gemacht."

„Wow. Das habe ich nicht erwartet."

„Kein Wort mehr über meine Ex." Ich zerknülle die leere Chipstüte in meiner Hand.

„Tut mir leid."

Sie zieht eine Brezel aus der Tüte in ihrer Hand und ich schnappe sie mir mit meinem Mund.

„Irgendwie schal", sage ich, während ich kaue.

„Feine Küche ist es nicht."

„Die Gesellschaft ist aber gut."

„Sollen wir zurück zur Party gehen? Ich möchte nicht, dass du sie verpasst. Heute Abend ist eine große Sache."

„Das ist es. Und ich bin genau da, wo ich sein will."

„Oder zumindest kurz davor." Sie nickt mit dem Kopf in Richtung des Zimmers von Jordan und Liam.

Lachend ziehe ich sie auf meinen Schoß. „Das ist auch gar nicht so schlecht."

Ich schiebe meine Hand zwischen ihre Beine und unter ihren Rock. Ihr Höschen ist durchnässt und ihre grünen Augen verdunkeln sich, als meine Finger über den seidigen Stoff zwischen ihren Beinen streichen.

Sie klettert höher auf meinen Schoß und klemmt meinen Schwanz unter ihren knackigen Hintern. Ich schiebe zwei Finger unter ihr Höschen und wir stöhnen gleichzeitig auf.

Ihre Wimpern schließen sich und fächern sich auf ihrer Haut auf und ihre Lippen spalten sich.

Meine Teamkollegen sind laut wie Hölle auf der anderen Seite der Tür, sie feiern und feiern. Jeder, der in Hörweite ist, kann merken, dass sie sich amüsieren, aber ich würde das Gefühl von Siennas glatter, heißer Muschi, die meine Finger zerquetscht, gegen nichts eintauschen wollen.

Sie legt ihre Stirn an meine, während ihre Atemzüge schneller werden.

„Rhett", flüstert sie meinen Namen.

„Ja, Engel?" Ich fahre mit der Daumenkuppe über ihre Klitoris.

Sie sagt meinen Namen mit einem Wimmern und ich verschließe ihren Mund mit meinem, als sie in meinem Schoß kommt.

ZWEIUNDZWANZIG

SIENNA

„Danke, dass ihr alle gekommen seid", sage ich zu meinen Yogaschülern, als sie ihre Matten einpacken und gehen. Ich bin so müde. Wir sind vor drei Stunden zurückgekommen und ich musste direkt zum Unterricht und dann hierhereilen.

Maverick kommt nach vorne, seine schwarze Matte unter einem tätowierten Arm. „Guter Unterricht heute."

„Das sagst du jeden Tag."

„Und es ist immer wahr." Er grinst. „Gehst du zur Wohnung?"

„Ja. Bin ich so berechenbar?"

Er lacht. „Willst du mitfahren?"

„Das wäre toll."

Maverick fährt einen glänzenden schwarzen Geländewagen mit Ledersitzen und einem Soundsystem, das mein Inneres vibrieren lässt, als die Musik anfängt.

„Das tut mir leid." Er stellt es ab. „Ich glaube, ich habe den Zen des Augenblicks getötet. Such dir aus, was du willst."

„Ich bin leicht zufrieden zu stellen."

„Das hat Rhett auch gesagt." Er hält sich den Mund mit einer Faust zu. „Tut mir leid. Der Witz war einfach da."

„Hey!", sage ich und lache.

„Das war nur ein Scherz, aber im Ernst, du bist cool und ich denke, das ist gut für Rhett. Er hat ein großes Herz."

„Danke." Ich drehe meine Beine in seine Richtung. „Was sagt Rhett über mich?"

„Da hab ich mir jetzt eingebrockt, oder?"

„So ziemlich."

Maverick lehnt sich in seinem Sitz zurück, eine Hand auf dem Lenkrad. „Nicht viel, aber um ehrlich zu sein, war er schon immer ziemlich ruhig. Komm schon, du kannst doch nicht ernsthaft bezweifeln, dass mein Junge auf dich steht. Er ist total ausgeflippt, als er das Video von deinem Unfall gesehen hat."

„Kennst du den Punkt, an dem du deine ganze Zeit mit jemandem verbringst und es großartig läuft, aber du dir nicht sicher bist, ob ihr auf derselben Seite seid?"

„Du hast Angst, dass du ihn mehr magst als er dich?"

„Ja. Nein. Ich weiß es nicht. Die Sache mit dem Herzen macht den Jungs oft Angst. Es ist keine große Sache, wenn die Dinge zwanglos sind, aber in der Sekunde, in der es mehr ist, wird es eine echte Sache für sie."

Je mehr Zeit ich mit Rhett verbringe, desto mehr verliebe ich mich in ihn. Ich mache mir immer noch Sorgen, dass er nicht bereit für etwas Ernstes ist, aber genauso fühlt es sich an. Letzte Nacht habe ich geträumt, dass ich ihn angerufen habe, um Pläne zu machen, und er hat mir gesagt, dass er mit Josie ausgehen wird. Keine große Sache, nur ein Date mit deiner Freundin.

Josie hat es heute Morgen aus mir herausgepresst, als ich

sie nicht ansehen konnte. Dann hat sie mir ins Gesicht gelacht, mich umarmt und versprochen, dass sie mir das nie antun würde. Aber ich brauche kein Psychologiestudium, um herauszufinden, dass mein Unterbewusstsein sich Sorgen macht, dass mir das alles über den Kopf wächst.

„Ich kann nicht für Rhett sprechen, aber ich weiß, dass er nie glücklicher schien, seit ihr beide zusammen seid. Ich glaube nicht, dass das ein Zufall ist." Er parkt den SUV auf dem Parkplatz vor der Wohnung und stellt den Motor ab. „Ich habe keinerlei Erfahrung mit ernsthaften Beziehungen und ich verstehe, dass dein Herzleiden die Sache kompliziert macht, aber mein Rat? Sag ihm, wie du dich fühlst. Schlimmstenfalls seid ihr nicht auf derselben Seite. Wenigstens weißt du es dann."

Ich brumme eine unverbindliche Antwort, während ich aus dem Truck aussteige und nach vorne gehe. „Vielleicht will ich es nicht wissen, wenn es nicht die Antwort ist, die ich will."

Er legt einen Arm um meine Schultern. „Versteckst du dich vor der Realität? Nee, dafür bist du viel zu gut."

Ich lehne meinen Kopf an seine Schulter. „Warum hattest du nie eine ernsthafte Beziehung?"

„Oh nein." Er geht vor mir her, um die Wohnungstür zu öffnen. „Das ist viel mehr, als du an einem Nachmittag erfahren willst." Sein Grinsen ist verspielt und geheimnisvoll, was mich nur noch neugieriger macht, aber Rhett sitzt im Wohnzimmer und spielt Xbox, als ich durch die Tür trete.

„Hey." Er drückt die Pausetaste des Spiels.

„Hey Sienna!" ruft Adam von der hinteren Terrasse aus. Die Glasschiebetür ist offen und er sitzt in einem Liegestuhl.

Ich winke und schaue dann wieder zu Rhett.

Er steht auf. „Ich dachte, du würdest mir eine SMS schicken, bevor du kommst. Ich habe noch nicht geduscht."

Mein Blick wandert über seine nackte Brust „Es tut mir leid. Hast du etwas gesagt?"

Maverick gluckst. „Und ich warte draußen. Es sei denn, ihr wollt euch auf etwas Verrücktes einlassen. Ich bin bereit für eine Dusche. Oder ich könnte Sienna einfach unterhalten, während..."

„Nein", sagt Rhett, ohne zu warten, bis Maverick zu Ende gesprochen hat.

„Du bist so besitzergreifend bei deinem Mädchen." Er zwinkert mir zu und geht dann lachend auf die hintere Terrasse hinaus.

„Vielleicht wollte ich den Rest seines Angebots hören", sage ich, als wir allein sind.

„Nun, auf keinen Fall."

Ich tue so, als ob ich ihn holen wollte, und Rhett zieht mich mit seinen Armen um meine Taille zu sich.

„Ich mache nur Spaß." Ich lasse meine Hände über seine Brust gleiten. „Ich habe alle Hände voll mit dir zu tun."

„Duschen und dann in einen Film schauen? Vielleicht müssen wir ihn aber im Wohnzimmer schauen, denn alle waren ganz aufgeregt, als ich ihnen sagte, dass du Mighty Ducks sehen willst."

„Nicht wollen. Gezwungen werde."

„Du kannst es nicht verpassen", sagt er in demselben Ton, den er benutzt hat, als ich ihm sagte, dass ich es noch nie gesehen habe.

Ich gluckse ihn an. „Eigentlich muss ich Elias zurückrufen. Er hat morgen einen Wettkampf und ich will es nicht vergessen. In deiner Nähe verliere ich leicht das Zeitgefühl."

Eine Seite seines Mundes zieht sich nach oben. „Tut mir leid. Es tut mir nicht leid."

„Kann ich dein Zimmer benutzen?"

„Natürlich."

Während Rhett duscht, sitze ich auf seinem ungemachten Bett, umgeben von seinem Duft, und fühle mich schwindlig und glücklich, ohne einem dieser Gefühle zu trauen.

Elias antwortet und sein Gesicht füllt den Bildschirm aus. „Sie lebt!"

„Es tut mir leid, dass ich dich immer verpasse."

„Es ist okay." Er fährt sich mit der Hand durch sein dunkles Haar. „Ich dachte mir schon, dass du glücklich bist mit deinem Hockeyspieler." Sein Ton ist zu sarkastisch und bitter für meinen Freund.

„Oh-oh. Was ist denn los?"

„Nichts."

„Elias Mason Hummer".

Er seufzt. „Ich habe Taylor geküsst."

„Was?! Wann?" Das waren nicht die Worte, die ich aus seinem Mund erwartet hatte.

„Letzte Nacht."

„Wie?"

„Wir haben lange gearbeitet. Es ist einfach passiert. Und jetzt geht sie mir aus dem Weg. Sie ist heute Morgen nicht zum Training erschienen."

„Oh mein Gott, E. Fahrt ihr nicht morgen nach Frankreich?"

„Ja. Das Timing könnte nicht schlechter sein. Sie will mich nicht einmal ansehen und wir müssen uns in drei Tagen vor den Richtern den Arsch ablaufen."

„Wow. Was wirst du machen?"

„Machen? Nichts. Das Tun hat mich in diese Situation gebracht."

„Du musst sie finden und die Sache klären, bevor ihr geht."

„Ich rede lieber mit meiner besten Freundin. Wie zum Teufel geht es dir?"

Ich weiß, dass er ablenkt, aber das habe ich weiß Gott auch oft genug getan, also lasse ich es erst einmal dabei bewenden. „Mir geht es gut. Ich habe endlich die Fußarbeit in den Griff bekommen, die mir Probleme bereitet hat, und ich glaube, der Trainer wird mir erlauben, den Doppellutz bei meinem letzten Wettkampf wieder einzubauen."

„Das ist fantastisch. Wann ist der? Vielleicht kann ich vorbeikommen."

„Du kannst nicht vor deiner Partnerin weglaufen."

„Was? Ich bitte nie um eine Auszeit. Ich bin sicher, dass Taylor ein paar Tage ohne mich auskommt, wenn wir zurückkommen."

„Du wirst nichts dergleichen tun. Du bist so nah dran. Sprich mit Taylor und geh wieder an die Arbeit. Ich bin nur mit dir befreundet, damit ich eine gute Ausrede habe, um nächstes Jahr zu den Winterspielen zu gehen. Mach mir das nicht kaputt."

Das bringt ihn zum Lächeln und ich fühle mich besser. Wegen Elias' verrücktem Training und weil er von zu Hause weg ist, hat er nicht viele Freunde und ich habe ein schlechtes Gewissen, weil ich mich in letzter Zeit nicht viel mit ihm beschäftigt habe.

„Magst du sie?"

„Nein, natürlich nicht. Du weißt, dass ich das nicht tue.

Sie nervt mich regelmäßig zu Tode. Sie macht diese komische Sache, wenn sie küsst, bei der sie leise summt."

„Ja, aber das würdest du nicht wissen, wenn du sie nicht küssen würdest."

„Touché."

Nachdem Rhett mit dem Duschen fertig ist, gehen wir zurück ins Wohnzimmer, um den Film zu sehen. Die ganze Gruppe ist da. Heath und Ginny sitzen zusammengerollt am anderen Ende der Couch als Rhett und ich, Mav sitzt mit Charli zwischen uns.

Dakota sitzt im Sessel und Adam und Reagan haben eine Decke auf den Boden gelegt und sie sitzt vor ihm, ihren Rücken an seine Brust gelehnt.

„Ich kann nicht glauben, dass du ihn noch nie gesehen hast", sagt Ginny. „Spielt deine Schwester nicht Hockey?"

„Ja, aber dieser Film wurde ungefähr... dreißig Jahre vor ihrer Geburt gedreht. Ich habe „*Miracle*" aber unverschämt oft gesehen."

„Ooooh, das ist auch eine gute Idee." Mavs Augen leuchten auf. „Den sollten wir uns auch ansehen."

Rhett gähnt und bringt die Gruppe zum Lachen.

„Was?", protestiert er mit einem Lachen. „Ihr habt darauf bestanden, das Licht auszumachen. Ihr wisst ja, wie ich bin."

„Mal ehrlich", sagt Heath und schaut zu mir. „Zwingt dich der Typ, beim Sex das Licht anzulassen?"

Ginny stößt ihn mit dem Ellbogen an. „Das kannst du die Leute nicht fragen."

„Du wolltest es auch wissen", sagt er und kitzelt sie an den Seiten.

„Ich bin noch nie auf ihr eingeschlafen", verteidigt sich Rhett.

„Nicht, dass er sich erinnert", witzle ich.

Der Film fängt an und alle werden ruhiger und wenden ihre Aufmerksamkeit dem Fernseher zu. Rhett lehnt sich zu mir und flüstert mir ins Ohr. Er knabbert an meiner Ohrmuschel und sagt: „Ich könnte nie einschlafen, wenn ich nackt mit dir zusammen bin."

„Vielleicht musst du das später beweisen."

„Ich halte dich beim Wort." Er setzt sich nach vorne. „Will noch jemand einen Monsterdrink?"

Es ist noch nicht spät, als der Film zu Ende ist, aber wir müssen beide morgen früh zum Training aufstehen, also verschwinden wir und gehen zu Rhett in sein Zimmer.

Trotz des Energydrinks ist mein Mann schläfrig.

Ich ziehe mich gerade aus und greife mir ein T-Shirt aus seiner Schublade, als er hinter mich tritt. Seine Handflächen gleiten über meine Hüften und meinen Bauch und lassen eine Gänsehaut über meine Haut laufen.

Ich habe nicht gesehen, wie er seine Jogginghose fallen ließ, aber sein Schwanz stupst mich von hinten an.

Ich täusche ein Gähnen vor. „Oh, ich weiß nicht. Du hast vorhin ziemlich müde gewirkt. Bist du sicher, dass du wach bleiben kannst?"

„Darauf würde ich mein Leben verwetten."

Ich drehe mich um und schlinge meine Arme um seinen Hals. Seine blauen Augen blicken mich mit solcher Intensität an, dass sich mein Magen umdreht. Ich gehe einen kleinen Schritt zurück und lasse meine Arme auf seine Brust fallen, dann gebe ich ihm einen sanften Stoß.

Er fällt zurück aufs Bett und setzt sich auf.

Ich knie vor ihm und schaue zu ihm hoch, während ich seine Schwanzspitze küsse.

„Wenn du mir einschläfst", warne ich.

„Engel, du musst deinen Mund nicht auf meinem Schwanz haben, um mich in deinen Bann zu ziehen, aber die Tatsache, dass du es hast, wird mich auf keinen Fall dazu bringen, meine Augen von dir zu lassen."

Seine Worte, gemischt mit dem Wunsch, sicher zu sein, dass er nicht einschläft und uns beide demütigt, machen mich mutiger in meinen Bewegungen. Seine Hand fährt durch mein Haar, hält meinen Hinterkopf zärtlich fest und führt mich langsam an seinem dicken Glied hinunter.

„Ich muss in dir sein", sagt er, packt mich am Hals und zieht mich zu sich.

Die Klamotten werden ausgezogen und weggeworfen und dann sind wir nur noch zu zweit, nackt und in den Armen des anderen.

Seine Finger streichen zärtlich über meine Haut, aber sein Kuss ist besitzergreifend und fordernd. Er legt mich auf das Bett und verwöhnt meinen Körper, bis ich mich unter ihm winde und hechle. Ich kann nicht einmal einen witzigen Kommentar über das im Dunkeln leuchtende Kondom abgeben, welches er sich überzieht.

Ich habe keine Ahnung, wie er sich so langsam bewegen kann, wenn mein Herz nach mehr verlangt. Ich wölbe meine Hüften, um mehr von ihm zu bekommen, aber er gluckst und zieht sich zurück.

„Heute Abend gibt es keine Eile, Engel."

Aber jede Zelle in meinem Körper will sich beeilen. Ich will ihn - alles von ihm und ich will ihn jetzt.

Seine Stirn runzelt sich, als er den langsamen Rhythmus beibehält, seinen Schwanz in mich stößt und sich zurückzieht. Ich wimmere und mir stehen die Tränen in den Augen.

Es ist emotional und körperlich überwältigend, mit diesem Mann zusammen zu sein.

Endlich gibt er mir, was ich will. Er erhöht das Tempo, seine Küsse werden härter und sein Stöhnen passt zu meinem.

„Komm für mich, Engel", flüstert er. „Gib mir, was ich will."

Und das tue ich. Ich zerfalle unter ihm.

„Mein Herz rast immer noch", sage ich, nachdem wir aufgeräumt und uns bettfertig gemacht haben.

Seine Arme legen sich enger um mich. „Geht es dir gut? Kann ich irgendetwas tun?"

„Ich komme schon klar. Gib mir nur eine Minute."

„Es war eine lange Woche. Schlaf. Ich werde etwas Wasser und Essen holen, falls du später aufwachst und etwas brauchst."

„Danke."

Ich döse ein, während er weg ist, rühre mich aber, als er hinter mir zurück ins Bett gleitet. Sein Arm legt sich um mich und er küsst meine Schulter.

„Nacht, Sienna."

Ich bin so müde, dass ich nicht reagiere. Ich bin schon fast wieder eingeschlafen, als seine tiefe Stimme wieder ertönt. „Ich glaube, ich bin in dich verliebt."

Wie durch ein Wunder bleibt mein Atem gleichmäßig und ich bleibe still.

„Warum hast du nichts geantwortet?" fragt mich Josie am nächsten Morgen, als ich sie vor dem Training aufkläre. Wir dehnen uns im Tunnel vor der Umkleidekabine. Ich hatte nicht vor, irgendjemandem von Rhetts nächtlicher Beichte zu erzählen, aber ich musste es tun, bevor ich platze.

„Er dachte, ich schlafe. Ich wollte ihm den Moment nicht verderben. Außerdem hat er gesagt, dass *er denkt*. Das ist nicht das Gleiche."

Ihre blauen Augen leuchten auf. „Das ist so süß. Ich liebe das für dich. Ich liebe *ihn* für dich."

„Lass es uns nicht übertreiben", murmele ich, mehr zu mir selbst als zu ihr.

Das Hockeyteam hat einen vollen Tag mit Training, Übungen, Videos und wer weiß, was noch alles, also höre ich nichts von Rhett, bis ich später in meinem Zimmer lerne.

Seufzend lehnt er sich auf dem Bett zurück, das Telefon in der Hand, das über seinem Gesicht schwebt. Er sieht frisch geduscht aus. Seine Haarspitzen sind nass und er schiebt sie zur Seite.

„Ich dachte, es würde ein leichtes Training werden."

„Das sollte es auch sein, bis wir anfingen, schlampig zu werden."

„Die Nerven, wahrscheinlich."

„Ja, ich denke auch. Ich hoffe, wir können den Scheiß noch vor unserer Abreise aus dem System bringen."

„Das werdet ihr." Ich schließe den Deckel meines Laptops. „Was machst du heute Abend?"

„Äh", beginnt er in einem Ton, der mich nervös macht. Diese eine Silbe klingt nach Schuldgefühlen. „Die Jungs wollten einen ruhigen Abend im Prickly Pear verbringen, nur wir vier. Ich könnte wahrscheinlich abhauen." Er verzieht das Gesicht - ein Ausdruck, den ich nicht lesen kann.

„Warum solltest du das tun? Geh und mach dir einen gemütlichen Abend mit deinen Jungs. Ich habe morgen sowieso ein Quiz und muss für das Wochenende packen. Ich sollte früh ins Bett gehen und mich ausruhen. Es wird ein anstrengendes Wochenende." Mein Körper ist müde. All die Reisen und das Training, die langen Nächte mit Rhett.

Es herrscht einen Moment lang Stille auf seiner Seite. Seine Augenbrauen heben sich.

„Was?", frage ich schließlich.

„Sorry. Ich habe gerade gemerkt, wie es sich anfühlt."

„Wie fühlt sich was an?"

„Eine Sekunde", ruft er vom Telefon weg, dann setzt er sich auf. „Ich muss los, bevor sie meinen Arsch hierlassen. Ich rufe dich später an, okay?"

„Ja. Viel Spaß." Ich küsse die Luft und er zwinkert mir zu, bevor er das Gespräch beendet.

DREIUNDZWANZIG
RHETT

„Einfach so. Viel Spaß! Wir sehen uns morgen." Ich winke mit der Hand. „Scheiße. Ich war sprachlos."

„Ich mag Sienna", sagt Adam.

„Wir alle mögen Sienna", fügt Maverick hinzu. „Versaue das nicht."

„Weißt du, was der wahre Mindfuck ist?"

„Was?" fragt Heath.

Wir verbringen einen ruhigen Abend im Prickly Pear, bevor wir in zwei Tagen zu den Frozen Four fahren. Nur ein paar Biere, um den Kopf freizubekommen und einzuschlafen. Der Ort erinnert mich gerade an Sienna und unser Speed-Dating-Abenteuer, aber heute Abend ist es leer, bis auf ein paar Einheimische, die an der Bar sitzen.

„Jetzt will ich nur noch zu ihr gehen. Ist das eine Art umgekehrte Psychologie, die sie bei mir anwendet?"

Sie lachen über mich. Verdammt, das fühlt sich gut an. Das Telefon ist weggesteckt, ich hänge mit den Jungs ab, und keiner von uns macht sich Sorgen.

„Und Carrie?"

Ich hebe mein Bier und nehme einen Schluck, bevor ich antworte. „Ich habe sie blockiert."

Adam ist der erste, der nach einigen Sekunden spricht. „Du hast Carrie blockiert?"

„Ja."

„Nun, verdammt. Ich bin sprachlos."

„Es war an der Zeit", sage ich, um mich zu verteidigen, denn ehrlich gesagt, fühlt es sich nicht gut an. Aber das tat es auch nicht, als ich ihre Anrufe ignorierte und mich jedes Mal wie ein Arsch fühlte, wenn Sienna in der Nähe war.

Wir verbringen die nächsten paar Stunden in der ruhigen Bar. Wir trinken unsere Biere nur langsam aus, aber das macht nichts. Wir fühlen uns alle gut, als Jordan an der Bar auftaucht und uns mitnimmt.

„Ich kann nicht glauben, dass ihr Arschlöcher mich nicht eingeladen habt und mich dann angerufen habt, um euch nach Hause zu fahren."

„Es war eine Mitbewohnersache", sagt Mav und klettert auf den Beifahrersitz.

„Warum bist du dann gekommen?" frage ich scherzhaft.

„Oh, Rauthruss, du wirst mich nächstes Jahr vermissen. Tu bloß nicht so, als ob es anders wäre."

„Jemand kauft mir Chicken Nuggets", sagt Jordan, als er sich von der Bar wegbewegt.

Wir machen einen Zwischenstopp für Fast Food und dann bringt uns Jordan zur Wohnung zurück. Ich halte die Tür auf, bevor Maverick sie schließt. „Ich glaube, ich gehe ins Wohnheim."

Heath macht ein Geräusch wie das Knallen einer Peitsche.

„Oh bitte, als ob du noch etwas zu sagen hättest." Adam stößt ihn an die Schulter.

„Ich sehe euch morgen früh."

„Komm nicht zu spät zum Training", ruft Adam über seine Schulter.

Sienna öffnet die Tür mit halb geöffneten Augen. „Was machst du denn hier?"

„Dich überraschen."

„Du siehst gut aus." Ihre Augen sind Schlitze. „Und ich sehe so aus." Sie wedelt mit einer Hand vor ihrem ausgebeulten T-Shirt und ihren nackten Beinen. Ihr Haar ist auf dem Kopf aufgetürmt, so dass sie einen Meter größer aussieht, als sie ist.

„Nettes Shirt."

Das entlockt ihr ein verschlafenes Lächeln. „Ich habe es von einem Jungen, der mir ein blaues Auge verpasst hat."

„Das hört sich nach einer interessanten Geschichte an."

Ich schließe die Tür hinter mir und folge ihr zu ihrem Bett auf der linken Seite des Zimmers.

„Oh Scheiße." Ich senke meine Stimme zu einem Flüstern, als ich sehe, dass Josie in dem Bett an der gegenüberliegenden Wand schläft.

„Mach dir keine Sorgen. Sie schläft wie eine Tote."

Ich ziehe meine Schuhe und Klamotten aus, bevor ich in ihr kleines Bett klettere.

„Jetzt verstehe ich, warum wir immer bei mir übernachten", sage ich und rücke näher zu ihr.

Ich kuschle sie an mich und atme sie ein. Verdammt! Ich hatte keine Ahnung, dass es möglich ist, jemanden so zu vermissen. Carrie und ich waren immer getrennt und ich habe sie trotzdem nicht so vermisst, wie ich Sienna heute vermisst habe.

„Wie geht es dir?"

„Besser", sagt sie, packt meine Hand und zieht sie unter ihren Titten hoch.

Ich hatte schon einen Steifen, als ich mit ihr im selben Raum war, aber dank ihrer weichen, frechen Brüste stoße ich ihr jetzt meinen Schwanz an den Arsch. Und ihr Arsch wird von einem seidigen Höschen bedeckt, was der Situation absolut nicht zuträglich ist.

„Tut mir leid, deswegen bin ich nicht hier, aber mein Schwanz interessiert sich nicht für meine guten Absichten." Ich schließe die Augen und versuche, an etwas anderes zu denken als an Sex, aber als Sienna sich weiter an mich schmiegt, verliere ich diesen Kampf völlig.

„Ich auch nicht."

AM NÄCHSTEN NACHMITTAG treffe ich Maverick im Kraftraum. „Ich brauche deine Hilfe bei etwas."

Er lehnt sich auf der Bank zurück und beendet seinen Satz, bevor er die Langhantel abnimmt und sich aufrichtet. „Klar. Was gibt's?"

Nachdem ich Maverick an Bord geholt habe, gehe ich zum Campus, um Sienna zu suchen. Ich warte vor der Moreno Hall, wo sie Unterricht hat. Als sie herauskommt, ist ihr Kopf gesenkt und sie hält ihr Handy in der Hand.

Mein Handy klingelt in meiner Tasche und ich hole es heraus, während ich sie weiter beobachte.

Sienna: Hey, Hübscher. Willst du mit mir essen gehen? Ich bin am Verhungern.

Ich: Aber sicher doch. Du siehst gut aus in Rot.

Sie starrt lange auf die Nachricht, dann hebt sie ihren Kopf und scannt die Umgebung, bis sie mich entdeckt. Ich stoße mich vom Fahrradständer ab und komme ihr auf halbem Weg entgegen.

„Bist du ein Stalker?"

„Ich gehöre zu den Freundlichen." Ich nehme ihren Rucksack und werfe ihn mir über die Schulter. „Ich habe eine Überraschung."

„Gehört Essen dazu? Denn das war keine faule Ausrede, um Pläne zu machen. Ich bin wirklich am Verhungern."

„Ich habe vorgesorgt."

VIERUNDZWANZIG
SIENNA

„Wohin fahren wir?" Wir sitzen schon seit dreißig Minuten in Mavericks Geländewagen und ich habe keine Ahnung, wo wir sind.

„Du wirst es sehen", sagt Rhett.

Alle anderen grinsen. Sie wissen alle Bescheid und ich nicht.

„Habe ich schon erwähnt, dass ich keine Überraschungen mag?"

„Es wird dir gefallen." Er beugt sich vor und drückt mir einen Kuss auf die Lippen. „Versprochen."

„Wir sind da", ruft Maverick vom Fahrersitz aus.

Gespannt schaue ich aus dem vorderen Fenster. Der Nachthimmel leuchtet bunt, als wir zum Parken auf einen unbefestigten Parkplatz gewunken werden.

„Ein Jahrmarkt?" Ich kann das Popcorn und den Funnel Cake praktisch von hier aus riechen.

Rhett hält meine Hand und schwingt sie leicht, während wir auf die Geräusche der Fahrgeschäfte und Spiele zugehen, die sich mit fröhlichem Gekreische vermischen.

Seine Freunde gehen vor uns, um Tickets zu bekommen.

„Bin gleich wieder da." Rhett gesellt sich zu ihnen und Ginny schaut zurück und bemerkt, dass ich allein bin.

„Bist du aufgeregt?" Sie strahlt mich an und ich möchte genauso aufgeregt sein, wie sie es von mir verlangt.

„Ja. Das ist unglaublich."

„Er mag dich wirklich", sagt sie und schaut mir über die Schulter. Ich folge ihrer Blickrichtung zu Rhett. „Ich ihn auch."

Sie umarmt mich und hüpft dann zu Heath. Rhett kommt zurück und grinst wie ein Honigkuchenpferd.

„Rhett, das ist die schönste Überraschung. Ich liebe es wirklich. Danke."

„Es ist erst vorbei, wenn wir mit allen Fahrgeschäften gefahren sind, Engel." Er hält eine lange Reihe von Fahrkarten hoch.

Ich scanne den Rummelplatz. Große Fahrgeschäfte, die sich drehen und schaukeln. Wir stehen neben dem Oktopus und ein Mädchen schreit laut, während sie sich die Hände über die Augen hält. Mein Magen kribbelt vor Unbehagen.

„Los geht's!", ruft Maverick und macht sich auf den Weg zu den Fahrgeschäften.

„Ich glaube, das Riesenrad ist alles, wofür ich gut bin. Geh mit deinen Freunden. Ich werde zusehen."

„Willst du mich verarschen? Ich werde dich nicht verlassen, um mit meinen Freunden die Scheiße zu fahren."

„Ich kann nicht..."

Er hält mich mit einem Kuss auf. „Vertrau mir."

„Wir treffen uns später mit euch", sagt er zu Adam und wir gehen in die entgegengesetzte Richtung. Ich achte gar nicht darauf, wohin wir gehen. Mein Magen schmerzt und ich bin sauer, dass ich nicht das tun kann, was er möchte. Das wird immer so sein und es gibt nichts, was ich dagegen tun kann.

„In Ordnung." Er lässt meine Hand los und reibt seine Handflächen aneinander. „Was darf es zuerst sein, die Achterbahn oder die Rutsche?"

Ich schaue auf und sehe, dass wir in der Kinderabteilung stehen. Eine Achterbahn, die wie eine Raupe aussieht, und eine dieser Rutschen, die man auf einem Jutesack hinunterrutscht.

Ich kann nicht anders, als zu lachen und der Knoten in meinem Magen löst sich. Rhett hat ein charmantes, wissendes Grinsen im Gesicht.

„Rhett." Meine Stimme bricht.

Er tritt vor und streichelt meine Wange. „Ich weiß, dass es nicht dasselbe ist, aber ich dachte mir, wir könnten es trotzdem ausprobieren. Es wird für einen Lacher gut sein."

„Es ist nicht dasselbe", stimme ich zu. „Es ist besser, weil du da bist. Und auch, weil ich als Fünfzehnjährige nicht den Mumm gehabt hätte, dir zu sagen, dass ich dich auf jeden Fall auf der Rutsche besiegen werde."

„Das hättest du wohl gerne." Er spottet, als wir zur Schlange eilen.

Wir steigen eine hohe Treppe hinauf, lächeln und lachen.

„Auf drei", sagt er, als wir in Position sind.

Ich nicke und er beginnt zu zählen. „Eins, zwei..."

Ich stoße mich ab, um mir einen Vorsprung zu verschaffen. Er brüllt hinter mir und jagt mir dann hinterher.

Als ich fertig bin, kichere ich und schaue zu Rhett hinüber, in der Erwartung, dass er mit einer Wiederholung droht, aber er lächelt genauso breit.

Wir fahren mit jedem einzelnen Kinderfahrgeschäft, was besonders lustig ist, wenn Rhett versucht, sich mit seinen langen Beinen in die Mini-Achterbahn zu quetschen. Er ist so groß, dass wir nicht einmal zusammensitzen können. Beim Pferderennen gewinnt er ein orangefarbenes Einhorn und ich gewinne einen Goldfisch, den ich einem kleinen Mädchen beim Ping-Pong-Wurf schenke.

Ich esse gerade meine zweite Zuckerwatte des Abends, als wir zurückgehen, um uns mit seinen Freunden zu treffen. Ich kann nicht aufhören zu lächeln.

„Danke." Ich küsse ihn.

Er wischt sich mit einer Hand über den Mund. „Klebrig."

Ich küsse ihn wieder, aber dieses Mal hält er mich fest und verschlingt meinen Mund.

„Jetzt sind wir beide klebrig."

Er streicht mit einer Hand über mein Haar und zieht mich weiter zu sich, sodass mein Kopf in der Mitte seiner Brust ruht.

Mein Herz flattert. *Ich glaube, ich liebe dich auch.*

DIE FAHRT nach Kansas City zu den Frozen Four dauert zwei Tage. Ginnys Vater muss uns inzwischen hassen. Wir haben sein Radio übernommen und die Aufregung über die bevorstehenden Spiele lässt uns alle laut und kichernd werden.

Als wir auf den Hotelparkplatz fahren, checkt er uns ein, während wir das Gepäck auf einen Wagen laden. Wir haben genug Gepäck mitgebracht, um eine Woche zu bleiben, statt der drei Tage, die das Turnier dauert. Mr. Scott atmet tief durch und streckt sich. „Ich nehme an, ihr habt Pläne für das Abendessen?"

„Wir gehen zum Mannschaftsessen", sagt sie und hält ihre Hand nach dem Zimmerschlüssel aus.

„Ich bin in der Hotelbar, wenn du mich brauchst. Sag Adam, er soll später bei seinem alten Herrn vorbeischauen."

Ginny küsst ihn auf die Wange. „Kannst du die Taschen hochbringen? Wir sind schon spät dran."

Er schüttelt den Kopf. „Viel Spaß, Mädels."

Das Team ist in einem Restaurant direkt neben dem Hotel. Allison ruft an, als wir gerade reingehen wollen. Es gibt einen kleinen Wartebereich zwischen den Türen und dem Stand der Hostess.

Ich bleibe zurück. „Es ist meine Schwester. Ich sollte rangehen. Ich treffe euch drinnen."

„Ich halte dir einen Platz frei", sagt Dakota.

„Hey", antworte ich und halte mir das Telefon vor das Gesicht.

„Rette mich. Papa hat beschlossen, in Form zu kommen und will, dass ich mit ihm durch die Nachbarschaft laufe, während er Musik aus den Neunzigern aus einem Lautsprecher hört, den er bei sich trägt, während wir laufen. Warum kann er nicht einfach Kopfhörer benutzen wie ein normaler Mensch?"

„Dann könntet ihr die Erfahrung nicht miteinander teilen." Ich lache, aber da ist auch ein kleiner Stich der Traurigkeit. Ich habe meine Familie seit ein paar Monaten nicht mehr gesehen und das scheint nicht einfacher zu werden.

„Wo bist du? Gehst du mit deinen Freunden essen? Du kannst mich später anrufen."

„Ja, aber nicht im Valley."

„Wo bist du?"

„Okay, flipp nicht aus, aber ich bin in Kansas City."

Sie runzelt die Stirn. „Was ist in...." Ihr Mund bleibt offenstehen. „Nein!"

Ich nicke. „Ja."

„Oh mein Gott. Ich hasse dich. Du bist bei den Frozen Four, wirklich?" In ihrem Tonfall liegt ein Wimmern. „Was machst du denn da?"

„Ich bin mit ein paar Freunden gekommen."

„Was verschweigst du mir?" Ihr Blick verengt sich. „Du magst Eishockey nicht so sehr."

„Ich gehe mit einem Eishockeyspieler aus", murmle ich.

„Tut mir leid. Was war das?" Allison kann ganz schön frech sein, wenn sie will, und gerade jetzt will sie es.

„Ich gehe mit einem Eishockeyspieler aus."

Sie grinst. „Sag's mir nicht. Lass mich raten, welcher es ist." Sie legt einen Finger an ihr Kinn. „Adam Scott."

„Auf keinen Fall."

„Okay, okay. Hör dich nicht so beleidigt an. Er ist süß."

„Er trifft sich mit einer meiner Freundinnen."

„Okay, also, Johnny Maverick?"

„Rhett Rauthruss", sage ich, bevor sie weiterraten kann.

„Oh, hey, er ist aus Minnesota."

„Ich weiß."

„Richtig", sagt sie. „Wie lange bist du schon mit ihm zusammen? Und kann er mir ein Last-Minute-Ticket für das Endspiel besorgen? Wenn du da bist, würden Mama und Papa mich bestimmt hinfahren lassen."

„Brauchst du etwas oder rufst du nur an, um zu quatschen?"

„Beides, aber ich komme gleich zur Sache, denn du hast

Spannenderes zu tun." Sie hält inne. „Das erste Spiel beginnt bald."

„Valley spielt erst später."

„Du schaust dir nicht mal die anderen Teams an?" Sie seufzt. „Du hast es nicht verdient, dabei zu sein."

„Zur Kenntnis genommen. Was wolltest du mir also sagen? Ich stehe vor dem Restaurant, in dem das Team zu Abend isst."

„Tausendmal neidisch", murmelt sie. „Ich habe angerufen, weil ich wissen wollte, ob du für deinen Wettbewerb am nächsten Wochenende bereit bist?"

„Oh." Ich hatte erwartet, dass sie etwas Größeres zu sagen hätte. „Ja. Ich bin so bereit. Ich bin enttäuscht, dass es das letzte Mal ist, aber ich füge einen doppelten..."

„Wir kommen!" Sie grinst und schaut sich um, dann lehnt sie sich näher an ihren Bildschirm. „Mama und Papa wollen runterfliegen und dich überraschen. Sagt ihnen aber nicht, dass ich es dir gesagt habe."

„Ernsthaft?"

Sie nickt. „Tu überrascht!"

„Werde ich. Danke für die Vorwarnung." Unsere Eltern versuchen immer, uns zu überraschen. Sie halten das für das Coolste, obwohl ihre beiden Töchter sehr gegen Überraschungen sind. Besonders am Tag eines Wettbewerbs. Es wäre aber schön, sie zu sehen. „Kommst du mit ihnen?"

„Es sei denn, sie trauen mir zu, dass ich allein zu Hause bleibe."

„Nun, ich wette nur ungern gegen deine aufkeimende Unabhängigkeit, aber es wäre schön, dich zu sehen." Ich halte meine Hände hoch, so dass sie sehen kann, dass ich meine Finger verschränke. „Also, ich hoffe, du bist immer noch nicht vertrauenswürdig."

Sie lacht. „Ich sollte duschen gehen, bevor Dad eine Trainings-DVD einlegt und mich zwingt, mitzumachen. Ich wünschte, du wärst hier. Ich vermisse dich." Sie schiebt ihre Unterlippe vor.

„Ich dich auch. Ich liebe dich, Al."

„Vergiss nicht - du weißt nichts! Sie werden bis Freitag warten, bis wir ins Flugzeug steigen, um es dir zu sagen." Sie lächelt breit in den Bildschirm.

„Ich werde kein Wort sagen", verspreche ich.

„Warum konnte dein Wettbewerb nicht schon vor einem Monat stattfinden? Ich werde nicht einmal ein Hockeyspiel sehen können, während wir dort sind." Ihr Lächeln verrät ihren Scherz.

„Ich liebe dich auch."

„Ruf mich später während des Spiels an. Ich will nur den Lärm des Spiels hören."

„Mal sehen."

„Tschüss, S."

Im Inneren des Restaurants ist das Team leicht zu finden, da es eine ganze Seite einnimmt. Ein paar andere Freundinnen und Familienmitglieder haben sich auch eingefunden.

Neben Rhett steht ein leerer Stuhl, aber ich überspringe ihn und setze mich auf seinen Schoß, damit ich ihn umarmen kann. „Hey."

Er gluckst leise. „Hey. Hast du mich vermisst?"

„Vielleicht." Ich drücke ihn fester an mich und drücke ihm einen Kuss auf den Mund. Mir ist klar, dass seine Mannschaftskameraden und sein Trainer wahrscheinlich zusehen, aber das ist mir egal. Er ist bei den Frozen Four! Es ist unwirklich und ich möchte, dass er weiß, wie aufgeregt ich bin, hier mit ihm zu sein.

„Willst du meine Eltern kennenlernen?"

„Was?" Ich springe auf und schaue mich um. „Ich dachte, die kommen erst spät heute Abend."

Er steht auf und nickt mit dem Kopf zu einer Nische in der Nähe. Ein Mann und eine Frau mit einem kleinen Jungen, der neben ihnen sitzt, starren uns an. „Sie sind früher gekommen als geplant. Komm, ich stelle dich vor."

„Oh, Gott. Und sie haben gerade gesehen..."

„Wie du mich umarmst und mir deine Zunge in den Hals schiebst." Er nickt. „Ja."

Er gluckst, als ich mein Gesicht mit einer Hand bedecke.

„Es ist mir so peinlich und ich werde gerade richtig nervös."

„Du wirst schon klarkommen. Sie sind cool." Er macht eine Pause. „Ich habe ihnen gesagt, dass du meine Freundin bist."

Ich grinse. „*Bin* ich deine Freundin?"

„Ich könnte dich auch als mein Sidepiece oder meine Old Lady bezeichnen, aber das klingt nicht so gut."

Ich schlage ihm spielerisch auf den Arm. „Und du bist nicht der Präsident eines Motorradclubs", scherze ich zurück, während Schmetterlinge in meinem Bauch herumschwirren.

Rhetts Mutter hat ein freundliches Lächeln. Ihre Augen nehmen jedes Detail der Körpersprache ihres Sohnes wahr, von seiner Hand um meine Taille bis hin dazu, wie nah wir beieinanderstehen.

„Das ist Sienna", sagt er. „Sienna, das sind meine Eltern und das ist Ryder."

„Es ist schön, euch kennenzulernen." Ich habe eine Hand zum Winken.

„Mein Bruder ist die Nummer dreiundzwanzig", sagt Ryder und starrt auf mein Shirt.

Ich schaue nach unten und meine Wangen glühen. Ginny hat uns für dieses Wochenende passende Shirts mit den Trikotnummern unserer Freunde genäht und ich hatte ganz vergessen, dass ich mein Shirt zur Überraschung von Rhett tragen werde. Darauf steht: *„Eigentum von #23"*.

„Bist du aufgeregt, ihn spielen zu sehen?" frage ich den niedlichen Mini-Rhett.

Er zuckt mit den Schultern. „Mama sagt, ich kann Popcorn *und* eine Limonade haben."

Rhett gluckst. „Wer braucht schon Hockey, wenn man die Snackbar hat?"

„Bleibst du übers Wochenende, Sienna?", fragt seine Mutter.

„Ja, ich bin mit Familie Scott gekommen."

Sie lächelt warmherzig. Ich merke, dass sie mehr als nett sind, aber es herrscht immer noch eine unangenehme Stille, in der keiner von uns weiß, was er sagen soll.

Rhett rutscht in die Nische neben seiner Mutter und streckt seinen Arm aus, damit ich mich neben ihn setzen kann. Es ist nur ein kleines Stückchen Platz, also sitze ich wieder auf seinem Schoß.

„Mama, ich habe vergessen, dir zu sagen, dass Sienna Schlittschuh läuft. Sie wurde letztes Wochenende Zweite in ihrem Wettbewerb. Sie ist wirklich gut."

Ich spüre, wie ich wegen der Aufmerksamkeit erröte.

„Wirklich?" Seine Mutter beugt sich nach vorne, um um

Rhett herumzusehen. „Oh, dann haben wir ja viel zu besprechen."

„Mom ist im College auch Schlittschuh gelaufen." Rhett stupst mich an.

„Das hast du mir nie gesagt."

„Das ist schon *lange* her", sagt sie.

Trainer Meyers verkündet, dass die Jungs fünf Minuten Zeit haben, bevor sie in die Arena gehen müssen.

Herr Rauthruss beugt sich zu seinem jüngsten Sohn. „Dein Bruder geht jetzt. Willst du ihm dein Geschenk geben?"

Der kleine Junge nickt, streckt seine Hand aus und bietet Rhett einen glänzenden schwarzen Stein an.

„Ist der für mich?" fragt Rhett und nimmt ihn entgegen, um ihn zu begutachten.

„Ich habe ihn in der Schule gefunden. Sarah und Rachel wollten ihn haben, aber ich habe ihnen gesagt, dass ich ihn dir als Glücksbringer gebe."

Rhett lacht leise und seine Brust bebt. „Danke."

Ryder lächelt stolz.

Ich stehe auf und Rhett rutscht aus der Nische. Seine Eltern und sein Bruder stehen ebenfalls auf, um ihn zu umarmen und ihm Glück zu wünschen.

„Wir hoffen, dass wir dieses Wochenende mehr von dir sehen, Sienna", sagt seine Mutter, als Rhett und ich uns auf den Weg zu seinen Teamkollegen machen.

„Hoffe ich auch. Schön, euch alle kennenzulernen."

Wir gehen mit dem Team nach draußen, als sie anfangen, den Bus zu besteigen.

„Du hast überlebt", sagt Rhett, als wir draußen sind.

„Halt die Klappe. Ich war so nervös. Ich habe noch nie die Eltern eines Mannes getroffen."

„Ich habe noch nie eine vorgestellt", sagt er. „Sie kannten Carrie schon."

„Richtig."

Er schließt mich in seine Arme und umarmt mich. „Danke, dass du gekommen bist."

„Machst du Witze? Die haben Popcorn *und* Limonade."

Er gluckst. „Gehst du für das erste Spiel in die Arena rüber?"

Wir gehen auseinander und er macht einen Schritt in Richtung der Bustreppe. „Ich weiß es nicht. Ich fahre nur mit, aber ich denke, wir fahren dorthin, wo ihr seid."

Er nickt und ich merke, dass er langsam nervös wird.

„Du wirst großartig sein. Das musst du auch sein, sonst kriege ich in diesem Shirt den Hintern versohlt."

Er wirft einen Blick darauf, ballt die Faust und zieht mich für einen weiteren Kuss zu sich, bevor er in den Bus steigt.

FÜNFUNDZWANZIG
RHETT

Wir gewinnen unser erstes Spiel, aber es ist knapp und wir fahren mit grimmigen Gesichtern und dem drohenden Endspiel im Kopf zurück ins Hotel. Am nächsten Morgen frühstücken Sienna und ich mit meiner Familie im Hotel.

Sie hat eine Jacke über ihrem T-Shirt mit der Nummer dreiundzwanzig an, was mich zum Lachen bringt. Meine Mutter fragt sie nach dem Skaten und das ist schön. Ich wusste, dass sie sie mögen würden.

Mein Knie wippt vor Vorfreude, während ich halb zuhöre und mein Essen aufesse. Noch ein Spiel. Sieg oder Niederlage, das ist es.

„Wann gehst du zur Arena?", fragt meine Mutter und unterbricht meinen Gedankengang.

„Der Bus fährt in einer Stunde", sage ich.

„Hast du meinen Stein?" fragt Ryder. Sein Gesicht ist voller Schokolade von dem Donut, den er gegessen hat.

„Aber sicher." Ich tätschele meine Tasche. „Hat mir letztes Mal Glück gebracht."

„Kann ich ihn sehen?"

Ich reiche ihm den Stein und er untersucht ihn und dreht ihn in seinen klebrigen Händen um. „Vielleicht können wir ihn teilen? Ich könnte ihn für dieses Spiel haben."

Eine Welle der Panik schießt durch mich hindurch. Ich würde nicht sagen, dass ich übermäßig abergläubisch bin, aber wenn viel auf dem Spiel steht, möchte ich nicht an etwas rütteln, das schon funktioniert. Im letzten Spiel hatte ich den Stein in meiner Tasche und berührte ihn vor jedem Spielabschnitt. Es war wahrscheinlich nicht der Grund, warum wir gewonnen haben, aber ich bin nicht scharf darauf, heute an der Wahrscheinlichkeit zu rütteln.

Trotzdem nicke ich. „Ja, das können wir machen. Halt ihn gut fest, okay?"

Er grinst.

Ich drücke mich vom Tisch zurück. „Ich muss mich fertig machen. Ich sehe euch dann dort."

„Viel Glück", sagt meine Mutter fröhlich. Mein Vater nickt mir zu und Ryder hält den Stein hoch und lässt ihn dann fallen. Die Chancen, dass er ihn für die nächsten vier Stunden vor dem Spiel behält, stehen schlecht.

„Das war nett von dir", sagt Sienna, als sich die Türen des Aufzugs schließen.

„Und unglaublich dumm."

„Du glaubst doch nicht wirklich, dass du das letzte Spiel wegen des kleinen Steins gewonnen hast, oder?"

„Nein, natürlich nicht."

Sie grinst.

„Vielleicht."

„Du bist bezaubernd, und das macht die Tatsache, dass du ihn ihm überlassen hast, noch süßer."

Ich grummele leise, als wir den Raum betreten. Adam und Reagan sitzen drinnen und sehen fern.

Ich bereite meine Tasche vor, kontrolliere sie und kontrolliere sie noch einmal.

„Setz dich bitte", sagt Adam. „Du machst mich nervös."

„Ja, dann tritt dem Club bei." Ich setze mich auf das Bett und stehe dann auf. „Ich kann hier nicht sitzen. Ich muss mich bewegen oder etwas tun."

Adam setzt sich nach vorne. „Komm schon, Babe. Lass uns ihnen das Zimmer geben. Wir sind in dreißig Minuten wieder da."

Ich runzle die Stirn, als mein Kumpel und seine Freundin uns verlassen.

„Was ist gerade passiert?"

Sienna klettert auf meinen Schoß und fährt mit ihren Fingern durch mein Haar. „Ich bin mir ziemlich sicher, dass sie nur gegangen sind, damit wir Sex haben können."

„Was?" Ein Grollen erschüttert meine Brust.

„Ich schätze, so entspannt sich dein Kumpel vor dem Spiel."

„Genau." Ich schüttle den Kopf. „Versteh mich nicht falsch, aber ich bin mir nicht einmal sicher, ob Sex mich jetzt beruhigen könnte. Heute ist mein letztes Spiel. Es ist das letzte Mal, dass ich mit diesen Jungs spiele. Mir war nicht klar, wie sehr ich es vermissen würde."

Sie massiert meinen Kopf und meine Kopfhaut kribbelt, während mir ein Schauer über den Rücken läuft. Meine Augen fallen zu. Jetzt, wo sich mein Körper zu entspannen beginnt, wird mir bewusst, dass sich ihre Brüste auf Nasenhöhe befinden. Ich schmiege mich an sie und sie lacht. „Ich dachte, Sex würde dich nicht beruhigen."

„Vielleicht nicht, aber einen Versuch ist es wert. Außerdem war es der Befehl des Kapitäns."

―――――

DIE SPIELER von Waterville sind groß und körperbetont und haben die beste Bilanz in der Division One Hockey Liga. Sie sind außerdem der letztjährige nationale Meister und dieser Titel gibt ihnen sowohl das Selbstvertrauen, schon einmal in dieser Position gewesen zu sein, als auch den Hunger, sie zu halten.

„Ich glaube, ich mache mir in die Hose", sagt Jordan, als wir uns in der Umkleidekabine umziehen. Er joggt zu der Toilettenkabine auf der gegenüberliegenden Seite.

Maverick hat Musik auf seinem Handy laufen und tanzt herum, um die Stimmung aufrechtzuerhalten, aber der Unterton der Nervosität ist bei allen zu spüren.

Als wir das Eis betreten, schlucke ich einen Kloß in meinem Hals hinunter, während ich die Menge absuche. Ich finde meine Familie und dann Sienna und die Mädchen, und dann ist es Zeit, an die Arbeit zu gehen.

„Was sagt ihr dazu, Männer?" sagt Adam und schlittert an uns vorbei.

„Heute sind wir also Männer und keine Jungs?"

„Unter uns gesagt: Wenn wir heute gewinnen wollen, müssen wir wie Männer und nicht wie Jungs spielen." Er bleibt neben mir stehen. „Bist du bereit für diese Sache?"

„Ja." Ich schieße einen Puck ins Netz.

„Nun, das ist nicht sehr enthusiastisch. Hast du deine Nerven vor dem Spiel nicht trainiert?"

„Es sind nicht die Nerven. Na ja, nicht nur Nerven. Das ist

alles seltsam. Ich habe mir bis jetzt nie Gedanken darüber gemacht, wie das alles enden könnte."

Er schießt auf das Netz. „Ja, das spüre ich auch. Die Sache ist, dass es trotzdem nicht dasselbe sein wird. Nächstes Jahr wird eine neue Gruppe von Jungs anfangen. Das bedeutet, dass wir uns mit einem Paukenschlag verabschieden sollten. Geben wir ihnen etwas, woran sie sich orientieren können."

SECHSUNDZWANZIG
SIENNA

„Ach, komm schon!" schreit Ginny, als Heath von der Waterville-Abwehr hart getroffen wird.

„Setz dich", ruft jemand hinter ihr und die süße Ginny dreht sich um und zeigt ihm den Mittelfinger mit einem solchen Schwung, dass ich mir ein Lachen verkneifen muss.

Mr. Scott legt ihr eine Hand auf die Schulter und Ginny setzt sich widerwillig wieder hin.

„Sie werden ihm wehtun." Sie wirft eine Hand hoch.

„Er ist hart im Nehmen", versichert Reagan ihr.

„Ist sie immer so?" frage ich Dakota.

„Nein, aber ich finde es bezaubernd, sie als Mini-Psycho zu sehen."

Waterville punktet und unsere ganze Reihe stöhnt.

„Das ist nicht gut", sage ich zu niemandem speziell. Rhett kommt vom Eis und wirft seine Wasserflasche nach hinten auf die Bank.

Dakota seufzt. „Ich wollte das nicht tun müssen."

Sie greift in ihre Tasche und holt ein T-Shirt heraus. Darauf steht Mavericks Nummer.

„Hast du das gemacht?" frage ich. Es sieht fast so aus wie das von mir, Ginny und Reagan, nur etwas unordentlicher.

„Nein, natürlich nicht. Maverick war es." Sie rollt mit den Augen. „Er hat sich sehr ausgeschlossen gefühlt."

„Kein Eigentum von?"

„Ich gehöre niemandem, das habe ich deutlich gemacht, als er sagte, dass er mir eins machen würde, aber ich habe ihm versprochen, dass ich seine Nummer tragen würde, wenn es schlecht aussieht." Sie zieht es sich über den Kopf. „Es kann doch nicht schaden, oder?"

Mein Blick geht zur Valley-Bank. „Nein, das wird es nicht." Ich stehe auf. „Ich bin gleich wieder da."

„Wo gehst du hin? Die Zeit ist gleich vorbei."

„Ich hole einen Glücksbringer."

Während ich vor der Umkleidekabine warte, höre ich die Stimme von Coach Meyers, die von den Wänden drinnen widerhallt. Endlich wird es still und der Cheftrainer schiebt sich aus der Umkleidekabine. Er atmet tief durch, stemmt die Hände in die Hüften und sammelt sich, bevor er den Tunnel hinuntergeht.

Das Team folgt eine Minute später. Der Wachmann, den ich angefleht habe, mich im Tunnel herumlungern zu lassen, beobachtet mich genau. Ich lächle ihn wieder an und gebe ihm mein bestes, *ich bin kein Stalker oder* Serienmörder-Lächeln, das wahrscheinlich genau das Gegenteil ausdrückt.

Rhett erscheint und ich stoße mich von der Wand ab. „Rauthruss!"

Sein Kopf hebt sich langsam und seine Augenbrauen

ziehen sich zusammen, als er mich sieht. Ich bleibe stehen, wie von der Wache befohlen, und Rhett kommt hinüber.

„Ist alles in Ordnung?"

„Ja, nein, ich wollte dir nur das hier geben." Ich strecke meine Hand aus und gebe ihm den schwarzen Stein, den sein Bruder ihm gestern gegeben und heute Morgen wieder weggenommen hat.

„Wie?"

„Ich habe einen fünfjährigen Jungen beschwatzt und ihn dann mit einem Schaumstofffinger bestochen. Ich bin nicht stolz darauf." Aber ich wusste, wie wichtig es für ihn war. Heute Morgen konnte ich seine Enttäuschung sehen.

„Danke." Sein verschwitzter, stark gepolsterter Körper tritt vor und er umarmt mich.

„Jetzt geh und verpass jemandem ein blaues Auge."

Der Wachmann räuspert sich.

„Das war ein Scherz. Es war ein Scherz. Er hat mir ein blaues Auge verpasst..." Ich halte inne, als das harte Gesicht des Wächters teilnahmslos bleibt. Ich habe keinen Freund gefunden. Ich schaue zurück zu Rhett, der immer noch vor mir steht und auf den Stein in seiner Hand hinunterschaut, als wäre er ein Diamant. „Geh", sage ich zu ihm.

„Danke." Er lächelt und joggt hinter seinen Teamkollegen her.

Ich gehe zu meinem Platz zurück, als das zweite Drittel beginnt.

„Da bist du ja", sagt Dakota. „Alles in Ordnung?"

„Ja." Ich setze mich und wir vier reichen uns die Hände. „Sie schaffen das hier, oder?"

„Sie schaffen es", sagt Reagan mit mehr Zuversicht, als ich empfinde.

Aber als das zweite Drittel beginnt und endet, scheint es, dass unser Optimismus richtig war. Valley kämpfte sich zurück und führt nun mit drei zu eins, dank zweier Tore von Maverick und einiger beeindruckender Paraden von Ketcham.

„Ich bin so verschwitzt." Ginny fächelt sich das Shirt vom Körper. Sie schaut zu uns. „Warum bin ich die Einzige, die schwitzt?"

„Du springst seit fast zwei Stunden auf und ab", sagt Dakota.

„Ich will das so sehr für sie." Ginny stößt einen Atemzug aus, der ihre Wangen aufbläht.

Das dritte Drittel ist chaotisch. Beide Teams laufen hart und schlagen noch härter zu. Die Trainer stehen mit roten Gesichtern auf den gegnerischen Bänken und schreien ihre Spieler an. Und jeder in der Arena ist auf das Geschehen auf dem Eis fixiert.

In den ersten fünfzehn Minuten bleibt es torlos. Jedes Mal, wenn Watervillle den Puck hat, halte ich den Atem an und hoffe, dass sie kein Tor schießen. Es war zu oft knapp und Ketcham verdient eine verdammte Medaille für die Anzahl seiner Paraden.

Bei der Zwei-Minuten-Marke ist sein Glück aufgebraucht und die rot-schwarzen Hemden stehen auf und jubeln in der Arena.

„Es ist nur ein Tor. Wir liegen immer noch vorn", sagt Reagan. „Wir haben das im Griff."

Kaum hat sie die Worte ausgesprochen, hat Waterville einen Breakaway und trifft erneut.

„Oh, Scheiße", murmelt Reagan. Ihre plötzliche

Besorgnis und ihre fehlende Überzeugung, dass wir es immer noch draufhaben, lässt meine Brust schmerzen.

„Soll ich das Shirt ausziehen?" fragt Dakota. „Vielleicht habe ich sie verflucht."

„Du hast sie nicht verflucht. Sie schaffen das hier", sage ich mit meiner überzeugendsten Stimme.

In der ganzen Arena sitzt kein einziger Hintern auf dem Stuhl. Sie summt vor Energie, als die beiden Teams eine Auszeit nehmen. Wir vier sind ein Nervenbündel, schwanken, fassen uns an den Händen, aber niemand spricht.

Rhett geht wieder raus aufs Eis und ich halte den Atem an.

Heath gewinnt den Anstoß und Valley läuft mit dem Puck über das Eis, um auf das Tor zu schießen. Es sind so viele Spieler vor dem Tor, dass es schwer ist zu sehen, was passiert, aber als ein Spieler von Waterville hart in die andere Richtung läuft, dreht sich mir der Magen um. Rhett und ein anderes Valley-Trikot jagen ihn und die Wolverines verlieren die Kontrolle, sodass Rhett den Puck freischlagen kann.

Es ist Maverick, der zuerst ankommt und Valley hat einen leichten Vorteil, da Waterville versucht, sein Tor zu verteidigen. Mav passt zu Heath, der schießt. Der Schuss wird geblockt, aber Maverick ist zur Stelle und schießt den Puck ins Tor. Der Torpfosten leuchtet auf und der Jubel in der Arena ist ohrenbetäubend.

Fünfzehn Sekunden vor Schluss versucht Waterville, den Ausgleich zu erzielen, aber als die Schlusssirene ertönt, liegt Valley mit einem Tor vorne. Sie haben es geschafft. Sie haben eine nationale Meisterschaft gewonnen.

Ich rufe meine Schwester an und als sie abnimmt, kann ich nicht einmal ihr Hallo verstehen, aber ich weiß, dass sie das Stadion hören kann und dass sie lächelt. Ich hüpfe herum, umarme die Mädchen, umarme Fremde. Ginny weint und Dakota schreit so laut, dass sie die einzige Stimme ist, die ich über all die anderen hören kann.

Es ist perfekt.

Es vergehen fast zwei Stunden, bis ich endlich Rhett und das Team zu Gesicht bekomme. Es gab eine Siegerehrung, dann wurde das Netz zerschnitten und danach wurde in der Umkleidekabine gefeiert.

Die Fans aus dem Valley füllen den Eingangsbereich und warten darauf, das Team zu sehen. Als der erste Spieler herauskommt, geht der tosende Applaus und Jubel wieder los.

Maverick kommt heraus und sieht bescheidener und schüchterner aus als ein Typ, der drei Tore in einem Meisterschaftsspiel geschossen hat. Dakota stürmt von meiner Seite und springt ihm in die Arme. „Wer schafft einen Hattrick bei den Frozen Four?"

Er lässt seine Tasche fallen und umarmt sie. Endlich lacht er und sieht mehr wie der Maverick aus, den ich erwartet habe.

Die Jungs werden umschwärmt, als sie herauskommen. Rhett und Adam sind die letzten beiden. Ich stürze mich nicht auf ihn, wie es die anderen Mädchen getan haben. Ich lasse es zu, dass seine Familie ihm zuerst gratuliert und beobachte, wie er seine Eltern umarmt und dann Ryder hochhebt.

Endlich ist meine Zeit gekommen und er umarmt mich und hebt mich vom Boden an.

„Bist du bereit zu feiern, Engel?" Er wirbelt mich herum. „Scheiße, ich liebe dich."

Bevor ich es erwidern kann, schließt er seinen Mund mit meinem und dreht sich weiter. Ich kichere. „Du machst mich schwindelig."

Er lächelt, als er mich abstellt. Seine Eltern schauen zu. Seine Mutter sieht... nicht so glücklich aus, wie man es von einer Mutter erwarten würde, deren Sohn gerade die Frozen Four gewonnen hat.

Als Rhett sie hochhebt und herumwirbelt, lächelt sie endlich. „Lass mich runter." Sie stößt ihn spielerisch an.

„Ich. Ich", sagt Ryder.

Rhett wirbelt ihn noch schneller herum.

Als er anhält, schwankt Rhett. „Woah. Okay, vielleicht muss ich etwas essen, bevor ich weiter Leute herumwirble."

Er grinst so breit, dass ich das Gefühl habe, meine Brust könnte platzen. Ich schaue auf meine Uhr und atme ein paar Mal tief durch.

„Geht es dir gut?" Rhett grinst nicht mehr so fröhlich und sein Blick verfinstert sich.

„Ja. Nur eine Menge Aufregung."

Er nimmt mich in seine Arme und hält still. „Atme. Entspanne dich. Wir können eine ruhige Feier haben."

„Machst du Witze?" Ich drehe mich zu ihm um. „Ich komme schon klar. Gib mir nur eine Minute."

Und das tut er auch. Er hält mich fest, während wir die Mannschaft und ihre Freunde und Familie feiern sehen.

Alle Telefone klingeln und pingen mit Anrufen und SMS, um ihnen zu gratulieren. Rhetts Telefon ist nirgends zu sehen oder zu hören.

Sogar seine Eltern feiern. Sein Vater hat Ryder auf den

Schultern, während er mit seinem Bruder, dem Onkel von Rhett, darüber lacht und scherzt, wie sie ihm im letzten Drittel fast einen Herzinfarkt verpasst hätten. Rhett wirft seinem Vater einen bösen Blick zu, denn ich fühle mich dank meines eigenen Herzens gerade nicht gut, aber der Spruch stört mich nicht. Nichts kann diesen Abend ruinieren. Diesen Moment. Er ist perfekt.

Seine Mutter versucht, ein viel zivilisierteres Gespräch zu führen. Sie hat einen Finger auf dem einen Ohr, das Telefon fest an das andere gepresst. Sie geht von dem Getümmel weg, vermutlich um besser hören zu können.

„Besser? Soll ich einen der Trainer holen?"

„Mir geht's gut." Das Gefühl der Benommenheit lässt langsam nach, aber ich lehne mich immer noch an Rhett.

„In Ordnung, Männer. Lasst uns einladen." Coach Meyers steht neben dem Bus.

„Ich treffe dich dort", sage ich und trete zögernd von ihm zurück.

Er umarmt einen schläfrig dreinblickenden Ryder. „Danke, dass ich mir ihn ausleihen durfte." Rhett gibt ihm den schwarzen Stein zurück.

„Du kannst ihn behalten." Ryder gähnt. „Es scheint, als könntest du ihn mehr brauchen als ich."

Wir drei lachen.

„Wir fahren morgen früh los, also ist das wohl der Abschied bis zum Abschluss." Sein Vater klopft ihm auf den Rücken, als sie sich wieder umarmen.

„Danke, dass ihr hier wart", sagt Rhett.

Seine Mutter beendet schließlich ihr Telefonat und kommt rüber, um sich ebenfalls zu verabschieden.

Rhett umarmt sie. „Danke, Mom."

„Wir werden dem Bus zurück zu deinem Hotel folgen. Es gibt etwas, worüber ich mit dir reden möchte", sagt sie.

„Wir können jetzt reden", sagt Rhett. „Die Jungs brauchen ein paar Minuten zum Laden."

„Es ist in Ordnung. Wir werden dir einfach folgen."

Rhett verzieht verwirrt das Gesicht. „Du bist so komisch. Was ist los?"

„Das war Cory am Telefon."

„Okay?"

„Wer ist Cory?" frage ich, als niemand spricht.

„Carries Mutter", sagt Rhett. „Es ist cool, Mom. Sienna weiß von Carrie."

Seine Mutter nickt und schenkt mir ein kleines Lächeln. Ihre Augen sehen ein wenig weinerlich aus und ich bin so verwirrt.

„Was ist los? Sie ist doch nicht mit dem Auto hierhergefahren, oder?" Er sieht sich um. „Sie scheint nicht zu verstehen, dass es wirklich vorbei ist."

„Nein, sie ist nicht hier."

Rhett macht eine ungeduldige Bewegung mit seiner Hand.

„Sie hat versucht zu kommen." Die Stimme seiner Mutter bricht. „Sie hat gestern Abend ihr Wohnheim verlassen, damit sie heute hier sein kann."

„Okay. Also, wo ist sie?"

„Sie hatte einen Unfall in der Nähe von St. Joseph."

„Geht es ihr gut?"

Seine Mutter schüttelt ihren Kopf langsam hin und her und beginnt zu weinen. Meine Haut wird klamm und mein Herzschlag beschleunigt sich.

„Nein, Baby. Sie schlief ein und fuhr über einen Mittelstreifen. Sie haben sie ins Krankenhaus gebracht, aber es war zu spät." Sie legt eine zittrige Hand an ihren Mund.

Rhetts Vater legt eine Hand auf den Rücken seiner Frau und starrt auf den Boden.

Das Blut pocht in meinen Ohren und mir ist überall warm.

„Was?" fragt Rhett, als wäre er sich nicht sicher, ob er sie richtig verstanden hat. Sein Griff um meine Taille wird fester.

„Sie hat es nicht geschafft, Baby. Es tut mir so leid."

Mein Atem wird flach und meine Knie geben nach.

„Scheiße, Sienna. Bist du okay?" Er wendet seine Aufmerksamkeit mir zu. Er hat keinen traurigen Gesichtsausdruck, aber seine Augen sind hart und sein Kiefer ist steif. „Du bist weiß wie ein Laken. Setz dich hin. Ich bin gleich wieder da."

Er hilft mir, mich auf den hohen Bordstein zu setzen und geht weg.

„Es tut mir so leid", sage ich zu seinen Eltern, dann schließe ich die Augen und konzentriere mich auf meine Atmung.

SIEBENUNDZWANZIG
RHETT

„Mir geht es gut, wirklich", sagt Sienna und versucht aufzustehen.

„Lass uns noch ein paar Minuten warten." Jeff hält sie mit einer Hand auf und setzt sich zu ihr auf den Bordstein.

„Es gibt keinen Grund für alle zu warten. Der Bus sollte wenigstens zurückfahren." Sie zieht den Kopf ein. Ich stehe vor ihr und schirme sie vor Blicken ab, aber ich glaube nicht, dass irgendjemand sie beachtet.

„Meine Eltern und ich können sie mitnehmen", sage ich zu Jeff. Ich bin froh, dass unser Trainer hier war. Er ist nur als Zuschauer gekommen, aber ich habe ihn sofort gepackt, als Sienna in meinen Armen schlaff wurde.

„Bist du sicher, dass du nicht ins Krankenhaus gehen willst, nur als Vorsichtsmaßnahme?", fragt er sie zum dritten oder vierten Mal in den letzten dreißig Minuten.

„Ich bin mir sicher. Sie werden mir nur sagen, was ich schon weiß. Ich muss mich ausruhen."

„Okay." Er steht auf und schaut zu mir. „Schreib mir eine SMS oder ruf mich an, wenn sie etwas braucht."

„Danke, Mann."

Er hält inne und hebt eine Hand, um meine Schulter zu drücken. „Und dein Verlust tut mir leid."

Ich schlucke den Kloß in meinem Hals hinunter und nicke. Ich konzentriere mich auf Sienna und verdränge alles andere. Ich kann jetzt nicht daran denken. Ich stehe auf einer Wippe mit einem 400 Kg schweren Mann. In der einen Sekunde fliege ich hoch hinaus, gewinne eine nationale Meisterschaft mit meinem Team und der Frau an meiner Seite, in die ich unsterblich verliebt bin, und im nächsten Moment schlage ich hart auf dem Boden auf. Carrie ist tot? Nein, das ergibt keinen Sinn.

Dakota, Reagan und Ginny kommen nach vorne, als Jeff geht, und hängen über Sienna wie drei Mutterhühner.

„Mach ihr etwas Platz", befehle ich. Eine Anweisung, die auf taube Ohren stößt.

„Mir geht es gut", sagt Sienna. Sturköpfige Frau.

Adam erscheint an meiner Seite. „Hey, ich habe gerade die Nachrichten gehört. Geht es dir gut?"

„Mir geht's gut. Hör zu, ich werde heute Nacht bei Sienna bleiben. Ich habe es schon mit dem Coach besprochen und er sagte, es sei okay. Das Zimmer gehört dir."

Er starrt ausdruckslos.

„Kumpel", sagt Mav und gesellt sich zu uns. Wir sind eine verdammte Zirkusnummer. Er umarmt mich ganz fest und drückt mir die Luft aus den Lungen. „Es tut mir so leid für deinen Verlust. Was kann ich tun?"

Sein Ton ist sanft und mitfühlend und ich kann damit im Moment nicht umgehen. Ich muss hier verschwinden. „Mir geht's gut."

„Was ist hier los?" fragt Reagan. Die Mädchen wissen es

noch nicht und ich will nicht dabei sein, wenn noch mehr Leute es herausfinden.

Ich löse mich aus Mavs Griff und schaue zu Sienna. „Engel, bist du bereit? Meine Eltern werden uns mitnehmen. Ich werde heute Nacht bei dir bleiben."

„Oh." Sie wirft einen Blick auf die Mädchen. „Es ist okay. Geh zu deiner Familie."

„Keine Chance."

Sie blickt zu Kota: „Ich teile das Bett mit Dakota."

„Es ist cool." Sie winkt ab. „Ihr zwei könnt das Bett und das Zimmer haben. Die beiden werden sowieso nicht in unserem Zimmer schlafen." Sie deutet auf Reagan und Ginny. „Und ich kann mir einen Platz zum Schlafen suchen."

„Dann ist das ja geklärt." Ich nehme sie in meine Arme.

„Ich kann laufen, Rhett."

„Ich weiß, Engel."

Aber wenn ich sie in meinen Armen halte, habe ich viel weniger Lust, etwas zu schlagen.

„Es tut mir leid." Sienna sitzt auf dem Bett, den Rücken an die Wand gelehnt.

„Es ist in Ordnung. Mir ist nicht wirklich nach Feiern zumute." Ich werfe meine Mütze weg und fahre mit den Fingern durch mein Haar.

„Ich meinte wegen Carrie. Geht es dir gut?"

Ich ignoriere ihre Frage, weil ich die Antwort im Moment nicht weiß. Ich öffne den Mini-Kühlschrank. „Brauchst du etwas? Wasser? Essen?"

„Nur, dass du dich hinsetzt. Mir geht es gut. Du musst dir keine Sorgen um mich machen."

Seufzend gehe ich zu ihr und setze mich neben sie aufs Bett. „Du hast mich zu Tode erschreckt."

„Ich weiß." Ihre Hände umschließen mein Gesicht. „Es tut mir so leid."

„Es fühlt sich nicht real an."

Sie lächelt traurig. „Wenn du bei deiner Familie oder allein sein willst, verstehe ich das."

Ich ziehe meine Schuhe aus und ziehe meine Beine hoch, sodass ich neben ihr auf dem Bett liege. „Ich bin genau da, wo ich sein will."

Ich dachte, ich würde nicht schlafen können, aber ich schlafe ein, während Sienna mit ihren Fingern durch mein Haar fährt und mich in der Stille schmoren lässt, und ich wache erst auf, als die Sonne durch einen Spalt in den Vorhängen scheint.

Ich steige vorsichtig aus dem Bett, um sie nicht zu wecken, und ziehe die Vorhänge zu, um das Zimmer in Dunkelheit zu hüllen.

Dakota kommt herein, während ich mir die Jeans anziehe.

„Tut mir leid", flüstert sie. „Ich dachte, ihr zwei wärt schon auf."

„Sie sollte so lange schlafen, wie sie kann. Um wie viel Uhr fahrt ihr?"

„Mittags."

Ich nicke. „Ich muss mit meinen Eltern reden. Wirst du

hierbleiben?"

„Ja. Ich werde ein Auge auf sie haben." Sie geht nach vorne und legt einen Arm um meinen Hals. „Das mit Carrie tut mir wirklich leid."

„Danke." Ich schnappe mir meine Schuhe und schaue zu Sienna.

Meine Eltern sind in der Lobby, als ich herunterkomme. Meine Mutter sieht aus, als hätte sie die ganze Nacht geweint und ich weiß nicht, warum, aber das löst meine kaum unterdrückte Wut aus.

Ich knirsche mit den Zähnen, als sie mich umarmt.

„Wie geht es Sienna?"

„Sie schläft noch. Ich bin nur gekommen, um mich zu verabschieden. Wollt ihr los?"

„Du kommst nicht mit uns mit?"

„Warum sollte ich mit euch kommen?"

„Sie haben noch keine Vorkehrungen getroffen, aber das werden sie bald. Cory hat gesagt, am Dienstag, falls sie bis dahin alles vorbereitet haben."

„Ich glaube nicht, dass ich gehen sollte."

Meine Mutter legt eine Hand auf meine Brust. „Oh, Schatz. Natürlich solltest du das."

„Wir waren nicht mehr zusammen", sage ich laut und lasse etwas von meiner Wut ab.

„Wenn du zuerst mit deinem Team ins Valley zurückkehren willst, besorgen wir dir noch diese Woche einen Flug. Stimmt's, Julie?" Mein Vater nimmt ihre Hand. Eine geschlossene Front, so wie sie es immer waren.

„Wenn es das ist, was du willst", sagt sie langsam.

Ich nicke. Mist. Ich weiß die richtige Antwort, aber ich bin nicht bereit, heute zurück nach Minnesota zu fahren. „Ich werde einfach mit euch mitfahren. Das macht mehr Sinn. Gibst du mir dreißig Minuten?"

Ich gehe mit dem Frühstück wieder nach oben. Sienna kommt aus dem Badezimmer und hat sich ein Handtuch um ihre schlanke Gestalt gewickelt. Sie kämmt sich mit den Fingern durch ihr nasses Haar.

„Ich konnte nur zwei Teller tragen." Ich stelle sie auf den Fernsehschrank.

Reagan und Ginny sind zurück und packen ihre Koffer. Sie werfen mir beide mitfühlende Blicke zu und umarmen mich abwechselnd.

„Wie geht es dir heute Morgen?" frage ich Sienna.

„Besser."

„Du solltest etwas essen."

Sie schenkt mir ein kleines Grinsen, das den Felsbrocken auf meiner Brust lockert. „Das werde ich."

Ich ziehe die Brauen hoch.

Sie nimmt sich ein halbes Brötchen vom Teller. „Kommst du mit zurück ins Valley oder..."

Anscheinend haben alle außer mir an die Beerdigung gedacht. *Beerdigung? Was soll der Scheiß?*

„Ich fahre mit meinen Eltern."

„An welchem Tag ist die Beerdigung?"

„Dienstag, glaube ich."

„Ich könnte vielleicht mit dir kommen."

„Nein. Das ist schon okay. Danke, aber ich weiß, dass du Training und Schule hast und dich ausruhen musst, damit du für deinen letzten Wettkampf fit bist. Wirst du trotzdem antreten können?"

„Ja, hoffentlich. Ich habe für Mittwoch einen Termin beim Arzt gemacht."

Ich nicke nachdenklich. „In Ordnung. Dann sollte ich mich wohl fertig machen. Sind die Jungs noch hier? Ich weiß nicht einmal, wann der Bus abfährt."

„Sie sind noch hier", antwortet Reagan für mich. „Ich glaube, Adam hat für dich gepackt."

„Ich will dich nicht so zurücklassen", sage ich und umarme Sienna.

„Mir geht es gut."

„Das sagst du immer wieder." Ich schließe meine Augen und atme ein.

„Eines Tages wirst du mir glauben."

ACHTUNDZWANZIG
RHETT

Die Jungs und ich hängen im hinteren Teil des Raumes ab. Es ist voll und der Flur draußen auch. Die meisten Leute kenne ich, oder erkenne sie zumindest. Einige kenne ich nicht. Die schiere Menge an Menschen, die gekommen sind, sollte beruhigend sein. Ist sie aber nicht.

Ich war schon ein paar Mal in diesem Beerdigungsinstitut. Ich stand genau an dieser Stelle, manchmal mit Carrie, bin durch die Schlange gegangen und habe Worte gemurmelt, die helfen sollten, es aber sicher nicht taten. Keines dieser Male fühlte sich so an wie dieses Mal. Sie war erst einundzwanzig. Es macht einfach keinen Sinn.

Adam und Mav haben darauf bestanden, nach Minnesota zu kommen, obwohl ich ihnen versichert habe, dass das nicht nötig ist. Sie sind heute Morgen eingeflogen und jetzt, wo wir bei der Beerdigung sind, bin ich froh, dass sie es getan haben. Sie geben mir eine hervorragende Deckung und halten die Leute davon ab, mir ihr Mitgefühl auszusprechen.

Als ob diese Situation nicht schon schrecklich genug wäre, bin ich auch noch das erste Mal wieder zu Hause, seit

Carrie und ich uns getrennt haben. Alle sehen mich mit diesen traurigen, mitleidigen Blicken an. Offensichtlich wissen sie nicht, dass ich diese Blicke nicht mehr verdiene.

Entlang der Rückwand sind drei Tische zusammengeschoben. Collagen mit Bildern von Carrie, von der Zeit als Baby bis heute, füllen die Plakatwände. Viele davon mit mir. Carrie und ich lernten uns in der High School kennen. Sie war ein wunderschönes, mutiges Mädchen. Sie stolperte durch die Gegend, als hätte sie vor nichts Angst, und ich bewunderte sie dafür. Das tat jeder. Es braucht eine besondere Art von Mensch, um durch die Flure der High School zu gehen und zu wissen, wer man ist und sich sicher genug zu fühlen, um nur das zu sein. Das war Carrie. Selbstbewusst und faszinierend.

„Woah! Bist du das?" fragt Mav und zeigt auf ein Foto von Carrie und mir auf einem High-School-Ball.

Sie trägt ein glitzerndes Kleid, ihre Haare sind gelockt, ihr Arm ist um meinen geschlungen. Wir waren Junioren. Ich hatte nur Arme und Beine. Ich war dürr, hatte einen schlechten Haarschnitt und Klamotten, die meine Mutter wahrscheinlich ausgesucht und mich gezwungen hatte, sie zu tragen, damit ich für den Ball gut aussah. Ich war nicht gerade schüchtern. Es ging eher darum, nicht cool zu sein oder dazuzugehören. Und ich mochte es nie, außerhalb des Hockeysports Aufmerksamkeit auf mich zu ziehen. Nicht, dass ich mir wirklich Sorgen hätte machen müssen. Wenn die Leute in meine Richtung schauten, dann nur, um Carrie anzustarren.

Dieses unangenehme Gefühl, sich zu verstecken, verschwand nie wirklich, bis ich im Valley ankam und zwanzig Pfund zunahm. Es ist mir immer noch scheißegal, ob ich dazu passe, aber ich habe trotzdem meine Leute gefunden.

„Ja, das stimmt." Ich stecke beide Hände in die Vordertaschen, um mir nicht durch die Haare zu fahren, die ausnahmsweise mit Gel gestylt sind.

Maverick hält sich den Mund mit der Faust zu, während er lacht. „Oh Mann, sind das Falten?"

„Wir können nicht alle so stylisch sein wie du in der High-School. Ich habe die Fotos mit deinen Nippelringen gesehen", sagt Adam und stößt ihn spielerisch mit dem Ellbogen an.

Mav spottet. „Die waren geil, aber du hättest mich nie auf einem Schulball erwischt. Na ja, vielleicht auf dem Parkplatz, wo ich Drinks verteile und darauf warte, dass die Mädels vom Tanzen gelangweilt sind und mit mir schwänzen."

„Natürlich", sage ich und ein leises Glucksen entweicht mir.

Wir werden wieder still. Mein Blick schweift immer wieder nach vorne, wo Carries Familie Beileidsbekundungen erhält. Meine eigene Familie ist noch nicht eingetroffen, aber sie wird bald hier sein. Die ganze Stadt wird entweder heute Abend für den Besuch oder morgen für die Beerdigung vorbeikommen.

Ich schiebe meine Hände noch tiefer in meine Taschen. Ich werde die Nähte aufreißen, bevor die Nacht zu Ende ist. Schuldgefühle sickern aus meinen Poren wie der Schnaps von gestern und lassen meine Haut klamm werden. Carrie war auf dem Weg zu mir und ich habe ihre Nummer blockiert, damit ich es nicht erfahre. Hat sie angerufen? Hätte ich abnehmen und sie aufhalten können?

Ich weiß, dass ich den Unfall nicht hätte verhindern

können, aber vielleicht hätte ich sie davon abhalten können, überhaupt in das Auto zu steigen. Vielleicht hätte ich ein gottverdammter anständiger Mensch sein und mit ihr reden können, bis sie wusste, dass es wirklich vorbei war. Vielleicht hätte ich das Schrecklichste was ihr je passiert ist, verhindern können. Oder das, was ihr jemals passieren wird. *Fuck. Fuck. Fuck.*

Als meine Eltern ankommen, umarmt mich meine Mutter ganz fest. Sie hat Tränen in den Augen, aber sie reißt sich zusammen. Mein Vater schüttelt mir die Hand. Dann die der Jungs, während er sein bestes düsteres Lächeln aufsetzt.

„Wo ist Ryder?"

„Wir haben ihn bei deiner Tante Leah gelassen", sagt meine Mutter und fragt dann: „Warst du schon dort?"

Ich schüttele den Kopf.

„Komm schon. Du kannst dich nicht ewig hier hinten verstecken."

Sie kennt mich gut. Ich gehe mit meinen Eltern und schlurfe mit der Schlange vorwärts. Mit jedem Schritt, den ich näherkomme, werden meine Nerven ein bisschen mehr strapaziert.

Auf einem Ständer vor den Blumen steht ein großes, gerahmtes Bild von Carrie. Ich bringe es nicht über mich, es oder den Sarg daneben anzuschauen, aber selbst aus dem Augenwinkel erkenne ich das Foto. Vor zwei Jahren ließ sie sich für ihre College-Zeitung fotografieren, für die sie eine wöchentliche Kolumne schrieb. Sie war so verdammt stolz - ihr Lächeln war so breit, als sie mir davon erzählte. Auf dem Bild lächelt sie allerdings nicht. Sie wollte es professionell und ernst halten. Ich bin froh, dass es kein lächelndes, fröhliches Foto ist. Ich weiß nicht, warum. Es würde ja auch keinen Unterschied machen.

Ich schaffe es durch tränenreiche Umarmungen von ihrer Mutter, ihrem Vater und ihren Großeltern und bin dankbar, dass meine Eltern den Großteil des Gesprächs übernehmen. Und dass ihre Mutter mich nicht anbrüllt, weil ich ihrer Tochter das Herz gebrochen habe. Ich habe eine solche Reaktion von ihr fast erwartet. Sie ist so beschützend gegenüber Carrie. War so beschützend. *Scheiße.*

Eigentlich ist es ihr Vater, um den ich mir Sorgen machen sollte. Cam ist ein Ex-Soldat und könnte mich wie einen Zweig zerbrechen, wenn er wollte. Das Alter hat ihn nur stärker und furchterregender gemacht. Das tut er aber nicht. Niemand scheint mir die Schuld zu geben. Niemand außer mir selbst.

Meine Familie und ich gehen zur Seite, in die Nähe der Tür zum Flur.

„Dein Haar ist zu lang. Ich kann dein Gesicht kaum sehen." Mama streicht die langen Strähnen zurück, die mir in die Augen hängen. Sie verstecken mich. „Geht es dir gut?"

„Mir geht es gut", sage ich, weil es mir gut geht. Und weil es mir nicht erlaubt ist, mich anders als gut zu fühlen. Ich habe mit ihr Schluss gemacht. Klar, sie ist mir noch wichtig. Ich schätze, ich bin jetzt besorgt. *Fuck, fuck, fuck.* Ich weiß nicht, was ich denken soll, geschweige denn, was ich laut sagen soll.

Ich schlucke an dem Kloß in meinem Hals. Ich habe nicht das Gefühl, dass ich mich hier unter all die Menschen mischen sollte, die immer noch Teil ihres Lebens waren. Menschen, die ihr in letzter Zeit keinen Schmerz zugefügt oder sie beiseitegeschoben haben. Ich bin ein Hochstapler.

Das war ich schon immer. Vielleicht erst seit ein paar Monaten, aber ich werde das Unbehagen und den Wunsch, von hier wegzukommen, nicht los.

Meine Mutter zieht den Riemen ihrer Handtasche höher auf die Schulter. „Wir sollten nach Hause gehen. Ich mache Kuchen und Aufläufe für morgen und ich habe einen Braten im Kochtopf. Bist du zum Abendessen wieder da?"

Ich kann nicht einmal ans Essen denken. „Die Jungs und ich werden wahrscheinlich noch etwas essen, bevor wir zurückkommen."

„Okay." Sie beugt sich vor und küsst mich auf die Wange. „Komm nicht zu spät."

Ich löse meine Krawatte und gehe mit gesenktem Kopf zurück zu meinem Platz neben den Jungs. Trotzdem werde ich von einem Typen aus der High School aufgehalten. Jim oder Jimmy, denke ich. Er nennt seinen Namen nicht, als er sich nach vorne beugt und mich umarmt.

„Es tut mir so leid, Mann", sagt er. Er klopft mir auf den Rücken, während er mich drückt.

„Danke." Als ich spreche, bricht meine Stimme.

Er zieht sich zurück und prüft meinen Gesichtsausdruck. Ich ziehe den Kopf ein und gehe weg, bevor er noch etwas sagen kann. Vielleicht ist das unhöflich, aber jemanden ohne Vorwarnung zu umarmen, ist es auch.

Mav reicht mir eine Flasche Wasser.

„Mir geht's gut."

Er hält seinen Arm ausgestreckt, bis ich schließlich nachgebe und sie ihm abnehme. Ich schraube den Deckel ab und nehme einen großen Schluck, dann huste ich, weil das kein Wasser ist. Der Wodka verbrennt meine Kehle und erhitzt meine Brust.

Die Jungs versammeln sich um mich, während die Leute in unsere Richtung schauen.

„Eine kleine Warnung wäre gut gewesen", bringe ich heraus. Ich schaue mich um. Jim oder Jimmy hat das Eis gebrochen und noch mehr Leute, mit denen ich zur High-School gegangen bin, schauen in meine Richtung, als ob sie mich begrüßen würden. Ich würde lieber Tide Pods essen. „Lasst uns hier verschwinden."

„Bist du dir sicher?" fragt Adam.

„Ja, ich bin mir sicher."

„Rhett!" Ich schaue auf, als Carries Mutter, Cory, meinen Namen ruft. Sie wedelt mit einer Hand in der Luft und hebt den Kopf, um über die Menge hinwegzusehen.

„Geht schon mal vor. Ich treffe euch dann draußen", sage ich zu Mav und Adam.

Adam drückt mir die Schulter, als sie gehen.

Cory umklammert ein Taschentuch in ihren Händen. „Du kannst dich gerne zu uns nach vorne stellen. Die Leute fragen nach dir. Sie wollen dir auch ihr Beileid aussprechen."

„Oh, äh, danke, aber ich würde mich nicht wohl fühlen."

Sie neigt ihren Kopf zur Seite. „Warum nicht? Du gehörst doch zur Familie." Sie streckt die Hand aus und drückt meinen Arm. Ihre Augen füllen sich mit Tränen und ich reiße meinen Kiefer hoch, um meine Fassung zu bewahren. „Sie hat dich so sehr geliebt. Ich kann mir nicht vorstellen, wie schwer das für dich ist. Kommst du morgen Nachmittag vorbei und bist wenigstens bei uns? Wir werden das gemeinsam durchstehen."

„Meint ihr, sie wissen, dass wir uns getrennt haben?" Ich starre geradeaus auf die Schnapsflaschen, die hinter der Theke aufgereiht sind. Mein Blick bleibt an dem Wodka mit Kokosnussgeschmack hängen. Das war Carries Lieblingsgetränk.

„Ich weiß es nicht", sagt Adam. „Stand sie ihnen nahe?"

„Ja, ziemlich nah. Sie hat jeden zweiten Tag oder so mit ihrer Mutter gesprochen." Das heißt, sie hat definitiv mit ihr gesprochen, seit wir Schluss gemacht haben.

Mav schiebt einen weiteren Shot vor mir auf die Theke. „Was ist, wenn sie nicht erwähnt hat, dass ihr euch getrennt habt? Was wäre daran so schlimm?"

Ich schaue mich um. „Sei leise."

„Was?"

„Die Stadt ist nicht so groß und mir wäre es lieber, wenn Carries Familie die Neuigkeiten nicht aus dem lokalen Klatsch und Tratsch erfährt."

„Wirst du es ihnen sagen?" fragt Adam.

„Ich weiß es nicht. Wie sagt man so etwas?" Ich schüttele den Kopf.

„Das Wochenende überstehen und dann..." Seine Worte verstummen.

Und was dann? Ein neues Herz und Gehirn wachsen lassen? Vergessen, dass dies jemals passiert ist?

„Danke, dass ihr hier seid." Ich kippe den Schnaps zurück. Vom Kopf her weiß ich, dass ich jetzt betrunken sein muss, aber ich fühle nichts.

„Machst du Witze? Wir fliegen zusammen. Quack, quack, quack." Mav flattert mit den Armen.

„Uhhh, was?" Ich bin nicht betrunken genug, um zu

verstehen, was er mir sagen will. Oder zu betrunken, schwer zu sagen.

„Mighty Ducks!"

„Nein." Adam schüttelt den Kopf. „Nenne uns nie wieder die Mighty Ducks."

„Warum nicht?" Mav sieht niedergeschlagen aus. „Du kannst Charlie sein."

„Wer bist du denn?" frage ich.

„Bitte, ich bin ein Bash-Bruder, natürlich."

„Natürlich", sage ich und schaue zu Adam.

Adams Telefon klingelt. Ich bin mir sicher, dass es Reagan ist. Ich frage nicht nach, sondern starre wieder in mein Bier.

„Hast du etwas von Sienna gehört?" fragt Adam und legt sein Handy auf die Theke. Es pingt wieder und dieses Mal sehe ich Reagans Namen auf dem Bildschirm aufblitzen.

„Ja, sie ist großartig." Ich wünschte so sehr, sie wäre hier, aber vielleicht ist das auch gut so, denn Carries Eltern könnten denken, dass wir noch zusammen sind.

„Ich muss meinen Rückflug für morgen buchen. Was denkst du, um wie viel Uhr?" fragt Mav.

„Ihr müsst nicht bleiben. Ich weiß es zu schätzen, aber es gibt nichts zu tun."

„Es gibt einen Flug um elf und einen um fünf."

„Um wie viel Uhr sind wir zurück, wenn wir den Flug um fünf nehmen?" fragt Adam.

Sie prüfen die Fluggesellschaften, um die beste Option zu finden, und ich frage mich, was zum Teufel ich hier überhaupt mache.

„Lasst uns den Flug um elf nehmen." Ich leere den Rest

meines Glases und denke ernsthaft darüber nach, eine ganze Flasche Captain Morgan zu bestellen.

Die schwere Stille und die traurigen Augen, die Mav mir zuwirft, sind der einzige Grund, warum ich es nicht tue.

„Ist die Beerdigung nicht um zehn? Wir werden es nie rechtzeitig schaffen." Adam trinkt sein Bier aus. „Willst du noch etwas trinken?"

„Nein, mir geht's gut." Das ist mein neuer Lieblingssatz. Kurz und bündig und totaler Schwachsinn. „Buch sie. Ich habe getan, wofür ich hergekommen bin."

Ich stehe und stolpere über meine eigenen Füße.

„Woah, okay." Adam stützt mich, Mav geht auf die andere Seite und sie halten mich hoch.

„Siehst du?" Mav grinst. Er flüstert: „Quack, quack, quack."

NEUNUNDZWANZIG
SIENNA

DAKOTA UND REAGAN kommen zu meiner Yogastunde am späten Nachmittag. Seit unserer Reise sind wir unzertrennlich. Sie verstehen alles, was vor sich geht, was schön ist, aber ich genieße es auch einfach, mit ihnen zusammen zu sein. Irgendwann sind die Freunde von Rhett auch meine geworden.

„Kommt Rhett heute auch zurück?" fragt Reagan, als alle anderen weg sind und wir nur noch zu dritt auf unseren Matten sitzen.

„Ja. Ich habe ihn nicht vor morgen erwartet, aber ich kann es kaum erwarten, ihn zu sehen."

„Wie geht es ihm?" fragt Dakota.

„Gut. Denke ich. Es ist schwer zu sagen. Jedes Mal, wenn ich ihn frage, wie es ihm geht, gibt er mir die Antwort." Er klingt müde und ein bisschen neben der Spur, aber wer könnte ihm das verdenken?

„Er macht sich große Sorgen um dich. Du hast ihn wirklich erschreckt", sagt Reagan mit einem Blick, der sagt, dass er nicht der Einzige ist, den ich erschreckt habe.

„Darfst du dieses Wochenende immer noch bei deinem Wettbewerb skaten?" fragt Dakota.

Ich nicke enthusiastisch. Der einzige Lichtblick in einer ansonsten beschissenen Woche. „Gott sei Dank."

„Ich habe meine Arbeitstage in der Hall of Fame getauscht, damit wir kommen können", sagt Dakota.

„Wirklich?" Ein Lächeln umspielt meine Lippen.

„Wir wollen doch nicht deinen letzten Eislaufwettbewerb verpassen."

„Meine Eltern und meine kleine Schwester kommen auch. Sie haben mich das ganze Jahr über nicht skaten sehen." Ich schaue auf meine Uhr, um meine Herzfrequenz zu überprüfen.

Reagan lehnt sich auf einen Ellbogen zurück. „Ist dein Herzleiden erblich bedingt?"

„Manchmal, aber in meinem Fall ist es nicht so. Mein Freund Elias ist allerdings in der dritten Generation."

„Der Paarläufer?" fragt Dakota.

„Das ist richtig."

„Macht es dir Angst? Du kannst mir auch gerne sagen, dass ich mich um meinen eigenen Kram kümmern soll", sagt Reagan.

„Es macht mir nichts aus, darüber zu reden. Und nein, es macht mich nicht wirklich wahnsinnig. Nur wenn ich etwas nicht tun kann, was ich gerne tun würde, aber größtenteils habe ich mein Leben so angepasst, dass ich nicht das Gefühl habe, etwas zu verpassen."

„Sind deine Eltern einverstanden, dass du trotz der Risiken skatest?"

„Ja. Sie sind großartig gewesen. Das erste Jahr war hart und wir haben viel gestritten, weil ich versucht habe, mein

Leben weiterzuleben, und sie immer in Panik waren, dass mir etwas zustoßen könnte, aber man kann nicht in einem ständigen Zustand von Angst und Sorge leben. Wir sind zur Therapie gegangen und haben herausgefunden, was für uns funktioniert. Nämlich, mich tun zu lassen, was ich will." Ich grinse. „Ich musste entscheiden, was mir wichtig war und an welchen Dingen ich nur festhielt, weil ich dachte, ich müsste meine Eltern verrückt machen. Saufgelage sind mir egal und ich war schon vor der Diagnose ziemlich gesund. Das Einzige, was ich nicht aufgeben wollte, war das Skaten. Da ich bereits Skaterin war, hat das auch geholfen. Dinge, die außerhalb meiner Routine liegen, scheinen mich mehr als alles andere aus der Fassung zu bringen."

„Ich finde, du bist unglaublich mutig", sagt Reagan und lässt ihre Grübchen aufblitzen.

Ich gehe mit ihnen zurück in ihre Wohnung. Ich habe seit heute Morgen nichts mehr von Rhett gehört, aber ich will dabei sein, wenn er kommt.

Adam steht mit einem überheblichen Grinsen vor der Wohnung, als wir die Treppe hochgehen. Reagan sprintet los und quiekt.

„Ist Rhett auch hier?" frage ich.

„Ja", sagt Adam und macht eine Bewegung mit dem Kopf, bevor Reagan seinen Mund beansprucht.

Ich gehe direkt durch in sein Zimmer. Er packt die Tasche auf dem Bett aus und schaut auf, als ich eintrete.

„Du bist zurück."

Er steht aufrecht. „Ich bin gerade erst angekommen. Ich wollte dir morgen eine SMS schicken. Ich bin so müde."

Er schaut mich an und ich kann die Erschöpfung sehen.

Sein normalerweise glattes Gesicht ist zerzaust und seine graublauen Augen sind trübe.

„Ja, natürlich. Ich war mit Dakota und Reagan unterwegs und wir sind Adam begegnet." Ich bleibe in der Tür stehen und trete dann schließlich vor, um ihn zu umarmen. Das ist das erste Mal seit zwei Tagen, dass ich aufatmen kann. Sein Geruch und seine starken Arme legen sich um mich. „Ich habe dich vermisst. Ich bin so froh, dass du zu Hause bist."

„Ich auch. Ich kann dir gar nicht sagen, wie froh ich bin, dass ich das hinter mir habe. Wie hast du dich gefühlt? Und sag nicht, gut."

„Jetzt ist es besser." Ich drücke fester zu.

Ich weiß nicht, wie lange wir uns umarmen, aber er stößt einen zufriedenen Seufzer aus. „Ich werde duschen und ins Bett gehen. Kannst du bleiben?"

„Wenn du das willst." Ich war mir nicht sicher, ob er nach allem, was er durchgemacht hat, etwas Abstand haben will, aber ich bin erleichtert, als er mich ansieht, als wäre ich verrückt, weil ich diese Option in Betracht ziehe.

„Auf jeden Fall. Vielleicht bin ich nach zwölf Stunden Schlaf noch lustiger."

„Ist schon okay. Ich muss sowieso noch etwas für den Unterricht lesen."

Er nickt und geht dann duschen.

Getreu seinen Worten duscht er, klettert dann ins Bett und schläft ein. Ich lese an seinem Schreibtisch und benutze mein Handy als Licht, dann krabbele ich neben ihn. Als ich aufwache, ist er wie ein menschlicher Teddybär an mich gekuschelt.

Und so verlaufen die nächsten paar Tage.

Rhett geht zum Unterricht, läuft Schlittschuh oder

stemmt nachmittags mehrere Stunden Gewichte und kommt dann erschöpft in seine Wohnung zurück, um zu schlafen. Wir kuscheln, wir haben Sex, wir schauen Filme und sitzen zusammen, während wir Schularbeiten machen, aber wir verlassen sein Zimmer außerhalb der oben genannten Aktivitäten kaum.

Wenn ich ihn frage, wie es ihm geht, sagt er, dass es ihm gut geht und küsst mich dann. Ich weiß nicht, ob das eine Ablenkungstechnik ist, aber sie ist effektiv.

Donnerstagabend liegen wir ausgestreckt auf seinem Bett. Er schaut sich einen Film auf seinem Handy an und ich versuche, für den Unterricht zu lesen.

Heath schreit von der anderen Seite der Tür und öffnet sie dann einen Spalt. „Habt ihr Lust, Sardinen zu spielen?"

Ich schaue zu Rhett.

„Nein, Mann. Uns geht's gut. Danke."

Heath blickt zu mir, sein Blick ist unsicher, dann nickt er.

„Bist du sicher? Ich lese nur etwas vor, damit ich im Unterricht besser folgen kann. Wenn du spielen willst, bin ich fertig."

Er schüttelt den Kopf. „Ich fühle es nicht wirklich."

„Du könntest mich dich bei Mario Kart schlagen lassen."

Er schnaubt und wickelt einen Finger um die Vorderseite meines Tops, um mich herunterzuziehen und in mein Dekolleté zu sehen. „Mir geht's gut hier."

Versteh mich nicht falsch, ich liebe es, mit Rhett zusammen zu sein. Ich liebe es, mit Rhett nackt zu sein, aber sein Schlafzimmer wird immer mehr zu unserem Versteck.

„Ich habe gehört, dass es morgen Abend eine Party für das Hockeyteam gibt. Gehst du hin?"

„Ja, das ist obligatorisch. Das Team hat einen Auftritt. Ich verspreche, dass wir zu einer vernünftigen Zeit abhauen können. Ich weiß, dass du am Samstag früh die Valley Classic hast."

„Wir, hm? Das heißt wohl, dass ich eingeladen bin."

„Du gehst dahin, wohin ich gehe." Er beugt sich vor und berührt meine Lippen mit seinen.

„Ausgehen klingt eigentlich ganz lustig." Ich beobachte seinen Gesichtsausdruck genau, aber er bleibt stoisch. „Und ich muss am Samstag erst um zehn in der Eishalle sein, also kann ich mindestens bis Mitternacht bleiben, bis ich mich in einen Kürbis verwandle."

Ein kleines Lächeln umspielt eine Seite seines Mundes.

„Ich dachte, du würdest dich mehr darüber freuen."

„Freust du dich auf einen Abend, an dem ich mich verkleiden und unter Ehemalige und Förderer mischen muss?" Er zieht eine Augenbraue hoch.

„Eine Nacht, in der du mit deinen Freunden feierst. Da du in der Nacht, in der du gewonnen hast, nicht dazu gekommen bist."

Er antwortet nicht und schaut wieder auf sein Handy.

Ich lege mein Buch beiseite und rücke näher an ihn heran. „Kommst du mit all dem klar? Wirklich? Ich kann es nicht beurteilen und ich möchte für dich da sein."

„Du bist für mich da." Er lächelt und stupst mich an.

„Gefühlsmäßig. Du hast kaum zwei Worte über Carrie oder die Beerdigung verloren."

Er lässt sein Handy auf seinen Schoß fallen. „Was willst du von mir hören?"

„Alles."

„Es war scheiße und ich fühle mich schrecklich wegen dem, was passiert ist. Hilft das?"

„Hilft es dir?"

„Nein, deshalb habe ich auch nichts gesagt. Es ist aus und vorbei und ich mache weiter. Darüber zu reden, ist das Gegenteil von dem, was ich will. Okay?"

Ich nicke. „Okay."

„Wenn ich bei dir bin, geht es mir besser. Du bist für mich da - körperlich und seelisch."

Ich küsse ihn. „Ich bin hungrig. Willst du etwas essen?"

„Mmmm." Er brummt, küsst mich wieder und murmelt gegen meine Lippen. „Und in Gedanken. Ich habe gerade über Essen nachgedacht. Du hast meine Gedanken gelesen."

„Willst du ausgehen?" Ich strecke meine Beine aus.

„Nein, lass uns einfach etwas bestellen."

DREISSIG
SIENNA

„Ich mache mir Sorgen um Rhett", gestehe ich Dakota am nächsten Abend, als wir uns für die Party fertig machen.

„Ja, das machen die Jungs auch."

„Wirklich?"

Sie nickt. „Ich war mir nicht sicher, ob ich etwas sagen sollte."

Das Loch in meinem Magen wird größer. „Ich weiß nicht, was ich tun soll. Er will nicht darüber reden, und er macht nichts falsch. Er will einfach nur in seinem Zimmer bleiben und rummachen."

Dakota lacht. „Die meisten Mädchen würden das nicht als Problem betrachten."

„Ich weiß. Ich weiß. Das Letzte, worüber ich mich beschweren will, ist, dass mein Freund zu oft Sex haben will, aber ich habe einfach das schreckliche Gefühl, dass er den Verlust überhaupt nicht verarbeitet hat."

„Vielleicht ist es etwas, das er nicht einfach in einer Woche verarbeiten kann. Ich weiß, dass sie sich getrennt haben, aber er war wirklich lange Zeit mit ihr zusammen.

Meine Mutter starb, als ich fünfzehn war, und ich habe Jahre gebraucht, um mit all den Gefühlen fertig zu werden, die ich hatte."

„Oh mein Gott, Kota, ich hatte ja keine Ahnung. Es tut mir so leid."

„Danke. Ich habe es überstanden, aber es gibt immer noch Momente, in denen ich sie so sehr vermisse, dass ich keine Luft mehr bekomme."

„Ich habe noch nie jemanden verloren, der mir so nahestand."

„Er wird wieder okay", verspricht sie. „Gib ihm Zeit."

Sie steht vom Schminktisch in Reagans Zimmer auf. „Wie sehe ich aus?"

„Heiß. Die Schuhe sind auch eine nette Idee."

Sie kickt ein Bein hinter sich hoch und zeigt dabei die roten Converse. In Kombination mit einem kurzen schwarzen Kleid funktioniert das irgendwie. Sehr Dakota.

„Reagan, beeil dich da drin!" schreit Dakota in Richtung Badezimmer.

„Meine Haare machen nicht mit." Sie kommt heraus und versprüht Haarspray, während sie geht. „Ist Ginny schon da?"

Dakota schüttelt den Kopf. Ihr rotes Haar ist voll und rahmt ihr Gesicht in großen Locken ein. Sie spielt mit einer Strähne und wickelt sie um ihren Finger. „Nein, sie trifft uns dort. Irgendwie wurde sie dazu überredet, beim Aufbau zu helfen."

„Also gut, ich glaube, wir sind so weit", sagt Reagan und lächelt, während sie von mir zu Dakota schaut. „Wir sind eine echte Augenweide. Lasst uns ein Foto machen."

Wir drängen uns zusammen und grinsen in die Kamera, während Reagan ein Dutzend Fotos von uns schießt.

Die Party findet vor der Universitätshalle statt. Ein großes, offenes Zelt mit einem Buffet und einer Bar wird aufgebaut. Das Valley U Dance Team und die Cheerleader sind ebenso anwesend wie das Roadrunner-Maskottchen. Es hat etwas von *„Friday Night Lights"*, bei dem ich mich frage, ob es nicht mehr um die Ehemaligen und Förderer geht als um das Team, das gerade eine nationale Meisterschaft gewonnen hat.

Reagan, Dakota und ich schnappen uns ein Getränk von der Bar und stellen uns so weit wie möglich von der jubelnden und tanzenden Menge weg.

Kellner in weißen Smokingjacken bringen die Hors d'oeuvres auf glänzenden Platten. Alte Männer stehen in Gruppen zusammen, lachen und unterhalten sich lautstark.

„Das ist..." Ich beginne und finde das Wort nicht.

„Übertrieben", sagt Dakota. „Ich fühle mich, als wäre ich falsch in ein vierzigstes Klassentreffen abgebogen."

„Mädels." Reagan steht in ihren roten Stöckelschuhen etwas größer. Sie und Dakota passen mit ihren roten Schuhen und schwarzen Kleidern fast zusammen, aber ihre Stile sind so unterschiedlich, dass es niemandem auffallen würde. „Sie haben eine nationale Meisterschaft gewonnen. Sie haben es verdient, übertrieben gefeiert zu werden."

„Was sie wollten, war eine Party mit betrunkenen Mädchen in knappen Outfits, nicht ein Krabbencocktail mit alten Typen." Dakota kippt ihren Champagner herunter.

„Dann sollten wir das für sie tun", sage ich schnell, aber je mehr ich darüber nachdenke, desto mehr gefällt mir die Idee. Eine Wiederholung für Rhett, um mit seinen Freunden zu feiern. Ich weiß, dass es nichts daran ändern wird, was passiert ist, aber vielleicht hat er dann wenigstens das

Gefühl, dass er ein letztes Mal mit seinen Teamkameraden gefeiert hat.

„Da sind sie", sagt Reagan.

Wir drei sehen zusammen mit allen anderen zu, wie sie reinkommen. Musik ertönt und die Cheerleader, Tänzerinnen und Tänzer machen ihnen den Weg zu einem Podium mit einem Mikrofon frei.

„Das ist Mavericks Vater", flüstert Dakota, als ein Mann auftritt und alle begrüßt. „Oder ich schätze, er ist Maverick Senior. Mr. Maverick. Seltsam."

Wir lachen gemeinsam.

„Woher weißt du das?" frage ich. „Hast du ihn getroffen?"

„Machst du Witze? Sieh ihn dir nur an."

Der Mann stellt Coach Meyers vor und Dakotas Vermutung wird bestätigt, als der Coach nach vorne kommt und John Maverick dafür dankt, dass er die Party heute Abend veranstaltet.

Während er sich weiter bei allen bedankt, tritt Ginny neben uns. „Ich dachte, sie würden wenigstens ihre Trikots tragen."

„Du hast es geschafft." Reagan umarmt sie.

„Ich hatte Konfetti-Dienst."

„Konfetti?"

„Du wirst schon sehen", sagt sie, als der erste Knall ertönt. Jeder der Cheerleader hat eine Konfettikanone in der Hand, die jedes Mal losgeht, wenn ein Spieler vorgestellt wird.

„Schau dir Maverick an. Heilige Scheiße", sagt Ginny, als sein Name aufgerufen wird. Sie sind alle ähnlich gekleidet, mit Anzughosen und Hemden, aber Maverick ist auffällig in einem weißen Hemd mit aufgerollten Ärmeln, die einige seiner Tattoos zeigen. Sein dunkles Haar ist gestylt und sein

Kiefer ist hart. Kultiviert und sauer ist ein guter Look für ihn, auch wenn es mich traurig macht, einen nicht lächelnden Maverick zu sehen. Sein Vater drückt ihm mit einem stolzen Gesichtsausdruck die Schulter.

„Er will nicht hier sein", sagt Reagan.

„Wer könnte es ihm verdenken", sagt Dakota. „Das erste Mal, dass seine Eltern ins Valley kommen, und sie haben ein Spektakel daraus gemacht."

„Wow." Das ist alles, was ich herausbekomme, bevor Rhett winkt und in Sichtweite kommt. Anders als Maverick hat er sich nicht die Mühe gemacht, seine Haare zu stylen, aber das macht nichts. Er ist immer noch der schärfste Typ, den ich je gesehen habe. Er fährt sich mit der Hand durch die unordentlichen Haare und ich kann nur daran denken, dass ich es kaum erwarten kann, den Abend mit ihm zu verbringen. Es ist nicht gerade die Feier, die wir nach den Frozen Four gehabt hätten, aber er ist hier und ich bin hier und das ist Feier genug.

Nach einigen weiteren Reden werden die Jungs entlassen. Sie mischen sich unter die Menge und als wir zu ihnen kommen, hat Rhett schon zwei Bierdosen in der Hand, eine über der anderen gestapelt.

„Hey", sage ich fröhlich, als ich an seine Seite trete.

„Hey." Er legt einen Arm um meine Taille, trinkt das oberste Bier, wirft es weg und macht das zweite auf.

„Ich bin überrascht, dass sie hier Bier haben", sage ich.

„Das tun sie nicht", sagt Heath. „Wir mussten unseren eigenen billigen Alkohol mitbringen."

Maverick nimmt eine Flasche Mad Dog heraus, nimmt einen langen Schluck und reicht sie an Rhett weiter, der dasselbe tut.

Er bietet es mir an.

„Nein danke. Es ist noch etwas früh für Schnaps."

Er zuckt mit den Schultern und gibt sie an Mav zurück.

Unsere kleine Gruppe wird von Alumni und wichtigen Leuten von der Universität unterbrochen, die auf die Jungs zugehen, um ihnen persönlich zu gratulieren. Rhett lässt mich nicht los, während er sich bei jedem einzelnen bedankt, aber sein Griff um mich wird so fest, dass ich das Gefühl habe, dass ich der Anker bin, der ihn vor dem Abdriften bewahrt.

„Wie lange musst du bleiben?" frage ich leise.

„Der Trainer sagte drei Stunden, aber ich glaube nicht, dass mich jemand vermissen wird. Musst du zurück?"

Ich weiß es nicht. Nicht wirklich. Ich habe alles für morgen vorbereitet und es ist nicht so, dass ich schlafen würde, selbst wenn ich zu Hause wäre, aber etwas sagt mir, dass er gehen muss. Ich kann es spüren. Der Schmerz und die Frustration strahlen von ihm ab.

„Wir können bleiben, wenn du willst."

„Nein, du musst morgen Schlittschuh laufen. Was soll der Trainer tun? Mich aus dem Team werfen?"

Wir verabschieden uns schweigend von unseren Freunden und schleichen uns dann zurück in seine Wohnung. Rhett holt sich noch ein Bier aus dem Kühlschrank und setzt sich auf die Couch. Er spricht nicht, aber wenigstens sind wir zur Abwechslung mal nicht in seinem Zimmer eingesperrt.

Ich bekomme eine SMS von meiner Schwester, dass sie es zum Hotel geschafft haben. „Meine Familie ist in der Stadt. Sie werden morgen in der Arena sein, falls du sie treffen willst."

„Ja, natürlich. Ich freue mich schon darauf."

„Gut, denn meine Schwester ist schon ganz aufgeregt. Sie kennt alle deine Daten und wird total ausflippen."

Er lacht, als würde ich einen Scherz machen, aber das wird sie auf jeden Fall.

„Ich dachte, wir könnten morgen Abend mit ihr irgendwo hingehen oder hier eine kleine Party feiern?"

„Samstagabend... es wird nicht schwer sein, Leute zu finden, die irgendwo trinken und abhängen."

Rhett schaltet den Fernseher ein und ich schreibe meiner Schwester eine SMS, in der ich mich mit ihnen für den nächsten Morgen verabrede.

Der Rest von Rhetts Mitbewohnern und ihre Freundinnen kommen nicht weit nach uns. Zuerst tauchen Ginny und Heath auf, gefolgt von Adam, Kota und Reagan.

„Wo ist Maverick?" frage ich und schaue Dakota an.

„Er ist gegangen, um Charli rauszulassen. Ich bin sicher, er kommt bald nach." Adam setzt sich zwischen mich und Rhett auf die Couch und mein Freund reicht ihm einen Controller. „Hey, Kumpel. Geht es dir gut? Du hast nicht viel gesagt, seit wir aus Minnesota zurück sind."

„Da gibt es nicht viel zu sagen, denke ich."

„War deine Mutter sauer, dass wir früher gegangen sind?"

Meine Ohren horchen auf. „Was soll das heißen, du bist früher gegangen?"

Rhett zuckt kurz mit den Schultern. „Wir haben die Beisetzung verpasst, damit wir den frühen Flug zurück ins Valley nehmen konnten."

Mein Mund klafft auf.

„Sie hat mich ein bisschen angemeckert", gibt Rhett zu. „Ich verstehe nicht, was daran so schlimm sein soll. Ich habe

Carries Familie bei der Trauerfeier meinen Respekt gezollt. Zu bleiben hätte sie nicht wieder zum Leben erweckt."

Eine schwere Stille legt sich über die Wohnung.

„Solange du den Abschluss hattest, den du brauchst." Adam ist der erste, der spricht.

Rhett spottet und nimmt den Controller in die Hand. „Klar, Mann. Wie auch immer. Spielen wir jetzt, oder was?"

Ich bin nervös, weil ich versuche, diese Informationen zu verarbeiten. Er ist nicht zur Beerdigung gegangen?

Mav kommt herein, er trägt immer noch seine Kleidung, aber das Hemd ist aufgeknöpft und aus der Hose gerutscht. Er hat eine Kiste unter einem Arm und trägt eine Flasche Mad Dog in der anderen Hand.

„Hat jemand die vollen drei Stunden durchgehalten?" fragt Rhett.

„Wir haben den Erstsemestern gesagt, wenn sie vor Mitternacht gehen, füllen wir ihre Schlafsäle mit diesem verdammten Konfetti." Mav grinst. Er stellt den Karton auf den Küchentisch und öffnet die Flasche Mad Dog. Die zweite, oder vielleicht dritte des Abends. „Rauthruss, die Kiste ist für dich. Der Lieferant hat es vermasselt und sie versehentlich vor meiner Wohnung abgestellt."

Rhett wirft einen Blick auf die Kiste. „Für mich? Von wem ist das?"

„Jemand in Minnie-Soda." Er hebt es mit einer Hand auf und wirft es quer durch den Raum.

Rhett steht auf, um es aufzufangen. Er starrt auf das Etikett und sein Gesicht wird blass.

„Was ist los?" fragt Adam, der die Veränderung an ihm bemerkt hat.

„Es ist von Carries Familie." Er setzt sich hin und legt es

auf den Couchtisch, wobei er die kleine Schachtel scharf anschaut.

„Willst du es öffnen?" fragt Heath.

„Es sind wahrscheinlich nur Bilder oder so. Ich werde es später öffnen."

„Wir sind alle hier und der Schnaps ist frisch aufgestockt. Wir können es auch gleich aufmachen und es hinter uns bringen." Mav setzt sich auf die Armlehne des Stuhls ihm gegenüber.

Wir alle starren ihn an, also macht er weiter. Er reißt das Klebeband ab und öffnet die Klappen. Seine Kehle arbeitet, bevor er hineingreift.

Mein Puls pocht schnell, als er den Inhalt auf den Couchtisch legt.

„Mein erstes College-Tor." Er hält einen Eishockey-Puck hoch.

„Auf keinen Fall, lass mal sehen." Mav schnappt ihn sich.

„Ich erinnere mich an das Spiel", sagt Adam.

Ich muss zugeben, dass ich ein wenig neidisch auf all die Jahre bin, die ich verpasst habe. Auf die Geschichte, die ich nie mit ihm haben werde. Ich könnte das nie laut zugeben, nicht jetzt, aber bevor das alles passiert ist, war ich eifersüchtig auf Carrie und die Zeit, die sie mit Rhett hatte. Aber als ich ihm dabei zusehe, wie er Erinnerungsstücke aus ihrer gemeinsamen Zeit hervorholt, wird mir klar, wie dumm ich war. Ohne sie wäre er nicht der, der er jetzt ist. Er wird immer Teile von ihr in sich tragen und ich bin dankbar, dass er so ist, wie er ist, egal wie er hierhergekommen ist.

Unter den anderen Gegenständen, die er aus der Kiste holt, sind eine Bruins-Mütze, die fast genauso aussieht wie die, die er immer trägt, ein paar Zeitungsausschnitte, die

Rhett an seine High-School-Hockeytage erinnern, und der letzte Gegenstand ist eine Art Collage oder ein Fotowürfel.

„Oh, gib das her." Adam schnappt es sich. „Ich muss Sienna zeigen, wie dein Gummibärchen-Arsch mit sechzehn aussah."

Die Bilder, die sie zusammen zeigen, sind herzzerreißend, genauso wie die aus Zeitschriften ausgeschnittenen Worte, die Dinge wie *perfektes Paar*, *wahre Liebe* und *für immer* sagen. Aber der wirkliche Schlag in die Magengrube ist das Geräusch, das von ihm ausgeht. Zuerst ist ein Hauch von Verwirrung auf Adams Gesicht zu sehen, als eine weibliche Stimme kichert. „Ich liebe dich, Rhett."

Aber als Rhett den Satz wiederholt, starren wir alle auf ihn und dann auf den Würfel, aus dem der Ton kommt.

„Oh mein Gott." Die Worte kommen mir über die Lippen und ich lege eine Hand auf meine Brust. Sie haben es zusammen aufgenommen, wer weiß, wie lange das her ist. Das spielt keine Rolle. Der Ausdruck in Rhetts Gesicht ist herzzerreißend.

Lange sagt er nichts.

Adam hält den Würfel mit beiden Händen in seinem Schoß. „Hey, Mann. Es tut mir so leid. Ich wusste es nicht."

Rhett steht auf als sein Telefon auf dem Couchtisch vor ihm klingelt. Ich habe das Gefühl, dass sich alles in Zeitlupe abspielt. Ich halte den Atem an, als er es aufhebt, seine Finger darum wickelt und es gegen die Wand über dem Fernseher schleudert. Es prallt ab und fällt mit einem dumpfen Aufprall auf den Boden, mit dem Bildschirm nach oben und ziemlich zerbrochen.

Adam kommt auf die Beine und legt Rhett eine Hand auf die Schulter.

„Spar dir das." Rhett streicht mit einer Hand durch die Luft und duckt sich von seiner Umarmung weg. „Du hast sie nicht einmal gemocht. Keiner von euch mochte sie."

„Rhett, wir haben sie nicht wirklich gekannt." Mavs Stimme ist ruhig und gefestigt.

Ein bitteres Lachen bricht aus ihm heraus und er wirft seinen Kopf zurück. „Ihr könnt mich alle mal mit euren schwachen Versuchen, Verständnis aufzubringen. Ein bisschen zu spät, findet ihr nicht?"

Er stürmt in sein Zimmer.

Adam schaut zu mir. „Es tut mir leid."

Ich gehe ihm nach. Er zieht sich um und packt seine Hockeytasche.

„Rhett?" frage ich zaghaft.

„Nicht jetzt, Sienna. Ich weiß, dass das für dich beschissen war, und es tut mir leid, aber... nicht jetzt."

Ich bleibe an Ort und Stelle, bis er auf mich zugeht, um sein Zimmer zu verlassen.

„Wohin gehst du?"

„Zur Eisbahn. Ich muss meinen Kopf frei bekommen."

Leise Tränen gleiten über meine Wangen. Ich möchte ihn umarmen oder mit ihm gehen, aber er fragt nicht danach, während er sich an mir vorbeidrängt. Endlich ist er aus seinem Zimmer raus und jetzt will ich nur noch, dass er zurückkommt.

EINUNDDREISSIG
RHETT

Die Wut vibriert in mir, als ich unter dem heißen Wasser stehe. Ich schließe meine Augen, entkrampfe meine Hände und versuche, mich von dem riesigen Gewicht auf meiner Brust zu befreien.

Ich dachte, ich würde mich nach ein paar Stunden auf dem Eis besser fühlen. Scheiße, das dachte ich auch, als ich ins Valley zurückkam. Das ist der Grund, warum ich die Beerdigung geschwänzt habe. Ich wollte zurück in die Schule und zur Normalität zurückkehren. Zurück zu Sienna.

Stattdessen wache ich jeden Tag auf und fühle mich weiter beschissen. Ich schalte die Dusche aus und wickle mir ein Handtuch um die Taille. Die Umkleidekabine ist leer und dunkel. Ich habe mir nicht die Mühe gemacht, Licht zu machen, als ich reinkam.

Adam sitzt vor seinem Spint und lehnt sich zurück.

„Verpiss dich. Ich bin durchaus in der Lage, mich selbst anzuziehen."

Er sagt nichts. Ich wünschte wirklich, er würde mir sagen, ich solle die Klappe halten oder mich schlagen. Vielleicht würde ich mich dann besser fühlen. Schlechter würde ich mich dadurch bestimmt nicht fühlen.

Ich ignoriere meinen Kumpel, während ich mich anziehe, in der Hoffnung, dass er den Wink versteht und geht. Ich bin nicht in der Stimmung für ein vertrauliches Gespräch. Ich habe keine Lust, irgendetwas anderes zu tun, als zurück in die Wohnung zu gehen, wo ich mich in meinem Zimmer einschließen und mit niemandem sprechen muss.

Aber Adam ist nicht mitten in der Nacht hergekommen, damit ich ein grüblerisches Arschloch sein kann.

„Und?" frage ich ungeduldig, um es hinter mich zu bringen. „Sag, was immer du sagen willst."

Er seufzt. „Ich liebe dich wie einen Bruder. Du bist mein bester Freund auf der ganzen Welt. Ich will einfach nur für dich da sein."

„Du hast Carrie nicht einmal gemocht", sage ich wieder. Das ist verdammt unbedeutend, aber es ist wahr. Adam hat Carrie nie gemocht. Keiner war glücklicher als er, als wir uns schließlich endgültig trennten.

„Weil ich weiß, dass sie dich verdammt noch mal betrogen hat", brüllt er mit tiefer Stimme. Sofort verändern sich seine Gesichtszüge und er stößt einen verärgerten Seufzer aus. „Scheiße. Es tut mir leid."

Tja, Scheiße.

„Wie lange weißt du es schon?" Dann frage ich: „*Woher* weißt du das?"

„Ich habe dich eines Tages am Telefon belauscht. Ich wollte dich danach fragen, aber ich dachte, du würdest es mir sagen, wenn du bereit bist, darüber zu reden."

„Ja, das wäre nie passiert." Ich habe niemandem den wahren Grund erzählt, warum Carrie und ich uns getrennt haben. Bis Sienna kam. Außerdem mag es der letzte Tropfen gewesen sein, aber wir waren schon eine Weile auf dem Weg dorthin. Wir lebten uns auseinander, wurden unterschiedliche Menschen, wollten unterschiedliche Dinge. Ich schätze, ich wollte meinen Freunden nicht noch mehr Gründe geben, sie nicht zu mögen.

„Also, ja, ich war nicht ihr größter Fan. Denn ich bin *dein* größter Fan und werde immer nur dein Bestes im Sinn haben. Ich fand nicht, dass du mit ihr zusammen sein solltest, aber ich habe sie nicht gehasst. Ich bin nicht froh, dass sie tot ist."

„Ich weiß." Ich fahre mir mit der Hand durch die Haare. „Scheiße, ich weiß. Ich bin so verdammt wütend und ich weiß nicht, warum."

„Weil es dir weh tut. Du hast dich immer noch um sie gesorgt."

„Das ergibt keinen Sinn. Ich kann es nicht begreifen."

Wir sind einen Moment lang still.

„Sienna ist zurück ins Wohnheim gegangen."

Das Messer in meinem Bauch zuckt, aber ich nicke. „Gut. Ich bin eine Scheiß-Gesellschaft."

„Du musst mit ihr reden."

„Und was sagen?"

„Hör zu, Rhett, ich kann mir nicht vorstellen, was du durchmachst, aber wir wollen alle für dich da sein. Auch für Sienna. Es war nicht deine Schuld."

„Ich weiß", stoße ich hervor.

„Weißt du es?" Er lässt mich gewähren, nicht zu antworten. „Bist du bereit, zurück zur Wohnung zu gehen?"

„Vielleicht hast du Recht. Ich sollte zu Sienna gehen. Wie spät ist es eigentlich?" Ich taste in meiner Tasche nach meinem Handy und erinnere mich dann, dass ich es zerstört habe.

„Nach zwei Uhr morgens."

„Oder morgen."

„Sie wird wach sein", sagt er und klopft mir auf die Schulter. „Schick mir eine SMS, wenn du etwas brauchst."

Trotz Adams Ermutigung gehe ich nicht zu Sienna. Ich schlendere zu ihrem Wohnheim und gehe dann langsam nach Hause. Sie muss morgen Schlittschuh laufen und so sehr ich sie auch sehen möchte, weiß ich, dass das egoistisch ist.

Ich schicke ihr eine E-Mail. Ein kurzer Satz: „*Viel Glück morgen.*"

Dann schlafe ich ein und hoffe, dass es morgen besser wird.

Ich bin früh wach, obwohl ich so spät ins Bett gegangen bin. Noch bevor ich die Augen öffne, schießen die Ereignisse der letzten Nacht in meinen Kopf. Aber das Schlimmste ist, dass Sienna nicht hier ist.

Ich schaue auf die Uhr und steige unter die Dusche. Ich muss mich in kurzer Zeit bei einer Menge Leute entschuldigen, wenn ich Sienna noch erwischen will, bevor sie heute Schlittschuh läuft.

Heath und Ginny sind im Wohnzimmer.

„Rhett", sagt Ginny und setzt sich auf. Sie sieht zögerlich aus und das hasse ich. Ich kenne Ginny seit Jahren, seit sie in der Junior High war und ihren Bruder am College abgesetzt hat. Jetzt sieht sie aus, als hätte sie Angst vor mir.

„Es tut mir wirklich leid wegen gestern Abend."

Sie steht auf und umarmt mich.

Heath neigt seinen Kopf. „Geht es dir besser?"

Ich zucke mit den Schultern. „Ein bisschen, denke ich. Ich habe keine Lust mehr, etwas zu werfen."

Er gluckst. „Gut, denn diese dünnen Wände halten das nicht aus."

Ich werfe einen Blick auf das kleine Loch in der Wand, wo mein Telefon aufgeschlagen ist. „Ich werde es reparieren. Hast du Adam gesehen?"

„Hinten raus", sagt Ginny und lässt mich los.

Adam und Reagan sitzen zusammen auf einem Liegestuhl, reden und lachen. So glücklich. Das will ich auch.

Er schaut auf, als ich nach draußen trete. „Hey, du bist wach."

Reagan dreht sich um und lächelt mich an. „Ich sollte mich für Siennas Wettbewerb fertig machen."

Sie küsst Adam und lässt uns allein.

„Es tut mir alles sehr leid", sage ich. „Ich habe meinen Kopf verloren. Das ist keine Entschuldigung."

„Mach dir keine Gedanken darüber. Schon vergessen."

„Danke, dass du nach mir siehst, auch wenn ich es nicht will."

Er gluckst. „Das werde ich mir für das nächste Mal merken."

„Gott, ich hoffe, es gibt kein nächstes Mal wie dieses."

Sein Gesichtsausdruck wird nüchtern. „Bist du auf dem Weg zur Arena?"

„Bald. Ich muss mich erst noch um ein paar Dinge kümmern."

„Ich habe ernst gemeint, was ich gestern Abend gesagt

habe. Ich will immer nur das Beste für dich. Ich mag Sienna. Sie ist süß und fürsorglich, und ich habe dich noch nie so glücklich gesehen. Das muss schwer sein, wenn man an alles andere denkt."

„Sie ist unglaublich. Ich liebe sie. Ich liebe sie auf eine Weise, von der ich nie gedacht hätte, dass ich einen Menschen lieben könnte. Ich dachte, es wäre genug."

Genug, um weiterzumachen und nicht den Schmerz zu spüren, ein Mädchen zu verlieren, das ich mein ganzes Leben lang kannte.

Adam nickt. „Ich hätte dich für die Beerdigung bleiben lassen sollen. Ich wusste nicht, was du brauchst. Ich weiß es immer noch nicht, aber ich bin hier."

„Das weiß ich, und ich weiß es zu schätzen. Ich hätte bleiben sollen, aber das ist mein Fehler."

Er steht auf und umarmt mich. „Was immer du brauchst. Ich bin für dich da."

„Wenn das so ist, kann ich mir dein Telefon leihen?" Ich halte das, was von meinem übrig ist, hoch.

Er lacht. „Ja, natürlich."

ZWEIUNDDREISSIG
SIENNA

Ich sitze im Tunnel und rede mit Elias, um meine Nerven zu beruhigen. Der Wettbewerb beginnt in ein paar Minuten. Ich werde erst später am Nachmittag laufen, aber bei all dem, was passiert ist, bin ich total nervös.

„Ich bin zurück in den guten alten USA." Er kippt das Telefon, um mir seinen neuen Kraftraum zu zeigen. Er und Taylor trainieren den nächsten Monat in ihrem Fitnessstudio in South Dakota.

„Schade, dass ihr Fitnessstudio nicht in Arizona ist. Du bist so nah dran."

Er schnaubt. „Nur eine vierundzwanzigstündige Fahrt. Ich habe es überprüft. Ich habe mir auch Flüge angesehen, aber unser Training ist verrückt. Und es sind zwei Stunden Fahrt nur zum Flughafen. In dieser Stadt gibt es nicht einmal einen McDonald's."

„Oh Mann, du bist echt hart im Nehmen", necke ich.

„Also... hat der Arzt dich für heute freigegeben?", fragt er.

„Ja, als ich ihm sagte, dass ich alle schwierigen Sprünge

rausgenommen habe, waren er und der Trainer einverstanden. Ich habe mich jeden Tag stärker gefühlt."
„War die Änderung des Programms deine Idee?"
„Ja. Das ist das Risiko für ein Showturnier nicht wert."
Er grinst. „Sieh dich an, wie du erwachsen wirst und so."
Ich verdrehe die Augen, aber ich glaube, er hat recht. Noch vor ein paar Monaten wäre ich versucht gewesen, durchzuhalten, auch wenn ich wusste, dass mein Körper schwach ist. Mein Handy piepst mit einer SMS von meiner Schwester, die mir mitteilt, dass sie gerade das Gebäude betreten.
„Ich muss gehen. Meine Familie ist hier."
„Hey, warte." Sein Gesicht kommt näher an den Bildschirm heran. „Vergiss, was mit Rufus los ist. Heute ist dein Tag, um zu glänzen."
Meine Brust schmerzt bei der Erwähnung von Rhett.
„Zeig es ihnen." Er macht ein Kreuz über sein Herz und ich ahme es nach. „Viel Glück."
„Ich habe nie verstanden, warum ihr zwei das macht." Eine tiefe Stimme hallt in dem ruhigen Flur wider, als ich den Anruf beende.
„Rhett." Ich rapple mich auf und umarme ihn. Ich war mir nicht sicher, ob er kommen würde, und ich war mir nicht sicher, wie ich mich fühlen würde, wenn er käme. Ich möchte wütend sein, dass er gestern Abend abgehauen ist, aber ich bin zu froh, ihn zu sehen.
„Hey, Engel." Er schließt mich in seine Arme und streicht mit einer Hand über meinen Hinterkopf.
„Ich war mir nicht sicher, ob du noch kommst." Ich neige mein Gesicht zu ihm hinauf und er drückt mir einen Kuss auf die Stirn.

„Es tut mir leid wegen gestern Abend, aber ich würde es nicht verpassen wollen. Du hast da draußen einen ganzen Fanclub. Dakota und Reagan haben sogar Schilder mitgebracht."

Ich lächle. Ich wusste, dass Dakota und Reagan kommen wollten, aber die Bestätigung lässt mein Herz höherschlagen.

„Ich bin so froh, dass du hier bist. Der heutige Tag wird fantastisch werden. Übrigens, was hältst du von einem italienischen Abendessen? Mein Vater hat sich für ein Restaurant entschieden, das er auf der Fahrt durch die Stadt gesehen hat."

Er lächelt. „Was das angeht..."

„Zu viel? Willst du nicht mit meiner Familie zusammensitzen?"

„Das ist es nicht." Er atmet tief ein und aus. „Ich verlasse die Valley U, Sienna."

„Was meinst du? Für diese Nacht oder... das Wochenende?"

„Für... Ich weiß nicht. Die Schule ist fast vorbei. Ich habe heute Morgen mit meinem Berater gesprochen und er hat gesagt, dass ich meine Kurse online beenden und trotzdem nächsten Monat meinen Abschluss machen kann. Ich fliege heute Nachmittag los."

Die ganze Luft wird mir aus den Lungen gerissen. „Ich verstehe das nicht. Kannst du nicht noch einen Monat warten, bis das Schuljahr zu Ende ist?"

„Ich muss nach Hause gehen und mich um meinen Scheiß kümmern. Es ist nicht fair, dass ich mich weiter an dich klammere, wie an eine Rettungsinsel. Ich werde uns beide untergehen lassen, wenn ich so weitermache."

„Ich will dein Rettungsfloß sein oder zumindest deine Schwimmflügel."

Ich bekomme ein kleines Lächeln, aber ich merke, dass er bereits beschlossen hat, zu gehen, und ich kann ihn nicht aufhalten.

„Was ist mit uns?"

„Ich hoffe, du kannst es verstehen, aber ich verstehe, wenn du es nicht kannst. Das Letzte, was ich will, ist dich zu verletzen oder noch mehr Stress in dein Leben zu bringen."

„Ich bin stärker als du denkst." Mein Telefon klingelt wieder. „Meine Familie wartet auf mich. Willst du sie immer noch treffen?"

„Wenn du das immer noch willst, ja. Das würde ich gerne."

Meine Familie verehrt Rhett. Das ist keine Überraschung. Meine Schwester grinst so breit, als er sie nach der Eishockeysaison ihres Teams fragt, und meine Mutter ist begeistert, als sie sieht, wie sich meine Schwester freut. Mein Vater ist der letzte, der sich zurückhält, aber als er erfährt, dass Rhett aus Minnesota kommt, heißt er ihn wie einen Nachbarn willkommen.

„Ich muss mich jetzt fertig machen und aufwärmen. Ich sehe euch nach dem Wettkampf." Ich werde von allen Familienmitgliedern umarmt und dann geht Rhett mit mir in die Umkleidekabine.

„Sehe ich dich danach?"

„Mein Flug geht um vier."

Also, nein.

„Werde ich von dir hören?"

„Ja." Er umarmt mich. „Mein Telefon ist kaputt, es könnte ein paar Tage dauern, bis ich ein neues bekomme."

„Okay."

Sein Mund bedeckt meinen und ich genieße die Sekunden, bevor er sich zurückzieht. „Später, Engel."

Mit gebrochenem Herzen gehe ich in die Umkleidekabine. Josie sitzt auf der Bank und schnürt ihre Schlittschuhe.

„Hey." Ihr Gesicht verzieht sich, als sie mich genau ansieht. „Was ist los?"

Anstatt zu antworten, setze ich mich neben sie und lehne meinen Kopf an ihre Schulter. „Das Leben ist nicht fair."

„Nein, das ist es definitiv nicht. Kann ich irgendetwas tun? Muss ich jemanden verprügeln, um das Karma auszugleichen?"

Mein Lachen ist kurz und abgehackt. „Nein, leider gibt es keine Lösung für die Rache."

„Schade." Sie lächelt. „Skaten?"

„Auf jeden Fall."

Und das ist es, was ich tue. Die Momente kurz vor dem Skaten vergehen immer wie im Flug. Musik, Applaus, die Kälte in der Luft. Erst wenn mein Name aufgerufen wird, werde ich aufmerksam. Ich betrete das Eis und laufe für Rhett. Ich laufe für meine Familie.

Aber vor allem skate ich für mich.

ES IST SCHÖN, Zeit mit meiner Familie zu verbringen, aber meine Gedanken kehren immer wieder zu Rhett zurück. Ich lasse die vergangene Woche Revue passieren und frage mich, ob es Dinge gibt, die ich hätte anders machen können, um das Ergebnis zu ändern.

Sie fragen nicht, warum Rhett nicht mit uns kommt, aber meine Schwester merkt, dass ich anders bin.

„Willst du später immer noch ausgehen? Wenn du keine Lust mehr hast..."

„Natürlich." Ich zwinge ein wenig Enthusiasmus in mein Lächeln. „Rhetts Mitbewohner haben Leute zu Besuch und wir können in seinem Zimmer schlafen."

„Okay." Sie quiekt.

„Aber, keinen Alkohol. Ich habe es Mama und Papa versprochen."

Allison rollt mit den Augen. „Ich trinke nicht. Bier ist eklig."

Es ist ein ruhiger Abend in der Wohnung. Ein Teil des Hockeyteams ist da und spielt Xbox und der Rest von uns sitzt draußen auf der Terrasse.

Allison ist still, aber das breite Grinsen auf ihrem Gesicht hat sich nicht verändert, seit wir reingekommen sind.

Maverick, der wie durch ein Wunder immer noch sein Shirt anhat, setzt sich neben mich und legt einen Arm über meine Schulter.

„Es ist komisch, oder? Dass Rhett nicht hier ist."

„Sehr", gebe ich zu.

„Er wird zurückkommen. Er muss zurückkommen."

„Ich weiß es nicht. Es sind nur noch ein paar Wochen bis zum Abschluss."

„Ja, aber ihr beide seid verliebt. Er wird nicht so lange wegbleiben können."

Ich spüre, wie mein Gesicht heiß wird und schaue auf meinen Schoß hinunter.

„Du bist verliebt, ja?" Mav lässt seinen Arm fallen. „Bitte

sag mir, dass du dem armen Kerl nicht ins Herz getreten hast, als er zur Tür hinausging."

„Nein, natürlich nicht. Es ist nur... Ich habe ihm noch nicht gesagt, dass ich ihn liebe."

„Oh. Na ja, verdammt." Er macht einen Rückzieher, als ich ihm einen panischen Blick zuwerfe. „Ich bin sicher, er weiß, wie du dich fühlst."

Ich will mich selbst treten. „Ich hätte es ihm sagen sollen. Jetzt bekomme ich vielleicht nie eine Chance."

„Kopf hoch. Du bekommst schon noch deine Chance. Ich weiß es." Er steht auf. „Allie, du siehst aus wie eine Gewinnerin. Willst du in meinem Team für das Spiel ‚Washer Toss' sein?"

Meine Schwester nickt begeistert und macht sich nicht einmal die Mühe, die Verkürzung ihres Namens zu korrigieren, die sie normalerweise hasst. „Klar."

―――――

AM NÄCHSTEN MORGEN verabschiede ich mich von meiner Familie vor meinem Wohnheim.

„Wir sehen uns in einem Monat zur Abschlussfeier", sagt mein Vater und umarmt mich. „Versuch, bis dahin nicht durchzufallen."

„Lustig."

Meine Mutter weint immer, wenn wir uns verabschieden, und dieses Mal ist es nicht anders. „Hab dich lieb, Mama. Wir sprechen uns bald wieder."

„Ich habe dein altes Zimmer hergerichtet, falls du nach deinem Abschluss bei uns bleiben willst, während du dich in den neuen Job einarbeitest."

„Danke. Ich werde darüber nachdenken." Ich habe so wenig über den Job nachgedacht. Ich habe mir nicht einmal Wohnungen angeschaut. Es scheint nicht annähernd so wichtig zu sein wie alles andere, was passiert ist.

„Danke, dass ich gestern Abend mitkommen durfte", sagt Allison, als sie endlich an der Reihe ist. „Gibst du Maverick meine Nummer?"

„Definitiv nicht."

Sie lächelt. „Tschüss, S."

Kaum bin ich in mein Zimmer zurückgekehrt und ins Bett gekrochen, wo ich mich den ganzen Tag lang selbst bemitleiden will, klopft es an der Tür. Mein dummes, hoffnungsvolles Herz redet mir ein, dass es Rhett ist.

Es ist ein anderer Eishockeyspieler, der draußen mit einem Kaffee steht. „Mav?"

„Guuuuuuten Morgen. Kaffee?" Er streckt den Becher in seiner linken Hand aus. „Der ist koffeinfrei."

„Was machst du denn hier?"

„Ich habe die ganze Nacht darüber nachgedacht und beschlossen, dass wir es tun sollten."

„Was tun?"

„Mach die große Geste."

Ich nehme einen Schluck Kaffee, während ich meinem Gehirn die Chance gebe, das Puzzle, das Maverick ist, zu durchdenken. „Was?"

„Wir werden nach Minnesota fahren und du wirst die große Geste machen."

„Das klingt..."

„Wahnsinn", sagt er, während ich sage: „Wie eine schreckliche Idee."

„Komm schon. Ich lebe für diesen Scheiß. Sein Gesichtsausdruck wird die zweitägige Fahrt wert sein."

„Ich kann ihn nicht bitten, zurückzukommen."

„Dann tu es nicht, aber du musst ihm sagen, was du fühlst."

Ich kann nicht glauben, dass ich es in Betracht ziehe.

„Minnie-Soda?" fragt er und tanzt auf der Stelle.

DREIUNDDREISSIG
SIENNA

EIN ROADTRIP mit Maverick ist so lustig, wie man es sich vorstellen kann. Er hat die besten Playlists, bei jedem Tankstopp lädt er tonnenweise Süßigkeiten und Junkfood ein und er lässt nicht zu, dass ich mir in den Kopf setze, dass das alles eine schlechte Idee war und wir umkehren sollten.

Okay, er verhindert das nicht, aber er lacht und sorgt dafür, dass ich mich besser fühle, wenn ich all die wirklich schrecklichen Gedanken ausspreche, die in meinem Kopf herumschwirren.

Am Morgen unseres zweiten Tages sehe ich ein Schild nach South Dakota. „Meinst du, wir könnten einen Zwischenstopp einlegen?"

„Ja, wir sind etwa drei Stunden von Rhett entfernt. Wollen wir brunchen und darüber reden, wie ihr euch eure Liebe gestehen wollt?"

Ich starre ihn, ohne zu blinzeln, an. „Nein, aber jetzt habe ich Angst, dass das Aussprechen der Worte wirklich lahm sein wird."

Er gluckst. „Wo willst du anhalten?"

„Elias trainiert in der Nähe. Ich habe ihn noch nie getroffen und wir sind uns so nah." Außerdem glaube ich, dass ich eine aufmunternde Ansprache von meinem besten Freund brauche, denn mein Magen ist wie verknotet.

Maverick reicht mir sein Telefon. „Gib die Adresse ein."

„Danke, dass du das tust. Das alles. Dass du mich überredet hast, mitzufahren. Elias wird den Verstand verlieren."

„Wie hast du Elias kennengelernt?"

„YouTube." Ich grinse. „Er dokumentierte seine Reise, das Leben und Skaten mit langer QT. Ich bin gleich nach meiner Diagnose darauf gestoßen und wir haben ein paar Nachrichten ausgetauscht, woraus dann SMS wurden und wir uns jeden Tag unterhalten haben, manchmal sogar mehrmals am Tag. Er ist so etwas wie mein bester Freund."

„Immer nur Freunde?" Er mustert mich aufmerksam.

„Immer. Du wirst es verstehen, wenn du ihn kennenlernst. Es ist unmöglich, ihn nicht zu mögen. So ähnlich wie du."

„Willst du mich mit einem Kompliment ablenken oder ist das ernst gemeint?" Er schüttelt den Kopf. „Es ist egal, ich nehme es an."

Als wir an der Arena ankommen, in der Elias trainiert, muss ich ihn schließlich anrufen, damit wir reinkommen können. Auburn, South Dakota, mag eine kleine, namenlose Stadt sein, aber die Arena ist groß und prächtig und wird streng überwacht.

„Was? Wie?" Er bleibt einen halben Meter entfernt stehen, stürzt nach vorne und umarmt mich. „Du bist echt."

„Das wäre beeindruckendes Catfishing gewesen." Wir starren uns ein paar Minuten lang an. Seine dunklen Haare kräuseln sich um seine Ohren und seine braunen Augen sind eine Nuance heller, als sie am Telefon erschienen. Er ist groß, das wusste ich, und hat den schlaksigen, aber kräftigen Körperbau eines typischen männlichen Eiskunstläufers.

Persönlich ist er derselbe, und mein Unbehagen, ihn endlich persönlich kennenzulernen, ist schnell verflogen, als ich feststelle, dass es genauso einfach ist, mit ihm zusammen zu sein, wie am Telefon.

Ich neige meinen Körper, um den Mann an meiner Seite vorzustellen. „Das ist Johnny Maverick."

„Hochgetauscht?" Elias hebt eine Augenbraue.

Mav gackert. „Hochgetauscht. Das ist witzig und danke, dass du hoch statt runter gesagt hast."

„Der andere steht momentan auf meiner Shitliste, also ist es nicht schwer, im Moment besser auszusehen als er."

„Elias!" Ich schlage ihm auf den Arm.

„Ich weiß. Ich weiß, ich weiß. Seine Ex ist gestorben. Es ist furchtbar, aber ich bin trotzdem sauer, dass er abgehauen ist."

Die Jungs schütteln sich die Hände und dann nimmt Elias uns mit auf eine kurze Tour durch das Gebäude. Es ist beeindruckend und ich vermisse schon jetzt die Stunden, die ich in den letzten vier Jahren auf dem Eis verbringen durfte. Oh, wie sehr ich das tägliche Eislaufen vermissen werde.

„Ich muss zurück. Wie lange bleibst du denn noch? Können wir zusammen skaten?"

„Das würde ich gerne." Ich schaue zu Mav. „Haben wir Zeit?"

„Ja, ich hätte auch nichts dagegen, mir das Eis anzusehen."

„Fantastisch." Elias grinst. „Setz dich irgendwohin, sprich

nicht mit der fiesen Dame mit den feuerroten Haaren und ich bin in etwa zwei Stunden fertig."

„Die fiese Dame mit den feuerroten Haaren - ah! Ich hab sie gefunden." Mav zeigt zu einer Reihe etwa in der Mitte.

Ich schnaube. „Das ist seine Trainerin und sie ist unglaublich."

Es sind noch zwei andere Paare auf dem Eis, aber ich konzentriere mich auf Elias und Taylor. Ich habe online Videos von ihren Wettkämpfen gesehen und einige Clips, die Elias geschickt hat, aber in echt sind sie noch besser. Taylor hat diese Ausstrahlung und Elias ist ein großartiger Partner, der mit ihr synchronisiert und jede Bewegung so zusammenhängend wirken lässt, als ginge es nur um sie.

„Was machst du denn da drüben?" frage ich Mav eine Weile später. Seit wir uns hingesetzt haben, haben wir kaum miteinander gesprochen, weil ich so sehr mit dem Beobachten beschäftigt war. Er hat sich zurückgelehnt und lächelt auf sein Handy.

„Sexting Kota".

„Was?!" Nun, das hat definitiv meine Aufmerksamkeit. „Auf keinen Fall. Lass mich mal sehen."

Er setzt sich auf und zeigt mir ein Bild von Dakota mit Charli im Arm. „O-kay. Ich hatte etwas... sexigeres erwartet."

„Sie passt für mich auf sie auf, während ich weg bin."

„Das ist schön, aber wie ist das mit dem Sexting?"

„Vertrau mir. Ich habe diesen Zug erfunden."

„Welche Zug?"

„Ich schicke den Mädels, an denen ich interessiert bin, Bilder von meinem Hund, um ihre Aufmerksamkeit zu bekommen. Das ist ein Signal und viel effektiver als Nacktbilder."

„Warte einen Moment." Ich ziehe mein Handy heraus und scrolle bis zum Anfang meines und Rhetts Textverlaufs, dann zeige ich ihn Mav.

Er hält sich den Mund mit einer Faust zu. „Es hat funktioniert, oder?"

„Natürlich bist du mit deinen Schlittschuhen gereist", sagt Elias, als ich das Eis betrete.

„Mav auch." Ich nicke mit dem Kopf zu ihm, da er mit dem Hockeyschläger in der Hand herumläuft.

„Dieser Ort ist unglaublich." Ich schaue hoch und genieße die Aussicht von hier unten. „Und ich hatte schon Mitleid mit dir, weil du in der Kleinstadthölle lebst."

„Es ist ziemlich schön", gibt er zu. Sein Blick geht zu Taylor.

„Wie läuft's?"

„Gut. Wir haben beschlossen, dem Dating eine Chance zu geben."

Ich halte an. „Dating?"

„Ja, das ist keine große Sache. Wir dachten uns, der einzige Weg, die Dinge nicht seltsam werden zu lassen, ist, uns einfach zu verabreden und der Chemie nachzugeben."

Ich lache. Das ist das erste Mal seit einer Woche, dass ich wirklich, wirklich lache. So sehr, dass ich eine ganze Minute lang nicht aufhören kann.

„Es tut mir leid", sage ich und fasse mir an den Bauch. „Ich wollte nicht lachen. Glaubst du wirklich, dass das der weniger seltsame Weg ist?"

Er zeigt ein verlegenes Grinsen. „Wahrscheinlich nicht,

aber sie küsst wie eine verdammte Göttin, die von Zeus niedergestreckt werden soll."

„Ist das gut?"

„Es ist..." Er hält seine Hände vor seinem Gesicht zusammen. „So gut."

„Dann freue ich mich für dich."

„Es wird gut sein, solange es dauert", sagt er mit gezwungener Leichtigkeit in seinem Ton. Ich hoffe für ihn, dass es so zwanglos endet, wie es begonnen hat. Er ist so nah dran an seinen Goldmedaillenträumen.

„Also..." Er beginnt. „Wie sieht der Plan aus? Du tauchst einfach bei Rhett zu Hause auf und was dann?"

„Ich weiß es nicht", gebe ich zu. „Ich muss ihm einfach ins Gesicht sagen, dass ich ihn liebe. Vielleicht weiß er es ja schon, aber solange ich die Worte nicht laut ausgesprochen habe, werde ich das Gefühl haben, nicht alles getan zu haben, was ich konnte."

„Du hast es ihm *immer noch* nicht gesagt?"

„Du *datest* deine Partnerin?"

Er zeigt ein verlegenes Grinsen.

„Das spielt wahrscheinlich keine Rolle. Er liebt mich und das war nicht genug. Ich glaube, er will mich beschützen."

„Vor?"

„Meinem *gebrochenen* Herzen".

„Hat er das gesagt?" Elias sieht sauer aus bei dieser Aussicht.

„Nein, nicht direkt, aber er sagte, das Letzte, was er wolle, sei, mich zu verletzen oder noch mehr Stress in mein Leben zu bringen."

Er schenkt mir ein kleines Lächeln.

„Ich schätze, ich kann es ihm nicht verübeln, dass er

denkt, ich käme damit nicht klar, wenn man bedenkt, dass ich fast in Ohnmacht gefallen bin, als wir erfuhren, dass Carrie gestorben ist." Ich hasse es so sehr, dass er daran zweifelt, ob ich in der Lage bin, für ihn da zu sein. Und ich hasse es noch mehr, dass ich ihn im Stich gelassen habe, als er mich am meisten brauchte.

„Schatz, du bist nicht kaputt. Das weiß er. Oder er sollte es wissen. Versuch gar nicht erst, die Wehe-mir-Karte auszuspielen. Du bist die stärkste Person, die ich kenne. Du bist ein verdammter harter Kerl. Er hat es aus demselben Grund gesagt, aus dem du ihm noch nicht gesagt hast, dass du ihn liebst."

„Ich habe einfach noch nicht den richtigen Zeitpunkt gefunden. Tut mir leid, dass deine Ex-Freundin gestorben ist, aber hey, Trostpreis, ich liebe dich."

„Du bist für niemanden ein Trostpreis."

„Ich weiß." Ich seufze. „Und ich weiß, dass er das nicht denkt. Aber was ist, wenn..." Ich lege meine Hand auf mein Herz.

„Was ist, wenn er nicht damit klarkommt, mit jemandem zusammen zu sein, der jeden Moment tot umfallen kann?"

„Es ist eine Menge. Besonders jetzt."

„Wir sind alle tickende Zeitbomben. Du bist verängstigt. Er ist verängstigt. Das Leben ist verdammt beängstigend."

„Die Menschen werden nicht gerne an ihre Sterblichkeit erinnert."

„Stimmt."

Elias und ich können uns nicht den Luxus leisten, zu glauben, dass wir unantastbar sind. Wir wissen es besser, aber jeder, der uns nahekommt, muss das auch akzeptieren, und das kann sehr schwer zuzugeben sein.

„Was ist, wenn er nicht darüber hinwegkommt? Was ist, wenn er nicht zurückkommt?"

„Dann ist Rickie wirklich ein dummer Eishockeyspieler." Elias nimmt meine Hand. Es ist so seltsam, hier mit ihm zu sein, beim Schlittschuhlaufen, als hätten wir das schon eine Million Mal gemacht. „Willst du Taylor kennenlernen?"

„Ach du meine Güte, wirklich? Ist es komisch, wenn ich sie um ein Autogramm bitte?"

Er lacht leise vor sich hin. „Oh, sie wird das lieben."

Mav und ich klettern zurück in seinen SUV. Wir sind nur noch ein paar Stunden von Rhetts Haus entfernt und die Nerven und die Vorfreude prasseln auf mich ein.

„Das war ein furchtbarer Plan. Wie konnte ich mich nur von dir dazu überreden lassen?" frage ich Mav, als wir auf der Autobahn sind.

„Es ist ein toller Plan und ich habe dich dazu überredet."

Schon bald zeigen die Schilder für Rochestertown an, dass wir in der Nähe sind.

„Vielleicht sollten wir bis morgen warten. Er könnte noch beschäftigt sein oder, ich weiß nicht, mit Freunden unterwegs."

„Wirklich?" fragt Mav kichernd. „Nein, das geht nicht. Ich muss zum Abendessen im Norden der Stadt sein. Ich habe gerade genug Zeit, um dich abzusetzen, Rhett Hallo zu sagen und mich wieder auf den Weg zu machen."

„Du verlässt mich?"

„Entspann dich. Ich komme heute Abend wieder."

„Was liegt nördlich der Stadt?"

„Die Wildcats. Mein Team." Er tippt auf den Hut der Wildcats, der auf dem Armaturenbrett liegt. „Du hast vergessen, dass ich ein großer Eishockeyspieler bin, nicht wahr?" Er zwinkert.

„Ich glaube nicht, dass du dich einen Profi-Eishockeyspieler nennen darfst, bis du ein richtiges Profi-Spiel gespielt hast."

Er grinst.

„Darfst du während der Nebensaison im Valley vorbeikommen und trainieren?"

„Nein, ich habe nur ein Treffen mit dem Trainer und meinem Agenten."

Ich bin zu besorgt, Rhett zu sehen, um neugierig zu sein, aber ein paar Minuten später fragt Mav: „Willst du ein Geheimnis wissen?"

Ich nicke.

„Nächstes Jahr gehe ich nicht mehr zur Valley U."

„Warum nicht?"

Er zuckt mit einer breiten Schulter. „Es ist an der Zeit. Wir haben eine nationale Meisterschaft gewonnen. Das ist nicht zu toppen."

„Wow. Weiß das noch jemand?"

Er schüttelt den Kopf. „Das ist unser kleines Geheimnis."

Ich stoße einen zittrigen Atem aus, als er die Autobahn verlässt.

Er nimmt seinen Blick kurz von der Straße und sieht mich an. „Du schaffst das schon."

„Was ist, wenn er nicht begeistert ist, mich zu sehen?"

„Das ist es, was dir Sorgen macht?"

„Ich hasse Überraschungen. Sie verlaufen nie wie

geplant." Etwas, das Elias vorhin gesagt hat, geht mir immer wieder durch den Kopf. „Stopp. Halt an."

Mav runzelt die Stirn, aber er hält auf dem Parkplatz eines Cafés direkt an der Autobahn. „Geht es dir gut?"

„Ja, mir geht es gut, aber ich kann das nicht tun."

„Sienna -"

„Nicht, weil ich Angst habe, dass er mich nicht sehen will." Ich drehe mich zu ihm um. „Ich bin ein verdammt harter Kerl."

Mavs Körper zittert vor Lachen. „Ja, das bist du."

„Er hat mich um diese eine Sache gebeten. Ich kann mich nicht hinstellen und versuchen, ihn zu überzeugen, es nicht zu tun."

„Wie wäre es, wenn du ihm sagst, dass du ihn liebst?"

„Das werde ich, aber ich glaube, ich muss erst einmal an das glauben, was wir haben. Wenn ich dort auftauche, beweise ich im Grunde, dass ich nicht mit allem fertig werde, was das Leben uns auftischt. Ich kann es. Ich bin stark genug. Wenn er weglaufen will, ist das seine Sache. Aber ich bin hier oder ich war dort. Ich war stark genug, aber er war es nicht."

„Ich weiß nicht, ob ich dir folgen kann", sagt Mav.

Ich öffne die Tür, das Telefon in der anderen Hand. „Gibst du mir fünf?"

„Klar, bleib hier. Ich hole mir einen Kaffee."

„Danke." Ich schließe die Tür und Maverick steigt aus dem Fahrzeug aus.

Ich habe keine Ahnung, was ich sagen soll, aber mein Finger schwebt über Rhetts Nummer, als eine SMS auftaucht.

Rhett: Hey, Engel. Ich bin wieder in MN und habe ein neues Telefon.

Eine zweite taucht auf, während ich die erste zum dritten Mal lese.

Rhett: Das ist einfach etwas, das ich tun muss. Ich kann es nicht erklären. Ich weiß, es ist der denkbar schlechteste Zeitpunkt, weil die Schule zu Ende ist, aber ich kann nicht zurückkommen, bevor ich mir nicht sicher bin... Scheiße, ich weiß nicht mal, worüber ich sicher sein muss.

Rhett: Ich bin mir sicher, dass ich dich vermisse.

Ich tippe ein Dutzend Antworten. Ich möchte ihm sagen, wie ich mich fühle und ihn anflehen, zurückzukommen. Natürlich tue ich das. Ich vermisse ihn. Aber wenn er sich jetzt nicht an mich anlehnen will, kann ich ihn nicht dazu zwingen.

Ich: Ich vermisse dich auch. Ich verstehe schon. Tu, was du tun musst, aber ich bin hier, wenn du etwas brauchst.

Ich schalte mein Telefon aus, damit ich nicht zusammenbreche und ihm per SMS sage, dass ich ihn liebe. Er wird zurückkommen. Das muss er auch.

Mav klettert zurück auf den Fahrersitz, reicht mir eine Tasse und stellt seine in die Mittelkonsole. „Und?"

„Es tut mir leid, dass ich dich umsonst fünfzehnhundert

Meilen von der Schule weggeschleppt habe, aber ich muss ihn das auf seine Art machen lassen."

Er nickt langsam. „Bist du dir sicher?"

„Positiv."

„In Ordnung." Er setzt seine Sonnenbrille auf. „Willst du mein neues Team kennenlernen?"

VIERUNDDREISSIG
SIENNA

Mav und ich kommen Mittwochabend zurück ins Valley und den Rest der Woche hole ich meine Kurse nach. Es war ein verrückter Monat, aber zum Glück sind meine Professoren genauso begierig darauf, dass das Semester vorbei ist wie ich und ich habe keine Prüfungen oder wichtigen Aufgaben verpasst.

Und ohne Rhett oder Schlittschuhlaufen, um meine Zeit zu füllen, habe ich am Freitagabend alles aufgeholt und bin gelangweilt. Schließlich treffe ich mich mit den Mädchen in der Mensa. Ich wusste, dass sie eine Million Fragen haben würden und ich werde nicht enttäuscht. Kaum haben wir uns an einen Tisch gesetzt, fangen sie an, mir Fragen über Rhett zu stellen.

„Du bist den ganzen Weg dorthin gefahren und hast ihn dann nicht einmal besucht?" fragt Ginny.

„Ich konnte nicht. Ich wollte es, aber ich konnte es einfach nicht."

„Hast du etwas von ihm gehört?" Reagan lächelt traurig.

„Nur ein paar SMS." Ich schüttle den Kopf. „Hoffentlich kümmert er sich um sich oder tut, was er tun muss."

„Es ist erst eine Woche her", sagt Dakota.

Eine Woche, die sich wie eine Ewigkeit angefühlt hat. Ich hatte gehofft, dass er sich aus der Ferne vielleicht mehr öffnen würde, aber es herrscht Funkstille, während er mit dieser Sache allein fertig wird.

„Ja." Ich setze mich aufrecht hin. „Ich weiß. Ich vermisse ihn einfach."

„Ich kann nicht glauben, dass du den ganzen Weg gefahren bist", sagt Reagan.

„Es war kein totaler Reinfall. Ich habe Elias endlich kennengelernt und den Kader der Wildcats. Ich weiß nicht, was aufregender war."

Dakota beugt sich vor. „Ich weiß, dass Elias dein bester Freund ist und so, aber die Umkleidekabine der Männer. Ein einzelner Mann ist nie besser als ein Raum mit einem Eishockeyteam voller Männer."

„Außer wenn es der richtige ist", sagt Reagan.

Mit einem Augenrollen sagt Dakota: „Nun, bis dahin..." Sie winkt mit der Hand. „Ich brauche Details."

Ich erzähle ihnen alles, was ich über Mavericks neues Team und die riesige Arena, in der sie trainieren, weiß. Ich lasse weg, dass er eher früher als später für sie spielen wird. Soweit ich weiß, hat Maverick sonst niemandem von seiner Entscheidung erzählt, das Valley zu verlassen und nächstes Jahr Profi zu werden.

Schließlich verlassen uns Reagan und Ginny, um sich zu ihren Freunden zu setzen.

„Ist dir bewusst, dass Mav denkt, du hättest mit ihm

gesextet, während wir weg waren?", sage ich zu Dakota, als wir den Speisesaal verlassen.

„Ähm... was?

„Das Bild, das du ihm mit Charli geschickt hast. Er hat die Theorie, dass es besser ist, ein Bild mit seinem Hund zu schicken, als ein Foto von seinem Schwanz."

Sie starrt mich ausdruckslos an.

„Er sagt, dass er damit effektiver Sex haben kann."

„Deshalb schickt er mir ständig Fotos von ihm und Charli."

Wir lachen beide.

„Wie sieht dein Abend aus?" fragt Dakota. „Willst du abhängen?"

„Das würde ich gerne, aber ich musste ein paar Kurse tauschen, während ich weg war. Heute Abend unterrichte ich zwei Yogakurse für Anfänger."

„Ich komme mit dir mit. Ich wollte eigentlich auf der Rennbahn laufen, aber der letzte Kurs bei dir hat mich umgehauen. Wie lange machst du das schon?"

„Yoga oder Unterricht?"

„Beides."

„Als ich aufgewachsen bin, hat meine Mutter zu Hause immer Yoga gemacht. Ich habe ein oder zwei Posen mit ihr gemacht, dann wurde es mir langweilig und ich habe etwas anderes gemacht. Als ich dann nach Valley kam, habe ich einen fortgeschrittenen Yogakurs besucht. Es war sehr anstrengend, aber ich habe die Herausforderung geliebt, und es hilft wirklich beim Skaten. Ich ziehe meine Karte am Türleser durch, um uns in den verschlossenen Raum zu lassen. „Und ich habe angefangen zu unterrichten, als ich merkte, dass ich für etwas bezahlt werden kann, das ich sowieso vorhatte zu tun."

Sie lacht. „Dass es ein Job ist, nimmt dir nicht die Freude daran?"

„Es gibt Tage, an denen ich mich davor graue zu kommen, aber sobald der Unterricht beginnt, nein, dann liebe ich ihn."

„Das ist wirklich cool, und du bist gut darin, so dass es für alle gut funktioniert."

Ich starte die Musik und setze mich auf den Boden, um mich zu strecken. „Was wirst du diesen Sommer machen?"

Sie lässt die Schultern nach vorne sinken und das Ende ihres roten Pferdeschwanzes fällt über einen Arm. „Ich habe mich für viele Praktika beworben, aber bisher waren sie entweder unbezahlt oder das Gehalt war so niedrig, dass ich mich davon nicht ernähren könnte."

„Was für ein Praktikum suchst du denn?" frage ich.

Während wir darauf warten, dass die Leute in den Raum kommen, erzählt mir Dakota, dass sie Public Relations oder Marketing machen möchte und hofft, diesen Sommer etwas zu finden, um Erfahrungen für ihren Lebenslauf zu sammeln.

„Es sieht so aus, als würde es ein weiterer Sommer werden, in dem ich in der Hall of Fame arbeite. Es ist so ruhig im Sommer. Die einzigen Leute, die für Touren kommen, sind ehemalige Spieler, die ihre glorreichen Jahre noch einmal erleben wollen."

„Oh, das klingt irgendwie nett." Ein paar Leute haben sich zu uns gesellt, rollen ihre Matten aus und machen sich bereit.

„Das ist es nicht wirklich. Ich muss mir immer eine

Stunde lang Geschichten anhören, wie viel härter sie damals gefeiert haben oder wie viel besser das Team war."

Ich lache über den Gedanken.

„Ich jammere. Es tut mir leid. Es ist ein wunderbarer Job und ich liebe ihn, aber ich fange an, mir ernsthaft Sorgen um meinen Abschluss und einen richtigen Job zu machen."

„Ich fühle das. Ich habe viele Nächte damit verbracht, wach zu liegen und mich zu fragen, ob ich nicht einfach noch einen Abschluss machen und noch ein paar Jahre so weitermachen sollte."

„Trainieren und bezahlt werden? Damit könnte ich mich auch anfreunden."

Dakota ist sportlich und in Topform, aber nach der ersten Stunde fällt sie auf ihre Matte zurück und erklärt, dass sie fertig ist.

„Das war ein Anfängerkurs?" Sie legt einen Unterarm über ihre Augen.

„Du hättest die modifizierten Versionen nicht machen müssen."

„Ich habe versucht, mit dir Schritt zu halten. Ich habe versagt."

„Danke, dass du gekommen bist. Es war gut zu plaudern und mich von allem abzulenken."

„Jederzeit. Ich habe mir überlegt..." Sie beißt sich auf den Mundwinkel.

„Oh-oh."

„Ich denke, du könntest das nach der Schule als Job machen."

„Die Bezahlung ist beschissen. Ich würde in billigen Wohnungen mit zwölf Mitbewohnern leben."

„Und wenn es nicht so wäre?"

„Dann melde mich an, aber ich habe mich umgeschaut. Die Bezahlung ist mies und es gibt keine Sozialleistungen."

„Ich habe eine Idee. Kann ich bleiben und die nächste Klasse aufnehmen?"

„Du willst den Unterricht aufnehmen?"

„Nun, nein. Ich will dich aufnehmen."

Maverick kommt herein und hebt eine Hand zur Begrüßung, bevor er sich zu uns gesellt.

„Bleibst du zum Unterricht oder bist du schon fertig?", fragt er Dakota.

„Beides." Sie schaut zu mir. „Ich werde nur dich aufnehmen. Ich werde niemanden sonst aufnehmen, also musst du dir keine Sorgen um Verzichtserklärungen oder Genehmigungen machen."

„Sie aufnehmen für was?"

„Ich möchte Sienna zeigen, wie toll sie Yoga online unterrichten kann."

Wie bitte, was?!

„Du wärst großartig darin", sagt er bestimmt. „Du kannst mich mit aufnehmen. Ich mache Yoga sexy."

Dakota rollt mit den Augen.

„Beraube die Welt nicht meiner verrückten Yoga-Künste."

„Was sagst du dazu?", fragt sie mich und grinst hoffnungsvoll.

Es ist Zeit, mit dem Unterricht zu beginnen und ich habe keine Zeit, über alles nachzudenken, was sie mir jetzt vorschlägt. „Gut. Ja zur Aufnahme, aber versuch, es lässig aussehen zu lassen, damit es die Klasse nicht stört und nimm nur mich und Maverick auf."

„Juhu!" Sie macht einen kleinen glücklichen Tanz.

„Und nichts posten, bevor ich es nicht gesehen habe."

„Natürlich. Es wird fantastisch werden. Ich verspreche es."

„Mhmmm. Das glaube ich erst, wenn ich es sehe."

Meine Klasse scheint nicht zu bemerken, dass Dakota von ihrer Matte aus filmt, aber ich schon. Die ersten fünf Minuten verbringe ich steif und roboterhaft in meinen Bewegungen und Anweisungen. Doch schon bald komme ich in den Flow und vergesse, dass jemand eine Kamera auf mich gerichtet hat.

Als der Unterricht vorbei ist, erschaudere ich, als sie sich mit ihrem Handy nähert.

„Ist schon okay. Ich muss es nicht sehen, um zu wissen, wie peinlich das war."

Mav steht neben ihr und starrt auf ihren Bildschirm.

„Am Anfang ist es ein bisschen wackelig. Ich hatte Schwierigkeiten, den richtigen Blickwinkel zu finden, aber es sind ein paar gute Sachen dabei."

„Sieh dir diese perfekte Form an." Mav grinst.

„Ich gebe es nur ungern zu, aber die Kamera liebt dich", sagt sie zu ihm.

Sein Lächeln könnte nicht breiter sein, als er einen Arm um ihre Schultern legt.

„Ist der Raum frei? Können wir ein paar Dinge ausprobieren?"

„Du musst das nicht tun", sage ich.

„Ich möchte es."

„Warum?"

„Weil ich als deine Freundin Potenzial in dir sehe, welches du nicht sehen kannst."

„Es gibt schon so viele Yoga-Videos da draußen." Zugegeben, die meisten davon sind Mist.

Als ich nicht überzeugt bin, fügt sie hinzu: „Du hast eine Geschichte. Das bringt die Leute dazu, dich zu mögen und dir zu folgen. Und du bist eine wirklich gute Yogalehrerin."

„Außerdem bist du heiß", sagt Mav.

Ich lache, aber Dakota nickt. „Er hat nicht Unrecht. Das hilft auch."

„Lass mich ein paar Videos aufnehmen und mit den Formaten herumspielen. Du hast recht, es gibt eine Menge Yoga-Videos, aber keines von dir."

„Gut. Na gut. Was habe ich sonst noch vor heute Abend?"

„Das ist die richtige Einstellung", sagt sie lachend.

IN DER NÄCHSTEN Woche werden die Dinge einfacher. Ich vermisse Rhett sehr, aber ich beschäftige mich mit dem Unterricht und Dakotas neuer Obsession, mich zu einer Yoga-Influencerin zu machen. Ich erschaudere jedes Mal, wenn sie das Wort „Influencer" sagt.

Wir filmen Videos, machen Fotos im Studio und überall auf dem Campus. Ich muss sagen, selbst wenn ich nie den Mut finde, etwas davon zu veröffentlichen, war es die Zeit und Energie wert, mich abzulenken.

„Lass uns heute Abend ausgehen", sagt Dakota am Donnerstagnachmittag.

Wir chatten per Video, während ich vom Unterricht zurück in mein Wohnheim gehe.

„Ich sehe an deinem Gesichtsausdruck, dass du eigentlich zu Hause bleiben und schmollen willst."

„Ich bin nicht sauer. Mir ist nur nicht danach, übermäßig glücklich zu sein."

Sie lacht mich an. „Notiert. Ich werde dafür sorgen, dass du nur eine anständige Zeit hast. Nichts allzu Lustiges."

„Okay. Ich bin dabei. Ich werde auch Josie und Olivia fragen." Sie haben mich auch damit genervt, dass ich ausgehen soll, so kann ich es allen auf einmal recht machen.

„Cool. Ich werde mal sehen, ob ich Reagan und Ginny von ihren Männern weglocken kann."

Wir treffen uns in der Wohnung von Dakota und Reagan. Sie haben genug Wein und Mixgetränke gekauft, um uns alle eine Woche lang betrunken zu halten, und Dakota lässt im Wohnzimmer Tanzmusik laufen.

„Wir haben Wasser mit Kohlensäure, Gatorade und Cola Light", sagt Reagan, als ich die Küche betrete und die Getränkeauswahl überprüfe.

„Danke."

Sie wackelt mit dem Hintern, als sie mit der Tasse in der Hand weggeht. „Wir sehen uns auf der Tanzfläche."

Fast eine Stunde lang bleiben wir genau dort. Wir feiern eine Tanzparty mitten in ihrem Wohnzimmer, schmettern jeden Text und springen herum. Es fühlt sich gut an, sich in der Musik und dem Moment mit meinen Freunden zu verlieren.

Wir gehen nach draußen, um eine Pause zu machen. Josie setzt sich neben mich und lehnt ihren Kopf an meine Schulter. „Ich kann nicht glauben, dass du deinen Abschluss machst und mich ganz allein lässt."

„Hey!" Olivia stupst sie von der anderen Seite an.

„Wir sollten eine Party feiern", sagt Josie und setzt sich aufrecht hin. „Wir könnten es bei Kate zu Hause machen."

„Das müsst ihr nicht tun. Das ist perfekt. Nur meine Mädchen."

„Wir werden auch da sein", sagt sie. „Und vielleicht ein paar Hockey-Jungs."

„Sie folgen diesen beiden", sagt Dakota und zeigt auf Ginny und Reagan.

„Bitte?", fragt Josie. „Das wird so lustig. Lass uns dich mit einem richtigen Abschied verabschieden." Sie küsst die Luft.

Ich lächle. „Klar. Das klingt toll. Danke."

Aber meine Brust schmerzt, als ich merke, dass der einzige Hockey-Junge, den ich will, nicht da sein wird.

Am nächsten Morgen wache ich früh auf. Mein Körper weigert sich zu akzeptieren, dass ich morgens nicht mehr aufstehen und zum Training gehen muss. Also ziehe ich mich an und gehe trotzdem hin.

Ich wärme mich auf und verfalle dann in mein altes Programm. Es ist seltsam zu denken, dass es keine neuen Programme mehr geben wird. Ich bin nicht traurig darüber, keine Wettkämpfe oder Shows mehr zu machen. Ich könnte beides machen, wenn ich wirklich wollte. Und ich weiß, dass ich immer noch eislaufen werde. Ich werde mir die Zeit dafür nehmen, weil ich es liebe. Aber das hier... einfach nur auf dem Eis und sonst nirgendwo zu sein. Ich werde es vermissen, weil es so ein großer Teil meiner täglichen Routine ist.

Die Lichter sind immer noch gedämpft und ich bin die einzige Person hier. Da sowohl die Eishockeysaison wie auch unsere Saison vorbei sind, kann ich endlich ein bisschen von der Einsamkeit auf dem Eis genießen, die ich mir schon das ganze Semester lang gewünscht habe.

Zugegeben, es ist nicht so toll, wie ich es mir vorgestellt habe. Vor Rhett war ich es gewohnt, Menschen auf Abstand zu halten. Ich habe viele Dinge als Ausrede benutzt. Die Notwendigkeit zu skaten, mein Herzleiden und wahrscheinlich eine Million anderer Dinge, aber er hat mich verändert. Ich glaube nicht, dass ich jemals wieder glauben kann, dass ich alleine besser dran bin.

Ich bin stark genug, um zu skaten, zu lieben und jemandem mein ganzes Herz zu geben - jedes unvollkommene Stück. Ich hoffe nur, dass er das und mich akzeptieren kann, wenn er auf der anderen Seite dieser Sache herauskommt.

Jedes unvollkommene Stück.

FÜNFUNDDREISSIG
RHETT

In der Eishalle ist es ruhig. Die Sommercamps haben noch nicht begonnen, und nur wenige Leute kommen vor dem späten Nachmittag, wenn die Schule für den Tag beendet ist.

„Es kommt dir wahrscheinlich klein vor, nach all den großen Arenen, in denen du in den letzten vier Jahren Schlittschuh gelaufen bist." Meine Mutter erscheint am Tor.

„Immer noch mein Favorit." Ich bleibe vor ihr stehen. „Soll ich irgendetwas für dich tun? Ich könnte dir später in einem der Kurse helfen?"

„Wir haben es im Griff."

„Ich weiß, dass ihr das habt, aber ich bin hier, ich kann auch helfen."

„Du stehst erst in einem Monat wieder auf der Gehaltsliste."

„Mama, komm schon. Lass mich helfen. Ich habe gehört, wie du und Dad euch über den Trainer von Ryders Klasse beschwert habt. Ich kann da einspringen."

„Ich weiß, dass du dich gerne nützlich machen willst,

solange du hier bist, aber deshalb bist du nicht gekommen und ich will dich nicht ersetzen müssen, wenn du zurückgehen willst. Wenn du heute helfen willst, gut. Aber nur für heute."

„Ich werde nicht aufgeben und dich im Stich lassen. Ich liebe diesen Ort."

„Und in ein oder zwei Monaten wird er hier sein, wenn du bereit bist."

Es ist ärgerlich, wenn der Tag keinen Sinn hat. Jahrelang hieß es entweder Schule oder Hockey. Jetzt wache ich jeden Tag auf, erledige die Hausaufgaben, die ich erledigen und einreichen muss, damit ich meinen Abschluss machen kann, und komme dann zur Eishalle. Ich bin hier, wenn sie öffnet und normalerweise auch, wenn sie schließt, aber meine Mutter hat darauf bestanden, dass ich mir diese Zeit für mich nehme.

Offiziell werde ich private Hockeystunden geben und in den Camps mitarbeiten. Ich freue mich auf den Anfang. Ich habe alle möglichen Pläne, um die Eisbahn zu erweitern und besser zu machen, aber sie hat wahrscheinlich recht. Im Valley habe ich Sienna als Krücke benutzt und hier mache ich das Gleiche, um mich so zu beschäftigen, dass ich mich nicht wirklich damit beschäftigen muss. Ich bin seit fast zwei Wochen zu Hause und weiß immer noch nicht, was ich eigentlich tue.

„Warst du schon bei Cory und Cam?"

Ich lasse meinen Kopf hängen und schüttle ihn. Der Blick, den sie mir zuwirft, sagt mehr, als ihre Worte es je könnten.

„Oh, Mist, ist es schon so spät?" Sie wirft einen Blick über meinen Kopf hinweg auf die Uhr an der Wand. „Der Handwerker ist immer noch nicht aufgetaucht und ich muss deinen Bruder in zehn Minuten abholen."

„Ich werde ihn holen."

Sie wirft mir wieder diesen Blick zu.

„Gut, dann lass mich wenigstens den Reparaturdienst anrufen, und ich rufe Cory morgen an. Ich verspreche es."

Sie hat keine andere Wahl und das weiß sie. „Lade sie diese Woche zum Essen ein."

„Mama, du musst doch nicht..."

„Es wird schwer werden. Mach es nicht schwieriger, als es sein muss." Sie richtet sich auf. „Die Tür zum Umkleideraum muss heute noch repariert werden. Wir haben hier morgen früh ein Eishockeyspiel und ich brauche eine funktionierende Tür. Wenn sie versuchen, dich zu vertrösten, ruf jemand anderen an."

„Ich werde es schaffen. Geh."

Ich gebe auf, nachdem ich drei Anrufbeantworter und eine Person erreicht habe, die sagt, dass sie es machen kann, aber erst in der übernächsten Woche. Ich krame im Wartungsschrank nach Werkzeug und mache mich auf den Weg zum Umkleideraum der Jungen.

Die riesige Massivholztür ist verdammt schwer. Ich schwitze und fluche, als ich versuche, sie aus den Angeln zu heben.

„Ist jemand da?", ruft jemand von der Eingangstür.

„Warten Sie kurz", rufe ich und lehne die Tür an die Wand, weil ich froh bin, dass der Handwerker endlich aufgetaucht ist. Wahrscheinlich brauchen wir zwei, um die Tür wieder zu einzuhängen.

Ich wische meine Hände an einem Lappen ab, als er in Sichtweite kommt. Seine Jeans sind viel zu sauber, als dass er der Handwerker sein könnte, und es ist kein Werkzeugkasten in Sicht.

„Rhett?" Er reckt sein Kinn vor.

„Ja. Wer bist du?"

Er grinst. Ein eingebildetes Grinsen, das in meinem Gehirn Wiedererkennen aufflackern lässt. „Elias."

„Womit habe ich das Vergnügen verdient? Warte, weiß Sienna, dass du hier bist? Sie wird so sauer sein, dass ich dich vor ihr getroffen habe."

„Nein, sie weiß es nicht, aber ich habe unser Mädchen letzte Woche kennengelernt."

„Wirklich?" Ich lächle und stelle mir Siennas Gesicht vor, wie sie nach all der Zeit ihren besten Freund trifft.

Er nickt. Ich habe das Gefühl, dass er mir keine weiteren Details verraten wird, außer ich bohre nach.

„Wie geht es ihr?"

„Oh nein. Du wirst keine Informationen aus mir herausbekommen."

Ich gluckse. „Na gut. Willst du mir dann sagen, warum du hier bist?"

„Alles zu seiner Zeit, Robbie."

„Ein bisschen weit weg von Toronto, um einfach vorbeizukommen."

„Wir werden die nächsten zwei Monate in Auburn trainieren. Es ist die Heimatstadt meiner Partnerin Taylor."

„Wenn du mir schon nicht sagst, warum du hier bist, dann nimm doch eine Seite. Diese Tür klemmt. Ein kleines Kind konnte letzte Nacht nicht raus. Eine große Katastrophe."

Elias kichert. „Darauf wette ich."

Wir arbeiten zusammen, um das verbogene Scharnier zu ersetzen und die Tür wieder anzubringen.

„Gott sei Dank", sage ich, als wir es ausprobieren und die Tür ohne Probleme aufschwingt.

Ich werfe ihm einen schmutzigen Lappen zu, mit dem er sich die Hände abwischen kann, schnappe mir ein paar Stühle und fordere ihn auf, sich zu setzen, während ich dasselbe tue.

„Der Ort ist gar nicht so schlecht." Er setzt sich und schaut sich in der Arena um.

„Sie ist seit vier Generationen im Besitz meiner Familie. Wir veranstalten im Sommer Eislauf- und Hockeycamps, das ganze Jahr über Kurse und vermieten die Halle an Mannschaften." Ich habe viele Pläne, um zu expandieren und weitere Einnahmequellen zu erschließen, aber das kommt noch.

„Erinnert mich an die Eisbahn, auf der ich als Kind Schlittschuh gelaufen bin." Sein Blick schweift weiter. „Sie wäre fast gekommen, um dich zu sehen."

„Wäre sie das?" Allein der Gedanke daran lässt mein Herz höherschlagen.

„Sie hat es sich ausgeredet. Sie hat beschlossen, dass du deinen Scheiß selbst regeln musst."

Ich nicke. Ich schätze, das habe ich gesagt und gemeint, aber in der Zeit, in der wir getrennt sind, habe ich das Gefühl, durch Schlamm zu stapfen. Ich verliere langsam den Verstand, oder zumindest das, was davon übrig ist.

„Ich vermisse sie."

„Aber?"

„Ich will sie nicht mit mir runterziehen, während ich meine Scheiße aufarbeite."

„Weil du glaubst, dass sie es körperlich nicht aushält?"

Ich starre ihn an.

„Ihr Herzleiden? Das ist cool, Mann, ich verstehe das. Ich kann dir gar nicht sagen, wie viele Leute schon weggegangen sind, weil sie damit nicht zurechtkamen. Wenn du und Sienna eine Chance haben wollt, musst du dich auf sie stützen. Du wirst darauf vertrauen müssen, dass sie stark genug ist."

„Verdammt, natürlich ist sie stark genug. Ich bin nicht gegangen, weil ich glaube, dass sie nicht gesund genug ist, um damit umzugehen. Scheiße! Ist es das, was sie denkt? Ich bin wütend und traurig, und das hat sie nicht verdient. Sie ist ein Engel." Mein Engel.

„Willst du wissen, was mich und Sienna so eng zusammenbringt? Was wahrscheinlich jede zwei Menschen zusammenbringt?"

Ich antworte nicht, aber er fährt fort. „Gemeinsam durch schwierige Situationen gehen. Sich verletzlich zu zeigen und den anderen sehen zu lassen, wie beschissen es einem geht. Für Sienna und mich ist es unser Herzleiden. Wir können uns gegenseitig Dinge sagen, die wir sonst niemandem erzählen können."

„Ich schwöre bei meinem Herzen und hoffe, dass ich sterbe." Ich mache das X über meinem Herzen, das ich schon ein Dutzend Mal gesehen habe.

„Genau."

„Das ist anders."

„Das ist es wirklich nicht. Sie will nur für dich da sein -

was auch immer du brauchst. Du hast gesagt, dass es hierher kommen ist, also hat sie dich gehen lassen. Sie ist ein starkes Mädchen. Sie wird dir immer geben, was du brauchst, aber ist das wirklich nötig, dass du tausende von Kilometern von ihr entfernt bist? Du hast viel Scheiße durchgemacht und das tut mir leid, Mann. Ganz ehrlich. Aber Mädchen wie Sienna gibt es nicht so oft. Ich schlage vor, du reißt dich zusammen, Rhett, und holst unser Mädchen, bevor ich ihr trauriges Gesicht noch einmal sehen muss, wenn ich anrufe. Ich habe meine eigenen Probleme, auf die ich mich konzentrieren muss."

Ich kichere, weil ich weiß, dass die Beziehung zwischen Sienna und ihm genauso ist. Sie hilft ihm. Sie ist sein Fels in der Brandung.

Er steht auf und reicht mir die Hand. „Ich muss jetzt los, aber ich bin froh, dass ich vorbeigekommen bin. Du bist gar nicht so schlecht, Eishockeyspieler. Lass es mich nicht bereuen, dass ich dich mag."

———

AM NÄCHSTEN TAG kommen Carries Eltern zum Abendessen. Als wir fertig sind, gehen wir alle nach draußen. Meine Mutter und Cory gehen herum und bewundern den neuen Garten, den meine Mutter dieses Jahr angelegt hat. Dad und Ryder spielen im Garten Fangen und ich sitze mit Carries Dad, Cam, auf der Veranda. Ich warte nur darauf, dass er mich anschnauzt, weil ich die Beisetzung verpasst habe.

„Ist die Schule für dieses Jahr schon vorbei?"

„Nein. Es sind noch zwei Wochen Zeit. Meine Professoren lassen mich die Aufgaben aus der Ferne abgeben."

Er ist nachdenklich. „Hast du vor, zur Abschlussfeier zu

gehen, oder willst du das auch ausfallen lassen?" Er wirft mir einen Blick zu, während er die Flasche an seine Lippen hebt. Cam war beim Militär, ein Feldwebel, und er hat diesen Blick, bei dem man sich in die Hose machen möchte.

„Ich weiß es nicht", sage ich ehrlich. Ich wische eine verschwitzte Handfläche an meinem Oberschenkel ab. „Es tut mir leid, dass ich gegangen bin. Ich hätte dort sein sollen. Deshalb bin ich zurückgekommen. Ich weiß, das ändert nichts, aber ich hatte das Gefühl, dass ich hier sein muss."

„Wie oft willst du noch versuchen, es richtig zu machen?"

„Ich werde meinen Abschluss machen, auch wenn ich nicht da bin. Ich muss die Kappe und den Talar nicht tragen. Ich brauche nicht einmal den Abschluss." Nicht wirklich. Ich wusste schon immer, dass ich in der Eisbahn arbeiten und sie eines Tages ganz übernehmen wollte.

„Und du musst nicht zu einer Beerdigung gehen, um zu trauern. Wenn du von mir Absolution erwartest, wirst du sie nicht finden. Du brauchst sie auch nicht. Ich weiß, wie sehr du dich um meine Tochter gesorgt hast, und das reicht mir."

Ich schlucke. „Danke, Sir."

Zu wissen, dass er mich nicht hasst, ist eine Erleichterung, aber ich fühle mich nicht so gut, wie ich gehofft hatte.

Er fragt nach der Eisbahn, dem Hockey und der Schule. Wir quatschen und unterhalten uns locker, bis meine Mutter und Cory wieder zurückkommen.

„Wir sollten wahrscheinlich nach Hause gehen", sagt Cory zu Cam. Sie lächelt mich an. „Es war schön, dich zu sehen. Komm doch mal bei uns vorbei, ja?"

„Das werde ich." Ich stehe auf und gehe mit ihnen raus.

Cory umarmt mich mit Tränen in den Augen.

An der Haustür folgen meine Eltern Cory zu ihrem Auto,

die immer noch plaudert, und Cam bleibt zurück, um mir die Hand zu geben.

„Weißt du, bei den meisten Feiern im Leben geht es nicht wirklich um die Person, die du feiern sollst. Beerdigungen, Babypartys, *Abschlussfeiern.*"

„Was willst du damit sagen?"

„Es gibt nur wenige Dinge, auf die ich mich mehr gefreut habe, als zu sehen, wie mein kleines Mädchen über die Bühne geht und ihr College-Diplom erhält." Er drückt meine Hand noch ein bisschen fester. „Verstehst du, was ich meine?"

Ich werfe einen Blick auf meine Mutter und meinen Vater. „Ja, Sir."

Er umarmt mich. Ich glaube, es ist das erste Mal, dass er mich umarmt, seit ich ihn kenne. Es ist weder sein noch mein Stil, aber irgendetwas sagt mir, dass er gerade nicht mich umarmt. Er umarmt die Person, die er noch hat, die seinem Kind am nächsten kommt. Also erwidere ich die Umarmung und gehe hinein, um meine Sachen zu packen.

SECHSUNDDREISSIG
RHETT

Die frühe Nachmittagssonne tränkt den Tau auf dem Gras und in der Ferne zwitschern Vögel. Der Boden unter meinen Füßen ist noch neu und das Gras hatte noch keine Gelegenheit, zu wachsen.

„Ich dachte, ich wüsste jetzt, was ich sagen soll", flüstere ich zu Carries Grabstein. „Ich schätze... es tut mir leid. Es tut mir leid, dass ich nach allem, was wir durchgemacht haben, nicht wusste, wie ich dir ein Freund sein kann. Es tut mir leid, dass ich dir wehgetan habe, denn das habe ich nie gewollt."

Ich stoße einen Seufzer aus und schaue in den blauen Himmel. „Ich bin wütend auf dich, Carrie. Ich bin so wütend auf dich, weil du ins Auto gestiegen bist. Ich weiß, das macht keinen Sinn. Ich hatte gehofft, dass wir eines Tages Freunde sein könnten. Vielleicht war das Wunschdenken. Ich weiß es nicht."

„Das ergibt für mich keinen Sinn. Warum du? Warum gerade jetzt? Du wolltest so unglaubliche Dinge tun. So viel weiß ich ganz sicher."

„Deinen Eltern wird es gut gehen. Mach dir keine Sorgen um sie. Ich werde mich um sie kümmern. Ich war nicht immer ein guter Freund, wahrscheinlich war ich auch nicht immer ein guter Partner, aber du bist das erste Mädchen, das ich je geliebt habe und ich werde dich nie vergessen."

Ich trete von dem Grab zurück und drehe mich um, um ins Auto zu steigen.

„Geht es dir gut?", fragt meine Mutter, als ich mich auf den Beifahrerseite setze.

„Ja. Mir geht's gut."

Sie umarmt mich. Das macht sie in letzter Zeit sehr oft. Ich glaube, Carries Tod hat uns alle auf unterschiedliche Weise getroffen und ich weiß nicht, wann wir uns wieder normal fühlen werden. Heute auf jeden Fall nicht.

Meine Mutter macht sich auf den Weg zum Flughafen und ich drehe mich auf meinem Sitz zu Ryder um. Seit ich gestern Abend meine Abreise angekündigt habe, hat er nicht mehr mit mir gesprochen.

„Ich werde dich vermissen, Ry, aber wir sehen uns in zwei Wochen zu meiner Abschlussfeier, und dann bin ich für immer zurück."

Die einzige Bestätigung, dass er mich gehört hat, ist, dass er seinen Kopf weiter von mir wegdreht und aus dem Fenster schaut.

„Ich habe mich gefragt, ob du das hier willst?" Ich ziehe die Bruins-Cappy aus meiner Tasche. „Ich habe sie vor langer Zeit für jemanden gekauft, aber sie hat ihr nicht gefallen." Ich lehne mich näher an ihn heran. „Sie war nicht wirklich ein Fan der Bruins, kannst du dir das vorstellen?"

„Du konntest nie widerstehen, sie damit zu necken, dass die Bruins in diesem Jahr den Cup gewonnen haben." Mom lächelt bei der Erinnerung daran. Ja, ich schätze, ich hatte sie ihr als Scherz gekauft, aber sie hat sie aufbewahrt und es fühlt sich richtig an, die Cappy Ryder zu geben. Er kannte Carrie zwar nicht so gut, aber ich glaube, sie hätte gewollt, dass er sie bekommt.

Er zuckt zusammen und betrachtet die Cappy in meinen Händen. „Sie ist wie deine, aber sauberer."

„Ja." Ich halte sie ihm hin, aber er nimmt sie immer noch nicht.

„Ich sag dir was. Ich lege sie hier hin und wenn du sie nicht willst, bringst du sie später einfach wieder in mein Zimmer, okay?"

Schließlich sieht er mich an. „Gehst du weg, wie Carrie, oder kommst du wirklich zurück?"

Ich kann ein paar Sekunden lang nicht sprechen, während ich den Kloß in meinem Hals hinunterschlucke. „Ich komme wirklich zurück."

Er sieht nicht überzeugt aus, also schnalle ich mich ab und krabble durch die Öffnung zwischen den Sitzen nach hinten.

„Was in aller Welt?" Meine Mutter lacht, als ich versuche, mich durchzuzwängen. Es ist nicht leicht.

„Du bist zu groß." Ryder kichert, als ich mich neben ihn setze.

Und ich lache auch. Es fühlt sich gut an. Ich setze ihm die Cappy auf den Kopf und stoße dann die Krempe meiner Mütze gegen seine. „Wir sehen uns bald wieder."

———

Ich komme am späten Sonntagabend zurück nach Valley. Adam holte mich ab und bringt mich direkt in die Arena. Ich wusste, dass sie hier sein würde. Ich konnte sie spüren und jeder Schritt näher zum Eis fühlt sich an, als ob ich auf die Ziellinie zustürmen würde. Sie ist es für mich. Sie ist mein Endspiel.

Als ich sie sehe, verschlägt es mir den Atem. Ich verstecke mich im Schatten, ziehe meine Schlittschuhe an und beobachte sie, wie sie über das Eis gleitet. Mein Herz hämmert in meiner Brust, und mein Magen ist wie verknotet. Mir kommt der Gedanke, dass sie sich nicht annähernd so sehr freut, mich zu sehen, wie ich mich freue.

Sie bleibt in der Mitte der Eisfläche stehen. Ihr Brustkorb hebt und senkt sich, während sie nach Luft schnappt. Sie legt ihre Hände auf den Kopf und scannt die Arena, als ob sie sie auswendig lernen würde.

Scheiße, ich habe sie vermisst. Ich habe vermisst, wie sich alles besser anfühlt, wenn sie in der Nähe ist. Ich dachte, ich würde mich zu sehr auf sie verlassen, als wäre sie eine Droge, ohne die ich nicht leben könnte. Ich hatte solche Angst, dass mein Verbleib uns beide zerstören würde. Aber die Wahrheit ist, dass ich ohne sie leben kann. Und sie kann ohne mich leben.

Vor zwei Monaten sind wir beide noch gut alleine zurechtgekommen. Ich will nicht, dass es mir gut geht. Ich will wissen, dass ich eine Partnerin habe, bei der ich mich anlehnen kann, wenn mir das Leben einen Strich durch die Rechnung macht. Und das Gleiche gilt für sie. Ich möchte ihre Person sein und dem Leben die Zähne einschlagen, wenn es versucht, sich mit ihr anzulegen.

Langsam gehe ich auf das Plexiglas zu. Sekunden oder

Minuten vergehen, während sie mitten auf dem Eis steht und alles auf sich wirken lässt.

Das Klicken des Tores erregt ihre Aufmerksamkeit und ihre Augen weiten sich leicht, als ich es öffne. Das ist das einzige Anzeichen dafür, dass sie von mir überrascht worden ist.

„Rhett." Mein Name aus ihrem Mund setzt jeden Teil von mir in Brand.

„Ich dachte mir, dass ich dich hier finden würde."

„Gewohnheit." Sie hat sich immer noch nicht bewegt. „Du bist wieder da."

Ich gehe zu ihr. „Ja, ich bin wieder da."

„Wie geht es dir? Ich meine... hast du getan, was du tun musstest?"

„Ehrlich gesagt? Ich bin mir nicht sicher. Ich bin immer noch ein bisschen verloren."

„Das verstehe ich."

„An manchen Tagen fühle ich mich, als hätte ich die ganze Sache geträumt. Ich fühle mich schuldig und traurig. Ich bin sauer auf mich selbst und auf die Welt. Ich bin sogar sauer auf Carrie, was mich wie das größte Arschloch erscheinen lässt."

„Du bist kein Arschloch."

„Ich werde mein Bestes geben, um es nicht zu sein, aber ich weiß immer noch nicht, wie ich weitermachen soll. Im Grunde bin ich ein Wrack, aber ich will hier bei dir sein."

„Aber du hast gesagt..."

„Ich habe mich geirrt. Du hast versucht, mir zu sagen, dass es in Ordnung ist, sich auf dich zu stützen, und ich konnte es nicht fassen. Mit dir ist alles besser. Und das liegt nicht daran, dass ich nicht damit umgehe, das ist einfach die ehrliche Wahrheit."

„Ich weiß, dass du denkst, ich sei gebrochen, dass mein Herz mich schwach macht, aber das stimmt nicht. Ich kann damit umgehen."

„Das glaube ich nicht. Das habe ich nie gedacht. Ich bin nicht gegangen, weil ich dachte, du wärst nicht stark genug. Ich bin gegangen, weil ich mir nicht sicher war, ob ich es bin. Du bist die stärkste Frau, die ich kenne. Der stärkste Mensch, den ich kenne. Dein Herz ist nicht gebrochen. *Du* bist nicht gebrochen. Ich hasse es, dass ich dich jemals daran zweifeln ließ."

„Wenn Menschen mir nahekommen, erkennen sie eines von zwei Dingen: dass die Wahrscheinlichkeit groß ist, dass ich sterben könnte, oder sie verarbeiten es und erkennen, dass sie auch nicht kugelsicher sind. Welcher Typ bist du?"

„Ich bin beides. Ich kann eine Menge Dinge überleben, aber nicht ohne dich."

Sie stößt einen Atemzug aus und ein kleines Lächeln umspielt ihren Mund. „Wow. Du solltest öfters verschwinden."

„Ich hatte etwas Hilfe, um dorthin zu kommen", sage ich und füge hinzu. „Elias hat mich besucht."

„Hat er das?"

„Er ist ein guter Freund. Ich bin froh, dass du ihn hast. Du bist sein Fels. Wie sich herausgestellt hat, bist du auch meiner."

„Ich weiß nicht, was ich sagen soll. Du hast mich überrumpelt." Sie schlingt ihre Arme um ihre Mitte und hält Abstand.

Das tut weh, obwohl ich wusste, dass sie mir wahrscheinlich sagen würde, ich solle Dreck fressen gehen. Ich hatte gehofft, sie würde mit einem begeisterten Ja antworten und mich dann ausgiebig küssen. Ich habe es vermisst, sie zu küssen und sie zu halten.

„Das ist alles so plötzlich. Vielleicht könnte ich etwas Zeit haben, um darüber nachzudenken?"

Verdammt! Ich habe es wirklich vermasselt. Ich nicke langsam. „Natürlich. Ich weiß, wie sehr du Überraschungen hasst, aber ich musste dich sehen, sobald ich wieder hier war."

„Ich schicke dir eine SMS."

„Okay, ja, äh, du hast meine Nummer." Ich zeige ihr eine Fingerpistole und dann stirbt ein kleiner Teil von mir, weil ich die Sache so sehr vermassle.

Ich drehe mich um und laufe so schnell ich kann vom Eis. Als ich am Tor ankomme, ruft sie mir nach: „Hey, Rauthruss."

Ich nehme mich zusammen, balle meine Hände zu Fäusten und drehe mich um. *Keine Fingerpistole, Arschloch.* „Ja?"

Sie läuft zu mir, hält kurz an und bespritzt mich mit Eis. In ihren grünen Augen glitzert es amüsant. „Auf ein Wettrennen."

Tausend Pfund fallen von meinen Schultern und ich verkneife mir ein Lächeln: „Du willst mit mir um die Wette laufen?"

„Wenn du gewinnst, dann bekommst du mein Herz."

„Und wenn ich verliere?"

Sie wirft sich nach vorne und umarmt mich. Die Luft füllt meine Lungen und ich atme sie ganz ein.

„Ich liebe dich so sehr. Es tut mir so leid, dass ich

gegangen bin. Nie wieder. Ich werde es dir so oft beweisen, wie du es willst."

„Mein Herz gehört bereits dir. Ich weiß nicht, wann es passiert ist, aber ich bin auch wahnsinnig in dich verliebt."

Ich schmettere meine Lippen auf ihre. Wir stolpern auf dem Eis herum, küssen und umarmen uns. Es ist unmöglich, ihr nahe genug zu kommen. Ich brauche sie. Ich will sie. Für immer.

„Wir sollten hier verschwinden, denn ich habe das Gefühl, dass es verdammt weh tut, wenn meine Eier am Eis kleben bleiben."

Sie lacht in meinen Mund. „Dann bring mich ins Bett, Rauthruss, oder vielleicht ins Bad." Sie zieht sich zurück und zeigt mir eine Fingerpistole.

Ich stöhne. „Das werde ich nie hinter mir lassen, oder?"

„Auf jeden Fall nicht in diesem Leben."

Und genau so lange habe ich vor, sie zu behalten. In diesem Leben und auch in allen anderen.

SIEBENUNDDREISSIG
RHETT

„Wollt ihr einen Film schauen oder so?" fragt Adam von der Tür aus, während er mir eine Fingerpistole zeigt.

Ich zeige ihm im Gegenzug den Mittelfinger, weil er sich über mich lustig macht. Ich bin der Dummkopf, der es ihm gesagt hat und ich bereue es wirklich. Die Jungs verspotten mich damit stündlich. Wie auch immer. Ich habe das Mädchen bekommen, was soll's, wenn ich mich dafür zum Affen machen musste? Ich bin mir sicher, dass es nicht das letzte Mal gewesen sein wird.

„Nein, ich muss mir eine gruselige Dokumentation ansehen."

Ein Kissen trifft mich an der Seite des Kopfes. „Du hast gesagt, du willst es dir ansehen."

„Ich sagte, ich will die Nacht nackt im Bett verbringen. Das ist nicht dasselbe."

„Das hier." Sie hält ihren Laptop hoch. „Führt zu dem hier." Sie wedelt mit einer Hand vor sich.

Adam grinst Sienna an und nickt dann. „Ich lasse euch dann mal allein."

„Oh, warte." Sienna hält ihn auf, bevor er geht. „Hat Reagan dir von der Party am Freitag erzählt?"

„Ja, sie hat es erwähnt. Sie sagte, du wolltest, dass ich es weitersage."

„Ja, bitte. Alle Eishockeyspieler."

„Willst du mich eintauschen?" frage ich mit einer hochgezogenen Augenbraue.

„Nein, aber wo das Hockeyteam hingeht, folgen andere und Josie will, dass diese Party episch wird."

Mein Kumpel klopft an den Türrahmen. „Wir werden da sein. Das wird mein letzter Befehl als Kapitän sein."

„Danke." Sienna strahlt ihn an. Ihr Lächeln bringt mich zum Lächeln - ein breites, dämliches Grinsen, das im Grunde das Äquivalent zu Fingerpistolen ist.

Wir liegen im Bett, Sienna zwischen meinen Beinen, ihren Rücken an meine Brust gelehnt, während wir die Dokumentation ansehen. Es geht um einen Serienmörder, der es nachts auf Menschen in ihren Wohnungen abgesehen hat, und das ist verdammt gruselig. Sie scheint nicht beunruhigt zu sein. Natürlich ist sie das nicht. Ich schließe kurz die Augen, aber ich muss eingeschlafen sein, denn im nächsten Moment werde ich von einer halbnackten Frau und einem voll erigierten Schwanz geweckt.

„Hat dir die Dokumentation gefallen?", schnurrt sie.

„Mhmmm." Meine Stimme ist blechern. „Mir hat besonders der Teil am Ende gefallen, als du dich ausgezogen hast."

„Du bist eingeschlafen."

„Ich bin jetzt wach." Ich lege meine Arme um sie und drücke sie an mich, während ich meine Hüften nach oben kippe.

Ihr Mund bedeckt meinen mit einem süßen und langsamen Kuss. Sie zieht sich zurück und ihre grünen Augen starren mich einen langen Moment lang an.

„Was ist los? Schlägt dein Herz zu schnell?" Ich greife nach meinem Handy und rufe die Tracking-App auf. „Scheint normal zu sein. Tut die Brust weh?"

Sie starrt auf den Bildschirm. „Oh mein Gott, Rhett Rauthruss, hast du meine Uhr mit deinem Handy synchronisiert?"

„Da hast du verdammt recht, Engel."

„Ich kann mich nicht entscheiden, ob du ein gruseliger Serienmörder oder süß bist."

„Auf jeden Fall süß." Ich lege mein Handy zurück und drehe uns um, sodass ich oben liege.

Sie schüttelt den Kopf, aber sie grinst mich auf eine Weise an, die *mein* Herz zum Flattern bringt. „Ich liebe dich."

„Ich liebe dich auch, Engel." Ich springe auf und schließe meine Schlafzimmertür ab.

„Hast du Angst, dass uns jemand überrascht?"

„Nein, ich habe Angst, dass ich im Schlaf ermordet werde."

Ihr süßes Lachen füllt den Raum. „Ich werde dich retten, Baby."

Sie hat keine Ahnung, wie viel sie das schon getan hat.

AM FREITAGABEND GEHEN wir zu Kates Haus, um Siennas Party zu feiern. Ich glaube nicht, dass Adam viel Überzeugungsarbeit leisten musste, um alle Jungs hierher zu bekommen. Sienna sagte: „Freibier" und alle waren sofort Feuer und Flamme.

Mein Mädchen sieht besonders gut in einem kurzen Rock aus, unter dem ich noch vor Ende der Nacht meinen Kopf haben will.

„Hast du es deinen Eltern gesagt?" frage ich, während wir den Bürgersteig zum Haus hinaufgehen.

„Mein Vater war ein bisschen sauer, aber ich habe ihm versprochen, dass ich es mir noch einmal überlegen würde, in seiner Firma zu arbeiten, wenn ich kläglich versage."

„Du wirst nicht scheitern."

Dakota hat einen Haufen Fotos und Videos von Sienna beim Yoga gemacht, und die Sache ist abgehoben. Auf dem einen macht sie eine Pose auf dem Eis und es ist wie Feuer. Sie arbeitet an einer kostenpflichtigen Website, auf der Nutzer/innen eine Mitgliedschaft für Online-Kurse und hochgeladene Videos erwerben können. Ich freue mich für sie.

Ich bin auch froh, dass ich sie davon überzeugen konnte, dass sie das genauso gut bei mir machen kann.

„Ich habe eine Überraschung." Sienna bleibt kurz vor der Tür stehen.

„Aber du hasst Überraschungen."

„Das ist eine gute. Ich verspreche es." Sie zieht mich durch das Haus in den Hinterhof. Meine Mannschaftskameraden stehen alle in ihren Trikots herum. Und, verdammt, es sind eine Menge Leute hier. Die Leute folgen uns wirklich auf Schritt und Tritt.

„Überraschung!"

„Das verstehe ich nicht. Ich dachte, das wäre eine Party für dich?"

„Das ist es. Irgendwie schon. Sie wollten eine Party für mich schmeißen und ich habe einen Weg gefunden, uns beide zu feiern. Ich weiß, dass es immer noch schwer ist, aber du hast auch eine Menge zu feiern. Du hast die Landesmeisterschaft gewonnen und hast einen tollen Job in Aussicht. Außerdem hast du mich."

Sie zieht einen blauen Stofffetzen aus ihrer Handtasche und hält ihn hoch. Es ist mein Eishockeytrikot oder eine wirklich gute Nachbildung.

„Wie hast du das geschafft?" frage ich und ziehe mir mein Trikot über den Kopf. Mann, ich hätte nie gedacht, dass ich es noch einmal tragen würde. Ich schwöre, ich habe eine Gänsehaut.

Ein verschmitztes Grinsen umspielt ihre Lippen. „Das kann ich nicht sagen, aber wenn sie nicht bis morgen Mittag zurückgebracht werden, werde ich vielleicht keinen Abschluss machen."

„Du bist unglaublich. Danke!"

„Den besten Teil hast du noch nicht gesehen." Sie tritt zurück und hebt eine Konfettikanone auf.

Ein tiefes Glucksen dröhnt aus meiner Brust. Ich entreiße sie ihr und feuere sie in die Luft über uns. Es regnet Konfetti herunter, während ich sie küsse. *Das* fühlt sich an wie etwas, das gefeiert werden muss.

EPILOG
SIENNA

Das Mädchen, das vor mir sitzt, wirft mir einen Blick zu und hält sich das rechte Ohr zu. Ich schreie aber weiter, als Rhett mit seiner Urkunde über die Bühne geht. Er sieht mich an und hält sie hoch. Ich tue das Gleiche.

Wir haben es geschafft!

Er kommt den Seitengang hinunter und ich verlasse meinen Platz, um ihn am hinteren Ende der Turnhalle zu treffen. Ich springe in seine Arme, die Quasten baumeln zwischen uns. „Wir haben unseren Abschluss gemacht!"

„Gott sei Dank!" Er nimmt mich in den Arm und wirbelt mich herum. „Bist du bereit für die Party, Engel?"

Wir haben ein frühes Abendessen mit unseren Eltern. Unsere Väter sind über Nacht zu besten Kumpels geworden. Sie lieben beide ihre Zeit am See, Fußball und ihre Familien. Und ich glaube, unsere Mütter haben für diesen Sommer einen gemeinsamen Urlaub geplant.

„Gut, dass ich nicht vorhabe, dich in nächster Zeit loszuwerden", flüstert mir Rhett ins Ohr. „Denn unsere Familien wären am Boden zerstört."

„Du willst mich loswerden?" Ich lege meine Hand hoch auf seinen Oberschenkel, gefährlich nah an seinen Eiern, und drücke zu.

„Ich sagte, dass ich *nicht* vorhabe, dich in nächster Zeit loszuwerden."

„Vielleicht habe ich vor, dich loszuwerden."

„Oh nein, du wirst mindestens das nächste Jahr mit mir zu tun haben."

Ich lächle bei der Erwähnung unseres Mietvertrags. Ich kann es immer noch nicht fassen. Wir haben die schönste Wohnung in der Nähe der Eisbahn seiner Familie gefunden und sie hat einen tollen Blick auf den See, der sich hervorragend für die Aufnahme von Yoga-Videos eignet, bis ich mir ein eigenes Studio zulege.

Ich kann nicht glauben, dass das mein Leben ist.

„Können wir Allison für die Nacht stehlen?" frage ich, als wir unsere Familien zum Abschied umarmen. „Ich verspreche, dass ich sie zurückbringe, bevor ihr morgen früh zum Flughafen müsst."

„Kein Alkohol", sagt mein Vater sofort, als wäre es mein Masterplan, meine fünfzehnjährige Schwester auszuführen und sie zu besaufen. Kotze aufwischen steht heute Abend nicht auf der Tagesordnung.

Wir gehen direkt in die Arena.

„Was machen wir hier?" fragt Allison, als ich ihr die Tür aufhalte.

Unsere Freunde warten im Tunnel.

Allison ist ganz aus dem Häuschen, als sie die Jungs mit ihren Schlittschuhen und Stöcken sieht.

„Wir werden ein bisschen Hockey spielen", sage ich ihr und lege meinen Arm um sie. „Du bist in meinem Team."

„Ernsthaft?" Ihre Stimme knarrt.

„Im Ernst." Mav tritt vor und reicht ihr einen Schläger. „Mal sehen, ob wir im Ausrüstungsschrank ein paar Schlittschuhe für dich finden können."

Der Rest von uns geht auf das Eis hinaus. Reagan umklammert Adams Hand und Dakota streckt ihre Arme aus und schreit jeden an, der sich ihr bis auf einen Meter nähert.

„Ich habe das im Griff", fordert sie. „Gib mir nur eine Sekunde."

„Ich werde das vermissen", sage ich und beobachte unsere Freunde, während Rhett und ich händchenhaltend zusammen skaten.

„Ich auch. Als wir hier rauskamen, wurde mir klar, dass ich nie wieder Eishockey spielen werde." Er blickt zu den leeren Tribünen hinauf. „Ich meine, ich wusste es. Es ist mehr als ein Monat seit unserem letzten Spiel vergangen, aber jetzt ist es mir klar."

In den Wochen, seit Rhett wieder im Valley ist, gab es Zeiten, in denen er mit seinen Gefühlen kämpfte. Manchmal nimmt er meine Hand oder umarmt mich etwas fester und ich weiß, dass er in diesen Momenten etwas mehr zu kämpfen hat. Und ich bin einfach da. Im Moment bin ich der Fels in der Brandung, aber ich weiß, dass es Zeiten geben wird, in denen ich ihn brauche, um zu mir zu stehen.

Als wir zu den Bänken laufen, greife ich nach zwei Hockeyschlägern.

„Du wirst spielen. Das wirst du. Dir steht die Bierliga ins Gesicht geschrieben."

Er grinst und hebt den Saum seines T-Shirts an, um sein Sixpack zu zeigen.

„Spitzenklasse." Ich reiche ihm einen Schläger.

„Außerdem musst du aufpassen, wenn du mich schlagen willst."

„Ja?" Eine Augenbraue hebt sich. „Glaubst du, dass du es mit mir aufnehmen kannst, Engel?"

„Oh, ich weiß es. Es ist alles im Hintern."

Sein Blick klebt an meinem, als ich mich umdrehe, den Puck heraushole und einen Schuss abgebe. Als der Puck gegen den Pfosten knallt, sieht er endlich auf und strahlt. Bewunderung brennt in seinen Augen. Es ist wirklich das beste Geräusch der Welt. Oder vielleicht ist es die Art, wie er mich ansieht, als wäre ich sein Ein und Alles.

Er fährt im Kreis um mich herum. „Hast du geübt?"

„Nein, ich hatte Glück." Ich nehme sein T-Shirt in die Hand und ziehe ihn näher zu mir. Ich hatte wirklich großes Glück an dem Tag, an dem Rhett mit mir zusammengestoßen ist. Und seitdem jeden Tag.

EPILOG
RHETT

Drei Jahre später

„Dreiundzwanzig, hm?" frage ich Ryder, als er in seinem Spieltrikot zur Bank geht.

Er tut so, als wäre es keine große Sache, aber ich finde es toll, dass mein kleiner Bruder die Rauthruss-Nummer weiterführt.

„Bist du bereit für heute?" frage ich und setze mich auf die Bank. Es ist das erste Spiel der Mighty Cubs in dieser Saison.

Ich bekomme ein weiteres Heben und Fallen seiner Schultern mit. Ich bin vielleicht nervöser als alle meine Spieler. Es ist das erste Mal, dass ich ein Team trainiere, und obwohl es nur ein Haufen Kinder aus der Gegend ist, die Spaß haben und Eishockey spielen wollen, spüre ich den Druck, den ich auch bei großen College-Spielen verspürt habe.

„Wie lange noch?" Mein Bruder steht ungeduldig am Tor, bereit, das Eis zu betreten.

„Sie sind fast fertig", versichere ich ihm und finde meine Frau am anderen Ende der Eisbahn, wo sie eine Gruppe von Drei- und Vierjährigen unterrichtet. Sie marschieren vorwärts zu einem Haufen Spielzeug in der Mitte der Eisfläche.

Sienna marschiert in Tennisschuhen vor ihnen her, zeigt, wie es geht, und ermutigt sie, ihre Beine höher zu heben. Ihr Schwangerschaftsbauch geht voran und Stolz, Aufregung und mehr als nur ein bisschen Nervosität machen sich in meiner Brust breit. Sie ist in der sechsunddreißigsten Woche und konnte nicht mehr Schlittschuh laufen, seit wir in der neunten Woche erfahren haben, dass sie schwanger ist, aber sie wollte das Unterrichten nicht aufgeben. Sie ist auch gut darin. Besonders bei den jüngeren Kindern. Sie lieben sie.

Im Sommer nach unserem Schulabschluss begann sie mit dem Eiskunstlauftraining. Sie begann damit, um Geld zu verdienen, während sie ihr Yogageschäft aufbaute, und jetzt teilt sie ihre Tage zwischen der Eisbahn und ihrem Studio auf.

„Ich habe mir noch ein paar Namen für das Baby ausgedacht", sagt Ryder und lenkt meine Aufmerksamkeit wieder auf ihn.

„Lass sie mich hören." Ich verschränke meine Arme vor der Brust.

„Ich habe an Peter oder Parker gedacht."

Meine Lippenwinkel zucken vor Belustigung. „Spider-Man?"

Er grinst und nickt. „Oder Bruce für den Hulk, Clark für Superman, es gibt so viele gute Möglichkeiten und wie cool wäre es, wenn das Baby nach jemandem benannt würde, der toll ist?"

Siennas Unterricht ist zu Ende, die Kinder halten ihre Spielsachen in den Händen und sie holt sie vom Eis. „Ich sage dem Chef Bescheid."

„Okay." Er steht auf und freut sich darauf, rauszugehen. „Cool."

„Bleib aus dem Weg, wenn Papa das Eis säubert, okay?" Ich gehe auf Sienna zu, als er mit seinem Hockeyschläger und einer Handvoll Pucks herausstürmt.

„Hey, Engel." Ich streichle ihren Bauch und gebe ihr einen Kuss auf die Wange.

Sie wimmert und legt eine Hand auf ihren unteren Rücken. „Dein Kind benimmt sich heute schlecht."

Lächelnd lege ich meine andere Hand auf ihren Bauch. „Keine Sorge, kleiner Engel, ich werde dich vor deiner Mutter beschützen."

Ich weiß noch nicht viel darüber, wie es ist, Vater zu sein, aber ich weiß, dass mich dieses Kind bereits um den Finger gewickelt hat. Nur noch zwei Wochen, bis ich ihn kennenlernen darf. Wegen ihres Herzfehlers empfahl der Arzt einen Kaiserschnitt. Und weil mein Mädchen Überraschungen hasst, war sie ganz dafür, einen Termin im Kalender zu haben.

„Bleibst du für das Spiel?" frage ich.

„Na klar. Ich habe mir einen Platz direkt neben der Bank ausgesucht, damit ich dem heißen Trainer zuprosten kann."

„Ich bin nervös", gebe ich zu.

„Du wirst großartig sein. Ryder ist bereit, dich zum Sieg zu tragen." Sie nickt mit dem Kopf, während er rückwärts vor der Zamboni fährt, als wäre er ein Verteidiger. Ich will ihn anschreien, dass er sich bewegen soll, aber unser Vater grinst vom Fahrersitz aus.

„Viel Glück, Coach."

Als der Rest unseres Teams eintrifft, halte ich die schlechteste Aufmunterungsrede der Welt, während ich schwitze, und schicke sie dann zum Spielen raus. Einige dieser Kinder spielen schon seit dem Vorschulalter zusammen, was bedeutet, dass sie meinen unerfahrenen Trainern auf die Sprünge helfen. Ryder ist unglaublich. Mit acht Jahren ist er bereits ein großartiger Hockeyspieler.

Zu Beginn des dritten Drittels bin ich entspannt. Wir führen mit fünf Toren Vorsprung und ich lasse meine Spieler durchwechseln, damit alle eine Chance haben, zusammen zu spielen.

Ein Ruck an meinem Ellbogen lässt meinen Blick nach links schweifen. Sienna steht vor der Bank im Gang zum Tunnel.

„Engel. Willst du den Trainer küssen?" Ich lehne mich gegen die halbe Wand und starre auf meine Spieler.

„Ich bin gekommen, um ihn zu entführen", sagt sie. „Es ist an der Zeit."

„Zeit für was?" Ich starre immer noch auf das Spiel, während wir reden.

„Es ist *Zeit*."

Ich schenke ihr meine Aufmerksamkeit und ihre Worte sinken ein. „Es ist Zeit?"

Sie nickt.

„Oh mein Gott, es ist so weit!"

Mein Vater ist direkt hinter ihr und betritt die Bank. Er packt meine Schulter und drückt zu. „Ich übernehme ab hier, Coach. Wir treffen dich im Krankenhaus."

„Danke", rufe ich und nehme Siennas Hand.

Ich erinnere mich nicht an die Fahrt zum Krankenhaus

oder daran, dass sie angemeldet wurde. Erst als sie mich aus dem Zimmer schickten, um ihr die Epiduralanästhesie zu verabreichen, kamen alle meine Sorgen und Ängste, Vater zu werden und Sienna durch die Geburt zu bringen, auf einmal auf mich zu.

Ich laufe durch den Flur. Meine Mutter kommt an und versucht, mich zu beruhigen, aber ich atme erst auf, als ich wieder im Zimmer bin.

Ich eile zu ihrem Bett und stoße einen zittrigen Atem aus.

„Ganz ruhig, Papa", sagt die Krankenschwester, als meine Knie nachgeben. „Willst du dich nicht hinsetzen?"

Sienna schmunzelt, aber dann setzt eine weitere Wehe ein und ihr Gesicht verzieht sich vor Schmerz.

„Nein, es geht mir gut." Ich nehme Siennas Hand und lasse sie sie drücken, bis die Knochen zu brechen drohen. „Ich bin hier, Engel. Atme einfach."

Ihr Schmerz gibt mir etwas, auf das ich mich konzentrieren kann. „Ich dachte, die Epiduralanästhesie hätte die Schmerzen gestoppt."

„Es wird ein paar Minuten dauern, bis sie wirkt", sagt die Krankenschwester, während Sienna weiter meine Finger zerquetscht.

Als es so weit ist, bekomme ich einen Kittel, den ich über meine Kleidung anziehen kann, ein Haarnetz und kleine Fußüberzieher. Ich bleibe neben ihrem Bett stehen, während sie in den Operationssaal gefahren wird.

Sie schaut mit Tränen in den Augen zu mir herüber. „Was ist los? Tut es noch weh?" Ich bin bereit, mich hier drin hinzuwerfen, bis ich jemanden finde, der den Schmerz stoppen kann.

„Was ist, wenn etwas schief geht?"

Ich schlucke heftig. „Es wird alles gut werden."

„Was ist, wenn ich eine schreckliche Mutter bin?"

„Keine Chance, Engel."

„Ich habe solche Angst. Lenk mich ab."

Ich beuge mich über sie, bis mein Mund neben ihrem Ohr schwebt. Dann singe ich. Dasselbe Lied, das ich gesungen habe, als sie mich das erste Mal zu einem echten Karaoke-Abend geschleppt hat, und dasselbe Lied, das ich ihr bei unserem ersten Tanz auf der Hochzeit vorgesungen habe. Mister Bryan Adams hat mir in einigen entscheidenden Momenten geholfen.

Sie schließt die Augen und lächelt, während ich „Heaven" singe. Das ist genau das, was sie ist. Mein Himmel. Mein Engel.

„Hier ist er", sagt die Krankenschwester mit einem sanften Lächeln, als unser Baby schreit.

Wir sehen auf, als sie unseren Sohn kurz auf Siennas Brust legen. Er hat ihr dunkles Haar, aber den Rest erkenne ich durch die Tränen in meinen Augen nicht. Mein Herz schwillt an und ich fühle mehr Stolz und Liebe als je zuvor.

„Er ist perfekt." Sienna hält ihre Nase an seinen Kopf und atmet ein.

Ich küsse ihre Schläfe. „Absolut perfekt."

AM NÄCHSTEN MORGEN sind wir müde durch den Schlafmangel, aber wahnsinnig glücklich. Mama blieb die meiste Zeit der Nacht bei uns, musste dann aber gehen, um sich um die Eisbahn zu kümmern. Papa bringt Ryder zu uns, als das Baby gerade aufwacht.

Er geht mit langsamen, zögerlichen Schritten hinein.

„Willst du deinen Neffen kennenlernen?" fragt Sienna ihn.

Dad setzt sich neben mich und Ryder stellt sich neben das Krankenhausbett.

„Mama wollte mir nicht sagen, wie du ihn genannt hast. Hast du dich für einen meiner Vorschläge entschieden?"

„So ungefähr." Ich stehe auf und trete neben ihn. „Wir haben darüber gesprochen und Sienna und ich haben beschlossen, dass du recht hast. Er sollte nach jemand Großartigem benannt werden."

Ryder grinst.

„Deshalb haben wir ihn auch nach dir benannt", sagt Sienna. „Das ist Ryan Ryder Rauthruss."

Die Augen meines Bruders weiten sich und sein Mund verzieht sich zu einem Lächeln. „Cool."

Wir vier kichern und starren Ryan an. Dad überreicht mir einen kleinen blauen Teddybären. „Von Cory und Cam."

Ich nehme das weiche Stofftier in die Hand und bin ein bisschen traurig über all die Momente, die sie nicht haben werden. Ich habe mein Bestes getan, um mein Versprechen gegenüber Carrie zu halten. Ich habe Cam überredet, im Sommer bei unseren Hockeycamps für die Mittelstufe zu helfen und ich gehe jeden Sonntagmorgen mit Cory Kaffee trinken. Das ändert aber nichts. Das ist mir klar. Irgendwann wurde mein Versprechen, mich um sie zu kümmern, zu einem Weg, mich stattdessen an sie zu erinnern.

Ryder grinst von einem Ohr zum anderen, als er sich neben Sienna aufs Bett setzt und sie Ryan vorsichtig in seine Arme legt.

„Ich kann es kaum erwarten, ihm das Eishockeyspielen beizubringen."

„Vielleicht will er Eiskunstläufer werden." Sienna stupst ihn spielerisch an.

Ryder rümpft die Nase.

Siennas Telefon klingelt auf dem Tisch und sie hebt es mit einem Lächeln ab. Ich kenne dieses Lächeln. Es ist für Elias reserviert. Sie reden immer noch fast jeden Tag miteinander und vor ein paar Monaten haben er und Taylor einen Monat bei uns verbracht, während sie sich auf einen Wettbewerb vorbereitet haben.

Der Tag geht weiter, Familie und Freunde rufen an und kommen vorbei, um uns zu sehen. Adam ruft an und ich erzähle ihm jedes Detail, von Ryans dunklem Haar bis zu seinen winzigen, perfekten Zehen. Maverick schickt uns Glückwünsche und plant, uns so bald wie möglich zu besuchen. Sogar Heath erfährt die Neuigkeiten und schickt Glückwünsche von ihm und Ginny.

Als die Nacht hereinbricht und es im Krankenhaus ruhig wird, sind nur wir drei da. Meine kleine Familie. Ich kuschele mich neben Sienna in ihr kleines Bettchen und Ryan schläft in der Wiege neben uns. Der Fernseher ist auf stumm geschaltet, während wir uns das Spiel der Wildcats ansehen.

„Maverick hat ein tolles Spiel", flüstert Sienna und legt ihren Kopf auf meine Brust.

„Er hat gefragt, ob er Ryans Pate sein kann, wenn er heute Abend einen Hattrick schafft."

Sie hebt ihren Kopf einen Zentimeter. „Was hast du gesagt?"

„Ich habe ja gesagt."

Sie lacht leise und gähnt dann. „Ich glaube, ich war noch nie so müde. Oder so glücklich."

„Ich auch nicht, Engel." Ich schließe meine Augen. „Schlaf ein bisschen."

„Er wird bald wieder aufstehen."

„Mhmmm." Ich glaube, es ist das erste Mal, dass ich mich darauf freue, von jemandem geweckt zu werden, der weint oder schreit. Wahrscheinlich werde ich nicht einmal lange genug schlafen, um zu träumen. Aber das macht nichts. Selbst die wildesten Träume sind mit diesem nicht zu vergleichen.

PLAYLIST

- „Girl Like Me" von Black Eyed Peas feat. Shakira
- „Memories" von David Guetta feat. Kid Cudi
- „Paradise" von MEDUZA feat. Dermot Kennedy
- „Don't Rush" von Young T & Bugsey feat. DaBaby
- „Popstar" von DJ Khaled feat. Drake
- „All My Favorite Songs" von Weezer
- „Young" von GIRLI
- „We're Good" von Dua Lipa
- „Goosebumps Remix" von Travis Scott und HVME
- „Higher" von Clean Bandit feat. iann dior
- „Bed" von Joel Corry, RAYE und David Guetta
- „Safe With Me" von Gryffin feat. Audrey Mika
- „Wildest Dreams" von Taylor Swift feat. R3HAB
- „Obsessed" von Addison Rae
- „Fly Away" (Jonas Blue Remix) von Tones And I
- „Lovefool" von twocolors feat. Pia Mia
- „Dandelion" von Galantis und JVKE

- „Lifestyle" von Jason Derulo feat. Adam Levine und Maroon 5
- „Nobody" von NOTD und Catello
- „Lush Life" von Zara Larsson
- „All I Want" von Olivia Rodrigo
- „At My Worst" von Pink Sweat$ und Joel Corry
- „Dancing in the Moonlight" von Jubël feat. NEIMY und Tiësto
- „Arcade" von Duncan Laurence feat. Fletcher
- „Iris" von Natalie Taylor
- „This Feeling" von The Chainsmokers feat. Kelsea Ballerini
- „Heaven" von Bryan Adams

BÜCHER VON REBECCA JENSHAK

Smart Jocks

The Assist

The Fadeaway

The Tip-Off

The Fake

The Pass

Valley University

Secret Puck

Bad Crush

Broken Hearts

Wild Love

ÜBER DEN AUTOR

Rebecca Jenshak ist eine New-Adult-Romance-Autorin, selbst ernannt Margarita-süchtig und College-Basketball-Fanatikerin. Aus dem mittleren Westen der USA stammend, in die Wüste Arizona's gezogen, liebt sie es draußen zu sein (etwas trinken auf der Terrasse) und zu singen (in der Dusche), wenn sie nicht gerade Bücher über heiße Typen schreibt, und deren Mädchen von denen sie geliebt werden.

Verpassen Sie keine Neuerscheinungen und Angebote von Rebecca - melden Sie sich für ihren Newsletter an

www.rebeccajenshak.com

Printed in Great Britain
by Amazon